RUTH RENDELL
Der Tod fällt aus dem Rahmen
Die Verblendeten

Der Tod fällt aus dem Rahmen
Das Ehepaar Patrick und Tasmin Selby zählt zu den Außenseitern der Villengegend von Linchester, denn sie sind Cousin und Cousine. Im Vorfeld von Tasmins Geburtstagsfeier fiebert daher ganz Linchester einem Fest voller Skandale entgegen. Aber nicht einmal die boshaftesten Nachbarn hätten damit gerechnet, dass Patrick am Tag nach der Feier tot aufgefunden wird ...

Die Verblendeten
Alice Fieldings Freundin Nesta Drage verschwindet unter rätselhaften Umständen. Da die Polizei nicht an ein Verbrechen glaubt, beginnt Alice auf eigene Faust zu ermitteln. Und tatsächlich bestätigt sich ihr Verdacht, einem Mord auf der Spur zu sein. Je tiefer sie in das Geheimnis eintaucht, desto gefährlicher wird ihre eigene Lage ...

Autorin
Ruth Rendell wurde 1930 in South Woodford/London geboren. Zunächst arbeitete sie als Journalistin, bevor sie sich ganz dem Schreiben von Romanen widmete. Seitdem hat sie über dreißig Bücher veröffentlicht. Dreimal bereits erhielt sie den »Edgar-Allan-Poe-Preis« und zweimal den »Golden Dagger Award«. 1997 wurde sie mit dem »Grand Masters Award« der Crime Writer's Association of America, dem renommiertesten Krimipreis, ausgezeichnet und darüber hinaus von Königin Elizabeth II. in den Adelsstand erhoben. Ruth Rendell, die auch unter dem Pseudonym Barbara Vine bekannt ist, lebt in London.

Von Ruth Rendell außerdem bei Goldmann lieferbar:

Die Romane aus der Inspektor-Wexford-Reihe:
Leben mit doppeltem Boden (44590) · Durch Gewalt und List (44978) Dunkle Wasser (46074) · Eine entwaffnende Frau/Mord ist ein schweres Erbe. Zwei Romane in einem Band (13361) · Alles Liebe vom Tod/Mord ist ein schweres Erbe. Zwei Fälle für Inspektor Wexford (46738) Schweiß der Angst/Mord am Polterabend. Zwei Fälle für Inspektor Wexford (46739) · Der Liebe böser Engel/Schuld verjährt nicht. Zwei Fälle für Inspektor Wexford (46740) · Die Tote im falschen Grab/Phantom in Rot. Zwei Fälle für Inspektor Wexford (46741) · Der Kuß der Schlange/Leben mit doppeltem Boden. Zwei Fälle für Inspektor Wexford (46742)

Außerdem bei Goldmann lieferbar:
Die Herzensgabe. Roman (44363) · Der Duft des Bösen. Roman (46597)

Ruth Rendell

Der Tod fällt aus dem Rahmen

Die Verblendeten

Zwei Romane
in einem Band

GOLDMANN

Die Originalausgabe von »Der Tod fällt aus dem Rahmen« erschien
1965 unter dem Titel »To Fear a Painted Devil«
bei John Long, London.
Die Originalausgabe von »Die Verblendeten« erschien
1966 unter dem Titel »Vanity Dies Hard«
bei Hutchinson, London.

FSC
Mix
Produktgruppe aus vorbildlich
bewirtschafteten Wäldern und
anderen kontrollierten Herkünften

Zert.-Nr. SGS-COC-1940
www.fsc.org
© 1996 Forest Stewardship Council

Verlagsgruppe Random House FSC-DEU-0100
Das für dieses Buch verwendete FSC-zertifizierte Papier
Holmen Book Cream liefert Holmen Paper, Hallstavik, Schweden.

1. Auflage
Taschenbuchausgabe Oktober 2008
Der Tod fällt aus dem Rahmen
Copyright © der Originalausgabe 1965 by Ruth Rendell
Copyright © der deutschsprachigen Ausgabe 1998
by Wilhelm Goldmann Verlag, München,
in der Verlagsgruppe Random House GmbH
Alle Rechte an der deutschen Übersetzung
bei Rowohlt Verlag, Reinbek bei Hamburg
Die Verblendeten
Copyright © der Originalausgabe 1966 by Ruth Rendell
Copyright © der deutschsprachigen Ausgabe 1999
by Wilhelm Goldmann Verlag, München,
in der Verlagsgruppe Random House GmbH
Alle Rechte an der deutschen Übersetzung
1986 bei Rowohlt Verlag, Reinbek bei Hamburg
Umschlaggestaltung: Design Team München
Umschlagfoto: buchcover.com/doublepointpictures
KS · Herstellung: sc
Druck und Einband: GGP Media GmbH, Pößneck
Printed in Germany
ISBN: 978-3-442-46743-3

www.goldmann-verlag.de

Der Tod fällt aus dem Rahmen

Aus dem Englischen von
Monika Wittek-Elwenspoeck

*Für Margaret und Cyril Rabbs
in Liebe*

Schlafende und Tote sind Bilder nur,
Der Kindheit Aug' allein scheut den
gemalten Teufel.
Macbeth

Prolog

Er war neun. An seinem ersten Morgen in England überlegte er, ob wohl alle englischen Häuser so waren wie dies, groß, aber mit kleinen Räumen voller Sachen, mit denen kein Mensch etwas anfangen konnte: Statuen ohne Arme, Vasen mit Deckel, Vorhänge, so starr drapiert wie ein Abendkleid seiner Mutter.

Sie waren in der Nacht zuvor angekommen. Sein Vater hatte ihn in eine Decke gewickelt und auf dem Arm durch die Halle getragen. Er erinnerte sich nur an die breite Eingangstür aus massivem Holz, in die das Bild eines Baumes aus buntem Glas eingearbeitet war. Sie hatten ihn ausschlafen lassen, und irgend jemand hatte ihm ein Frühstückstablett hingestellt. Als er jetzt nach unten ging und den von einem lanzenbewehrten Bronzesoldaten bewachten Treppenabsatz überquerte, sah er die Halle unter sich liegen und hielt inne.

Es war ein schöner Morgen, aber der Raum wirkte im Zwielicht düster und still. Anstatt Tapeten bedeckten gerahmte Stickereien die Wände, dazwischen Vorhänge, die etwas verhüllten – aber was? Fenster? Türen? Es kam ihm vor, als verdeckten sie etwas, was keiner sehen sollte. Da war ein einzelner Spiegel mit Rahmen aus Holz. Dieser Rahmen aus geschnitztem und poliertem roten Sandelholz schien zu wachsen, denn feingeschnittene Blätter und Zweige reckten sich bis über das Glas. In dem Spiegel sah er sich nicht selbst, sondern eine offene Tür und dahinter den Anfang des Gartens.

Die Tür stand weit offen, und er ging hindurch, nach dem Garten suchend. Da sah er das Bild. Er blieb wie angewurzelt stehen und starrte es an.

Es stellte eine Dame im altmodischen, blau-gold gestreiften Seidenkleid mit einem kleinen, goldenen Käppchen auf dem Kopf dar. Sie trug einen silbernen Teller, und auf diesem Teller lag der Kopf eines Mannes.

Er wußte, es mußte ein gutes Bild sein, denn der Künstler hatte die Szene ganz wirklichkeitsgetreu gemalt. Nichts war weggelassen, nicht mal die Blutlache auf dem Teller und die weißen Röhrendinger im Hals des Mannes an der Stelle, wo er vom Körper abgetrennt worden war.

Die Dame schaute nicht das Ding auf dem Teller an, sondern ihn. Sie lächelte, wobei ihr Gesicht einen sonderbaren Ausdruck hatte, träumerisch, triumphierend, befriedigt. Noch nie hatte er solch einen Blick bei irgendwem gesehen: Doch plötzlich wußte er intuitiv und mit einer Art fundamentaler Erkenntnis, daß sich Erwachsene manchmal so ansahen und daß sie solche Blicke vor Kindern verbargen.

Er riß seinen Blick von dem Bild los und hob die Hand zum Mund, damit man seinen Aufschrei nicht hören sollte. Dann stürzte er blindlings davon in Richtung der Glasveranda, die den Raum vom Garten trennte.

An der Schwelle stolperte er und streckte haltsuchend die Hand aus. Sie berührte etwas Kühles, Weiches – aber nur einen Moment lang. Diesem Gefühl folgte ein schrecklicher, brennender Schmerz, der ihn durchfuhr wie der Schlag, den er einmal am Bügeleisen seiner Mutter bekommen hatte.

Draußen im Garten lachte jemand. Er schrie und schrie, bis er das Schlagen der Türen und eilige Schritte hörte. Die Frauen kamen aus der Küche zu ihm gelaufen.

Erster Teil

1

»Blausäure?« Der Drogist war überrascht. Seit zehn Jahren war er Mitglied der Pharmazeutischen Vereinigung, und zum erstenmal verlangte jemand so etwas bei ihm. Nicht daß er es so einfach verkaufen würde, nein. Er war schließlich ein verantwortungsbewußter Bürger und – nach seiner eigenen Einschätzung – beinahe ein Arzt. »Zyankali?« Strengen Blickes musterte er den kleinen Mann in dem für einen heißen Tag zu dunklen und schweren Anzug. »Wozu brauchen Sie das denn?«

Edward Carnaby seinerseits fühlte sich beleidigt. Mr. Waller war schließlich nur Drogist, nicht mal Chemiker in einem Labor. Daß Ärzte ihre Nase überall reinsteckten und versuchten, Dinge herauszufinden, die sie nichts angingen, war ja bekannt, aber Drogisten? Man verlangte, was man brauchte – Rasierklingen, Rasiercreme oder einen Film –, und bekam es ausgehändigt. Es wurde eingewickelt, man bezahlte und fertig. Genaugenommen war Waller nicht mehr als ein Ladenbesitzer.

»Ich möchte damit Wespen unschädlich machen. An meinem Haus, oben unter dem Dach, sitzt ein Nest.«

Unsicher fummelte er unter Wallers anklagendem Blick herum. Der Deckenventilator blies nur die heiße Luft durch den Raum, anstatt zu kühlen.

»Darf ich um Ihren Namen bitten?«

»Wozu das denn? Ich muß doch wohl kein Rezept dafür haben, oder?«

Waller ignorierte den beißenden Spott. Als verantwortungsbewußter Profi durfte man sich durch so einen billigen Seitenhieb nicht aus der Ruhe bringen lassen.

»Wie kommen Sie denn auf Zyankali?« Während er das sagte, teilte sich der Vorhang aus bunten Plastikstreifen zwischen Drogerie und Apotheke, und Linda Gaveston in ihrem pinkfarbenen Overall kam heraus. Ihr Erscheinen ärgerte Edward, teils weil sie so frisch und kühl aussah, teils weil er es für ein Mädchen, dessen Eltern in Linchester wohnten, unpassend fand, als Verkäuferin zu arbeiten. Sie lächelte unbestimmt in seine Richtung.

»Wenn Sie's unbedingt wissen wollen, ich habe darüber in einem Gartenbuch gelesen«, knurrte er.

Klingt plausibel, dachte Waller.

»Ein ziemlich veraltetes Buch, wahrscheinlich. Heutzutage rückt man Wespen mit einem der zuverlässigen Insektizide zu Leibe.« Er hielt inne, um das Fremdwort wirken zu lassen. »Eines, das für Warmblüter ungefährlich...«

»Also gut«, unterbrach Edward ihn. Er hatte nicht vor, unter den Augen eines dieser affigen Gavestons eine Szene zu machen. »Warum sagen Sie das nicht gleich? Ich nehme es. Wie heißt das Zeug?«

»Vesprid.« Waller warf ihm einen letzten, unheilschwangeren Blick zu und wandte sich um. Der gibt ganz schön an, dachte Edward. Aber das Mädchen hielt ihm die Dose schon hin. »Zwei Shilling, elf Pence.«

»Danke«, erwiderte Edward kurz angebunden und nahm sein Wechselgeld.

»Gebrauchsanweisung liegt bei.«

Linda Gaveston hob leicht die Schultern und schlüpfte zwischen den schwingenden Plastikstreifen hindurch, wie sie es im Fernsehen bei einer Bardame gesehen hatte, die ihren Körper aufreizend durch einen Perlenvorhang schlängelte.

»Da geht er hin, der arme Irre«, sagte sie zu Waller, als Edward weg war. »Er wohnt bei uns in der Nähe.«

»Soso.« Wie alle Geschäftsleute in Chantflower hatte Waller großen Respekt vor Linchester. Geld von dort floß ihnen zu wie aus einer Süßwasserquelle. »Nicht gerade, was man erwarten würde, nach allem, was man so hört.« Er sah zu, wie Edward in sein Vertreterauto stieg, dessen Rücksitz mit Kartons vollgestopft war.« Es gibt eben solche und solche«, schloß er.

Freda Carnaby war an diesem heißen Nachmittag die einzige Hausfrau in Linchester, die tatsächlich arbeitete, und dabei war sie nicht mal eine Ehefrau. Sie putzte die Fenster in dem einzigen Wohnraum von Edwards Chalet zum einen, weil sie eine penible Hausfrau war, zum anderen, weil es ein guter Vorwand war, die Autos zu beobachten, die durch The Circle fuhren. Wer in Linchester wohnte, kam zeitig nach Hause, und der Mann, nach dem Freda Ausschau hielt, war vielleicht heute früher dran. Er würde ihr zuwinken, vielleicht sogar anhalten und sein Versprechen, sie später zu besuchen, erneuern. Außerdem würde er bei dieser Gelegenheit mal wieder merken, wie tüchtig und dabei weiblich sie war. Darüber hinaus würde er sehen, daß sie nicht nur am Abend gepflegt und hübsch aussah, sondern auch mit dem Fensterleder in der Hand.

Wenn man bedenkt, wen sie zu sehen hoffte, war es pure Ironie, daß das erste Auto, das auftauchte, Tamsin Selbys war. Auch wenn man das Nummernschild nicht sah (SIN 1A), erkannte man Tamsins Mini sofort; denn obwohl der Wagen neu war, hatten Regentropfen und

Staub auf dem schwarzen Lack und dem weißen Dach ihre Spuren hinterlassen, und der Rücksitz lag voller Blätter, Zweige und Abfall von den Feldern. Freda verzog voll Mißbilligung den Mund. Wenn man Geld hatte und sich hübsche Sachen dafür kaufen konnte (was das Monogramm auf dem Nummernschild allein gekostet haben mußte!), dann sollte man sie auch pflegen.

Gleich hinter ihr folgte Dr. Greenleafs Wagen. Zeit, daß er sich einen neuen kauft, überlegte Freda. Ärzte, so hatte es in einer ihrer Wochenzeitschriften gestanden, sind die heute am meisten respektierten Mitglieder der Gesellschaft und müssen deshalb gewissen Anforderungen entsprechen. Sie lächelte und neigte dabei den Kopf. Das freundliche Grinsen des Doktors signalisierte wohl, er war ihr dankbar, daß sie so gesund aussah und deshalb nicht seine kostbare Sprechstundenzeit in Anspruch nahm.

Als dann Joan Smith-King in ihrem Kombi voller Kinder aus Linchester auftauchte, die sie aus der Schule abgeholt hatte, war Freda mit dem Fenster fertig.

»Prompte Lieferung per hauseigenem Laster«, lachte Joan. »Den meint, ich müsse eigentlich den Führerschein für Lastwagen haben.«

»Kann ich zu Peter zum Tee gehen?« rief Cheryl. »Darf ich, Tante Free? Bitte!«

»Wenn sie Ihnen nicht zur Last fällt«, erwiderte Freda. Cheryl war vielleicht nur die Tochter eines Handelsvertreters, doch sie hatte gute Manieren. Dafür hatte Freda gesorgt. Zum Tee wegzugehen war allerdings ein Ärgernis. Nun kam Cheryl wahrscheinlich um sieben hereingesaust, gerade wenn Freda vorhatte, ganz entspannt dazusitzen, Kaffeetassen auf der besten Tischdecke, Papierservietten drapiert und Sherry in der Karaffe.

»Scheußlich, diese Wespen.« Joan schaute am Haus hoch, wo die Wespen unter der Dachkante hervortröpfelten. »Tamsin hat mir erzählt, daß Patrick einen bösen Stich an der Hand hat.«

»Ach ja?« Freda wandte den Blick von Joans Gesicht und schaute unschuldsvoll zur Hecke hinüber. »Komm nicht so spät«, sagte sie zu Cheryl. Joan fuhr weiter, eine Hand am Steuer. Mit der anderen zog sie Jeremy von Peter weg und schob Cheryl ihre Tochter Susan auf den Schoß. Das Baby in seiner Tragetasche auf dem Vordersitz fing an zu weinen. Freda ging nach hinten in die blitzblanke Küche.

Sie war gerade dabei, ihr Make-up aus dem kleinen Versteck von Kosmetika, das sie in einer Schublade angelegt hatte, aufzufrischen, als sie Edwards Wagen in der Auffahrt hörte. Die Eingangstür fiel ins Schloß.

»Free?«

Sie hastete ins Wohnzimmer. Edward stand schon am Plattenspieler und legte ›In der Halle des Bergkönigs‹ auf.

»Du hättest ruhig das Tor zumachen können«, rief sie aus dem Fenster, ließ es aber dabei bewenden. Eine Ehefrau konnte solche kleinen Dienstleistungen erwarten, aber nicht eine Schwester. Eine Schwester war lediglich Haushälterin, Kindermädchen für Edwards mutterlose Tochter. Dennoch ... ihre Laune wurde besser. In ein paar Jahren hatte sie vielleicht selbst ein Kind.

»Wann gibt's Tee?«

»Punkt halb sechs«, sagte Freda. »Ich habe dich doch noch nie auf deine Mahlzeiten warten lassen, Ted.«

»Es ist nur, weil um sieben der Kurs über Kraftfahrzeugwartung anfängt.«

Edward ging jeden Abend zu einem anderen Volkshochschulkurs. Montag und Donnerstag Französisch, Buchführung am Dienstag, Tischlern am Mittwoch und freitags Kraftfahrzeugwartung. Freda fand seinen Eifer anerkennenswert. Es war, so nahm sie an, für ihn eine Möglichkeit, über den Tod seiner Frau hinwegzukommen. Sie hatte gerade noch lange genug gelebt, um die Gardinen in dem neuen Haus aufzuhängen. Als die erste Rate der Hypothek fällig wurde, war sie tot.

»Was machst du heute?«

Sie zuckte die Achseln. Er war ihr Bruder, aber auch ihr Zwilling, und er wachte ebenso eifersüchtig über ihre Zeit, wie es vielleicht ein Ehemann getan hätte.

»Manchmal«, sagte er, »frage ich mich, ob du nicht einen heimlichen Freund hast, der immer, wenn ich um die Ecke bin, hier hereinschaut.«

Redeten die Leute schon? Nun, warum auch nicht? Noch ein paar Tage, und es wußten sowieso alle. Auch Edward. Komisch, der Gedanke daran ließ sie erschauern.

Er drehte die Platte um und richtete sich auf. Solveigs Lied, Musik für ein kühles Klima, erfüllte das stickige Zimmer. Die klare Stimme gefiel Freda, ließ sie an große, stille Räume denken, die sie bisher nur von außen gesehen hatte, wenn sie mit ihrem Einkaufskorb daran vorbeiging. Im großen und ganzen, dachte sie, würde sie gern dort wohnen. Sie wäre da nicht empfindlich. Er liebt mich, und dabei dachte sie an Edward. Ein langer Schauer aus Schmerz und bangem Glücksgefühl wanderte durch ihren Körper, von den Schultern, an den Schenkeln entlang bis zu ihren Füßen in den engen, spitz zulaufenden Schuhen.

»Das wäre mir gar nicht lieb, Free«, fuhr er fort. »Du hast es doch hier bei mir am besten.«

»Wir werden sehen, wie sich alles entwickelt, nicht wahr«, erwiderte sie und schaute durch die rautenförmigen Fensterscheiben auf Linchester, auf die zehn anderen Häuser, die eine grüne Insel in der Mitte umschlossen. Wie hübsch und anregend würde sich das alles im nächsten Jahr aus einem anderen Blickwinkel ausnehmen. Als sie sich umdrehte, war Edward neben ihr und schnipste mit den Fingern vor ihrer Nase herum, um sie auf den Boden der Tatsachen zurückzuholen.

»Laß das«, sagte sie. Er setzte sich gekränkt und klappte sein Kursbegleitbuch ›*Grundzüge der Währungswirtschaft*‹ auf. Freda ging nach oben, um ihr Haar einzusprühen, die Strumpfnähte zu begradigen und sich noch ein bißchen *Fresh Mist* unter die Achseln zu sprühen.

Denholm Smith-King war es gewohnt, für seine Frau kleinere, wenn man so will auch größere Dienstleistungen zu erbringen. Bei fünf Kindern kam er kaum darum herum. Als sie ankam, war er schon daheim und gerade dabei, ›eine Tasse Tee‹, wie er es scherzhaft und untertrieben nannte, vorzubereiten. Im Haushalt der Smith-Kings hieß das, einen ganzen Laib Brot aufschneiden und buttern und ein paar Pfund Kuchen aufzuteilen.

»Du bist zeitig zu Hause«, sagte sie.

»Ist nicht viel los im Moment.« Geistesabwesend begrüßte er Cheryl, nicht ganz sicher, ob sie eines seiner eigenen Kinder war oder nicht. »Es läuft ein bißchen lasch derzeit. Also bin ich in den Schoß der Familie geeilt.«

»Lasch?« Sie fand ein Tischtuch und breitete es über ein ehemals schönes und makelloses Stück Teakholz.

»Mir gefällt das nicht, Den. Ich wollte schon lange mal mit dir übers Geschäft reden ...«

»Hast du jemanden gefunden, der morgen abend die Bande hier in Schach hält?« fragte er, geschickt das Thema wechselnd.

»Linda Gaveston will rüberkommen. Ich habe sie gefragt, als ich bei Waller war.« Joan nahm die Karte vom Kaminsims und las laut: »Tamsin und Patrick Selby. In ihrem Heim. Samstag, 4. Juli, acht Uhr. Natürlich weiß ich, wie affektiert Tamsin ist, aber ›in ihrem Heim‹ geht doch ein bißchen weit.«

»Ich schätze, man kann so weit gehen, wie man will«, sagte Denholm, »wenn man ein privates Einkommen und keine Kinder hat.«

»Es ist nur eine Geburtstagsparty, Den. Sie wird morgen siebenundzwanzig.«

Denholm setzte sich schwerfällig, ein widerwilliges Familienoberhaupt am Kopfende seines Eßtischs. »Siebenundzwanzig? Ich hätte sie nicht über zwanzig geschätzt.«

»Ach, red doch keinen Unsinn, Den. Die beiden sind schon Jahre verheiratet.« Sie war etwas pikiert über seine Bewunderung für eine andere Frau, aber nun schaute sie ihn über die Köpfe ihrer Kinder hinweg liebevoll an. »Stell dir bloß mal vor, Jahre mit Patrick Selby verheiratet zu sein!«

»Nun, ich würde sagen, das ist eine Frage des Geschmacks, altes Mädchen.«

»Ich weiß nicht, was es ist«, meinte Joan, »aber der Mann macht mir angst. Jedesmal, wenn ich ihn mit seinem großen deutschen Hund vorbeigehen sehe, schaudert's mich.« Sie wischte dem Baby mit einer Serviette übers Kinn und seufzte. »Heute vormittag war das Untier wieder im Garten. Tamsin hat sich sehr dafür entschuldigt. Das muß ich ihr lassen. Auf ihre Art ist sie ein ganz nettes Mädchen, nur ist sie meist nicht richtig wach.«

»Schade, daß sie keine Kinder haben«, meinte Denholm nachdenklich. Dabei war er sich nicht ganz sicher, ob er den Selbys Kinder wünschte, weil es ihm ehrlich leid tat, daß sie keine hatten, oder aus Rache. Joan sah ihn scharf an.

»Sie sind Vettern ersten Grades, wie du weißt.«

»Ah«, meinte Denholm, »zusammen aufgewachsen. Eine Sandkastenfreundschaft, ja?«

»Das weiß ich nicht«, sagte seine Frau. »Er sieht mir nicht so aus, als könne man ihn danach fragen, und sie ist allzusehr in ihrer Rolle als verlorenes kleines Mädchen gefangen.«

Nach dem Tee verschwanden die Kinder im Garten. Joan drückte ihrem Mann ein Handtuch in die Hand und fing an abzuwaschen. Jeremys Schrei ließ sie beide zusammenfahren, und noch bevor er verklungen war, stand Denholm, der wußte, was es zu bedeuten hatte, draußen auf dem Rasen und schwang drohend den Stock, den er für diesen Fall in der Veranda aufbewahrte.

Nur Cheryl war nicht zurückgeschreckt. Die anderen Kinder hingen an Denholm, der zwischen Sandkasten und Schaukel auf den Hund zuging.

»Raus hier, du Vieh!«

Der Weimaraner sah ihn höflich, aber mit einer Art milder Geringschätzung an. Es war nichts Wildes an dem Tier, aber auch nichts Liebenswertes. Dazu war es zu selbstbewußt, zu hochgezüchtet. Der Hund stand inmitten der Blumenrabatten, und die Ringelblumen reichten ihm bis zu den Flanken. Als Denholm erneut auf ihn einschimpfte, streckte er eine himbeerrote Zunge heraus und schnappte elegant nach einer Ritterspornblüte.

Cheryl griff nach Denholms Hand. »Sie ist ein netter Hund, wirklich. Sie kommt nämlich oft zu uns.«

Ihre Worte sagten Denholm nichts, aber er ließ den Stock fallen. Auch wenn er nicht sonderlich sensibel war, so konnte er den Hund kaum in Gegenwart der Frau schlagen, die plötzlich und leise auf dem Rasen nebenan erschienen war.

»Queenie kommt oft zu uns«, sagte Cheryl noch einmal.

Tamsin Selby hatte es gehört, und eine Welle des Schmerzes ging über ihr glattes braunes Gesicht hinweg.

»Es tut mir schrecklich leid.« Sie lächelte mit geschlossenen Lippen. »Bitte, Denholm, sei ihr nicht böse. Sie ist so lieb.«

Denholm grinste töricht. Bei den Selbys kam er sich immer wie ein Trottel vor. Vielleicht war es der Kontrast zwischen ihrem tadellosen Garten und seinem eigenen wilden Spielplatz; ihrer hellen Schneidergarderobe und dem, was er seine Klamotten nannte; ihrem Wohlstand und seinen unerfüllten Bedürfnissen.

»Er ängstigt die Kleinen«, grummelte er.

»Komm, Queenie!« Ihr langer brauner Arm beschrieb eine langsame, elegante Kurve. Sofort sprang der Hund über die Hecke.

»Ich hoffe, wir sehen uns morgen, Denholm?«

»Ihr könnt auf uns zählen. Wenn es eine Gelegenheit gibt, sich auf angenehme Art und Weise einen anzusäuseln, sind wir dabei.« Die Situation war ihm unangenehm, und er ging rasch ins Haus. Aber Cheryl blieb zurück und beobachtete mit neugierig-intelligenten Kinderaugen die Szene. Sie fragte sich, warum die Dame, die so ganz anders war als Tante Free, unter der Weide drüben auf die Knie fiel und ihre Arme um den weichen, cremefarbenen Nacken des Hundes schlang.

2

Vor fünf Jahren sprachen die Leute in Nottinghamshire von dem Herrenhaus und dem Park, wenn sie Linchester meinten. Gehörten sie zum Landadel, erinnerten sie sich an Gartenparties, wenn nicht, dann zumindest an Busfahrten zu einem klassizistischen Haus, wo man für eine halbe Krone Eintritt eine Menge wertvolles, aber langweiliges Porzellan besichtigen konnte, während die Kinder an dem alten Grenzzaun herumtollten. Doch all das hatte mit dem Tod des alten Marvell ein Ende. Es schien, als hätte das Haus noch einen Tag existiert, und am nächsten waren nur noch die Planierraupen zu sehen, die Henry Glide aus der Stadt hatte kommen lassen, und eine riesige Staubwolke, die grau und pfannkuchenförmig über den Bäumen hing, als habe jemand eine kleine Atombombe gezündet.

Niemand wolle dort wohnen, hieß es. Dabei vergaß man, daß Pendeln ›in‹ war, sogar in der Provinz. Henry selbst hatte so seine Zweifel, und noch bevor ihm klar wurde, daß er sich wohl besser auf Direktoren aus Nottingham konzentriert hätte als auf Farmer im Ruhestand, hatte er schon drei Chalets gebaut. Glücklicherweise, jedoch rein zufällig, wurden die drei Fehler durch einige alte Ulmen beinahe vollständig verdeckt. Er geriet völlig außer sich und begann nun, große Häuser mit kleinen Gärten über das ganze Grundstück zu verteilen, bis er nach einem vorsichtigen Blick auf den Vertrag mit Marvell sah, daß es da eine Klausel gab, die allzuviel Bäumefällen verbot. Seine Frau dachte, er würde langsam senil, als er sagte, er wolle nur noch acht Häuser bauen, acht wunderschöne, individuelle, von Architekten entworfene Häuser rund um eine breite Grünzone mit einem Teich in der Mitte. Und das meinten die Leute jetzt, wenn sie von Linchester redeten. The Green war der kleine See, auf dem Schwäne zwischen Seerosenblättern herumschwammen. Der großartige Name The Circle bezeichnete die Straße, die um The Green herumführte; das Cotswold-Bauernhaus und die Pseudo-Tudor-Häuschen, das der Greenleafs, das aussah, als sei es in der Gartenvorstadt Hampstead vorgefertigt und komplett nach Nottinghamshire verfrachtet worden, den Glaskasten der Selbys und Glides eigenen Sonnenanbeter-Bungalow. Aus dem Obergeschoß der Busse zeigten die Leute auf die Landsitztaschenausgabe der Gavestons, das Queen-Anne-Haus der Gages und das der Smith-Kings, das man als ganz gewöhnliches Haus geplant hatte und das jetzt nur noch Brutkasten war. Sie bemängelten die Chalets, diese armen Verwandten und ihre Bewohner, die Staxtons, MacDonalds und Carnabys.

Die beiden Männer von der Auslieferung der British Railways wohnten in Newark und waren noch nie in Linchester gewesen. Heute, am ruhigsten, herrlichsten Sommerabend des Jahres, sahen sie es von seiner Schokoladenseite. Doch es war nicht die liebliche Umgebung, die sie beeindruckte, nicht die elegante Form des Circle, nicht die steinernen Ananasfrüchte auf den Säulen rechts und links der Einfahrt zum ehemaligen Herrenhaus, auch nicht die Bäume, Ulmen, Eichen und Ahorn, die jedem Haus seine Exklusivität verliehen, nein, es waren die Häuser selbst in ihrer Pracht.

Überwältigt von Ehrfurcht und gleichzeitig mißtrauisch fuhren sie in ihrem Lieferwagen zwischen den Säulen hindurch in den Circle auf der Suche nach einem Haus namens Hallows. Der Wagen rumpelte die Straße entlang, hinterließ in dem weichen Teer seine Reifenabdrücke und schleuderte weiße Splittstückchen in die Luft, vorbei an den drei Fehlern, vorbei an Shalom, The Laurels und Linchester Lodge.

»Das da würde mir gefallen«, sagte der Fahrer und zeigte auf das Cotswold-Bauernhaus mit seiner Andeutung eines jadefarbenen Schweizer Balkongeländers. »Wenn meine Zahlen rauskommen.« Sein Beifahrer schwieg voller Neid und Verachtung.

»Halt die Augen offen, Reg. Wir haben eigentlich schon Feierabend.«

»Zum Donner«, sagte sein Kumpel und warf eine Kippe in die Rhododendronbüsche der Gavestons. »Ich hab doch keine Röntgenaugen. 'ne halbe Meile bis zu der Einfahrt und dann die vielen Bäume.«

»Also, ich würd die alle abholzen lassen. Halten nur das Licht ab, jawohl. Und dann würd ich noch was mit dem leeren Stück da in der Mitte machen. Könnte man noch 'n paar nette Bungalows hinsetzen, da, wo der Teich ist. Na also, da wär'n wir ja. Hallows. Hätt ich genausogut allein gefunden.«

Aber er war doch froh, als Reg ihm half, das Paket abzuladen. Es war schwer, und ein Aufkleber wies es auch noch als zerbrechlich aus. Irgendwas wie eine Tür oder ein großer Spiegel. Er konnte den Rahmen durch die Wellpappe der Verpackung fühlen.

Sie schleppten es zwischen den zwei Reihen junger Weiden die Auffahrt hinauf bis zum gepflasterten Hof vor dem Haus.

Die meisten Leute fanden Hallows sehr schön. Reg und der Fahrer hielten es, verglichen mit seinen üppigeren Nachbarn, für etwas langweilig. Es war ein schlichter, kastenförmiger Bau aus Yorker Stein und hellem, unpoliertem Holz; es hatte keine Giebel und keine Schornsteine, keine Läden und nicht eine einzige Buntglasscheibe. Vor den riesigen Fenstern hingen weiße Jalousien, und die Eingangstür war eine schwingende Komposition aus stahlgefaßtem Glas.

»Suchen Sie mich?« Die Stimme kam von oben, war unzweifelhaft Upper-class in ihrer zierlichen Unbestimmtheit. Der Fahrer sah zu dem langen, kahlen Balkon hinauf, wo die Frau an der Brüstung lehnte.

»British Railways, meine Dame.«

»Wie schrecklich!« sagte Tamsin Selby. »Das hatte ich ganz vergessen.«

Die Lieferung dieses Pakets hatte sie aus einer übermütigen, fast boshaften Laune heraus geplant, die sich aber von ihrer derzeitigen unterschied. Es hatte so lange gedauert, so vieles war inzwischen passiert. Sie verschwand durch die Balkontür ins Schlafzimmer.

»So leben also die Reichen«, meinte Reg zu dem Fahrer. »Hatt ich ganz vergessen, meine Fresse.«

Atemlos kam Tamsin zu ihnen heraus gelaufen. Das Ding mußte, koste es was es wolle, hereingebracht und möglichst versteckt werden, bevor Patrick nach Hause kam. Sie versuchte es den Männern abzunehmen, aber es war zu schwer für sie. Ihre Bemühungen wurden mit einer Art Triumph beobachtet.

»Würden Sie mir einen riesigen Gefallen tun und es nach oben bringen?«

»Also, wissen Sie«, fing der Fahrer an. »Das Ding ist ganz schön schwer...«

Sie nahm zwei Halbkronenstücke aus der Handtasche, die sie sich im Vorbeigehen in der Halle gegriffen hatte.

»Hier können wir's wohl nicht lassen, oder?« Reg grinste zögernd.

»Das ist wirklich nett«, sagte Tamsin. Sie ging voraus, und die beiden Männer folgten ihr, trugen das Paket behutsam, um die taubengraue Textiltapete an den Wänden und die Farbe an dem geschwungenen, eisernen Handlauf des Treppengeländers nicht zu beschädigen.

»Hier herein, denke ich.«

Der Raum war einfach zu schön für die beiden. Ihre Armut, nie zugegeben, kaum zuvor bemerkt, wurde ihnen plötzlich bewußt, bedeckte ihre Hände mit unvermeidlichem Schmutz. Sie schauten an den Samtvorhängen vorbei, vorbei an dem Frisiertisch mit der von einem Leuchtring umgebenen Glasplatte, vorbei an der halboffenen Tür zum Bad mit den handbemalten Fischkacheln und sahen schließlich auf ihre Füße.

»Könnten Sie es bitte auf eines der Betten legen.«

Sie ließen ihr Paket auf die näherliegende der beiden cremeweißen Steppdecken gleiten, mieden dabei das Bett am Fenster, wo die zurückgeschlagene Decke ein zitronenfarbenes Spitzennachthemd zwischen volantbesetztem Kissen und Decke enthüllte.

»Vielen Dank. Hier ist es wenigstens aus dem Weg.«

Sie machte sich nicht mal die Mühe, die Seide glattzustreichen, wo eine Ecke des Pakets sie zerknautscht hatte, sondern setzte rasch ihren Namen unter die Empfangsquittung und scheuchte die Männer aus dem Haus. Als sie fort waren, machte sie die Tür zu und seufzte tief. Patrick konnte jeden Moment nach Hause kommen, und sie hatte eigentlich die paar Minuten dazu benutzen wollen, noch einmal alles zu überprüfen und sich zu vergewissern, daß sie gut aussah.

Sie ging in das Schlafzimmer mit dem Balkon davor und schaute in den Spiegel. Alles in Ordnung, genau wie Patrick sie gern haben wollte, wie er sie einmal gern gehabt hatte ... Die Sonne – sie verbrachte die meiste Zeit des Tages in der Sonne – hatte für ihren von Natur aus dunklen Teint Wunder gewirkt und dem dunkelhonigfarbenen Haar eine sanfte Aufhellung verliehen. Kein Make-up. Lippenstift hätte das Image verdorben, das sie gerne kreierte, die Reproduktion einer glatten, teakfarbenen Maske mit gerader Nase, fein ziselierten Lippen und Wangen wie geschwungene, polierte Ebenen.

Ihr Haar hing fast gerade auf die braungebrannten Schultern. Nicht einmal für ihn ließ sie es schneiden oder legen. Das Kleid – das stimmte auf jeden Fall. Patrick haßte grelle Farben, und dies hier war schwarzweiß. So schlicht es auch geschnitten war, wußte sie doch, daß es vielleicht etwas zu lässig fiel, daß es zu sehr den Eindruck einer Uniform für Emanzipierte erwecken konnte. O Gott, dachte sie und warf ihrer eigenen Erscheinung eine Grimasse zu. Dabei wünschte sie zum erstenmal in ihrem Leben, sie könne sich in einen energischen blonden Hausfrauentyp verwandeln.

Unten war der Tisch schon zum Abendessen gedeckt: zwei Sets aus blauem Leinen – er hatte dafür gesorgt, daß sie die großen Damasttücher in der Schublade ließ –, schwarze Prinknash-Teller, ein langer Korb mit französischem Brot, Riesling. Tamsin sog scharf die Luft ein, als sie sah, daß sie vergessen hatte, die Gräser in der Vase wegzuwerfen. Sie griff danach und lief in die Küche, wobei sie eine Spur vertrockneter Grasteile hinter sich ließ. Der Hund, hatte sie den Hund gefüttert?

»Queenie!«

Wie oft hatte er sie in den vergangenen fünf Monaten beschimpft, wenn sie vergessen hatte, den Hund um Punkt fünf zu füttern? Wie oft hatte er ihr ungeduldig seine Mißbilligung zu verstehen gegeben, daß sie ihre Zeit damit vergeude, tagträumend im Garten zu liegen, in den Feldern herumzustreifen und sich von Crispin Marvell etwas übers Landleben beibringen zu lassen, statt zu Hause zu bleiben und es den Gages oder den Gavestons gleichzutun.

Aber sie mußte daran gedacht und es dann in ihrer Panik wieder vergessen haben. Die Schale mit dem Pferdefleisch und Trockenfutter stand unberührt auf dem Fußboden. Fliegen surrten darüber hinweg, und eine Wespe krabbelte auf einem Fettklumpen herum.

»Queenie!«

Die Hündin erschien geräuschlos vom Garten her, schnüffelte an dem Fressen und schaute fragend mit trauervollen Augen zu Tamsin auf. Sie ist das einzige, was wir noch gemeinsam haben, dachte Tamsin, das einzige, was wir beide lieben, unsere Kreuznacht-Königin, wie wir sie beide nennen. Sie fiel auf die Knie und warf in ihrer Einsamkeit die Arme um Queenies Hals, fühlte das samtweiche Fell gegen ihre Wange. Queenies Schwanz bewegte sich sacht, und sie bohrte ihre Schnauze in Tamsins Ohr.

Von den beiden weiblichen Wesen, die so darauf aus waren, Patrick Selby zu gefallen, hörte die Hündin ihn als erste. In ganz erwartungsvoller, erstarrter Aufmerksamkeit wurde aus den lethargischen Schwanzbewegungen ein aufgeregtes Wedeln, wobei sie gegen die Herdklappe schlug, daß es wie ein Gong tönte.

»Herrchen«, sagte Tamsin. »Such!«

Der Weimaraner reckte den schlanken Körper, hielt den Kopf schief und stand einen Augenblick in der Haltung seiner Vorfahren, der Vorstehhunde, wenn sie in den Wäldern Thüringens auf das Kommando des Jägers warteten. Die schwere Garagentür rumpelte und fiel mit einem fernen Peng zu. Queenie war schon losgesaust, quer über den Hof zur Eisenpforte, die die Auffahrt abtrennte.

Tamsin folgte ihr mit klopfendem Herzen.

Er kam langsam heran, sah sie nicht an, schwieg, die Aufmerksamkeit völlig auf den Hund gerichtet. Als er Queenie gestreichelt hatte, wobei seine Hände ihren ganzen Körper liebkosten, schaute er hoch und sah seine Frau.

Tamsin hatte so viel zu sagen, so viele Koseworte aus der Zeit, als es nicht nötig gewesen war, etwas zu sagen. Aber keine Silbe kam über ihre Lippen. Sie stand nur da, schaute ihn an und knetete den schwarz-weißen Stoff ihres Kleides zwischen den Fingern. Patrick schwenkte den Zündschlüssel und drängte an ihr vorbei, schlug nach einer Wespe, die ihm vor dem Gesicht herumsurrte, und ging ins Haus.

»Sie hat nicht gefressen«, waren die ersten Worte, die er an Tamsin richtete. Er haßte Schmutz, Unordnung, Falschplaciertes. »Es ist ganz voller Fliegen.«

Tamsin nahm die Hundeschüssel hoch und schüttete den Inhalt in den Mülleimer. Fleischsaft lief ihr über die Finger. Patrick schaute kurz auf ihre Hand, wandte sich ab und ging die Treppe hinauf. Sie ließ Wasser laufen und spülte sich die Hand ab. Es schien ihr eine Ewigkeit her zu sein, seit er gegangen war – der Wein – hoffentlich wurde er nicht zu warm. Sollte sie ihn lieber zurück in den Kühlschrank stellen? Sie wartete, Schweißtropfen rannen in ihr Kleid. Schließlich stellte sie den Ventilator an.

Endlich kam er, in einem fahlgestreiften T-Shirt und sommerlicher Freizeithose. Er sah gut aus, wenn man für Männer mit aschblondem Haar und Sommersprossen schwärmt.

»Du magst doch Melone«, sagte sie. »Es ist Kantelupe.«

Mißtrauisch kratzte Patrick den feuchten goldbraunen Zucker beiseite.

»Das ist doch nicht etwa Honig? Du weißt, ich hasse Honig.«

»Natürlich nicht«, sie hielt zaghaft inne. »Liebling«, fügte sie hinzu.

Schweigend aß er sich durch Geflügelsalat, Kartoffelsticks und Obstsalat – lauter gute, hygienische Sachen aus Dosen, Paketen und Tiefkühltruhen –, er aß mäßig und geistesabwesend. Der Ventilator summte, Queenie lag darunter, die Pfoten ausgestreckt, mit heraushängender Zunge.

»Ich habe alles für die Party besorgt«, sagte Tamsin.

»Party?«

»Ja, morgen. Mein Geburtstag. Das hattest du doch nicht vergessen, oder?«

»Nein, ich habe nur im Moment nicht daran gedacht, das ist alles.«

Hatte er vielleicht auch nicht daran gedacht, ihr ein Geschenk zu besorgen?

»Es gibt noch jede Menge Arbeit«, meinte sie lebhaft. »Die Lichter müßten noch aufgehängt werden, und dann sollten wir die Möbel im –« jetzt kam es mehr denn je darauf an, das richtige Wort zu finden – »im Salon ein bißchen umstellen, falls es regnet. Und – oh,

Patrick, könntest du etwas gegen die Wespen unternehmen? Ich glaube, wir haben irgendwo ein Nest.« Etwas verspätet fiel es ihr ein, und sie griff nach seiner Hand. Wie leblos lagen seine Finger auf den ihren, am Daumenansatz sah man die rote Erhebung. »Zu scheußlich für dich. Wie ging es heute?«

»Der Stich? Die Schwellung geht zurück, danke.«

»Könntest du versuchen, sie loszuwerden? Sie werden uns die ganze Party verderben.«

Er schob den Teller und das Weinglas zurück.

»Jetzt nicht. Ich gehe weg.«

Sie hatte angefangen zu zittern, und als sie sprach, bebte ihre Stimme.

»Es gibt so viel zu tun. Bitte, geh nicht weg, Liebster. Ich brauche dich.«

Patrick lachte. Sie sah ihn nicht an, saß nur da, starrte auf ihren Teller und rührte mit dem Löffel in dem klebrigen Saft herum.

»Ich gehe. Der Hund muß raus, oder?«

»Ich könnte ja mit Queenie gehen.«

»Vielen Dank«, entgegnete er eisig. »Das schaffe ich schon.« Er fuhr leicht über die Jalousien und sah sich die Staubspuren auf seinen Fingerspitzen an. »Wenn du dich langweilst, dann gibt es hier noch einiges, womit du dich beschäftigen könntest.«

»Patrick.« Sie war blaß geworden und hatte plötzlich eine Gänsehaut auf den Armen. »Was du gestern abend gesagt hast – du mußt deine Meinung ändern. Vergiß es.« Mit großer Anstrengung brachte sie die drei Worte über ihre erstarrten Lippen. »Ich liebe dich.«

Es war, als hätte sie gar nichts gesagt. Er ging in die Küche und nahm die Hundeleine aus dem Besenschrank.

»Queenie!«

Aus tiefem Schlaf fuhr der Weimaraner wie elektrisiert in aufgeregte Lebendigkeit. Patrick machte die Leine am Halsband fest und ging mit dem Tier hinaus.

Tamsin saß zwischen den Resten ihres Essens. Schließlich begann sie leise zu weinen, Tränen fielen in das Weinglas, das sie mit beiden Händen umfaßt hielt. Ihr Mund war wie ausgedörrt, und sie trank einen Schluck. Ich trinke meine eigenen Sorgen, dachte sie. Fünf Minuten verstrichen, zehn. Dann ging sie aus dem Haus in die Weidenallee. Der Himmel war klar, azurblau. Der Horizont schimmerte violett und aprikosenfarben. Schwalben segelten kreuz und quer darüber hin.

Am Ende der Auffahrt blieb sie stehen und lehnte sich gegen das Tor. Patrick war noch nicht weit gegangen. Sie sah ihn am Teich stehen und ins Wasser schauen. Die Hündin hatte mal wieder erfolglos versucht, die drei weißen Schwäne aus der Ruhe zu bringen. Jetzt gab sie es auf und folgte der Spur eines Eichhörnchens, wobei sie am Fuße jeden Baumes stehenblieb und erwartungsvoll nach oben blickte. Patrick wartete auf etwas, schlug die Zeit tot. Worauf wartete er?

Während sie ihn beobachtete, kam hinter den Ulmen ein blaßgrüner Ford ins Blickfeld. Dieser komische kleine Vertretertyp aus den Chalets auf seinem Weg zur Abendschule, dachte sie. Sie hoffe, er würde mit einem Gruß vorbeifahren, aber das tat er nicht. Er hielt an. Es gab nur wenige Männer, die an Tamsin vorbeifuhren.

»Warm genug für Sie?«

»Ich finde es schön«, sagte Tamsin. Wie hieß er bloß noch? Sie kannte nur einen der Chaletbewohner beim Namen. »Ich liebe die Sonne.«

»Sie bekommt Ihrem Gesicht gut, das sehe ich.«

Offensichtlich kam sie nicht um eine Konversation herum. Sie öffnete die Pforte und ging zu dem Wagen hinüber. Er mißverstand sie und hielt ihr die Tür auf.

»Kann ich Sie mitnehmen? Ich fahre ins Dorf.«

»Nein. Nein, danke.« Tamsin hätte beinahe gelacht. »Ich will nicht weggehen, ich genieße nur den schönen Abend.«

Er sah enttäuscht aus.

»Tatsächlich«, sagte er langsam. Ein offensichtlicher Versuch, sie so lange aufzuhalten, bis die Nachbarn ihn mit der schönen Mrs. Selby hatten sprechen sehen. »Tatsächlich schwänze ich im Moment meine Pflichten. Ich sollte eigentlich unliebsame Gäste beseitigen.«

»Unliebsame Gäste?«

»Wespen. Wir haben ein Nest.«

»Ach? Wir auch.« Sie sah auf. Patrick stand noch immer an derselben Stelle. »Mein Mann – wir würden sie gern loswerden, wissen aber nicht, wie.«

»Ich habe da etwas. Es heißt Vesprid. Wissen Sie was, ich mache Ihnen einen Vorschlag. Wenn ich meine erfolgreich vernichtet habe, dann bringe ich Ihnen die Dose rüber. Die Menge reicht, glaube ich, aus, um sämtliche Wespen in ganz Nottinghamshire umzubringen.«

»Das ist aber nett.«

»Ich bringe es morgen vormittag rüber, ja?«

Tamsin seufzte. Jetzt hatte sie sich diesen unglückseligen Kerl aufgeladen, während sie ihre Party vorbereiten mußte.

»Warum kommen Sie nicht zu einem kleinen Umtrunk morgen abend vorbei? Ich habe ein paar Freunde eingeladen, so gegen acht.« Er sah sie bewundernd an, und seine Augen erinnerten sie an Queenies. »Wenn Sie etwas eher dasein könnten, erledigen wir die Wespen dann. Bringen Sie ruhig einen Freund mit, wenn Sie Lust haben.«

Eine Party in Hallows! Eine Party im größten Haus von Linchester! Mit seiner traurigsten Witwerstimme sagte er: »Seit dem Tod meiner Frau bin ich nicht mehr auf einer Party gewesen.«

»Tatsächlich?« Irgendwo klingelte es bei ihr. Seine Frau ist tot, hatte Patrick erzählt. Und deshalb... Was hatte sie bloß getan? »Entschuldigen Sie, aber ich glaube, wir haben uns noch gar nicht vorgestellt.«

»Carnaby. Edward Carnaby.«

Er sah sie lächelnd an. Sie nahm die Hand von der Autotür und preßte sie gegen ihre Brust, dabei keuchte sie wie jemand, der gerade einen Berg hinaufgelaufen ist.

»Sieh mal an, Tamsin Selby im Gespräch mit einem Mann«, dachte Joan, als sie mit Cheryl an der Hand aus der Gartentür trat.

»Wink deinem Daddy.«

Doch das Kind interessierte sich mehr für den Mann mit dem Hund am Green. Joan folgte ihr und sagte sich, daß sie sowieso dort hatte entlanggehen wollen.

Patrick hatte noch nie zu den Menschen gehört, die Höflichkeiten übers Wetter oder anderer Leute Gesundheit austauschen. Sein Blick, bisher mit einer Art berechnendem Abscheu auf Edward Carnaby gerichtet, schwenkte auf Joan. Dabei registrierte er jede Einzelheit ihrer Erscheinung; von dem schlaff herunterhängenden Baumwollkleid über die sonnenverbrannten Arme bis hin zu dem dunklen Haaransatz, wo die Farbe herauswuchs.

»Ist es nicht heiß?« Sie fühlte sich unwohl in seiner Gegenwart und mehr noch, als ihr klar wurde, wie idiotisch ihre Bemerkung war. Es war gar nicht mehr heiß. Eine Brise wehte übers Wasser und ließ das Spiegelbild des Abendhimmels wellig erscheinen.

»Ich weiß nicht, warum die Engländer so einen Kult daraus machen, sich ständig übers Wetter zu beschweren«, sagte er. Dabei wirkte er sehr teutonisch, und ihr fiel ein, daß jemand erzählt hatte, er habe seine Jugend in Deutschland und Amerika verbracht. Sie lachte verlegen und griff nach Cheryls Hand. Er hatte seinen Widerwillen, sich mit ihr zu unterhalten, so deutlich zu erkennen gegeben, daß sie zusammenzuckte und errötete, als er sie zurückrief.

»Wie gehen die Geschäfte?«

»Geschäfte?« Natürlich meinte er Denholms Geschäfte, die Fabrik. »Gut, nehme ich an.« Und dann, weil schon die ganze Zeit seit dem Tee sich so eine vage, unterbewußte Sorge in ihren Gedanken breitgemacht hatte, fügte sie hinzu: »Den meint, in der letzten Zeit sei es etwas lasch gewesen.«

»Nun, wir können nicht alle die dicken Verträge einheimsen.« Er berührte den Stamm der großen Eiche und sah mit einem winzigen Lächeln nach oben in die Krone. »Die wachsen nicht auf den Bäumen. Das ist eine Sache von Arbeit, meine liebe Joan, Arbeit und Zielstrebigkeit. Denholm sollte sich in acht nehmen, oder ich werde ihn demnächst einkassieren.«

Sie antwortete nicht. Boshaftigkeit saß in seinen Mundwinkeln. Sie schaute weg auf den Hund. Dann merkte sie, daß auch er das Tier ansah.

»Expansion ist Leben«, meinte er. »Gebt mir ein paar Monate, und ich bringe die Sache ins Rollen.«

Mit einem kleinen Schaudern trat sie zurück. Die plötzliche Kälte schien nicht von dem stärker wehenden Wind, sondern von dem Mann selbst auszugehen.

»Wir sind spät dran, Cheryl. Du solltest schon längst im Bett sein.«

»Sie kann mit mir kommen«, sagte Patrick, und dieses merkwürdige Lächeln breitete sich auf seinem Gesicht aus. »Ich gehe sowieso in die Richtung.«

Der grüne Ford war inzwischen weitergefahren, aber Tamsin stand noch immer am Tor und schaute herüber. Als der Mann und das Kind in Richtung auf die Chalets davongingen, hatte Joan plötzlich die Idee, zu Tamsin hinüberzugehen und von ihr die Erklärung zu verlangen, die Patrick ihr, wie sie wußte, niemals geben würde. Doch sie sah Tamsin an, daß sie nicht in der Stimmung war, sich zu unterhalten. Etwas oder jemand hatte sie durcheinandergebracht, und sie war schon auf dem Weg zurück, die weidenbestandene Auffahrt hinauf. Kopf gesenkt, Hände unter dem Kinn zusammengekrampft. Joan ging nach Hause und brachte ihre Kinder ins Bett. Als sie herunterkam, war Denholm eingeschlafen. Er sah so sehr wie Jeremy aus mit den leichtgeschlossenen Lidern und den glatten rosa Wangen gegen das hochgestellte Sofakissen, daß sie es nicht übers Herz brachte, ihn zu wecken.

Den ganzen Weg bis hin zu der ehemaligen Einfahrt zum Herrenhaus drehte Edward Carnaby sich immer wieder um und winkte. Tamsin starrte ihm nach, unfähig, sein Lächeln zu erwidern. Ihre Knie gaben nach, und sie hatte Angst, ohnmächtig zu werden. Als sie am Haus angekommen war, hörte sie Queenie bellen, ein Stakkato-Bellen, gefolgt von einem Heulen. Das Heulen hielt noch ein paar Sekunden an, dann hörte es auf, und Stille kehrte ein. Tamsin wußte, was das bedeutete. Patrick hatte die Hündin angebunden, um in ein Haus zu gehen.

Sie lief nach oben ins Balkonzimmer. In die dünne Staubschicht auf dem Frisiertisch hatte sein gestrenger Finger ›Staubwischen‹ geschrieben. Sie ließ sich aufs Bett fallen und blieb, Gesicht nach unten gewandt, liegen.

Eine halbe Stunde verharrte sie so, dann hörte sie Schritte, und zuerst dachte sie, es sei Patrick. Aber wer auch immer es war, er war allein. Kein Tapsen von Hundepfoten auf den Steinen. O Gott, dachte sie. Ich muß es ihm sagen. Sonst tut es Patrick vor allen bei der Party.

Die Türen waren unverschlossen. Er konnte hereinkommen, aber er tat es nicht. Er klopfte das vereinbarte Zeichen. Was würde er tun, wenn er alles wüßte? Es gab immer noch eine Chance, Patrick zu überreden. Sie hielt sich die Ohren zu und wünschte, er würde gehen. Er klopfte wieder, und sie dachte, er müsse durch Glas, Holz, Stein und dicke Teppiche ihr Herz pochen hören.

Schließlich ging er.

»Verdammt!« hörte sie ihn unten vor sich hinmurmeln. Es klang, als schaue er dabei durch die Fenster des Wohnraumes. Dann entfernten sich die Schritte und verhallten auf dem Fußweg zur Straße nach Nottingham. Das Tor schloß nicht und schlug gegen den Pfosten, dong, dong, dong. Tamsin ging in das Zimmer, in dem die Männer das Paket abgestellt hatten. Beim Aufknoten brach sie sich die Fingernägel ab, doch sie schluchzte so heftig, daß sie es gar nicht bemerkte.

3

Es gibt wohl kaum etwas in einer *amour propre*, das ärgerlicher wäre als Versteckspiel und Heimlichkeiten, wo solche Diskretion gar nicht nötig ist.

Oliver Gage war ein stolzer Mann, und jetzt, wo er hier im Garten von Hallows herumschlich und Signale an Glastüren klopfte, kam er sich wie ein Hanswurst vor.

»Verdammt«, sagte er – diesmal leise.

Offensichtlich war sie mit *ihm* weggegangen. Man hatte Druck auf sie ausgeübt. Nun, um so besser, wenn das hieß, daß sie den Weg geebnet hatte. Er würde bei der Party seine Absichten klarmachen.

Er ging hinaus auf den Circle und machte sich auf den etwas demütigenden Rückweg zu seinem Wagen, den er in einer Seitenstraße geparkt hatte. Als er zum zweitenmal an diesem Abend nach Linchester kam, fuhr er durch die offizielle Einfahrt und direkt in seine eigene Garage. Dabei überkam ihn dieses Gefühl verstimmter Rechtschaffenheit und Scham, das ihn jedesmal befiel, wenn er nach seinen vier Tagen in London am Freitagabend nach Hause zurückkehrte. Oliver wohnte in einem der größten Häuser von Linchester, aber es war ihm zu klein. Immer, wenn er es zum Wochenende wiedersah, erinnerte es ihn an sein Mißgeschick. Denn je älter Oliver wurde, desto kleiner wurden seine Häuser. Das hatte nichts mit einer Verschlechterung seiner finanziellen Situation zu tun. Als Geschäftsführer einer nationalen Tageszeitung hatte sein Einkommen inzwischen die Grenze von siebentausend längst überschritten, aber nur ungefähr ein Drittel davon landete auch tatsächlich in seiner Tasche. Der Rest, den er nie zu Gesicht bekam und doch nie vergessen konnte, floß via eine Armee von Anwälten, Bankmanagern und Buchhaltern in den Rachen seiner beiden Ex-Frauen.

Als er Nancy – hübsche, witzige Nancy! – geheiratet und dies hier gebaut hatte, das kleinste seiner bisherigen Wohnhäuser, hatte er ein paar Monate lang die anderen Belastungen vergessen. War nicht die Liebe wie Herkules, der im Garten der Hesperiden Bäume erkletterte? Jetzt, ein Jahr später, überlegte er, daß die Götter wohl gerecht waren, indem sie aus seinen angenehmen Lastern Instrumente machten, die ihn plagten.

Er schloß die Tür auf und legte seinen Schlüssel auf den Tisch im Flur zwischen die Flamencopuppe und die Kirschlikörflasche, die Nancy unter Zuhilfenahme eines über und über mit Hotelaufklebern bedeckten Schirms in eine Lampe verwandelt hatte. Niemals im Laufe seiner bisherigen Ehekarriere hatte Oliver solch ein Objekt in seinem Haus geduldet. Er haßte es, aber indem er sich versicherte, daß sein erster Blick beim Nachhausekommen darauf fiel, festigte sich die Vorstellung, daß das Schicksal ihm eine exquisite Gerechtigkeit zukommen ließ.

Aus dem Wohnzimmer hörte er das entfernte Summen von Nancys Nähmaschine. Das verdrießliche Jammern des Motors steigerte seine schlechte Laune in Wut. Er stieß die Glastür auf und ging hinein. Der Raum war stickig, alle Fenster hermetisch verschlossen. Die Vorhänge waren in einer Art und Weise zurückgezogen, die er verabscheute, sorglos und unordentlich, ohne auf die gleichmäßige Anordnung der Falten zu achten. Diese Vorhänge hatten ihn 30 Pfund gekostet.

Seine Frau – sich selbst und einer anderen Person gegenüber sprach Oliver gelegentlich von seiner derzeitigen Frau – nahm den Fuß vom Pedal, das den Motor kontrollierte, und strich sich feuchte Haarsträhnen aus dem Gesicht, das schweißig glänzte. Baumwollfäden und Stoffstückchen hingen an ihrem Kleid und bedeckten den Fußboden. Sogar von ihrem Armband baumelte ein Stoffetzen herunter.

»Meine Güte, das ist hier ja eine Hitze wie im Backofen!« Oliver riß das Fenster auf und warf einen finsteren Blick auf Bernice Greenleaf. die erfrischend lässig in ihrem Garten nebenan herumging und die verwelkten Blüten einer üppigen Zephirine Drouhin abschnipste. Als sie herüberwinkte, tauschte er das finstere Gesicht gegen ein unbeweglich grinsendes aus. »Was, um Himmels willen, machst du hier?« fragte er seine Frau.

Sie zog einen zusammengesteppten Streifen schwarzroter Seide unter der Nadel hervor. »Ich nähe mir ein Kleid für Tamsins Party.«

Oliver setzte sich fassungslos, wobei er mit dem Fuß in einer der Numdah-Brücken hängenblieb. »Wenn wir uns für Parkett und Brücken entscheiden«, hatte Nancy gesagt, »dann sparen wir viel Geld für Teppichböden.«

»Das verstehe ich wirklich nicht«, sagte Oliver. »Habe ich dir am letzten Dienstag einen Scheck über 20 Pfund mit der ausdrücklichen Anweisung, dir ein Kleid zu kaufen, gegeben oder nicht?«

»Nun ja ...«

»Ja oder nein? Mehr will ich nicht wissen. Eine ganz einfache Frage.«

Nancys keckes Babygesicht verzog sich. Ein wuscheliges Gesicht hatte er es einmal zärtlich-liebevoll genannt und dabei mit neckenden Fingerspitzen die Stupsnase, die runden Wangen und die flaumigen Augenbrauen nachgefahren.

»Weißt du, Schatz, ich mußte doch auch Schuhe haben und Strümpfe. Dann war da noch die Milchrechnung...« Ihre Stimme schwankte. »Ich sah diesen Stoffrest und das Muster...« Sie hielt ihm ein Bild hin. Oliver starrte düster auf die farbige Abbildung dreier unglaublich großer Frauen in zylindrischen Gewändern. »Das wird doch gehen, oder?«

»Es wird ziemlich scheußlich«, sagte Oliver kalt. »Ich werde vor Scham in den Boden versinken. Demütigend, wo Tamsin immer so wundervoll aussieht.«

Sobald die Worte heraus waren, tat es ihm leid. Jetzt war wirklich nicht der Zeitpunkt. Nancy würde gleich anfangen zu weinen. Ihr Gesicht schwoll an, als reagiere ihre Haut allergisch auf seinen Ärger.

»Tamsin hat ein privates Einkommen.« Tränen schossen ihr in die Augen. »Ich wollte dir nur Geld sparen. Ich denke überhaupt an nichts anderes, als wie wir sparen können.«

»Oh, bitte weine nicht! Es tut mir leid, Nancy.« Sie fiel förmlich von ihrem Stuhl in seinen Schoß, und er legte widerwillig seine Arme um sie, mit dem Widerwillen, der Teil seiner ehelichen Erfahrungen war, dem Widerwillen, der immer kam, wenn die Liebe nachließ. Alles an ihr war feucht und klebrig und unerträglich heiß.

»Ich möchte wirklich sparen, Schatz. Immer muß ich an all das schöne Geld denken, das Monat für Monat an Jean und Shirley geht. Und dann noch die beiden Jungen in Bembridge...« Oliver runzelte die Stirn. Er wurde nicht gern daran erinnert, daß er es sich nicht leisten konnte, seine beiden Söhne aus erster Ehe nach Marlborough zu schicken. »Und Shirley, die immer so geldgierig ist und darauf besteht, Jennifer auf eine Privatschule zu schicken, wo die staatlichen Schulen heutzutage so gut sind.«

»Du hast doch überhaupt keine Ahnung von staatlichen Schulen«, sagte Oliver.

»Ach, mein Liebster, warum mußtest du so unattraktive Frauen heiraten? Jede andere Frau wäre längst wieder verheiratet. Zwei solch verheerende ... gut, tragische Ehen. Ich liege nachts wach und kann an nichts anderes denken als an die übermäßige Belastung unseres Einkommens.«

Damit war sie auf einem altvertrauten Pfad angelangt: das Freitagabend-Spezialthema. Oliver ließ sie reden und nahm sich eine Zigarette aus dem Kästchen auf dem Kaminsims.

»Und ich habe nicht mal etwas besonders Aufregendes für dich zum Abendessen«, schloß sie mit fast triumphierendem Unterton.

»Dann gehen wir eben aus.«

»Du weißt, daß wir uns das nicht leisten können. Außerdem muß ich dieses entsetzliche Kleid fertig machen.« Sie rappelte sich aus seinem Schoß hoch und ging zu ihrer Nähmaschine.

»Das«, sagte Oliver, »ist das Ende.« Nancy war schon längst damit beschäftigt, einen riesigen Ärmel in ein winziges Armloch zu heften, und beachtete ihn kaum. Sie konnte nicht wissen, daß Oliver mit eben diesen Worten jede seiner bisherigen Ehen beendet hatte. Auch für ihn klangen sie schrecklich nach dem bloßen Echo eines glücklichen Abschlusses. Mußte Nancy sein bleiben, bis daß der Tod sie schied? Fester als jeder gläubige

Katholik, als jeder puritanische Idealist hatte er sich bis vor kurzem an seine Frau gebunden gefühlt. Herkules hatte seinen letzten Baum erklommen. Außer – außer es würde alles glattgehen und er konnte eine Frau mit eigenem Kapital ergattern, eine schöne, begüterte Frau ...

Er ging über die Brücken, diese kleinen und wenig luxuriösen Oasen in der großen Wüste polierten Parkettfußbodens, und goß sich einen sorgsam abgemessenen Drink ein. Dann setzte er sich wieder und schaute nachdenklich auf ihrer beider Spiegelbild im Glas der gegenüberliegenden Wand. Nancys Bemerkung über die Unattraktivität seiner Verflossenen schien seine eigene, persönliche Erscheinung zu verunglimpfen. Aber jetzt, wo er sich so ansah, merkte er, wie ungerecht sie war. Jeder Fremde, der in diesem Moment hereinkam, dachte er bitter, würde Nancy für seine Haushälterin halten, die sich mit Nähen etwas dazuverdiente, so wie sie dasaß, das Haar in grobe Strähnen zerteilt, das Gesicht glänzend vor Hitze und Anstrengung ... Aber er mit seinem glatten, dunklen Kopf, den scharfgeschnittenen, doch sensiblen Zügen, den feingliedrigen Händen, die das blutrote Glas hielten ... Die Wahrheit war, daß er in diese provinzielle Umgebung einfach nicht hineinpaßte.

Nancy stand auf, schüttelte ihr Haar und begann, sich das Kleiderfragment über den Kopf zu ziehen. Sie probierte das schlappe, halbfertige Ding schlicht an, aber Oliver war nicht entgangen, daß sie ihn mit ihren langsamen, koketten Bewegungen durchaus in Versuchung führen wollte.

»Wenn du unbedingt im Wohnzimmer strippen willst, dann könntest du wenigstens die Vorhänge zuziehen«, sagte er.

Er erhob sich und betätigte den Zugmechanismus, der die Vorhänge schloß; erst an den Verandatüren, dann an den hohen Schiebefenstern, die nach vornhinaus gingen. Die seidenen Falten trafen sich, aber erst, als er durch einen kleinen Spalt den großen blonden Mann hatte vorbeigehen sehen, dessen eine Hand auf dem Kopf seines Hundes ruhte und der jetzt zu seiner schönen, begüterten Frau nach Hause ging ... Mit diesem Blick überkam ihn plötzlich der leidenschaftliche Wunsch, daß nur ein einziges Mal alles glattgehen und sich zu Oliver Gages Vorteil entwickeln möge. Einen Augenblick stand er nachdenklich und voller Zukunftspläne da, merkte dann, daß er keine Lust hatte, hier im Dunkeln mit seiner Frau in einem Raum zu sein, und streckte rasch die Hand nach dem Lichtschalter aus.

Draußen wie drinnen war es dunkel, als Denholm aufwachte. Er blinzelte, strich sich mit den Händen übers Gesicht und reckte sich.

»Also gut«, sagte er zu seiner Frau. »Da bin ich wieder, zurück in der Mühle.«

Sie hatte die ganze Geschichte eigentlich bis zum nächsten Morgen aufschieben wollen, aber die Stunden, die sie inzwischen schweigend neben dem Schlafenden gesessen hatte, hatten an ihren Nerven gezerrt. Sein Gesichtsausdruck wurde ungläubig, als sie ihm von dem Zusammentreffen am Teich erzählte.

»Er wollte dich auf den Arm nehmen«, sagte er.

»Nein, Den, das wollte er nicht. Ich hätte ihm allerdings nicht geglaubt, wenn ich nicht gemerkt hätte, daß du dir in letzter Zeit Sorgen machst. Das stimmt doch, oder? Du hast dir Sorgen gemacht?«

»Na ja, wenn du es unbedingt wissen willst, die Situation war in letzter Zeit etwas kriselig.« Sie hörte, wie der scherzende Tonfall aus seiner Stimme verschwand. »Jemand hat eine hohe Beteiligung an der Firma erworben.« Nur wenn er über Geschäfte redete, konnte Denholm seine Komikerrolle ablegen und Mann sein anstatt Clown. »Es ist alles durch einen Anwalt abgewickelt worden, und wir wissen nicht, wer der Begünstigte ist.«

»Aber Den«, rief sie, »das muß Patrick sein!«

»Ich kann mir nicht vorstellen, daß er an uns interessiert ist. Die Selbys sind im Glasgeschäft, haben ausschließlich mit Glas zu tun, wir mit Chemie.«

»Aber ich kann es mir vorstellen. Ich sage dir, er steckt dahinter. Er hat diesen Vertrag, und er hat vor zu expandieren, euch einzukassieren. Er hat das Sagen, die anderen sind lediglich – wie nennt man das? – stille Teilhaber.«

Sie mußte es aussprechen, mußte diese groteske Angst, die sie den ganzen Abend über belastet hatte, in Worte fassen.

»Weißt du, was ich glaube? Ich glaube, er tut es aus reiner Bosheit, nur weil du mal den Hund geschlagen hast.«

Das saß, doch er zögerte immer noch, spielte den jovialen Mann, den vertrauenswürdigen Versorger der Familie.

»Du bist eine richtige alte Schwarzmalerin, du.« Er griff nach ihren Händen, und seine Finger fühlten sich kalt und ein bißchen zittrig an. »Du verstehst nichts vom Geschäft. So ein Verhalten gibt es unter Geschäftsleuten nicht.«

Wirklich nicht? fragte er sich. Oder vielleicht doch? Seine eigenen Anteile an der Firma hatten sich mit dem Anwachsen seiner Familie gefährlich verringert. Wie weit konnte er der Loyalität dieser Smith-King-Onkel und -Neffen sicher sein? Würden sie verkaufen, wenn die Versuchung groß genug war?

»Mag ja sein, daß ich nichts vom Geschäft verstehe, aber ich verstehe etwas von Menschen«, sagte Joan. »Ich kenne dich, und es geht dir nicht gut, Den. Der Streß ist zuviel für dich. Ich wünschte, du würdest mal zu Dr. Greenleaf gehen.«

»Das werde ich auch«, versprach er. Und während er es sagte, fühlte er wieder den vagen, undefinierbaren Schmerz, der ihm in der letzten Zeit öfter zugesetzt hatte, ein ständiges Mißbefinden. »Ich werde morgen auf der Party mal ein ruhiges Schwätzchen mit ihm halten.«

»Ich möchte am liebsten gar nicht hingehen.«

Denholm wollte hingehen. Auch wenn es kalt war und nicht genug zu trinken gab, auch wenn er tanzen mußte, so würde es doch herrlich sein, mal einen Abend rauszukommen, weg vom Babyfüttern um zehn, von Susan, die immer eine Geschichte erzählt bekommen mußte und von Jeremy, der nie vor elf einschlief.

»Aber wir haben doch einen Babysitter«, sagte er und seufzte, als in diesem Augenblick sein Sohn von oben nach einem Glas Wasser rief.

Joan ging zur Tür. »Du wirst mit Patrick reden müssen. Ach, ich wünschte, wir müßten nicht hingehen.« Sie ging mit einem Glas nach oben und kam mit dem Baby auf dem Arm wieder herunter.

In dem Bemühen, sie etwas zu trösten, meinte Denholm schwach: »Kopf hoch, altes Mädchen! Wird schon werden.«

4

Während seiner Ehe mit Jean und auch mit Shirley war er immer in der Lage gewesen, sich jemanden zum Autowaschen zu leisten. Jetzt mußte er es selbst tun, mußte in der Einfahrt stehen wie irgendein x-beliebiger kleiner Pendler mit 25 Pfund in der Woche und einen Woolworth-Schwamm über dem Kühler seines Wagens auswringen. Ein Wagen, mit dem er sich schämte, in die Tiefgarage seiner Firma zu fahren. Immerhin gab es bei dieser Morgenplanscherei auch etwas Positives. Da er nun mal draußen war, hatte er den Briefträger abfangen und die Post in Empfang nehmen können. Mit feuchter Hand tastete er nach dem Umschlag in seiner Tasche, dem Brief, der gerade von seiner zweiten Frau gekommen war. Nancy mußte ihn nicht unbedingt sehen; das gab ihr nur wieder neuen Grund, ihm etwas vorzujammern. Diese Bittbriefe waren ihm ein ständiger Stachel im Fleisch. Warum mußte seine Tochter Ferien auf Mallorca machen, wenn er sich nur Worthing leisten konnte? Solch eine wunderbare Gelegenheit für das Kind, Oliver, aber natürlich konnte sie, Shirley, weder den Flug noch die passende Urlaubsgarderobe einer Siebenjährigen auf den Balearen bezahlen. 50 oder vielleicht 70 Pfund wären eine große Hilfe. Immerhin war Jennifer ebenso seine Tochter, und sie verblieb mit herzlichen Grüßen Shirley.

Er ließ den Schwamm in den Eimer fallen und beugte sich nach vorn, um die Windschutzscheibe trockenzureiben. Über die Hecke hinweg sah er seinen Nachbarn die Garagentür öffnen, aber obwohl er den Doktor gern hatte, war er heute morgen nicht in der Stimmung für eine Konversation. Groll stieg ihm in die Kehle wie Sodbrennen. Greenleaf trug schon wieder einen neuen Anzug! Und wie man hörte, erwartete der Doktor die Lieferung eines neuen Wagens. Oliver konnte es kaum ertragen, wenn er das, was er des Doktors miesen, kontinentalen medizinischen Titel nannte, mit seinem eigenen, in zwei Fächern mit summa cum laude erworbenen verglich.

»Guten Morgen.«

Greenleafs Wagen stand jetzt neben seinem eigenen, und Oliver war gezwungen, in das braune Vogelgesicht zu schauen. Es war ein sehr unenglisches Gesicht mit dunklen, engstehenden Augen, einem großen, intelligenten Mund und dichtem krausem Haar wie das eines alten Assyrers.

»Oh, hallo«, erwiderte Oliver abweisend. Er richtete sich auf, bemüht, etwas Nachbarschaftliches zu sagen, als Nancy den Weg entlanggelaufen kam. Als sie den Doktor sah, verlangsamte sie ihren Schritt und lächelte gewinnend.

»Unterwegs zu Besuchen? Ärgerlich, wenn man am Samstag arbeiten muß! Ich sage immer zu Oliver, er weiß gar nicht, wie froh er über all seine langen Wochenenden sein kann.«

Oliver hüstelte. Seine früheren Frauen hatten gelernt, seine kleinen Huster als bedeutungsschwangere Zeichen zu erkennen. In Nancys Fall war kaum Zeit gewesen, es ihr beizubringen, und jetzt...

»Ich hoffe, wir sehen uns heute abend«, sagte der Doktor und fuhr los.

»Oh, ja, heute abend...« Nancys Gesicht hatte wieder den aufgebrachten Ausdruck von vorhin angenommen.

Als Greenleaf außer Hörweite war, wandte sie sich in scharfem Ton an ihren Mann. »Hast du nicht gesagt, du hättest Tamsins Geschenk aufs Sideboard gestellt?«

Oliver hatte einen Riecher für bevorstehende Szenen. Er nahm seinen Eimer und ging aufs Haus zu.

»Das habe ich.«

»*Das* hast du für Tamsin gekauft?« Sie lief hinter ihm her ins Eßzimmer und nahm das Parfumfläschchen mit dem Stöpsel aus geschliffenem Glas in die Hand. »*Nuit de Beltane!* So was Übertriebenes habe ich noch nie gesehen. Das grenzt ja an Verschwendungssucht!«

Die aufgeschlagene Zeitschrift auf dem Tisch sagte Oliver, daß sie sich bereits über den Preis informiert hatte.

»Da!« Ihr ausgestreckter Finger stieß auf das Farbfoto einer identischen Flasche herab. »Siebenunddreißig und sechs!« Sie schlug die Zeitschrift zu und warf sie auf den Fußboden. »Du mußt total verrückt sein.«

»Man kann schließlich nicht mit leeren Händen zu einer Geburtstagsparty gehen«, murmelte Oliver schwächlich. Wenn er nur ganz sicher sein könnte. Vielleicht brauchte er sich dann gar keine Mühe mehr zu geben, Nancy bei Laune zu halten. Er sah zu, wie sie den Stöpsel herauszog, den Duft einsog und einen Tropfen auf ihr Handgelenk tupfte. Während sie die Hand herumschwenkte und wütend schnüffelte, wusch er sich die Hände und schloß die Hintertür.

»Eine Schachtel Pralinen hätte es auch getan«, meinte Nancy. Sie zerrte die Nähmaschine auf ihre Gummiunterlage. »Ich meine, es ist doch irre, siebenunddreißig und sechs für ein Parfum für Tamsin auszugeben, wenn ich nicht mal ein vernünftiges Kleid anzuziehen habe.«

»Oh, mein Gott!«

»Du scheinst, was Geld angeht, überhaupt keinen Sinn für Proportionen zu haben.«

»Dann behalt das Parfum um Himmels willen, und ich kaufe im Dorf eine Schachtel Pralinen.«

Sofort war sie in seinen Armen; Oliver zerknüllte energisch den Brief in seiner Tasche.

»Oh, wirklich, Schatz? Du bist ein Engel. Aber du wirst hier im Dorf nichts Hübsches bekommen. Du mußt schon rüber nach Nottingham.«

Oliver machte sich los und dachte über die ökonomische Einstellung seiner Frau nach. Jetzt mußte er das Benzin nach Nottingham rechnen, mindestens zwölf und sechs für Pralinen, und er hatte trotzdem beinahe zwei Pfund für *Nuit de Beltane* ausgegeben.

Nancy fing an zu nähen. Das Kleid sah inzwischen ganz passabel aus. Zumindest würde sie ihn nicht völlig blamieren damit.

»Kann ich reinkommen?«

Das war Edith Gavestons Stimme. Blitzschnell riß Nancy den Seidenstoff von der Maschine, rollte das Kleid zusammen und stopfte es unter ein Sofakissen.

»Komm rein, Edith.«

»Wie ich sehe, habt ihr unsere ländlichen Bräuche schon angenommen und laßt alle Türen offen.«

Edith sah in ihrem Tweedrock mit der Hemdbluse überhitzt und ungesund aus. Sie ließ sich aufs Sofa fallen und kramte aus den Tiefen ihres Einkaufskorbes ein blumenbesticktes Korbtäschchen hervor.

»So, jetzt brauche ich mal die Meinung von jemand Jungem und modisch Versiertem.« Oliver, der zweiundvierzig war, warf ihr einen grimmigen Blick zu, aber Nancy, noch in den Zwanzigern, lächelte ermunternd. »Dies Täschchen hier, meint ihr, es wäre etwas für Tamsin zum Geburtstag? Es ist noch nie benutzt worden.« Sie hielt verwirrt inne. »Ich meine natürlich, es ist absolut neu. Um es genau zu sagen, ich habe es im letzten Jahr auf Mallorca gekauft. Und jetzt, ganz ehrlich, kann ich es ihr schenken?«

»Nun, sie kann es dir wohl kaum um die Ohren hauen«, sagte Oliver ungezogen. »Nicht vor allen anderen.« Die Erwähnung Mallorcas erinnerte ihn an die Forderungen seiner zweiten Frau. »Entschuldigt mich«, damit ging er hinaus, um seinen Wagen zu holen.

»Es eignet sich bestens«, sprudelte Nancy überschwenglich hervor. »Was sagt denn Linda?«

»Sie fand das Ding spießig«, erwiderte Edith kurz. Der Widerwille ihrer Kinder, den Status zu erreichen, den ihre Eltern sich für sie erträumt hatten, verletzte sie bitter. Linda – Linda, die Heathfield besucht hatte – arbeitete bei Mr. Waller; Roger hatte sein Studium in Oxford nach einem Jahr abgebrochen und sich auf der Landwirtschaftlichen Hochschule angemeldet. Sie war bereit, sie in ihrem Haus zu verköstigen und ihnen Unterkunft zu gewähren, aber vor Freunden zog sie es vor, ihre Existenz zu vergessen.

Mit taktloser Intuition meinte Nancy: »Ich dachte, du wärest nicht so schrecklich gut zu sprechen auf die Selbys. Patrick, meine ich...«

»Ich habe nichts gegen Tamsin. Ich hoffe, ich bin keine nachtragende Frau.«

»Nein, aber nachdem Patrick – nachdem er Roger so beeinflußt hat, bin ich überrascht, daß du – nun, du weißt schon, was ich meine.«

Nancy wußte nicht recht weiter. Die Gavestons stellten keinen richtigen Landadel mehr dar. Ihr Haus war nicht größer als das der Gages. Aber trotzdem – man mußte Edith nur mal ansehen, um zu wissen, daß ihr Bruder in Chantflower Grange wohnte. Ich schätze, die geht nur zu der Party, um ihren dicken Pott mit Crispin Marvell zu pflegen, dachte sie.

»Patrick Selby hat sich sehr schlecht benommen, sehr ungerecht«, sagte Edith. »Und alles nur aus reiner Bosheit. Er ist völlig zufrieden und erfolgreich in *seinem* Job.«

»Ich habe nie so recht mitbekommen...«

»Er hatte es auf meine Kinder abgesehen. Ganz bewußt, meine Liebe. Roger fühlte sich außerordentlich wohl in The House.« Nancy schaute verwirrt drein, sie dachte an etwas wie den Palast von Westminster. »Christ Church College, weißt du. Bis Patrick Selby ihn auf einem Spaziergang traf. Du weißt schon, wenn er mit seinem großen deutschen Hund losgeht. Was dabei herauskam, war, daß Roger ihm anvertraute, sein Vater wolle ihn unbedingt im Geschäft haben, er habe aber keine Lust dazu. Er wolle Landwirt werden. Als wenn ein Junge von neunzehn wissen könnte, was er will. Patrick hat ihm dann erzählt, auch er sei ins Geschäftsleben gezwungen worden, wo er doch am liebsten eine Lehrtätigkeit ausgeübt hätte oder irgend so was Absurdes. Dann riet er Roger, seinen – nun ja, seinen Neigungen zu folgen. Egal, was aus uns wird, ohne Rücksicht auf den armen Paul, der niemanden hat, der bei den Gavestons mal die Zügel in die Hand nimmt – ohne Erben und überhaupt.«

Nancy, gierig auf Klatsch, grunzte mitfühlend.

»Und zu allem mußte Roger natürlich noch erwähnen, daß seine Schwester ihren Lebensunterhalt am liebsten selbst verdienen möchte. Hatte sich da irgendeine blöde Geschichte ausgedacht, wir würden sie mehr oder weniger mit Gewalt zu Hause halten. Und als nächstes schlägt dieser unmögliche Mann, der sich in alles einmischen muß, vor, sie sollte doch solange in einem Laden arbeiten, bis sie alt genug sei, um mit einer Krankenschwesternausbildung anfangen zu können. Ich weiß nicht, warum er das getan hat. Es sei denn, er macht es einfach, weil er Menschen gern unglücklich sieht. Paul hatte eine Menge dazu zu sagen, das kannst du mir glauben. Er hatte eine ziemlich heftige Auseinandersetzung mit Patrick.«

»Aber es hat nichts geändert?«

»Heutzutage machen die Jungen doch, was sie wollen.« Sie seufzte tief und fügte niedergeschlagen hinzu: »Aber um noch mal auf heute abend zu kommen, man hat eben Nachbarn, und heute kann man nicht mehr so wählerisch sein und sich seine Umgebung aussuchen.«

»Wer kommt denn noch?«

»Die üblichen Leute. Die Linchester-Meute und natürlich Crispin. Ich finde es bewundernswert, daß er immer dabei ist, wenn man überlegt, wie hart das für ihn sein muß.« Ediths vernünftige, rosagefaßte Brille hüpfte auf ihrer Nase. »In Marvells Vertrag gab es eine Klausel, weißt du. Kein Baum sollte gefällt werden. Jeder hier hat das respektiert, nur Patrick Selby nicht. Ich weiß genau, daß auf seinem Grundstück zwanzig herrliche alte Bäume standen. Er hat sie alle abholzen lassen und diese häßlichen kleinen Weiden gepflanzt.«

Typisch Oliver, dachte Nancy, daß er ausgerechnet jetzt reinkommen und alles verderben mußte.

»Wenn du dein Scheckheft suchst«, sagte sie mit Unschuldsmiene, »es liegt auf dem Plattenspieler. Und wo du gerade in die Stadt fährst, könntest du gleich meine Sandalen mitbringen.«

»Oh, du fährst in die Stadt?« Edith stand wie zufällig auf.

»Ja, ich fahre nach Nottingham.«

»Das ist ja wunderbar, das paßt ja bestens. Du kannst mich mitnehmen.«

Sie griff sich ihren Korb, und die beiden gingen zusammen hinaus.

Zwei Felder weiter und ein Reststück Wald entfernt saß Crispin Marvell in seinem Wohnzimmer, trank Rhabarberwein und schrieb an seiner Geschichte von Chantefleur Abbey. An manchen Tagen fiel es ihm ganz leicht, sich zu konzentrieren. Aber heute war einer jener anderen Tage. Den Morgen hatte er damit verbracht, seine Porzellansammlung abzuwaschen, und seit er die Tassen wieder in die Vitrine zurückgestellt und die Teller an die Wand gehängt hatte, konnte er den Blick nicht von den glänzenden Oberflächen, den warmen, kräftigen Farben wenden. Es war beinahe ärgerlich, wenn er sich überlegte, worum er sich selbst gebracht hatte, indem er diesen Teil des Frühjahrsputzes so lange verschoben hatte.

Einen Moment blieb sein Blick auf den olivenfarbenen Zwillingstellern hängen, einer mit einem Apfel, der andere mit einer Birne, beides in Originalgröße reliefartig herausgearbeitet; dann auf der Chelsea-Uhr mit ihrem winzigen Zifferblatt und den reichverzierten Figürchen eines Sultans und seiner Konkubine. Hinter dieser Uhr hob Marvell seine Korrespondenz auf, und es störte ihn, daß eine Ecke von Henry Glides Brief herausschaute. Er stand auf und schob den Umschlag außer Sichtweite zwischen die Wand und die mit Goldsternchen verzierte Hose des Tscherkessen. Dann tauchte er seinen Federhalter ins Tintenfaß und widmete sich wieder Chantefleur.

»Das ursprüngliche Gebäude hatte Lichtgaden mit Bogenfenstern und gleichartigen Fensteröffnungen in den Seitenschiffnischen. Wenn man sich heute Frankreichs Zisterzienserkloster ansieht, kann man ermessen, wie der Effekt...«

Er hielt inne und seufzte. Beinahe hätte er sich von seiner eigenen häuslichen Kunst hinwegtragen lassen und geschrieben: ... ›des Lichtes auf dem Apfel‹. Doch das war nicht so wichtig. Morgen regnete es vielleicht. Er hatte bereits zwei Jahre mit der Geschichte von Chantefleur verbracht. Ein paar Monate mehr spielten kaum eine Rolle. Irgendwie spielte an solch einem herrlichen Morgen wie heute nichts eine Rolle. Er warf einen letzten Blick auf den Teller, ließ seine Fingerspitzen über die Rundung des Apfels gleiten – der Künstler hatte die Frucht so naturgetreu dargestellt, daß sogar eine Druckstelle zu ertasten war – hier, an der Unterseite – und ging dann in den Garten hinaus.

Marvell wohnte in einem Altenhäuschen, oder besser gesagt, in vier solchen Häusern, die durch eine Terrasse verbunden und dadurch in einen langgezogenen, niedrigen Bungalow verwandelt worden waren. Die Wände bestanden teils aus weißverputztem Stein, teils aus rosenfarbenen Ziegeln. Das Dach war mit ähnlichen Ziegeln gedeckt, alt und uneben inzwischen, aber von einem Fachmann handgebrannt.

Er spazierte durch den Garten seines Besitzes, der an der Rückseite lag. Dank der Bienen, die er in drei weißgestrichenen Stöcken im Obstgarten hielt, wuchs sein Obst gut; sie waren dieses Jahr nicht geschwärmt, und er drückte sich selbst die Daumen. Der Tag, den er damit verbracht hatte, sorgfältig die Königszellen herauszuschneiden, war das Opfer eines halben Kapitels Chantefleur wert gewesen. Er setzte sich auf die Bank. Jenseits der Hecke, auf den Feldern unterhalb Linchesters, wurde Heu gemacht. Er konnte die Ballenpresse hören – und die Bienen. Sonst war es still.

»Manchen Leuten scheint's ganz gut zu gehen.«

Marvell wandte den Kopf und grinste. Max Greenleaf kam oft zu ihm herauf, wenn er seine morgendliche Besuchsrunde beendet hatte.

»Komm, setz dich.«

»Gut, mal von den Wespen wegzukommen.« Greenleaf warf einen zweifelnden Blick auf die bemooste Bank, dann auf seinen dunklen Anzug. Er setzte sich behutsam.

»In Linchester gab es schon immer viele Wespen«, sagte Marvell. »Ich erinnere mich gut daran. Tausende dieser verdammten Viecher verdarben meiner Mutter regelmäßig jede Gartenparty.« Greenleaf schaute ihn mißtrauisch an. Als österreichischer Jude kam er nicht von der Überzeugung los, der englische Landadel und die Kärntner Aristokratie seien aus ein und demselben Holz geschnitzt. Marvell nannte es einen falsch verstandenen Minderwertigkeitskomplex. »Die Wespen sind konservativ, weißt du«, fuhr er fort. »Sie können sich nicht daran gewöhnen, daß an Stelle des alten Hauses seit fünf Jahren die imposanten Hütten einiger Firmendirektoren stehen. Sie sind immer noch auf der Jagd nach Mutters Brandy. Aber jetzt komm rein und trink was.« Er lächelte Greenleaf zu und meinte mit neckendem Unterton: »Ich habe gerade heute morgen eine Flasche Honigwein aufgemacht.«

»Ein Whisky-Soda wäre mir lieber.«

Greenleaf folgte ihm ins Haus und stieß sich dabei wie immer den Kopf an der Tafel über der Tür. Dort stand: 1722 Andreas Quercus Fecit. Warum Marvell hier so gern lebte, ging über seinen Horizont. Ihm sagten Landleben, Blumen, Gärtnern und Marvells eigene Weinproduktion nichts. Er war hierhergezogen, um in die sich vielversprechend ausdehnende Praxis seines Schwagers einzusteigen. Befragt, weshalb er in Linchester lebte, pflegte er zu sagen, es sei wegen der Luft, oder, er fühle sich verpflichtet, im Umkreis von einigen Meilen seiner Praxis zu wohnen. Moderne Annehmlichkeiten und ein Haus, das sich von innen durch nichts von einem Stadthaus unterschied, verringerten die Abstriche, die er machen mußte, ja machten sie beinahe gegenstandslos. Sich den Nachteilen bewußt auszusetzen, sie sogar in Form von Jauchegrube, Schlammstraße und Ungeziefer in Kauf zu nehmen, wie es sein Gastgeber tat, machte Marvell in Greenleafs Augen zu einem Kuriosum, einem Objekt psychologischer Spekulationen.

All diese Mysterien des Landlebens erinnerten ihn daran, daß eine dunkle Wolke über seinem Morgen hing.

»Ich habe eben einen Patienten verloren«, sagte er. Marvell, der gerade den Whisky eingoß, hörte den österreichischen Akzent durch, ein Zeichen, daß der Doktor verstört war. »Nicht mein Fehler, aber trotzdem...«

»Was ist passiert?« Marvell zog die Vorhänge zu und schloß das Sonnenlicht bis auf einen schmalen Streifen auf dem eichenen Fußboden und der soliden Wand des Andreas Quercus aus.

»Ein Mann aus der Coffley-Grube. Eine Wespe sitzt auf seinem Sandwich, und er ißt das Ding. Statt gleich was zu unternehmen, geht er zurück zur Arbeit. Als nächstes rufen sie mich, weil der Mann keine Luft kriegt. Erstickt, noch bevor ich da war.«

»Hättest du denn etwas tun können?«

»Wenn ich rechtzeitig zur Stelle gewesen wäre. Durch die Schwellung wird die Kehle zugedrückt.« Er wechselte das Thema. »Du hast gearbeitet? Wie geht es voran?«

»Nicht schlecht. Allerdings habe ich heute vormittag mein Porzellan bearbeitet, und das hat mich abgelenkt.« Er nahm den Apfelteller von der Wand und reichte ihn dem Doktor. »Schön?«

Greenleaf nahm ihn neugierig in seine kurzen, dicken Finger. »Wozu soll so was gut sein? Man kann doch nicht davon essen, oder?« Da sein Sinn für Ästhetik nicht besonders gut ausgeprägt war, beurteilte er alles nach dem praktischen Wert, der Gebrauchsfähigkeit. So gesehen war dieser Teller ziemlich unnütz. Etwas angewidert stellte er sich vor, er müßte seine Lieblingsgerichte davon essen: Heringssalat, eingelegte Salzgurken, Weißkohlsalat mit Kümmel. Die Reste würden sich unter den Apfelblättern festsetzen.

»Sein Zweck ist rein dekorativ«, lachte Marvell. »Wobei mir einfällt: Geht ihr zu Tamsins Party?«

»Wenn ich nicht zu einem Patienten gerufen werde.«

»Sie hat mir eine Einladung geschickt. Ziemlich großartig. Solche Dinge kann sie ja.« Marvell reckte sich in seinem Sessel, und in dem gedämpften Licht wirkte seine Bewegung sehr jungenhaft. Was das Alter von Menschen anging, konnte man Greenleaf nicht so leicht etwas vormachen. Er schätzte Marvell zwischen 47 und 52, aber die feinen Linien, die man in der Sonne erkennen konnte, waren in dem Halbdunkel nicht mehr zu erkennen, und die vereinzelten grauen Haare verloren sich in dem Blond seiner Haare.

»Eine Party nach der anderen in diesem Sommer«, sagte er. »Muß ganz schön ins Geld gehen.«

»Nun, Tamsin hat ihr eigenes Einkommen von ihrer Großmutter geerbt. Sie und Patrick sind ja Vettern ersten Grades, also ist es gleichzeitig auch seine Großmutter.«

»Dann war sie offenbar der Liebling?«

»Das weiß ich nicht. Aber Patrick hatte ja schon das Geschäft seines Vaters geerbt, da hat die alte Mrs. Selby wahrscheinlich gedacht, mehr brauche er nicht.«

»Du scheinst ja eine ganze Menge über sie zu wissen.«

»Kann sein. Irgendwie bin ich so was wie ein Beichtvater für Tamsin geworden. Weißt du, bevor sie hierher zogen, hatten sie eine Wohnung in Nottingham, und Tamsin fühlte sich auf dem Land etwas verloren. Nach meinem Vortrag vor der Vereinigung der Anwohner Linchesters bombardierte sie mich mit Fragen, und seitdem ... nun bin ich so eine Art Adoptivonkel für sie. Briefkastentante und Altertumsforscher in einer Person.«

Greenleaf lachte. Marvell war der einzige Mann in seinem Bekanntenkreis, der Frauenarbeit machen konnte, ohne dabei altweiberhaft zu wirken.

»Weißt du, ich glaube, Tamsin wollte das Haus gar nicht, das sie da haben. Sie liebt alte Häuser, alte Möbel. Aber Patrick besteht auf einem Stil, den man meines Wissens ›neue Sachlichkeit‹ nennt.«

»Sag mal, macht es dir wirklich nichts aus, wenn du siehst, was aus Linchester geworden ist?« Die Emotionen anderer Menschen hatten Greenleaf schon immer fasziniert, und er fragte sich manchmal, wie Marvell wohl über die neuen Häuser denken mochte, die auf dem ehemaligen Besitz seines Vaters entstanden waren.

Marvell lächelte und hob die Schultern.

»Eigentlich nicht. Ich muß sagen, ich bin zutiefst dankbar, daß ich das nicht unterhalten muß. Abgesehen davon amüsiert es mich, wenn ich irgendwo eingeladen bin. Ich spiele dann so eine Art Gedankenspiel, versuche mir vorzustellen, wo ich gerade bin und was dort früher einmal war.« Auf Greenleafs fragenden Blick hin fuhr er fort: »Ich meine, wenn ich zum Beispiel bei Tamsin bin, dann denke ich, ach ja, hier führte der Grenzzaun entlang und hier war der Küchengarten.« Mit unbewegtem Gesicht fügte er hinzu: »Das Haus der Gages steht da, wo früher die Ställe waren, womit ich nicht sagen will, daß ich das für angemessen halte, wohlgemerkt.«

»Du machst mir ja richtig angst. Da muß ich mich wohl fragen, was auf meinem Grundstück mal stand.«

»Oh, du hast ein ordentliches Teil abgekriegt. Da war Vaters Bibliothek und ein Stück vom Treppenhaus.«

»Ich glaube dir kein Wort«, rief der Doktor und fügte etwas gedämpfter hinzu: »Ich bin aber froh, daß du aus dem Ganzen ein Spiel machen kannst.«

»Du mußt nicht denken, daß ich jedesmal, wenn ich einen Fuß nach Linchester setze, in so eine Art sentimentales Gejaule nach der Devise *recherche du temps perdu* ausbreche.«

Greenleaf war nicht ganz überzeugt. Er nippte an seinem Whisky und erinnerte sich etwas spät an den eigentlichen Grund seines Besuches.

»Und jetzt«, meinte er, sicher auf vertrautem Gebiet angelangt. »Wie ist es mit deinem Heuschnupfen?«

Auch wenn der Doktor Marvells Anspielung auf Proust nicht ganz verstanden hatte, so war ihm der Sinn doch zumindest andeutungsweise klar. An Edward Carnaby wäre das Zitat völlig verschwendet gewesen. Sein Französisch befand sich noch auf der Elementarstufe.

Jo-Jo monte. Il est fatigué. Bonne nuit, Jo-Jo. Dors bien!

Er sah zur Decke hoch und übersetzte sich die Passage ins Englische. Albernes Zeug für einen erwachsenen Mann, wenn man es sich recht überlegte. Über einen Fünfjährigen, der badete und dann ins Bett ging. Aber es war immerhin Französisch, und wenn er so weitermachte, dann konnte er in einem Jahr Simenon lesen.

Bonjour, Jo-Jo. Quel beau matin! Regarde le ciel. Le soleil brille.

Edward blätterte im Wörterbuch und suchte das Wort *briller.*

»Ted!«

»Was ist, Liebes?« Sonderbar, aber er hatte sich in letzter Zeit angewöhnt, sie ›Liebes‹ zu nennen. In allen Bereichen außer einem hatte sie den Platz seiner Frau eingenommen. Sex war ausgespart, aber Freiheit und Sicherheit nahmen seinen Platz ein. Das Leben war freier mit Free, dachte er, und freute sich über das Wortspiel.

»Wenn du und Cheryl rechtzeitig Lunch haben wollt, dann mußt du etwas gegen die Wespen unternehmen, Ted.« Sie kam hereinmarschiert, frisch, sauber, sehr weiblich in Baumwollkleid und rüschenbesetzter Schürze. Mit Vergnügen nahm er zur Kenntnis, daß sie Lunch gesagt hatte und nicht Dinner. Linchester wirkte auch auf Freda erzieherisch.

»Ich mach es gleich, dann haben wir's hinter uns.« Er

klappte das Wörterbuch zu. *Briller.* Strahlen, leuchten, scheinen. Das Verb drückte haargenau seinen Zustand aus. Er strahlte vor Zufriedenheit und froher Erwartung. *Edouard brille,* sagte er zu sich und kicherte laut dabei.
»Ich habe versprochen, das Zeug an Leute weiterzugeben.«

»Was für Leute?«

»Nun, die fabelhafte Mrs. Selby, wenn du es wissen willst. Ich habe sie gestern abend getroffen, und sie war sehr liebenswürdig. Bestand darauf, daß ich heute zu ihrer Party komme.« Also, so etwas könnte ich zu einer Ehefrau aber nicht sagen. »Sie wollte kein Nein hören«, setzte er hinzu.

Freda ließ sich auf einen Stuhl fallen.

»Du machst wohl Witze. Du kennst Tamsin doch gar nicht weiter.«

»Tamsin! Soso. Seit wann seid ihr beide denn so vertraut?«

»Und was ist mit mir, Ted?«

»Also, paß mal auf. Free, ich zähle darauf, daß du bei Cheryl bleibst.«

Tränen stiegen ihr in die Augen. Nach alldem, was geschehen war, all der Liebe und Versprechungen, den wunderbaren Abenden, jetzt das! Natürlich war es nicht *seine* Schuld. Es war Tamsins Party. Aber ausgerechnet Edward einzuladen!

»Nun reg dich doch nicht gleich so auf. Sie hat gesagt, ich kann noch jemanden mitbringen. Ich weiß nur nicht, was wir dann mit Cheryl machen.«

»Mrs. Staxton kommt rüber«, sagte Freda rasch. »Sie hat es schon so oft angeboten.« Als sie sah, daß sein Gesicht immer noch Zweifel ausdrückte und sein Blick sich erneut dem Französischbuch zuwandte, brach es jammervoll aus ihr hervor. »Ted, ich möchte so gern mitgehen. Ich habe auch ein Recht darauf, vielleicht mehr als du.«

Hysterie war etwas Neues an ihr. Er schlug sein Buch wieder zu. »Was redest du da?« Sie war seine Schwester, und ihre innere Unruhe übertrug sich auf ihn. Eine gräßliche Ahnung erfüllte ihn. Unwillkürlich fiel ihm der gestrige Abend ein, wie Tamsin an ihm vorbei zum Teich hinübergeschaut hatte. Und dann ihre plötzliche, unerklärliche Kälte, als er ihr seinen Namen genannt hatte.

»Freda!«

Da kam alles heraus, und Edward hörte mit einer Mischung aus Ärger und Angst zu. Seine gute Laune von vorhin hatte sich unversehens ins Gegenteil verkehrt.

5

Girlanden mit kleinen bunten Lämpchen schmückten die Weiden. Bei Einbruch der Dunkelheit würden sie angeschaltet und dann rot, orange, grün und eisblau gegen das dunkle Eichenlaub im Garten der Millers nebenan leuchten.

Tamsin hatte Speisen und Getränke im Eßzimmer vor den Wespen in Sicherheit gebracht. Obwohl sie heute den ganzen Tag über nur zwei gesehen hatte, schloß sie die Fenster, um ganz sicherzugehen. Der Raum war aufgeräumt und leer bis auf das kalte Buffet. Zweckmäßig nannte Patrick das. Nachdem er saubergemacht hatte, wobei Tamsin hilflos im Hintergrund herumstand, entsprach die Sache sogar seinen hohen Anforderungen.

»Schließlich ist es ein Eßzimmer und keine Rumpelkammer«, hatte er mit frostiger Stimme mehr zum Staubsauger als zu Tamsin gesagt. Seine Frau würdigte er mit keinem Wort, aber sein Blick hieß: Pfusch mir nicht in meine Arrangements. Als die Reinigungsgeräte weggeräumt, der Staubwedel sorgfältig gewaschen war, nahm er den Hund zu einem Spaziergang im Sherwood Forest mit. Er wirkte selbstzufrieden und versunken in seiner eigenen Welt.

Jetzt war es zu spät für eine Zurschaustellung liebevoller Fügsamkeit. Tamsin zog sich um, wünschte dabei, sie hätte etwas in fröhlichen, leuchtenden Farben, aber all ihre Kleider waren in gedämpften Tönen gehalten – um Patrick zu gefallen. Anschließend ging sie ins

Eßzimmer und nahm sich einen Whisky. Pur goß sie ihn in einen Becher, beinahe so, als wäre es ihr letzter. Bisher hatte ihr noch niemand zum Geburtstag gratuliert, aber sie hatte eine Menge Post bekommen. Trotzig nahm sie die Karten aus einer Schublade des Sideboards und verteilte sie auf dem Heizkörper. Es waren ungefähr ein Dutzend: witzige, mit zerzausten Hausfrauen inmitten hoher Geschirrberge; konventionelle (eine Familie Dartmoor-Ponies); eine, deren Bild eine geheime Bedeutung hatte, die nur sie und der Absender kannten. Sie war nicht unterschrieben, aber Tamsin wußte, von wem sie kam. Sie zerriß sie rasch, denn ihr Anblick – diese kühle Vermessenheit – machte ihr Elend nur noch größer.

»Noch viele glückliche Jahre, Tamsin«, sagte sie mit unsicherer Stimme und hob ihr Glas. Sie seufzte tief, und die Karten flatterten leise. Am liebsten hätte sie das Glas zerschmettert, es sinnlos gegen Patricks weiße Wand geschleudert; denn sie war am Ende. Ein neues Leben begann. Der Drink war ein Symbol ihres alten Lebens, ebenso wie das Kleid, das sie trug, silbergrau, anliegend, teuer. Vorsichtig stellte sie das Glas ab – die Macht der Gewohnheit –, schaute auf die Glückwunschkarten und blinzelte, um nicht loszuweinen. Denn eine Karte fehlte, eine schmucklose, aber teure Karte mit der Aufschrift: »Für meine Frau«.

Patrick kam niemals zu spät. Um Punkt sieben war er rechtzeitig zurück, um zu baden, sich zu rasieren und das Bad ordentlich aufgeräumt zu hinterlassen. Bis dahin hatte sie ihr Glas abgewaschen und es auf seinen Platz zurückgestellt. Sie hörte, wie sich die Badezimmertür schloß und der Schlüssel umgedreht wurde. Patrick achtete auf seinen Besitz.

Tamsin blieb noch ein paar Minuten im Eßzimmer, fühlte beinahe so etwas wie Selbstmordstimmung aufkommen. In einer Stunde kamen ihre Gäste und erwarteten, daß sie sie fröhlich empfing, weil sie jung und reich und schön war und weil sie heute Geburtstag hatte. Wenn sie ein paar Minuten an die frische Luft ging, fühlte sie sich vielleicht besser. Queenie auf den Fersen, ging sie mit einem Korb in den Garten, dorthin, wo die Johannisbeeren wuchsen und wo einmal der Küchengarten des ehemaligen Herrenhauses gewesen war. Der Hund legte sich in die Sonne, und Tamsin fing an, die reifen Früchte von den Büschen zu streifen.

»Ich werde versuchen, fröhlich zu sein«, sagte sie zu sich oder vielleicht auch zu dem Hund, »ein Weilchen wenigstens.«

Viertel vor acht standen Freda und Edward Carnaby vor der Eingangstür zu Hallows, und Edward klingelte. Freda, deren einzige Lektüre eine wöchentlich erscheinende Frauenzeitschrift war, hatte darin den Ausdruck ›wie angewurzelt dastehen‹ gelesen. Und genauso kam sie sich jetzt vor, als sie auf den saubergefegten weißen Stufen stand, starr vor Angst, mit einem Übelkeitsgefühl, das wie ein dicker Klumpen zwischen Magen und Kehle saß.

Niemand öffnete. Freda beobachtete nervös ihren Bruder. Er schien keine Probleme mit seinen feuchten und plötzlich viel zu großen Händen zu haben, die zuckten und nervös und haltsuchend herumfuhrwerkten. Er hatte das Vesprid in der braunen Verpackung von Waller, um sich daran festzuhalten.

»Vielleicht versuchen wir's mal an der Hintertür«, meinte er trotzig. Es herrschte eine klösterliche Stille, und das Quietschen, als Edward die eiserne Pforte aufstieß, ließ Freda zusammenfahren. Sie gingen ums Haus herum und blieben auf dem Hof stehen. Voller Erwartung lag der Garten vor ihnen. Er wirkte allerdings, als sei er eher für einen Fototermin vorbereitet worden als für eine Party. Die sorgfältig ausgewählten Motive des Fotografen könnten dann als Illustrationen eines Berichtes dienen, wie Freda ihn erst kürzlich gelesen hatte: Ideales Heim in Großbritannien. Da war genauso ein Garten abgebildet gewesen: die hell- und dunkelgrünen Streifen auf der Rasenfläche, wo der Mäher sie gekreuzt hatte, die Bäume und Büsche mit Blättern wie einzeln abgestaubt. Am anderen Ende des Hofes hatte jemand Tische und Stühle gruppiert, einige aus hellem Weidengeflecht, andere aus weißem, verschnörkeltem Metall. Ein winziger Funke aus Freude und Bewunderung brach durch Fredas Angst. Er wurde durch das Geräusch gurgelnden Wassers in einem Abflußrohr hinter ihr jedoch rasch erstickt. Immerhin ein Zeichen von Leben, von Bewohntsein.

Garten und Haus machten den Eindruck, dachte Freda, als seien sie gar nicht fürs Freie gedacht, sondern hätten bis jetzt unter einer Glasglocke gestanden. Aber sie war nicht in der Lage, ihre Gedanken in Worte zu fassen, statt dessen sagte sie hilflos: »Es ist offenbar niemand da. Du hast sicher das Datum verwechselt.«

Edward schnitt eine Grimasse, und sie fragte sich wieder, warum er mitgekommen war, was wollte er sagen oder tun? War es einfach nur Freundlichkeit ihr gegenüber – denn so, wie die Dinge lagen, war er im Moment ihr Schlüssel zu diesem Haus –, war es die Faszination, die Tamsin auf ihn ausübte, oder mehr?

»Du wirst nichts sagen, nicht wahr, Ted? Du wirst mich nicht bloßstellen?«

»Ich habe dir doch gesagt, ich möchte sehen, wie die Dinge stehen, in was für einen Schlamassel du dich manövriert hast. Ich verspreche gar nichts, Free.«

Minuten vergingen, endlose Minuten, in denen der gepflegte Garten vor ihren Augen verschwamm. Dann passierte etwas, das Edwards wackeligem Selbstbewußtsein den ersten Schlag versetzte.

Hinter den Weiden ertönte ein Geräusch, das Freda vertraut war, ein langgezogenes, dumpfes Lautgeben. Queenie. Edward zuckte zusammen und ließ das Vesprid mit einem Scheppern fallen. Es klang wie die Einleitung zum Jüngsten Gericht. In dem Moment brach der Hund aus dem dichten Gebüsch hervor und blieb unmittelbar vor ihnen stehen. Ein drohender Laut kam aus seiner Kehle, eher ein Gurgeln als ein Knurren. Edward schien zu schrumpfen. Er hob die Dose auf und hielt sie vor sich, ein lächerlicher und völlig unzulänglicher Schild.

»Oh, Queenie!« Freda streckte die Hand aus. »Ist ja gut. Ich bin's doch.«

Der Hund kam heran, wedelte jetzt und leckte ihre ausgestreckten Finger. Da öffnete sich das Tor, und ein großer, blonder Mann trat in den Garten. Er trug ein grünes Hemd zur lässigen Hose, und Edward merkte sofort, daß sein eigenes Sportjackett (Harns Tweed, herabgesetzt auf neunundachtzig und elf) unpassend und ein Anachronismus war.

»Guten Abend.«

Im Arm trug er etwas wie eine Flasche, in vergilbtes Zeitungspapier gewickelt, und in der Hand einen riesigen Rosenstrauß. Die Rosen waren perfekt, jede Blüte noch geschlossen, aber kurz vor dem Erblühen, die Stiele waren sorgsam von Dornen befreit.

»Ich glaube, wir kennen uns noch nicht. Mein Name ist Marvell.«

»Sehr erfreut, Sie kennenzulernen«, sagte Edward, nahm das Vesprid in die Linke und reichte Marvell die Hand. »Das ist meine Schwester, Miss Carnaby.«

»Wo sind die anderen?«

»Das wissen wir nicht«, sagte Freda mißmutig. »Bevor Sie kamen, dachten wir, wir hätten uns im Tag geirrt.«

»O nein, heute ist Tamsins Geburtstag.« Er warf Queenie spielerisch zu Boden, lächelte plötzlich und winkte. »Da hinten ist sie ja. Sie pflückt meine Johannisbeeren, die Gute! Entschuldigen Sie mich bitte.«

»Na«, sagte Freda. »Wenn das die feinen Manieren des Landadels sind, dann können die mir gestohlen bleiben.«

Sie beobachtete, wie er den Weg hinunterging, und dann sah sie Patricks Frau. Tamsin richtete sich auf wie eine silbrige Dryade, die aus ihrem Element steigt, rannte zu Marvell und küßte ihn auf die Wange. Zusammen kamen sie aufs Haus zu, Tamsins Gesicht in Rosen versenkt.

»Josephine Bruce, das ist die herrliche dunkelrote«, hörte Freda sie sagen. »Virgo, schneeweiß; Super-Star – o wunderschöne, liebliche Vermillion! Und die große Pfirsichschönheit – die da, die heißt Frieden. Siehst du, Crispin, ich lerne *doch*.«

Sie trat auf die graugoldenen Steine des Hofes und legte den Strauß auf einen Tisch aus Weidengeflecht. Der Weimaraner stürzte zu ihr hin und legte die Pfoten auf den Tischrand.

»Und der wundervolle Honigwein! Du bist wirklich lieb zu mir, Crispin.«

»Du siehst aus wie aus einem dieser todschicken Kalender entstiegen«, sagte Marvell lachend. »Die anständigen natürlich, wie man sie in den Werkstätten entlang der Autobahn findet. Alles nur Mädchen, Blumen, Hunde und Alkohol – die guten Dinge des Lebens.«

»Wein, Weib und Gesang, würde Patrick sagen.« Tamsins Stimme klang gepreßt, und ihr Gesicht war umschattet.

Edward hüstelte.

»Entschuldigen Sie«, sagte er.

»Ach du meine Güte, es tut mir ja so leid«, Marvell sah tiefbeschämt aus. »Tamsin, Liebes, ich halte dich von deinen Gästen ab.«

Rückblickend dachte Freda, daß Tamsin wirklich keine Ahnung gehabt hatte, wer sie waren. Und das nach Edwards idiotischem Gehabe! Tamsins Gesichtsausdruck hatte sich völlig verändert, war dumpf, beinahe häßlich geworden, die großen gelbbraunen Augen schienen zu verlöschen. So stand sie da und schaute sie an, eine Rose gegen die farblosen Lippen gepreßt. Schließlich meinte sie: »Ach, ich weiß! Der Mann, der abends zur Volkshochschule geht.«

In dem Moment wäre Freda am liebsten weggelaufen, wollte sich an der Mauer entlang fortstehlen, zwischen Haus und Zaun hindurchschlüpfen und dann rennen und rennen bis zu den Chalets hinter den Ulmen. Aber Edward hielt ihren Arm fest. Er schob sie vorwärts wie ein Händler seinen einzigen Sklaven.

»Das ist meine Schwester. Sie sagten, ich dürfe jemanden mitbringen.«

Tamsins Gesicht wurde hart. Es sah genauso aus wie eine dieser afrikanischen Masken, dachte Freda, die schöne, göttergleiche, die in der Bar dieses Rasthauses an der Straße nach Southwell hing. Freda wußte, daß sie ihr nicht die Hand reichen würde.

»Nun, wo Sie schon mal hier sind, müssen Sie etwas trinken. Im Eßzimmer steht jede Menge. Wo ist Patrick?« Sie schaute zu den offenen Fenstern im ersten Stock hinauf. »Patrick!«

Edward hielt ihr das Vesprid hin.

»Ein Mitbringsel? Wie reizend von Ihnen.«

Sie zog die Dose aus der Verpackung und kicherte. Freda dachte, sie muß hysterisch sein – oder betrunken.

»Eigentlich ist es kein Mitbringsel«, sagte Edward leicht verzweifelt. »Sie baten darum. Ich sollte früher kommen, so daß wir die Wespen noch verarzten können.«

»Die Wespen? Ach, ich habe heute erst eine oder zwei gesehen. Wir werden uns gar nicht um die Wespen kümmern.« Sie zog die Türen auf, und Patrick hatte wohl direkt dahinter gestanden. Er trat heraus, selbstsicher, lächelnd und nach Badesalz duftend. »Hier ist mein Mann. Geh doch bitte und sieh nach der Beleuchtung, Schatz.« Damit schob sie ihren Arm unter den seinen und lächelte strahlend.

Freda merkte, wie sie anfing zu zittern. Sie wußte, daß sie blaß geworden war und gleich darauf blutrot. Ihre Hand fand Patricks, fand Leben und Kraft, als sie den leichten Druck und die vertraute Kühle seines Ringes fühlte. Als Edward dran war, klopfte ihr Herz, aber der Händedruck ging auf konventionelle Weise vorüber. Edwards Stimmungshoch war vorbei, und er schaute dümmlich und wie hypnotisiert auf Patrick.

»Was ist das?«

Patrick nahm das Vesprid und schaute sich die Aufschrift an. Freda konnte nicht umhin, seine Haltung zu bewundern, die kühle, herrische Art, in der er Tamsins Hand abschüttelte.

»Sieht das nicht schrecklich aus auf meinem Geburtstagstisch?« Tamsin steckte die Dose in die Tüte zurück und legte sie Edward in den Arm. Sie nahm seine Hand und drückte seine Finger auf das Päckchen. »Da! Passen Sie gut darauf auf, mein Bester, oder verwahren Sie es an einem sicheren Ort. Wir wollen doch nicht, daß es in die Drinks gerät, nicht wahr?«

Dann rettete Marvell die Situation und nahm sie mit sich ins Eßzimmer.

Als Greenleaf und Bernice in Hallows ankamen, waren die anderen schon alle da. Er war noch zu einem Mann mit Nierenkolik gerufen worden und erst um acht zurückgekommen. Glücklicherweise beschwerte Bernice sich nie, sondern wartete geduldig auf ihn, rauchte und legte Patiencen im Frühstückszimmer.

»Ich werde mein Alpaka-Jackett anziehen«, sagte Greenleaf. »Ich sehe darin zwar wie ein Bowls-Spieler aus, aber was soll's. Ich bin schließlich kein Teenager mehr.«

»Nein, mein Schatz«, sagte Bernice. »Du bist ein sehr gut aussehender, erwachsener Mann. Wer will schon ein Teenager sein?«

»Ich nicht, außer, auch du könntest einer sein.«

Ganz zufrieden miteinander, machten sie sich gut gelaunt auf den Weg. Sie nahmen die Abkürzung über The Green und blieben am Teich stehen, um den Schwänen zuzuschauen. Sie hielten sich an den Händen.

»Endlich«, meinte Denholm Smith-King, als die beiden auf der Terrasse erschienen. »Gerade habe ich zu Joan gesagt, ist eigentlich ein Arzt im Haus?«

»Haha«, antwortete Greenleaf mechanisch. »Ich hoffe, niemand wird einen brauchen. Ich bin nämlich hier, um mich zu amüsieren.« Er winkte Tamsin zu, die vom Plattenspieler herüberkam, um ihn zu begrüßen. »Herzlichen Glückwunsch zum Geburtstag. Vielen Dank für die Einladung.« Er zeigte auf den beladenen Tisch. »Was ist denn das alles?«

»Das sind meine wunderhübschen Geschenke. Pralinen von Oliver und Nancy, diese entzückende Tasche von Edith«, Tamsin hielt eines nach dem anderen hoch, verzog das Gesicht bei dem lobenden Adjektiv über die Tasche. »Süße, köstliche *marrons glacés* von Joan, und Crispin hat mir – was glaubst du wohl? – Wein und Rosen mitgebracht. War das nicht wundervoll von ihm?«

Hinter ihr stand Marvell und grinste ein jungenhaftes Grinsen. »Dein Schatten, Cynara«, zitierte er. »Die Nacht ist dein...«

»Vielen Dank! Ach, und Bernice...« Sie wickelte das winzige Parfumfläschchen aus, das Bernice ihr in die Hand gedrückt hatte. »*Nuit de Beltane!* Wie herrlich. Und eben habe ich noch zu Nancy gesagt, wie wunderbar sie duftet. Stellt euch vor, sie hat es auch. Ach, ihr seid alle so nett zu mir.« Sie schwenkte ihre langgliedrige braune Hand, als ermüde sie die Großzügigkeit und mache sie noch matter als gewöhnlich.

Greenleaf klemmte sich in einen kleinen Korbsessel. Drin spielte die Musik eine Beguine.

»Ihre Tochter ist nicht mitgekommen?« sagte er zu Edith Gaveston.

Sie schniefte. »Viel zu solide hier für Linda.«

»Tja, wahrscheinlich.«

Tamsin war weg, fortgeschwenkt in Oliver Gages Armen.

»Wenn Sie eine Minute Zeit haben«, sagte Denholm Smith-King. »Ich wollte Sie schon lange mal fragen. Es ist wegen eines Knotens unter meinem Arm ...«

Greenleaf war schon bereit, sich in das Schicksal seines Berufsstandes zu ergeben, und nahm das Glas, das Patrick ihm hinhielt, aber Smith-King war erst mal abgelenkt. Er schaute sich rasch nach allen Seiten um, als wolle er sichergehen, daß die meisten anderen tanzten, dann berührte er nervös Patricks Arm.

»Ach, Pat, alter Kumpel ...«

»Nicht jetzt, Denholm.« Patrick Selbys Lächeln war kurz, unpersönlich und fast unsichtbar. »Ich habe keine Lust, Geschäft und Vergnügen zu mixen.«

»Dann später, ja?«

Patrick warf einen Blick auf den Aschenbecher, den Smith-King mit Kippen füllte, klappte mit fast beleidigender Geste die Zigarettendose auf und ließ den Deckel zufallen.

»Es erstaunt mich gar nicht, daß du einen Knoten hast, aber bitte, langweile nicht meine Gäste damit, ja«, sagte er schon halb im Gehen.

»Komischer Kerl«, meinte Smith-King, und verlegene Röte breitete sich über sein Gesicht. »Dem ist es ganz egal, was er sagt.« Die Röte verflüchtigte sich, als Patrick davonschlenderte. »Aber jetzt zu diesem Knoten ...«

Greenleaf versuchte, den Eindruck des aufmerksamen Zuhörers zu erwecken, während er in Gedanken und mit einem halben Auge bei den übrigen Gästen war.

Fast alle meine Patienten, dachte er, bis auf die Selbys und die Gavestons, die in Doktor Howards Privatkartei waren. Im Augenblick betrachtete er sie jedoch eher unter psychologischem als unter medizinischem Gesichtspunkt. Wie er manchmal zu Bernice sagte, gehörte es mit zu seinem Beruf, sich auch mit der menschlichen Natur zu befassen.

Die Carnabys zum Beispiel; sie amüsierten sich nicht. Sie saßen ein Stück entfernt von den anderen und schwiegen sich an. Freda hatte ihr leeres Longdrinkglas unter dem Stuhl versteckt. Carnaby umklammerte mit düsterer Miene etwas, das aussah wie eine Dose in der Verpackung von Wallers Drogerie. Er wirkte ein bißchen wie ein Vater, der sein von allen abgelehntes Kind hütet.

Hinter ihnen, zwischen den Johannisbeerbüschen, zeigte Marvell Joan und Nancy die vergangene Pracht des ehemaligen Küchengartens seines Elternhauses. Greenleaf hatte nicht viel Ahnung von Damenmode, aber Nancys Kleid wirkte auf ihn etwas unpassend. Irgendwie saß es nicht – sie muß auf ihr Gewicht achten, sagte der Mediziner in ihm, sonst gerät in zehn Jahren ihr Blutdruck außer Kontrolle – und bildete einen allzu scharfen Kontrast zu dem teuren Duft, den sie verströmte und von dem er vorhin, als sie zusammen an Tamsins Geburtstagstisch standen, eine Nase voll abbekommen hatte. Warum hatte übrigens Gage wie vom Donner gerührt dagestanden, als Bernice Tamsin ihr eigenes Geschenk überreicht hatte?

Er tanzte gerade mit Tamsin, und von den drei Paaren auf der Tanzfläche paßten sie am besten zusammen. Clare und Walter Miller holperten an ihm vorbei, konsequent einen Takt hinter dem Rhythmus des Foxtrotts. Ziemlich gegen ihren Willen hatte sich Bernice zu einer Runde in den steifen Armen Paul Gavestons überreden lassen. Nun starrte er mit unbewegtem Gesicht über ihre Schulter hinweg, seine Hand gute fünf Zentimeter von ihrem Rücken entfernt. Greenleaf grinste in sich hinein. Gage hatte solche Hemmungen ganz offensichtlich nicht. Seine glatte Wange war eng an Tamsins gepreßt, sein Körper eins mit dem ihren. Sie bewegten sich kaum, schaukelten langsam, fast schon anstößig auf einem halben Quadratmeter Tanzfläche hin und her. Die Musik verklang und ging plötzlich in einen Mambo über.

»Die Sache ist die«, sagte Smith-King gerade. »Das Ding wird größer, soviel steht fest.«

»Das schaue ich mir am besten mal an«, sagte Greenleaf.

Inzwischen hatte sich ein viertes Paar zu den Tanzenden gesellt. Greenleaf konstatierte das mit einer gewissen Erleichterung. Patrick mochte ja selbst in guter Verfassung ein recht schwieriger Zeitgenosse sein, aber wenn es darauf ankam, konnte er durchaus aus sich herausgehen. Es war nett zu sehen, wie er das Carnaby-Mädchen aus ihrer peinlichen Situation befreit hatte und jetzt mit ihr tanzte, als mache es ihm wirklich Spaß.

»Das würden Sie tun«, Smith-King war schon im Aufstehen begriffen und schien sich gleich entkleiden zu wollen.

»Nicht jetzt«, erwiderte Greenleaf alarmiert. »Kommen Sie in meine Sprechstunde.«

Inzwischen war die Sonne beinahe untergegangen, und die Dämmerung senkte sich über den Garten. Tamsin hatte sich von Oliver Gage gelöst, um die bunten Lichterketten einzuschalten. Wäre nicht seine Frau dazwischengekommen, die sich auf der Terrasse lauthals über die Mückenplage ausließ, Gage wäre ihr nachgelaufen.

»Wie ich diese entsetzlichen Insekten hasse«, grummelte Nancy. »Man sollte doch wirklich denken, durch all das DDT und so seien sie endlich ausgerottet.« Sie blitzte Marvell wütend an. »Mich juckt es am ganzen Körper.«

Wie auf ein Stichwort fingen Walter Miller und Edith Gaveston gleichzeitig an, Anekdoten über Mückenstiche zu erzählen. Joan Smith-King driftete zu Greenleaf herüber, wie Leute es sogar bei Parties oft taten, wenn sie kleinere Wehwehchen haben, und rieb sich die Arme. Er stand auf, um Joan bei ihrem Mann sitzen zu lassen, aber als er sich umwandte, war Denholms Stuhl leer. Dann sah er Den im verlassenen Eßzimmer Patrick gegenüberstehen, die unvermeidliche Zigarette im Mund. Greenleaf konnte nicht verstehen, was er sagte, er hörte nur Joans schweren Atem über dem gleichmäßigen Gemurmel der allgemeinen Konversation. Die Zigarette zitterte, klebte an Denholms Lippen, während er mit beiden Händen eine Geste der Hoffnungslosigkeit beschrieb. Patrick lachte plötzlich auf, wandte sich ab und schlenderte in den Garten hinaus. In diesem Moment glühten die Lichter zwischen den Bäumen auf.

Greenleaf, der keine Ader für eine sogenannte romantische Atmosphäre hatte, beeindruckten die bunten Lämpchen wenig. Doch von den meisten Damen kam ein bewunderndes Ah und Oh. Feenbeleuchtung war der Clou, bewies Wohlstand, Geschmack, Organisationstalent. Nancy rannte mit kleinen, begeisterten Schreien hin und her, zeigte auf die bunten Glühbirnen und forderte die anderen auf, herauszukommen und sich die Pracht aus der Nähe anzusehen.

»Freut mich, daß es euch gefällt«, sagte Tamsin. »Wir

finden es auch hübsch.« Patrick hüstelte und schloß sich damit aus. Er nimmt sich seine Gastgeberpflichten sehr zu Herzen, dachte Greenleaf, der beobachtete, wie seine Hand Freda Carnabys mit festem Griff umschloß.

»So, hat auch jeder etwas zu trinken?« Tamsin griff nach Marvells leerem Glas. »Crispin, deine armen Arme!«

»Ihr habt Stechmücken im Garten«, sagte Marvell lachend. »Ich wollte eigentlich Citronella-Öl mitbringen, habe es aber vergessen.«

»Oh, wir haben welches. Ich werde es holen.«

»Nein, ich werde gehen. Du bleibst hier und tanzt.«

Gage hatte sie schon mit Beschlag belegt, seinen Arm um ihre Taille geschlungen.

»Also gut, ich sage dir, wo du es findest. Im Gästebad, in dem kleinen Schränkchen, oberstes Fach.«

Joan Smith-King kicherte neidisch.

»Ach, ihr habt zwei Bäder? Welch ein Luxus.«

»Einfach durch das Zimmer«, sagte Tamsin und ignorierte den Einwurf. »Du kennst ja den Weg.«

Der Ausdruck in ihren Augen schockte Greenleaf. Es war, dachte er bei sich, als spiele sie bewußt ein gefährliches Spiel.

»Ich bin albern«, sagte er zu Bernice.

»Aber nein, Liebling, du bist doch so ein praktisch veranlagter Mann. Wie kommst du überhaupt auf albern?«

»Ach, nichts«, erwiderte Greenleaf.

Marvell kam mit einem Fläschchen in der Hand zurück. Den Deckel hatte er schon abgeschraubt und rieb sich die Arme ein.

»Vielen Dank«, sagte er zu Tamsin gewandt, »Madame Tussaud.«

Sie schwatzte rasch auf ihn ein.

»Du hast es gefunden? *Merveilleux*. Klingt gut, nicht? Ist aber kein Wortspiel. Komm tanzen!«

»Ich bin aber gar nicht zum Tanzen aufgelegt«, protestierte Marvell lachend. »Ich war in der Schreckenskammer und brauche einen kräftigen Schluck.« Er nahm sich einen Drink vom Sideboard. »Du hättest mich aber auch warnen können.«

»Was meinen Sie mit Schreckenskammer«, fragte Nancy mit großen Augen. Die Party wurde etwas flau, und sie war bereit, alles aufzugreifen, was die Stimmung heben und wenn möglich Oliver von Tamsin trennen konnte. »Haben Sie Gespenster gesehen?«

»So was Ähnliches.«

»Erzählen Sie, raus damit!«

Plötzlich drehte sich Tamsin von Oliver weg, breitete die Arme aus und griff sich Marvell, um ihn am Plattenspieler und am Geburtstagstisch vorbei über die Terrasse auf den Rasen zu wirbeln.

»Also gut, dann wollen wir alle gehen«, rief sie. »Kommt und seht euch das Gespenst an.«

Alle kamen hintereinander in die Halle, die Frauen kicherten erwartungsvoll. Marvell, das Glas noch in der Hand, ging als erster. Nur Patrick blieb zurück, bis Freda seine Hand nahm und ihm etwas zuflüsterte. Sogar Smith-King, normalerweise von herzerfrischender Unsensibilität, bemerkte sein Unbehagen.

»Geh du voran, Macduff!«

6

Wäre es früher am Tag gewesen oder auch bei Lampenlicht, hätte es sicher ganz anders gewirkt. Aber so – am Übergang vom Tag zur Nacht, im Halbdunkel und in der ruhigen Luft, in der sich nichts bewegte, nicht einmal die Netzvorhänge am offenen Fenster – war der Effekt unmittelbar und für einen winzigen, irrwitzigen Augenblick schockierend.

Marvell verzog das Gesicht. Die anderen Männer glotzten. Paul Gaveston ließ so etwas wie ein Schnauben hören. Smith-King pfiff durch die Zähne und brach dann in herzliches Gelächter aus.

Die Damen verliehen ihrem Entsetzen auf die verschiedenste Weise Ausdruck: Quietscher, vor den Mund gepreßte Hände, gedämpfte Abwehrgeräusche. Nur Freda schien wirklich erschüttert. Sie stand nahe bei Greenleaf, und er hörte ihr tiefes Atemholen, merkte, wie sie erschauerte.

»Also, mein Geschmack ist das wahrlich nicht«, sagte Nancy. »Stellt euch bloß mal vor, man hat vergessen, daß es da ist, und sieht sich plötzlich nachts auf dem Weg zum Klo damit konfrontiert!«

Greenleaf fühlte Übelkeit in sich hochsteigen. Er war der einzige im Raum, der je einen echten Kopf, abgetrennt von einem Körper, gesehen hatte. Zuerst als Student, dann noch einmal bei einer Unfalluntersuchung, bei dem ein Mann während eines Zugunglücks enthauptet worden war. Deswegen und aus anderen Gründen, die mit seiner ganz persönlichen Psyche zusammenhingen, berührte ihn das Bild gleichzeitig mehr und weniger als die anderen Gäste.

Es war ein sehr großes Bild, ein Ölgemälde, eingefaßt in einen vergoldeten Rahmen, und stand an die Seidentapete gelehnt. Greenleaf hatte nicht viel Ahnung von Malerei, und die Ansicht mancher Leute, daß alles, was mit Leben und Tod zusammenhängt, auch als Kunstobjekt geeignet ist, hätte ihn abgestoßen. Pinselstrich und Farbabstufung sagten ihm wenig, aber von Anatomie verstand er eine ganze Menge, und über sexuelle Perversion wußte er ziemlich gut Bescheid. Deshalb mußte er einerseits den Künstler wegen seiner Detailgenauheit bewundern – das abgeschlagene Haupt auf der Silberplatte zeigte die korrekten Wirbelenden und die Schlagader an der richtigen Stelle –, andererseits beklagte er eine Mentalität, die Sadismus als angemessenes Thema für solch eine Darstellung betrachtete. Greenleaf haßte Grausamkeit; all das Leid seiner Ahnen in den Gettos Osteuropas war tief in ihm verwurzelt. Er streckte seine wulstige Unterlippe vor, nahm die Brille ab und rieb sie an seinem Alpaka-Jackett blank.

So kam es, daß er das Gesicht des Mannes an seiner Seite ein paar Sekunden nicht sehen konnte, das Gesicht des Mannes, dem dieses Haus gehörte. Aber er hörte das scharfe Einziehen von Luft und den leisen, unterdrückten Aufschrei.

»Jetzt seht euch nur diesen verwerflichen Blick an, mit dem sie diesen scheußlichen Kopf anschaut«, kreischte Nancy und preßte Olivers Hand. »Ich hab das Gefühl, eigentlich müßte ich wissen, was das Ganze darstellen soll, aber ich komm nicht drauf.«

»Vielleicht besser so«, meinte ihr Mann trocken.

»Was für eine Geschichte steckt dahinter, Tamsin?«

Tamsin ließ einen Finger über die Oberfläche des Bildes gleiten, verharrte mit dem Nagel auf der Blutlache.

»Salome und Johannes der Täufer«, erklärte Marvell. Das Zurschaustellen von Naivität langweilte ihn, und er war ans Fenster getreten. Jetzt drehte er sich um und lächelte. »Natürlich war sie nicht so gekleidet. Der Künstler hat sie in die Kleider seiner Zeit gesteckt. Von wem ist das Bild, Tamsin?«

»Das weiß ich nicht mal«, Tamsin zuckte die Achseln. »Es gehörte meiner Großmutter. Ich lebte lange bei ihr und bin damit groß geworden, so daß es auf mich nicht mehr diese Wirkung ausübt. Als kleines Mädchen liebte ich es geradezu. Schrecklich von mir, nicht?«

»Du wirst es doch wohl nicht aufhängen wollen?« fragte Clare Miller.

»Vielleicht, ich weiß es noch nicht. Als meine Großmutter vor zwei Jahren starb, hinterließ sie all ihre Möbel einer Freundin, einer Mrs. Prynne. Vor ein paar Monaten besuchte ich sie, und natürlich war ich ganz versessen auf das Bild. Also versprach sie, es mir zum Geburtstag zu schicken – und hier ist es.«

»Immer noch besser bei dir als bei mir.«

Tamsin kicherte.

»Ich könnte es im Eßzimmer aufhängen. Meinst du, es würde sich mit gegrillten Steaks vertragen?«

Alle hatten sich das Bild angesehen. Jeder hatte einen Kommentar abgegeben – und sei es auch nur als Aufschrei begeisterten Entsetzens. Nur Patrick hatte bisher geschwiegen. Greenleaf wunderte sich und sah ihn an. Das Gesicht unter den Sommersprossen war totenblaß. Als er schließlich sprach, klang seine Stimme laut und unsicher. Die eisige Ruhe war völlig verschwunden.

»Also gut«, meinte er. »Der Spaß ist vorbei. Entschuldigung!« Damit schob er Edward Carnaby mit der Schulter beiseite, griff einen der Bettüberwürfe und wollte das Bild damit zudecken. Doch statt sich um den Rahmen zu legen, glitt das Tuch ab und fiel zu Boden. Der Effekt war wie das Zurückgleiten eines Vorhanges, er enthüllte das Bild mit neuer Intensität. Der schamlose Blick, die halbgeöffneten Lippen und der plumpe Busen von Herodes' Nichte zeigten sich den Zuschauern im Dämmerlicht erneut. Mit entsetzlicher Befriedigung schien sie zu beobachten, wie die fallende Seide noch einmal die Trophäe auf dem Teller enthüllte.

»Du Miststück«, sagte Patrick.

Es folgte ein schockiertes Schweigen. Dann trat Tamsin vor und hob die Decke auf. Gleich darauf war Salome verschleiert.

»Also wirklich!« sagte sie. »Es war doch nur ein Scherz, Liebster. Du bist aber auch ungezogen.«

Smith-King trat unbehaglich von einem Fuß auf den anderen.

»Schon ziemlich spät, Joanie«, meinte er zu seiner Frau. »Das Bettchen ruft.«

»Es ist noch nicht mal zehn.« Tamsin faßte Patricks Hand, lehnte sich gegen ihn und küßte ihn leicht auf die Wange. Er blieb ganz ruhig, die Farbe kehrte in sein Gesicht zurück, aber er sah sie nicht an. »Wir haben noch gar nicht gegessen. All meine schönen Leckereien!«

»Ah, Essen.« Smith-King rieb sich die Hände. Wenn man eine Szene vermeiden und Patrick wieder versöhnlich stimmen konnte, dann war er dabei. »Man muß Körper und Seele zusammenhalten.«

»Die Angst aussperren?« sagte Marvell leise.

»Das ist es.« Er klopfte Marvell auf die Schulter.

Patrick schien plötzlich zu merken, daß seine Hand immer noch in Tamsins lag. Er zog sie weg und marschierte aus dem Zimmer die Treppe hinunter. Seine Gelassenheit kehrte langsam zurück. Mit einem verächtlichen Blick auf Tamsin folgte Freda ihm.

»Was für ein herrlicher Abend«, rief Tamsin laut. »Laßt uns in den Garten gehen und die Teller mit hinausnehmen.« Ihre Augen glänzten, und sie hakte sich bei Oliver Gage unter, ergriff dann auch noch Nancys Hand und schwenkte sie übermütig hin und her. »Eßt, trinkt und seid fröhlich, denn morgen sind wir tot!«

Unten tanzte Tamsin ins Eßzimmer. Greenleaf war ziemlich sicher gewesen, daß sie Patrick heute nicht mehr zu Gesicht bekommen würden, aber er war da, auf der Terrasse, und arrangierte, in sich gekehrt und mit ausdruckslosem Gesicht, Teller auf den Rohrtischchen. Freda Carnaby stand unterwürfig und anbetend dabei.

»Also«, sagte Nancy Gage und zog sich einen Stuhl neben Greenleaf. »Ich finde, Patrick hat sich ganz schön aufgeführt, was meinen Sie? Das ist doch kindisch, so ein Theater wegen eines Bildes.«

»Der Kindheit Aug' allein scheut den gemalten Teufel.« Marvell reichte ihr eine Platte mit in dunkles Brot gerollten Räucherlachsscheiben.

»Kindisch«, sagte Nancy. »Ich meine, das ist doch nicht wie im Kino. Zugegeben, ich habe einige Horrorfilme gesehen, die mich ganz schön mitgenommen haben. Danach bin ich nachts tatsächlich schweißgebadet aufgewacht, nicht wahr, Oliver?« Oliver war zu weit entfernt, um sie zu hören. Er saß, in ein düsteres Zwiegespräch vertieft, mit Tamsin auf der Mauer.

Nancy gestikulierte in seine Richtung und führte, ohne hinzuschauen, mit der anderen Hand ihr Sandwich zum Mund.

»Passen Sie auf«, sagte Greenleaf rasch. Er schlug ihr das Brot aus der Hand. »Eine Wespe«, erklärte er, als sie zusammenzuckte. »Sie wollten sie gerade mitessen.«

»O nein!« Nancy sprang auf und schüttelte ihren Rock. »Ich hasse Wespen! Vor diesen Biestern habe ich entsetzliche Angst.«

»Ist schon gut, sie ist ja weg.«

»Nein, schauen Sie, hier ist noch eine.« Nancy fuchtelte mit den Armen, als eine zweite Wespe ihr Gesicht umschwirrte, ihren Kopf umkreiste und sich dann auf einem Obsttörtchen niederließ. »Oliver, ich habe eine im Haar!«

»Was ist denn los, um Himmels willen?« Tamsin stand zögernd auf und kam zwischen den Tischen hindurch herüber. »Ach, Wespen, wie ärgerlich.« Sie war größer als Nancy und blies ihr leicht auf die blonden Locken. »Ist schon weggeflogen.«

»Du hättest die Speisen nicht herausholen sollen«, sagte Patrick. »Aber das ist typisch.« Da er der erste gewesen war, der Platten nach draußen geholt hatte, war die Bemerkung wohl kaum fair, überlegte Greenleaf. »Ich hasse diese verdammte Unfähigkeit. Sieh mal, Dutzende schwirren herum!«

Alle hatten ihre Stühle zurückgeschoben und ließen ihre Sandwiches stehen. Die gestreiften Insekten ließen sich auf den Tischen nieder und machten sich erst über Früchte und Sahne her. Sie schienen vom Himmel zu fallen, ganz gemächlich kreisten sie träge, doch mit zielstrebiger Konzentration über den Speisen, wie feindliche Flugzeuge beim Aufklärungsflug. Dann ließen sie sich, eine nach der anderen, auf Kuchen und Pudding sinken, gierig auf die Süßigkeiten. Ihre Flügel vibrierten.

»Das war's dann wohl«, meinte Tamsin. Sie versuchte, einen Teller mit Petits fours zu retten, zog die Hand aber mit einem kleinen Aufschrei schnell zurück. »Geh weg von mir, scheußliche Wespe! Patrick, tu doch was.« Er stand neben ihr, doch weiter entfernt als vielleicht je zuvor. Gereizt und gelangweilt, Hände in den Hosentaschen, starrte er auf die tafelnden Insekten.

»Bring das Zeug rein!«

»Dazu ist es ein bißchen spät«, sagte Marvell. »Sie sind schon überall im Eßzimmer.« Er schaute zum Dach hinauf. »Ihr habt ein Nest da oben.«

»Das wundert mich gar nicht«, meinte Walter Miller, der nebenan wohnte. »Erst gestern habe ich zu Clare gesagt, paß auf, hab ich gesagt, die Selbys haben ein Wespennest am Dach.«

»Und was machen wir jetzt?«

»Sie ausrotten.« Edward Carnaby hatte die ganze Zeit über mit niemandem außer seiner Schwester gesprochen. Tamsin hatte ihn mit ihrer Verachtung tief beleidigt. Jetzt war seine Stunde gekommen. »Sie vernichten«, sagte er, holte die Dose Vesprid aus der Tüte und stellte sie in die Mitte des Tisches, an dem Nancy, Marvell und Greenleaf gesessen hatten. »Sie hätten es mich vorhin gleich machen lassen sollen«, sagte er zu Tamsin.

»Machen lassen? Was?« Tamsin schaute sich das Vesprid an. »Was macht man damit? Sie einsprühen?«

Edward wollte zu einer längeren technischen Erklärung ansetzen und holte tief Luft.

Walter Miller unterbrach ihn schnell. »Sie werden eine Leiter brauchen. Ich habe eine in der Garage.«

»Gut«, meinte Edward. »Als erstes müssen wir das Nest finden. Ich brauche jemanden, der mir hilft.« Marvell stand auf.

»Nein, Crispin. Das macht Patrick.« Tamsin berührte den Arm ihres Mannes. »Komm schon, Liebling. Du kannst unsere Gäste nicht alle Arbeit machen lassen.«

Einen Moment sah es so aus, als wolle er genau das tun. Er schaute eigensinnig zwischen seiner Frau und Marvell hin und her. Dann ging er, ohne Edward anzusprechen, ohne ihn auch nur eines Blickes zu würdigen, zur Tür.

»Blutiger Sport, Tamsin«, bemerkte Marvell. »Deine Parties sind wirklich einmalig.«

Als Patrick und Edward mit Millers Leiter zurückkamen, hatten die anderen sich auf dem Rasen versammelt. Inzwischen war die Terrasse von Wespen bevölkert. In Scharen saßen sie auf den Speisen. Die weniger glücklichen Nachzügler summten neidisch ein paar Zentimeter über ihren Genossen – Feuerfliegen im bunten Licht der Feenbeleuchtung.

Edward lehnte die Leiter gegen die Hauswand. Nachdem er sich versichert hatte, daß alle seinen Heldenmut beobachteten, griff er rasch nach einem Stück Kuchen. Dann schraubte er den Deckel von der Dose und goß etwas Flüssigkeit darüber.

»Sie laufen am besten hoch in das Gästezimmer«, meinte er wichtigtuerisch zu Patrick. »Ich nehme an, das Nest ist genau über dem Badezimmerfenster.«

»Warum das?« Patrick war blaß geworden, und Greenleaf glaubte zu wissen, warum.

»Nun, ich werde Licht brauchen, oder?« Edward fühlte sich in seinem Element. »Und dann muß jemand mir das hier zureichen.« Er tat so, als wolle er seinem Gastgeber den vergifteten Kuchen in die Hand drücken.

»*Ich* werde auf die Leiter steigen«, sagte Patrick eisig.

Edward fing an zu argumentieren. Er war schließlich der Experte, oder? Hatte er nicht gerade eben bei sich mit Erfolg ein Nest ausgerottet?

»Ach, du liebe Güte«, sagte Tamsin. »Und das ist nun meine Geburtstagsparty.«

Am Ende marschierte Edward widerstrebend mit dem Köder ins Haus. Marvell hielt die Leiter fest, und als oben im Bad das Licht anging, begann Patrick die Leiter hinaufzusteigen. Die anderen verfolgten vom Rasen aus, wie er über den Dachrand spähte, sein Gesicht im Lichtschein weiß und angespannt. Dann rief er mit dem einzigen Anflug von Humor, den er sich an diesem Abend gestattete: »Ich hab's gefunden. Offensichtlich ist keiner zu Hause.«

»Schätze, die sind alle zu einer Party«, rief Edward. Entzückt, weil unten jemand gelacht hatte, reichte er Patrick den Kuchen hinauf. »Abendbrot«, meinte er dazu.

Greenleaf sah Oliver Gage neben sich stehen und wandte sich ihm zu, um einen Kommentar zu den Geschehnissen abzugeben, doch irgend etwas am Gesichtsausdruck des anderen hielt ihn ab. Gage starrte auf die Gestalt auf der Leiter, und seine schmalen roten Lippen glänzten feucht. Dazu ballte er seine Hände wieder und wieder zu Fäusten.

»Oh, sehen Sie, was passiert denn jetzt?« Nancy klammerte sich plötzlich an Greenleafs Arm und schaute erschrocken nach oben.

Patrick war heftig zurückgezuckt, er bog sich, so weit es ging, von der Hauswand weg, rief etwas. Dann sahen sie ihn zusammenfahren, die Schultern hochziehen und sein Gesicht mit dem freien Arm bedecken.

»Er ist gestochen worden«, hörte Greenleaf Gage mit ausdrucksloser Stimme sagen. »Geschieht ihm verdammt recht.« Er rührte sich nicht, und Greenleaf eilte nach vorn zu den anderen, die sich am Fuß der Leiter drängten. Drei Wespen umkreisten Patricks Kopf und hatten es offensichtlich auf seine geschlossenen Augen abgesehen. Einen Moment sahen sie ihn dort oben kämpfend, beide Arme in der Luft rudernd, das blinde Gesicht verzerrt. Dann verschwand Edward vom Fenster, und das Licht ging aus. Jetzt war Patrick nur noch eine Silhouette gegen den klaren, türkisfarbenen Abendhimmel. Greenleaf dachte an eine Marionette aus zerknülltem Papier, deren konvulsivisch zuckende Arme an unsichtbaren Fäden hingen.

»Komm runter«, rief Marvell.

»O Gott!« Patrick ließ eine Art Ächzen hören und schien zu kollabieren, wobei er gefährlich schwankte.

Jemand rief: »Er fällt!« Aber Patrick fiel nicht. Flach gegen die Leiter gepreßt, fing er an, abwärts zu rutschen. Seine Füße berührten jede Sprosse, tapp, tapp, tapp, flap, bis er in Marvells Armen landete.

»Alles okay?« fragten Marvell und Greenleaf gleichzeitig, und Marvell scheuchte eine Wespe fort, die sich auf Patricks Haar herabsenkte. »Sie sind weg. Bist du in Ordnung?«

Patrick antwortete nicht, schauderte nur und hob die Hand, um seine Wange zu bedecken. Hinter sich hörte Greenleaf Freda Carnaby wimmern – wie ein junger Hund, dachte er –, ansonsten war es totenstill. Im Licht der regenbogenfarbenen Lämpchen standen sie schweigend, wie die Menge beim Stierkampf, wenn ein verhaßter Matador verletzt wurde. Die Feindseligkeit war beinahe greifbar in der Stille.

»Komm mit!« Greenleaf hörte seine eigene Stimme wie eine Glocke klingen. »Wir wollen ihn ins Haus bringen.« Aber Patrick schüttelte seinen Arm ab und stolperte ins Eßzimmer.

Sie scharten sich um ihn, alle außer Marvell, der in die Küche gegangen war, um Kaffee zu machen. Patrick kauerte in einem Sessel und hielt sich ein Taschentuch ans Gesicht. Er war an verschiedenen Stellen gestochen worden, unter dem linken Auge, am linken Handgelenk, am Unterarm und am rechten Ellbogen, in die Höhlung, die Greenleaf *fossa cubitalis* nannte.

»Ein Glück, daß es nicht schlimmer ist«, murmelte Edward grämlich.

Patricks Auge begann bereits zuzuschwellen. Er schaute Edward finster an und sagte unhöflich: »Verziehen Sie sich!«

»Bitte, streitet euch nicht auch noch.« Keiner wußte, wie Freda sich auf den Platz zu Patricks Füßen geschmuggelt hatte, noch, wann sie seine Hand in die ihre genommen hatte. »Es ist so schon schlimm genug.«

»Also wirklich«, sagte Tamsin. »Solch ein Aufhebens! Entschuldigen Sie, ja? Vielleicht sollte mein Mann etwas frische Luft haben.«

Zum zweitenmal an diesem Abend sah Denholm Smith-King erst auf seine Uhr, dann auf seine Frau. »Also, ich glaube, wir gehen dann mal. Ihr könnt uns jetzt sowieso nicht gebrauchen.«

Marvell war zwar gerade mit dem Kaffee erschienen, aber Tamsin machte keine Einwände. Sie hielt Joan ungeduldig ihre Wange zum Abschiedskuß hin.

»Kaffee? Nancy? Oliver?« Sie überging die Carnabys, als seien sie Möbelstücke. Oliver, auf der äußersten Kante seines Stuhls hockend, lehnte kühl ab.

»Vielleicht sollten wir auch lieber gehen.« Nancy schaute hoffnungslos von einem ärgerlichen Gesicht zum anderen. »Habt ihr kein Bikarbonat im Haus? Es hilft wunderbar gegen Wespenstiche.«

»Komm jetzt, Nancy, los!« drängte Oliver. Er nahm Nancys Arm und zog sie brutal mit sich. Es sah beinahe so aus, als wolle er ohne ein weiteres Wort gehen, doch an der Tür hielt er inne und nahm Tamsins Hand. Ihre Blicke trafen sich, Tamsins wachsam, Olivers, wenn Greenleaf seine Einbildung nicht täuschte, voll flehentlicher Enttäuschung. Als Nancy sich mit dem obligaten Kuß verabschiedet hatte, folgte er ihr rasch, nachdem auch er ihre Wange mit einem jener sexlosen Stupser berührt hatte, die in Linchester zur allgemeinen Höflichkeit gehörten.

Als sie fort waren und die Gavestons, die Willises und die Millers sich ebenfalls verabschiedet hatten, ging Greenleaf zu Patrick hinüber. Er untersuchte das Auge und fragte ihn, wie er sich fühle.

»Lausig.«

Greenleaf goß ihm eine Tasse Kaffee ein.

»Soll ich lieber Dr. Howard bitten, Max?« Tamsin wirkte nicht mehr verängstigt oder aufgeregt, sondern nur noch verärgert.

»Ich glaube nicht.« Howard, das wußte er genau, war nicht beim Wochenendnotdienst eingetragen. Ein Vertreter würde kommen, und – wie der Zufall so spielt – dieser Vertreter konnte sehr gut er selbst sein. »Man kann sowieso nicht viel machen. Vielleicht ein Antihistamin. Ich gehe mal eben nach Hause und hole eins.«

Bernice und Marvell gingen mit ihm, aber er kam allein zurück. Die Carnabys waren immer noch da. Tamsin hatte die Tür für ihn offengelassen, und als er durch die Halle ging, hörte er keine Stimmen. Sie saßen schweigend herum, offensichtlich jeder mit seinem eigenen Verdruß beschäftigt. Freda war ein Stückchen von Patrick weggerückt und hatte sich Kaffee genommen.

Als sei seine Ankunft ein Stichwort, auf das sie gewartet hatte, sagte Tamsin scharf: »Ist es nicht Zeit, daß Sie gehen?« Sie sprach zu Edward, sah aber dabei Freda an. »Natürlich erst, wenn Sie ausgetrunken haben.«

»Ich wollte ganz sicher nicht *de trop* sein.« Edward errötete, aber er brachte sein mühsam erworbenes Französisch trotzig heraus. Freda blieb hölzern sitzen, bis Patrick ihr einen Schubs gab, einen scharfen, sadistischen Schubs, der ein Mal an ihrem Arm hinterließ.

»Lauf schon, sei ein braves Mädchen«, sagte er, und sie erhob sich gehorsam, wobei sie beim Aufstehen den Rock über die Knie zog.

»Gute Nacht«, sagte Patrick abrupt. Er drängelte sich an Edward vorbei und ignorierte das gemurmelte: »Wir wissen schon, wenn wir unwillkommen sind.« An der Tür sagte er zu Greenleaf: »Du kommst nach oben?« Und der Doktor nickte.

Als er kurz darauf hinter Tamsin in das Balkonzimmer trat, lag Patrick bereits im Bett, die Arme auf der Decke ausgestreckt. Blaue Pyjamaärmel bedeckten seine Wespenstiche.

Inzwischen war sein Gesicht beinahe nicht wiederzuerkennen. Die Wange war so angeschwollen, daß sie das Auge fast verdeckte. Er sieht eher aus, dachte Greenleaf, als habe er Mumps.

Queenie lag neben ihm, die Läufe zum Fußende hin ausgestreckt, die Schnauze in seiner Hand vergraben.

»Es wird dir zu warm werden, wenn er hier liegen bleibt«, sagte der Doktor.

»Es ist kein Er, es ist eine Hündin.« Tamsin legte die Hand an Queenies Halsband, und für einen Moment blitzte Patricks gesundes Auge auf. »Also gut, aber ich werde sowieso nicht schlafen. Ich fühle mich zum Kotzen.«

Greenleaf öffnete die Balkontüren. Die Luft war kühl, beinahe unverschämt frisch und belebend nach dem heißen Abend. Es gab keine Vorhänge in dem Raum, die einen Schläfer hätten beunruhigen können, nur die hygienisch-weißen Jalousien.

»Möchtest du etwas zum Einschlafen?« Vorsichtshalber hatte Greenleaf seine Tasche mitgebracht. Aber Tamsin ging schon zum Frisiertisch mit der langen schwarzen Glasplatte, die in cremefarben gemasertes Holz eingelassen war. Sie zog eine Schublade auf und tastete darin herum.

»Er hat diese hier«, sagte sie. »Letztes Jahr litt er unter böser Schlaflosigkeit, und Dr. Howard hat sie ihm verordnet.«

Greenleaf nahm ihr das Fläschchen aus der Hand. Sechs blaue Kapseln waren darin. Sodium Amytal, 200 Milligramm.

»Eine kann er nehmen.« Er schraubte den Deckel ab und schüttelte sich eine der Kapseln in die Handfläche.

»Eine nützt nichts«, sagte Patrick. Er hielt sich die Wange, um den Schmerz beim Sprechen zu lindern, und Tamsin, deren Spiegelbild hell und fahrig in den schwarzen Glastüren des Schrankes zu sehen war, nickte ernsthaft. »Er mußte immer zwei nehmen«, sagte sie.

»Eine.« Greenleaf wollte kein Risiko eingehen. Er machte seine Tasche auf und holte ein Röhrchen heraus. »Das Antihistamin wird dich zusätzlich beruhigen. Du wirst schlafen wie ein Bär.«

Patrick schluckte alles auf einmal und trank dazu aus einem Glas, das Tamsin ihm hinhielt. »Danke«, sagte er. Sie wartete, bis der Doktor seine Tasche zugemacht hatte, und legte die Tabletten in die ordentlich aufgeräumte Schublade zurück. Dann knipste sie das Licht aus und ging mit Greenleaf die Treppe hinunter.

»Bitte, bedank dich nicht für die reizende Party«, sagte sie, als sie unten in der Halle standen.

Greenleaf lachte in sich hinein. »Werde ich nicht«, meinte er.

Die Schwäne waren schon lange im Schilf am Rande des Teiches zur Ruhe gegangen. Aus dem Wäldchen zwischen Linchester und Marvells Haus ertönte ein Tierruf, ein Fuchs vielleicht oder eine Eule. Für Greenleaf hätte es beides sein können. Sein kurzer, gedrungener Körper warf im Mondlicht einen langen Schatten, als er The Green überquerte und zu seinem Haus namens Shalom ging. Er war plötzlich unsagbar müde.

Marvell dagegen war hellwach. Langsam schritt er durch den Wald nach Hause, streckte von Zeit zu Zeit die Hand aus, um im Dunkel die feuchten, bemoosten Baumstämme zu berühren. Der Wald war voller Geräusche, fremdartige, raschelnde, flüsternde Geräusche, die den Doktor alarmiert hätten. Marvell kannte sie seit seiner Kindheit, das Traben des Fuchses – Quorn Country war nicht weit –, das sanfte Rascheln dürrer Blätter, wenn eine Grasschlange sich darüber hinschlängelte. Es war sehr dunkel, aber die Dunkelheit war nicht vollkommen. Jeder Baum war für ihn noch ein graues Hinweisschild, Blätter berührten sein Gesicht, er fühlte sie kühl und sauber an seiner Wange. Als er aus dem Wald trat und in die Long Lane einbog, hörte er von fern den Schrei des Ziegenmelkers und seufzte tief.

Im Haus zündete er eine seiner Öllampen an und ging, wie er es allabendlich vor dem Zubettgehen tat, von Zimmer zu Zimmer, um seine Schätze zu betrachten. Das Porzellan glänzte, reflektierte selbst das schwache Licht. Einen Augenblick lang hielt er die Lampe vor das Mezzotintoblatt von Rievaulx. Der Anblick rief ihm seine eigene Arbeit über eine andere Zisterzienserabtei in Erinnerung. Er stellte die Lampe am Fenster ab und setzte sich mit seinem Manuskript hin – nicht um zu schreiben, dazu war es schon zu spät, aber um zu lesen, was er tagsüber geschrieben hatte.

Rot und Weiß am Fenster. Die Blätter des russischen Weins glichen Schneeflocken und daneben wie Tropfen scharlachroten Wachses Berberidopsis, blutrot und mit diesem absurden Namen! Das Mondlicht traf sich mit dem Lampenlicht, und etwas schien sein Herz zu durchbohren.

Motten, angezogen von dem Licht, kamen bald zum Gitterfenster, und eine kohlschwarze – Marvell erkannte sie als Schornsteinfeger – flatterte durch den offenen Fensterflügel herein. Sie wurde gefolgt von einer größeren, grau-weißen, deren Flügel mit sanftem Filigran, Schwanendaunen en miniature, gezeichnet waren. Marvell sah ihnen einen Augenblick lang zu, wie sie die Lampe umflatterten. Dann, voller Angst, sie könnten ihre Flügel versengen, fing er sie ein, indem er aus seinen Händen einen Käfig formte, und warf sie aus dem Fenster.

Sie schraubten sich in die Höhe, von gelblichem in silbriges Licht. Er schaute – und schaute noch einmal. Da war jemand im Garten. Ein ebenfalls mottengleicher Schatten bewegte sich im Obstgarten. Er wischte den schwarzweißen Flügelstaub von seinen Händen und lehnte sich hinaus, um zu sehen, wer ihn um diese mitternächtliche Stunde mit einem Besuch beehrte.

7

Am Sonntag morgen stand Greenleaf um acht Uhr auf, machte ein paar gymnastische Übungen, die er seinen Patienten zur Verringerung des Taillenumfanges zu empfehlen pflegte, und nahm ein Bad. Um neun hatte er bereits einen Blick in den *Observer* geworfen und Bernice eine Tasse Kaffee ans Bett gebracht. Dann setzte er sich hin, um an seine beiden Söhne im Internat zu schreiben.

Es war unwahrscheinlich, daß ihn heute ein Patient rufen würde. Sein Sonntagsdienst war am vergangenen Wochenende gewesen, und er hatte vor, sich einen faulen Tag zu machen. Gegen zehn erschien Bernice, und sie frühstückten gemütlich, redeten über die Jungen und das neue Auto, das gerade rechtzeitig geliefert würde, um damit die beiden in die Ferien nach Hause zu holen. Nach einer Weile gingen sie mit ihren Kaffeetassen in den Garten hinaus. Sie waren noch nahe genug beim Haus, um das Telefon klingeln zu hören, aber als es tatsächlich klingelte, ließ Greenleaf Bernice abnehmen, denn er wußte, es konnte nicht für ihn sein.

Doch statt sich zu einem ausgedehnten Schwätzchen niederzulassen, kam Bernice mit einem höchst merkwürdigen Gesichtsausdruck herausgelaufen. Das war ungewöhnlich, denn seine Frau bewegt sich selten so hastig.

»Es ist Tamsin, Lieber«, sagte sie. »Sie möchte dich sprechen.«

»Mich?«

»Sie ist ziemlich aufgelöst, fürchterlich, aber mir

wollte sie nichts sagen. Sie meinte nur, ich will Max sprechen.«

Greenleaf ging an den Apparat.

»Max? Hier ist Tamsin.« Zum erstenmal, seit er sie kannte, war ihr affektierter, gedehnter Akzent verschwunden. »Ich weiß, daß ich euch deswegen eigentlich nicht stören sollte, aber ich kann Dr. Howard nicht erreichen.« Sie hielt inne, und er hörte sie einatmen, als rauche sie eine Zigarette. »Max, ich kriege Patrick nicht wach. Er ist so entsetzlich kalt, und ich habe ihn schon geschüttelt, aber... er wacht nicht auf.«

»Wann war das?«

»Eben, gerade eben. Ich hatte verschlafen und bin eben erst aufgestanden.«

»Ich bin gleich bei dir«, sagte Greenleaf.

Sie murmelte etwas wie: »Wirklich nett!« Dann hörte er, wie der Hörer aufgelegt wurde.

Er holte seine Tasche und nahm die Abkürzung über die Wiese. Auf den ersten Blick schien klar, was geschehen war. Patrick hatte seine Schmerzen mit einer weiteren Schlaftablette lindern wollen. Ich hätte die verdammten Dinger mitnehmen sollen, sagte sich Greenleaf. Aber er konnte die Patienten eines Kollegen schließlich nicht bevormunden. Howard hatte die Tabletten verschrieben, und sie waren harmlos genug. Außer? Sicher war Patrick nicht so unklug gewesen, noch *zwei* weitere zu schlucken? Greenleaf beschleunigte seine Schritte und fiel in eine Art Trab. Patrick war ein junger und offensichtlich gesunder Mann, aber trotzdem, drei... Und dazu das Antihistamin. Angenommen, er hatte die ganze Flasche geleert?

Sie erwartete ihn an der Schwelle, als er die Auffahrt zu Hallows hinaufrannte, und sie hatte sich nicht die Mühe gemacht, sich anzuziehen. Da sie ihr Gesicht nie zurechtmachte und das Haar immer glatt herunterhängend trug, hatte sie nicht das triste, ungekämmte Aussehen der meisten Frauen, die ihn in einer Notsituation empfingen. Ihr schlichter, teurer Morgenmantel aus längsgestreifter Baumwolle war rosa-weiß und hatte eine kleine, makellos weiße Schleife am Hals. An den Füßen trug sie silberne Riemensandaletten. Sie wirkte aufgescheucht und sehr jung in ihrer Angst.

»Oh, Max, ich wußte einfach nicht, was ich tun sollte.«

»Schläft er noch?«

»Er ist so weiß und still und – und irgendwie so schwer.«

Greenleaf ging rasch die Treppe hinauf und redete währenddessen über die Schulter hinweg mit ihr.

»Also gut. Komm nicht mit hoch. Mach inzwischen Kaffee. Stark und schwarz.«

Sie verschwand in der Küche, und Greenleaf betrat das Schlafzimmer. Patrick lag auf dem Rücken, den Kopf in einem merkwürdigen Winkel verdreht. Sein Gesicht sah immer noch verschwollen aus, und die Arme auf der Bettdecke waren ebenfalls etwas angeschwollen und weiß, nicht mehr rot. Greenleaf kannte diesen Farbton, die gelbliche Elfenbeinfarbe von Pergament und diese wächserne Konsistenz der Haut.

Er nahm eine Hand hoch, und ihm fiel ein, was Tamsin über dies schwere Gefühl gesagt hatte. Dann hob er Patricks Augenlider an und drückte sie wieder zu. Er seufzte tief. Den Puls zu fühlen und den Herzschlag zu kontrollieren war nur eine Farce gewesen. Er hatte es gewußt, als er den Raum betrat. Tote wirkten immer so tot, als seien sie nie lebendig gewesen.

Er ging hinaus zu Tamsin. Sie kam gerade die Treppe herauf, den Hund immer direkt hinter sich.

»Tamsin, komm mit hier herein.« Er öffnete die Tür zu dem Zimmer, in dem sie gestern abend alle das Gemälde angeschaut hatten. Eines der Betten war benutzt, die Decke zurückgeschlagen.

»Möchtest du dich hinsetzen?«

»Kannst du ihn nicht aufwecken?«

»Es tut mir leid...« Er war ein Freund, und so legte er ihr die Arme um die Schultern. »Du mußt dich auf einen Schock gefaßt machen.« Sie schaute ihn an. Es war ihm nie vorher aufgefallen, wie riesig ihre Augen waren, von welch eigenartiger Farbe, wie durchsichtiger Bernstein. »Ich muß dir leider sagen, daß Patrick tot ist.«

Sie schrie nicht auf, sie fing auch nicht an zu weinen. Die Farbe ihrer glatten braunen Haut veränderte sich nicht. Sie lehnte sich gegen das Kopfende des Bettes und blieb still sitzen, als sei auch sie tot. Es war, dachte Greenleaf, als wenn in diesem Moment ihr ganzes Leben mit Patrick noch einmal an ihr vorüberzog. Schließlich erschauerte sie und senkte den Kopf.

»Was war es denn?« Er mußte sich vorbeugen, um ihre Worte zu verstehen. »Ich meine, woran ist er gestorben?«

»Ich weiß es nicht.«

»Die Wespenstiche?«

Greenleaf schüttelte den Kopf.

»Ich möchte dich jetzt nicht aufregen«, sagte er sanft. »Aber diese Kapseln, das Schlafmittel, wo ist es?«

»In der Schublade, ich werde es holen.«

Er folgte ihr in das andere Schlafzimmer. Sie sah Patrick an. Immer noch keine Tränen. Greenleaf erwartete beinahe, daß sie die wächserne Stirn küssen würde, das taten die Hinterbliebenen gewöhnlich. Aber sie wandte sich ab und ging zum Frisiertisch. Da zog er das Bettuch über Patricks Gesicht.

»Es sind immer noch fünf drin«, sagte sie und hielt ihm die Flasche hin. Greenleaf war sehr überrascht. Er fühlte ein Unbehagen in sich hochsteigen.

»Ich werde Dr. Howard benachrichtigen«, meinte er.

Howard spielte Golf. Mrs. Howard versprach, im Club anzurufen und ihren Mann herüberzuschicken. Als Greenleaf ins Eßzimmer kam, kniete Tamsin auf dem Fußboden, die Arme um den Hals des Weimaraners geschlungen. Sie weinte.

»Oh, Queenie, oh, Queenie!«

Der Raum sah noch genauso aus, wie sie ihn letzte Nacht verlassen hatten. Die Getränke auf dem Sideboard und draußen auf der Terrasse Platten mit Sandwiches und Kuchen, vertrocknetes Brot, zerlaufene Sahne, harte Brötchen auf Tortenspitze. Auf dem Geburtstagstisch lagen zwischen anderen Geschenken noch Marvells Rosen. Sonntagstauperlen glitzerten auf den Blättern. Greenleaf goß Cognac in ein Glas und reichte es Tamsin.

»Wie lange ist er schon tot?« wollte sie wissen.

»Eine ganze Weile«, erwiderte Greenleaf. »Stunden. Vielleicht zehn oder zwölf. Natürlich warst du noch mal bei ihm, bevor du ins Bett gegangen bist?«

Sie hörte auf zu weinen. »O ja«, sagte sie.

»Es spielt keine Rolle. Ich möchte dich nicht beunruhigen.«

»Das ist schon in Ordnung, Max. Ich würde gern darüber reden.«

»Du hast nicht im selben Zimmer geschlafen?«

»Nein. Wenn einer von uns krank war, haben wir das

nie getan«, sagte sie rasch. »Ich dachte, falls er unruhig wird, wäre es besser, ich gehe ins Gästezimmer. Unruhig!« Sie fuhr sich mit der Hand über die Stirn. »Es ist entsetzlich, Max!« Sie sprach in kurzen, abgehackten Sätzen, als habe sie eine Aussage zu machen. »Ich versuchte noch, das Chaos im Garten zu beseitigen, aber ich war zu müde. Dann ging ich nach Patrick sehen. Das muß ungefähr um Mitternacht gewesen sein. Er schlief. Ich weiß, daß er schlief, denn er atmete. Ja, und dann bin ich auch ins Bett gegangen. Ich war so entsetzlich müde, Max. Und ich bin nicht aufgewacht bis elf. Ich rannte zu Patrick, weil ich gar nichts hörte. Queenie war in der Nacht zu mir heraufgekommen.« Ihre Hand suchte den Hals des Hundes, und sie grub ihre Finger in das samtige Fell. »Ich bekam ihn nicht wach, also rief ich Dr. Howard an. Den Rest kennst du.«

Patrick war gestorben, ging es Greenleaf durch den Kopf, wie er gelebt hatte: sauber, ordentlich, präzise, ohne Chaos. Das sentimentale Elend, üblich an so vielen Totenbetten, war nicht seine Sache. Aus einem milden Unwohlsein war er hinübergeglitten, aus dem Schlaf in den Tod.

»Tamsin«, sagte er langsam und freundlich. »Gibt es im Haus noch andere Schlafmittel? Hast du vielleicht welche?«

»O nein! Nein! Ich weiß genau, daß wir sonst keine haben. Patrick hatte nur diese sechs Stück übrig, und ich brauche niemals etwas zum Einschlafen.« Sie fügte unnötigerweise hinzu: »Ich schlafe wie ein Murmeltier.«

»Hatte er ein schwaches Herz? Hast du jemals etwas von Herzbeschwerden bei ihm bemerkt, oder hatte er früher damit zu tun?«

»Ich glaube nicht. Wir waren sieben Jahre verheiratet, aber ich kannte Patrick schon als kleinen Jungen. Ich weiß nicht, ob dir bekannt ist, daß wir Cousin und Cousine waren. Unsere Väter waren Brüder.«

»Keine ernsthaften Erkrankungen?«

Ein Schatten von Ungeduld flog über ihr Gesicht. »Er ist in Deutschland geboren«, sagte sie. »Dann, als der Krieg kam, lebten sie in Amerika. Nachdem sie hierher zurückgekommen waren, besuchten sie uns gelegentlich. Patrick war schrecklich verwöhnt, verhätschelt eigentlich. Er mußte sogar im Sommer dick vermummt herumlaufen, und als ich Schwimmunterricht hatte, durfte er nicht mitgehen. Ich dachte immer, es wäre, weil sie so lange in Kalifornien gelebt haben.« Sie hielt stirnrunzelnd inne. »In seinem ganzen Erwachsenenleben war er nie ernsthaft krank, und Dr. Howard hat er nur ein einziges Mal aufgesucht, als er nicht schlafen konnte.«

»Ich denke, du wirst dich auf eine gerichtliche Untersuchung gefaßt machen müssen«, sagte Greenleaf. »oder zumindest auf eine Obduktion.«

Sie nickte ernst.

»Oh, sicher«, sagte sie. »Ich verstehe. Das ist schon in Ordnung.« Ihr Tonfall war völlig sachlich, ebenso hätte sie der Verschiebung eines Termins zustimmen können.

Danach saßen sie sich eine Weile schweigend gegenüber und warteten auf Dr. Howard. Der Weimaraner lief die Treppe hinauf, und sie hörten ihn an der geschlossenen Tür zum Balkonzimmer kratzen.

Es kam dann doch nicht zu einer gerichtlichen Untersuchung von Patrick Selbys Tod. Greenleaf wohnte der Obduktion bei, weil es ihn interessierte und weil er mit den Selbys befreundet war. Patrick war, wie viele Menschen, an Herzversagen gestorben. Die Todesurkunde wurde unterschrieben, und am darauffolgenden Donnerstag fand die Beerdigung statt.

Greenleaf und Bernice gingen zu der Trauerfeier und nahmen Marvell in Bernices Auto mit.

»Selig sind die Toten«, predigte der Pfarrer mit einer Spur Sarkasmus, »die im Geiste des Herrn sterben.« Patrick war, seit er in Linchester wohnte, nicht einmal in der Kirche gewesen.

Patricks Eltern lebten nicht mehr; Tamsin war seit ihrem vierten Lebensjahr Waise. Sie waren beide Einzelkinder. Folglich standen keine Verwandten am Grab. Außer den Nachbarn kamen nur drei Freunde, um der Witwe beizustehen: die beiden anderen Direktoren aus Patricks Firma, der Glashütte, und die alte Mrs. Prynne.

Tamsin trug ein schwarzes Kleid und einen überdimensionalen Hut aus glänzendschwarzem Stroh. Während des Gottesdienstes klammerte sie sich an Oliver Gages Arm. Zu ihrer Linken saß Nancy, der es in ihrem graphitfarbenen Wollkleid – eine Anschaffung für ihre Hochzeitsreise im Februar – viel zu warm war, und hielt ein Taschentuch bereit. Doch sie mußte es Tamsin nicht reichen, die saß aufrecht und mit trockenen Augen.

Nur als der Sarg in die Erde gesenkt wurde, ereignete sich ein kleiner Zwischenfall. Freda Carnaby riß sich von Mrs. Staxtons Arm los und fiel laut schluchzend neben dem offenen Grab auf die Knie. Wie er später Greenleaf gegenüber äußerte, dachte Marvell, sie würde wie Hamlet hineinspringen. Aber es geschah nichts Dramatisches. Mrs. Staxton half Freda auf und zog sie mit sich fort.

Als alles vorbei war, warf Tamsin zwei Koffer auf den Rücksitz ihres schwarz-weißen Mini und fuhr, mit Queenie auf dem Beifahrersitz, zu Mrs. Prynne.

Zweiter Teil

8

Zwei Tage später schlug das Wetter mit einem lautstarken und spektakulären Gewitter um. Dabei kam ein Mann ums Leben, der auf dem Golfplatz von Chantflower unter einem Baum Schutz gesucht hatte. Da das Ereignis mit dem Beginn der Sauregurkenzeit zusammenfiel, ging es durch die gesamte nationale Presse. Für die durch den unaufhörlichen Regen ans Haus gefesselten Hausfrauen Linchesters war es tagelang Gesprächsthema Nummer eins – bis etwas Persönlicheres und Sensationelleres seinen Platz einnahm.

Die jungen Macdonalds waren mit ihrem Baby nach Bornemouth gefahren; die Willises und die Millers, die sich als ideale Nachbarn und Freunde zusammengefunden hatten, kreuzten gemeinsam zwischen den Kanarischen Inseln. Tamsin war noch immer fort. Das bedeutete vier leerstehende Häuser in Linchester, und Nancy langweilte sich fast zu Tode. Folglich waren Olivers Abende verplant, wenn er müde und unausgeglichen am Wochenende nach Hause kam.

Heute waren die Greenleafs und Crispin Marvell zu Kaffee und Drinks eingeladen. Als er sein Barfach im Sideboard aufmachte, sah Oliver, daß Nancy einen billigen zyprischen Sherry eingekauft hatte, dazu Flaschen voller Fertigcocktails, so bunt wie die gefärbten Wässerchen, die ihn früher in den Schaufenstern altmodischer Apotheken fasziniert hatten. Er fluchte und dachte an längst vergangene Zeiten.

Der Kaminsims war mit Postkarten dekoriert. Den Ehrenplatz hatte Nancy einem pfauenblauen Panorama von Clare Miller eingeräumt und dafür zwei schwarzweiße Seelandschaften hinter eine Vase verbannt.

Gereizt las er Sheila Macdonalds fröhliches Gekritzel. Tamsin war auch an der See, aber Tamsin hatte keinen Gruß geschickt ...

Von seinem Platz aus starrte er gedankenverloren in den Regen hinaus. In der Küche plauderte Nancy mit Linda Gaveston. Gelegentlich tönten einzelne Worte klar, wenn auch unzusammenhängend, aus dem Geplapper herüber.

»Echt ätzend, hab ich gesagt« oder »Was meinst du dazu, Püppi?« bildeten einen Gegensatz zu Nancys begeistertem: »Du bist unmöglich, Linda.«

Oliver grunzte und zündete sich eine Zigarette an. Diese Besuche Lindas, angeblich um Nancys bestellte Tabletten, Seifen oder Kleenex ins Haus zu bringen, versetzten ihn jedesmal in schlechte Laune. Sie führten aber ebenso unweigerlich zu Verdrießlichkeit bei Nancy, zu Unzufriedenheit und nagendem Neid. Immer wieder verblüffte es Oliver, wie es Waller als Dorfdrogist schaffte, eine solch immense und umfassende Auswahl an Luxusartikeln auf Lager zu halten. Seiner Frau erschienen sie leider alle irgendwann erstrebenswert und wirkten sich so ziemlich verheerend auf ihr Sparprogramm aus. Ob es nun das Neueste an Thermoskannen, automatischen Teemaschinen, thermostatisch geregelten Wärmedecken oder Duschkabinen war, Waller hatte Nancy in dem Jahr, das sie nun schon in Linchester lebten, eins nach dem anderen empfohlen, und alles war von ihr als höchst begehrenswert eingestuft worden.

»Auf lange Sicht gesehen wäre es wirklich eine riesige Ersparnis«, pflegte sie sehnsüchtig von irgend so einem neuen Knüller zu behaupten und dabei in den Vorortslang zu verfallen, den Oliver so haßte.

Darüber hinaus war es ebenso erstaunlich, daß sich die teuersten Kosmetikserien aus Paris und New York hinter Wallers Ladentisch ein Stelldichein gaben; Parfums und Cremes, die offensichtlich exklusiv von ihm geführt wurden und auch in Nottingham oder sogar in London nicht zu haben waren. Er war deshalb angenehm überrascht, als die Tür schließlich hinter Linda ins Schloß gefallen war und Nancy in den Raum getanzt kam, zufrieden, fröhlich und auf eine sehr befremdliche Art und Weise übermütig.

»Was ist denn in dich gefahren?«

»Nichts.«

»Für eine arme, gottverlassene und ans Haus gefesselte Kinderbraut siehst du sehr ausgeglichen aus«, meinte er und rief sich frühere Tiraden ins Gedächtnis.

In der Tat wirkte sie richtig hübsch in ihrem Rock aus den Flitterwochen und dem pinkfarbenen Pullover – zur Abwechslung nicht handgestrickt – aus einem feinen, flauschigen Material, das Olivers Blick fesselte und ihn daran erinnerte, daß seine Frau immerhin eine ausgezeichnete Figur hatte. Aber seine scharfen, schlechtgelaunten Worte hatten die Offenheit in ihrem Gesichtsausdruck schon in Geheimnistuerei verwandelt.

»Linda hat mir etwas sehr Merkwürdiges erzählt.«

»Wirklich?« sagte er. »Laß hören!«

Sie zog einen Flunsch.

»Nicht, wenn du so mit mir redest.« Einen Augenblick, einen flüchtigen Augenblick lang sah sie genauso aus wie damals, als er sie zum erstenmal gesehen hatte, beim Tanzen mit dem Mann, mit dem sie verlobt gewesen war. Es hatte ihm ungeheuren Spaß gemacht, sie ihm auszuspannen. Es war besonders pikant, weil dieser Verlobte gleichzeitig Shirleys Cousin war. »Böser Oliver! Ich werde mir alles aufheben, bis die Greenleafs da sind.«

»Ich sehe schon«, meinte Oliver in seiner einschmeichelndsten Komplicenstimme. »Ich sehe, ich muß sehr, sehr nett zu dir sein.«

»Sehr, sehr nett«, wiederholte Nancy und setzte sich kichernd neben ihn aufs Sofa. »Oliver – du bist ja schlimm, das muß die Landluft sein.« Aber danach sagte sie nichts mehr, und bald vergaß Oliver alles, was mit Linda Gaveston zusammenhing.

Als Marvell klingelte, machte sie sich nicht einmal die Mühe, ihre Frisur in Ordnung zu bringen oder ihr Make-up aufzufrischen. Etwas von einer Bacchantin umgab sie, exhibitionistisch, urweiblich. Oliver kam sich plötzlich alt vor. Ihre Naivität berührte ihn peinlich. Er ging, um Drinks aus seinem eigenen Vorrat zu holen, und ließ die farbenprächtigen Flaschen im Sideboard stehen.

Greenleaf und Bernice hatten sich kaum gesetzt, als Nancy fröhlich fragte: »Hat jemand was von Tamsin gehört?«

Keiner hatte etwas gehört, und Oliver kam es vor, als schaue ihn Marvell forschend an.

»Wahrscheinlich ist ihr nicht nach Schreiben zumute.« Bernice hatte eine stets freundliche, verständnisvolle Art. »So eng befreundet sind wir ja nicht mit ihr.«

»Außerdem, was sollte sie schon schreiben«, fügte Greenleaf hinzu. »Sie macht ja keinen Urlaub.« Und dann fing er an, über seine eigenen Ferien zu reden, die dieses Jahr für September geplant waren. Dabei erkundigte er sich, was die Gages denn vorhätten.

Urlaub war ein wunder Punkt bei Oliver, der hoffte, ohne auszukommen. Er hätte sich keine Gedanken zu machen brauchen. So schnell ließ Nancy ihr Thema nicht aus den Klauen.

»Arme Tamsin«, sagte sie laut und übertönte damit die Stimme des Doktors. »Man stelle sich mal vor, siebenundzwanzig und schon Witwe.«

»Schrecklich«, stimmte Bernice zu.

»Und unter solch – nun eigenartigen – Umständen.«

»Eigenartige Umstände?« fragte Greenleaf, der sich jäh aus seinen Riviera-Träumen gerissen fühlte.

»Ich meine nicht geldmäßig.« Oliver schrie innerlich auf bei dem Ausdruck, aber Nancy fuhr ungerührt fort: »Diese ganze Sache mit Patricks plötzlichem Tod war doch schon sehr merkwürdig. Ich nehme an, Sie glauben jetzt alle, ich sei sehr mißtrauisch, aber ich kann mir nicht helfen, ich muß einfach...« Sie machte eine effektvolle Pause und nippte an ihrem Gin. »Nun, es war doch etwas faul an der Sache, oder?«

Greenleaf sah zu Boden. Die Beine seines Stuhls hatten sich in einem der Numdah-Läufer verheddert. Er beugte sich hinunter und zog den Teppich gerade.

»Ich weiß nicht, ob ich das sagen sollte«, redete Nancy weiter. »Es ist wohl allgemein bekannt, daß Patricks Vater...« Sie senkte die Stimme. »Patricks Vater hat Selbstmord begangen. Sich das Leben genommen.«

»Ach du liebe Güte«, meinte Bernice ergriffen.

»Ich weiß gar nicht mehr, wer mir das eigentlich erzählt hat.« Nancy nahm eine Platte mit Kanapees und reichte sie Marvell. Oliver bemerkte schamerfüllt, daß nur eine halbierte Cocktail-Zwiebel auf jedem der Sandwiches mit Lachsmayonnaise lag. »Sie nehmen doch einen Appetithappen, ja?«

Marvell lehnte dankend ab. Die Platte schwebte sozusagen in der Luft.

»Irgend jemand hat es mir gesagt, jetzt frage ich mich nur, wer?«

»Ich war das«, sagte Oliver in scharfem Ton.

»Natürlich, du warst es. Und dir hat es Tamsin erzählt. Ich kann mir absolut nicht vorstellen, warum.«

In ihrer kindlichen Unschuld sah sie spitzbübisch von einem zum anderen.

Marvell meinte schließlich: »Tut mir leid, wenn ich vielleicht etwas begriffsstutzig bin, aber ich verstehe nicht ganz, was der Selbstmord von Patricks Vater mit dem Tod seines Sohnes durch Herzversagen zu tun hat.«

»Oh, absolut gar nichts. Überhaupt nichts. Sie dürfen nicht denken, daß ich da irgendwas über Patrick andeuten will. Dieser Selbstmord ist nur einer der eigenartigen Begleitumstände. Für sich allein wäre er nicht von Bedeutung.«

Oliver leerte sein Glas und stand auf. Er hätte Nancy kaltlächelnd eine runterhauen können. »Ich glaube, wir langweilen unsere Gäste«, sagte er, legte den Arm um seine Frau und versuchte, seiner Stimme einen lockeren Klang zu geben. »Noch einen Drink, Max? Bernice?« Marvells Glas war noch voll. »Und was ist mit dir, Schatz?«

»Also wirklich.« Nancy fing an zu lachen. »Du brauchst doch nicht so schrecklich diskret zu sein. Wir sind hier unter Freunden, und durch diese vier Wände dringt nichts nach außen.«

Oliver merkte, wie er wütend wurde. Diese Leute

waren diskret. Und überhaupt. Würde es seine Karriere ruinieren, ihn als Mitglied der Gesellschaft unmöglich machen, wenn er hier vor ihnen allen Nancy anbrüllte, schlug und aus dem Zimmer warf?

Er starrte sie an und goß dabei abwesend Sherry ein, bis das Glas überlief und sich eine Lache auf der Tischplatte bildete.

»Verdammt«, sagte er.

»Oh, der schöne Tisch.« Bernice war schon neben ihm und wischte mit einem winzigen Ziertaschentuch herum.

»Linda Gaveston war heute hier«, sagte Nancy. »Sie hat mir etwas sehr Merkwürdiges erzählt. Nein, ich werde nicht still sein, Oliver. Ich wiederhole es nur, weil mich die Meinung eines Mediziners dazu interessiert. Ihr kennt doch den komischen kleinen Mann, Handelsvertreter oder so was, der in den Chalets wohnt?«

»Carnaby«, warf Marvell ein.

»Richtig, Carnaby. Der, der so schwierig war bei der Party. Also, am Tag vor Patricks Tod war der in Wallers Laden, und was meint ihr, was er kaufen wollte?« Sie wartete auf Vorschläge, die niemand machte. »Zyankali! Das wollte er.«

Greenleaf schob die Unterlippe vor. Sie waren erst eine halbe Stunde hier, aber er begann sich zu fragen, wann er Bernice wohl vorschlagen konnte, nach Hause zu gehen. Sein Drink schmeckte dünn. Zum erstenmal, seit er als gutes Beispiel für seine Patienten das Rauchen aufgegeben hatte, sehnte er sich nach einer Zigarette.

»Waller würde niemals Zyankali verkaufen«, meinte er schließlich.

»O nein«, sagte Nancy triumphierend, »er hat es nicht getan. Aber das ist nicht das Ausschlaggebende, oder? Carnaby wollte Zyankali, und vielleicht hat er es doch irgendwo bekommen ...«

Sie holte tief Luft. »Irgendwo anders«, fügte sie mit finsterem Nachdruck hinzu. »Und jetzt frage ich, wozu hat er das gebraucht?«

»Wahrscheinlich, um Wespen damit zu vernichten«, sagte Marvell trocken. »Es ist ein altes Hausmittel.«

Nancy sah enttäuscht aus.

»Linda hat das Gespräch mitbekommen«, meinte sie. »Und das ist genau das, was dieser Carnaby gesagt hat. Er wollte es gegen die Wespen. Linda fand diese Erklärung ganz schön fadenscheinig.«

Olivers Faustschlag auf den Tisch ließ alle hochfahren.

»Linda Gaveston ist eine dumme kleine Klatschtante«, sagte er wütend.

»Ich nehme an, das gilt dann auch für mich?«

»Das habe ich nicht gesagt«, erwiderte Oliver, zu wütend, als daß es ihn ernstlich gekümmert hätte. »Aber wenn du dir den Schuh anziehst ... Ich hasse all dies Hintenrumgerede. Wenn du sagen willst, daß Edward Carnaby Patrick Zyankali verabreicht hat, dann sag es geradeheraus.« Er stürzte einen Schluck Whisky hinunter und verschluckte sich. »Andererseits läßt du es vielleicht doch lieber. Ich möchte kein Verfahren wegen übler Nachrede an den Hals kriegen.«

»Aus diesem Kreis wird nichts hinausgetragen. Aber überhaupt, es ist meine Pflicht als Bürger, zu sagen, was ich denke. Jeder weiß doch, daß Edward Carnaby ein wunderbares Motiv hatte, Patrick aus dem Weg zu räumen.«

Ein entsetztes Schweigen folgte. Nancy war rot geworden, und ihre vollen Brüste hoben und senkten sich unter der anliegenden grellrosa Wolle.

»Ihr seid alle ganz verrückt nach Tamsin. Ich weiß das. Aber Patrick war es nicht. Er mochte sie kein bißchen. Er hatte ein Verhältnis mit dieser schrecklichen kleinen Freda. Abend für Abend war er bei ihr, immer wenn ihr Bruder zu seinen Kursen ging. Seinen großen Hund hat er draußen am Tor angebunden, ja. Ach, es war einfach eine gemeine, miese kleine Affäre.«

Genau wie Oliver hätte Greenleaf ihr gerne Einhalt geboten. Er war deshalb unermeßlich dankbar für Bernices volles, klärendes Lachen.

»Wenn es nur ein kleines Verhältnis war«, sagte sie leichthin, »dann kann es doch nicht so wichtig gewesen sein, oder?«

Einen Moment lang erlaubte Nancy Bernice, ihre Hand zu halten. Dann riß sie sich los.

»Sie sind Zwillinge, nicht? Das heißt eine ganze Menge, wenn man ein Zwilling ist. Er wollte sie nicht verlieren. Patrick hätte ja mit ihr wegziehen können.«

Aber die Spannung hatte sich gelöst. Marvell, der ein Buch aus dem Regal genommen hatte und es studierte, als sei es eine kostbare Erstausgabe, entspannte sich und lächelte. Oliver war zum Plattenspieler hinübergegangen, die Zornesröte war aus seinem Gesicht gewichen.

»Und, was meint Max dazu?« fragte Nancy.

Wie weise von Bernice, leicht zu lachen und ihn dabei nicht anzusehen! Greenleaf hatte wirklich nicht vor, es wie Smith-King zu machen und beim ersten Anzeichen von Ärger die Flucht zu ergreifen. Zudem hatte Oliver einige gute Schallplatten, Bartók und dann diesen wundervollen Donizetti, den er gern noch einmal hören wollte.

»Wissen Sie«, sagte er mit leiser und sanfter Stimme. »Es ist erstaunlich, wie die Leute immer das Schlimmste erwarten, wenn ein Mensch in jungen Jahren stirbt. Sie wollen dann gleich ein Geheimnis dahinter sehen.« Er fragte sich, ob Bernice und auch Marvell bemerkten, wie die Bestürzung seinen kehligen Akzent durchklingen ließ. »Das wirkliche Leben ist nicht so sensationell.«

»Geschichten sind also merkwürdiger als das Leben«, murmelte Marvell.

»Ich kann Ihnen versichern, daß Patrick Selby nicht an einer Zyankalivergiftung gestorben ist. Wissen Sie, von allen Giften, die in Mordfällen benutzt werden, ist es am leichtesten nachzuweisen. Da ist schon mal der Geruch...«

»Bittermandel«, unterbrach Nancy.

Greenleaf lächelte ein Lächeln, das nicht von Herzen kam.

»Das unter anderem. Es ist einfach absurd, von Zyankali zu reden.« Er gestikulierte ausdrucksvoll. »Nein, bitte!«

»Gut, was glauben Sie also wirklich?«

»Ich glaube, daß Sie ein sehr hübsches Mädchen mit einer sehr lebhaften Phantasie sind und daß Linda Gaveston zu viel fernsieht. Ob ich wohl noch etwas von Ihrem hervorragenden Whisky haben könnte, Oliver?«

Oliver nahm ihm dankbar das Glas ab. Er sah aus, als hätte er Greenleaf mit Wonne die ganze Flasche in die Hand gedrückt.

»Musik?« Damit legte er dem einsichtigen Marvell einen Stapel Platten hin.

»Können wir Händel hören?« fragte Marvell höflich. Nancy zog ein Gesicht und warf sich auf die Kissen.

Der stetig fallende Regen hatte während des ganzen Gesprächs eine monotone Begleitmusik geliefert.

Jetzt, als sie schwiegen, füllten die Klänge der Suite vom Getreuen Hirten den Raum. Greenleaf lauschte dem Orchester und notierte die Wiederholungen in jedem Satz mit der Anerkennung des Wissenschaftlers, aber Marvell mit dem Ohr des verhinderten Künstlers fühlte, wie sich der enge Raum um ihn weitete. Seine Seele seufzte nach etwas unwiderruflich Verlorenem, und er sah eine grüne Senke vor sich wie auf einer Landschaft von Constable – unter den Bäumen den Liebenden mit der Panflöte.

9

Mit dem Einbruch der Dunkelheit hörte es auf zu regnen, und der Himmel hellte sich plötzlich auf, als sei er von Wolken reingewaschen. Es war eine Nacht heller weißer Sterne, so überwältigend, daß Greenleaf hinaufzeigte und sie bewundern mußte, obwohl er ihre Namen nicht kannte – die Lichterkette des Großen Wagens und Jupiter im Süden.

»Sieh, wie die Himmelsflur ist eingelegt mit Scheiben lichten Goldes«, rezitierte Marvell. »Nur daß es kein Gold ist, sondern Platin. Aber Scheiben lichten Platins klingt nur halb so gut, nicht?«

»Bei mir fallen Zitate leider nicht auf fruchtbaren Boden, wie du weißt«, sagte der Doktor. »Ich lese nie etwas anderes als das *British Medical Journal,* meine medizinische Fachzeitschrift.« Er atmete tief ein, genoß die frische Nachtluft. »Sehr schön«, meinte er etwas unmotiviert. »Ich bin froh, daß ich mich überwunden habe und mit dir gegangen bin.«

»Ein in jeder Hinsicht stickiger Abend, findest du nicht?« Marvell ging voraus und hielt das Buschwerk auf dem Pfad für Greenleaf beiseite.

»Eine dumme kleine Gans«, murmelte Greenleaf, ein für seine Verhältnisse ziemlich harter Ausdruck. »Ich hoffe, Gage kann sie vom weiteren Herumtratschen abhalten.«

»Es könnte unangenehm werden.« Mehr sagte Marvell nicht, bis der Weg breiter wurde und sie Seite an

Seite gehen konnten. Dann plötzlich. »Kann ich dich etwas fragen? Ich möchte dir aber nicht zu nahe treten.«

»Tust du schon nicht.«

»Du bist Arzt, aber Patrick gehörte nicht zu deinen Patienten.« Marvell sprach leise. »Ich habe gefragt, ob ich dir auch nicht zu nahe trete, weil ich an so was wie medizinische Etikette denke. Du weißt, ich bin nicht so sensationslüstern wie Nancy Gage, aber warst du nicht sehr verblüfft, daß Patrick auf diese Art zu Tode kam?«

»Überrascht war ich schon, ja«, erwiderte Greenleaf vorsichtig.

»Wie vom Blitz getroffen?«

»Wie dieser arme Kerl auf dem Golfplatz? Nein. In meinem Beruf sieht man eine Menge merkwürdiger Dinge. Zuerst dachte ich, Patrick hätte eine Überdosis Sodium Amytal genommen. Ich hatte ihm ein Antihistamin gegeben, 200 Milligramm Phenergan, und schon eine hätte den Effekt vervielfacht...« Er hielt inne, plötzlich gehemmt, diese fachlichen Einzelheiten einem Laien zu offenbaren. »Er hatte das Sodium Amytal im Haus, und ich riet ihm, eine davon zu nehmen.«

»Die Packung blieb aber dort?«

»Paß auf«, Greanleaf hatte versprochen, sich nicht angegriffen zu fühlen. »Patrick war kein Kind. Howard hatte ihm die Schlaftabletten verschrieben. Aber er hat auf keinen Fall mehr genommen. Es war das erste, was Glover bei der Obduktion überprüfte.«

Marvell öffnete die Tür zu seinem Obstgarten, und Greenleaf trat vom Waldboden auf Torf und die nassen Blätter wilder Narzissen. Blütenblätter einer regennassen Rose wischten über sein Gesicht. In der Dunkelheit fühlten sie sich an wie die parfümierten Fingerspitzen einer Frau.

»Das erste?« wiederholte Marvell. »Du meinst, es wurde auch nach anderen Dingen gesucht? Hast du Selbstmord oder sogar Mord vermutet?«

»Nein, nein, nein«, erwiderte Greenleaf ungeduldig. »Ein Mann war gestorben, ein junger und offensichtlich gesunder Mann. Glover mußte herausfinden, woran er gestorben war. Patrick starb an Herzversagen.«

»Jeder Mensch stirbt an Herzversagen.«

»Grob gesprochen ja. Aber es gab Anzeichen, daß das Herz schon vorher angegriffen war.«

Sie waren inzwischen an der Hintertür angekommen. Die Küche roch nach Kräutern und Wein. Greenleaf meinte, noch einen anderen Geruch wahrzunehmen. Schimmel. Er hatte diesen Pilz noch nie gesehen, aber Marvells Küche roch wie die Plastiktabletts mit Pilzen, die Bernice manchmal beim Dorfkrämer kaufte. Marvell tastete nach der Lampe und zündete sie an.

»Also weiter«, sagte er.

»Wenn du es unbedingt wissen willst, Glover hat sich bei Patricks alter Schule erkundigt. Tamsin konnte keinerlei Angaben dazu machen, und Patricks Eltern sind tot. Er hatte Howard gegenüber nie über Unwohlsein geklagt. Er war ja überhaupt nur einmal bei ihm.«

»Darf ich fragen, ob von der Schule irgend etwas zu erfahren war?«

»Ob du darfst, weiß ich nicht«, antwortete Greenleaf ernsthaft. »Ich weiß auch nicht, warum du es wissen willst. Aber wenn es sowieso Gerede gibt ... Glover hat an den Schulleiter geschrieben, und die Antwort war, daß Patrick bei einigen Sportarten nicht mitmachen durfte, weil er als Kind rheumatisches Fieber hatte.«

»Aha, du hast dich also mit dem Arzt in Verbindung gesetzt, der Patrick als Kind behandelt hat?«

»Das konnten wir nicht.« Greenleaf lächelte ein kleines, bitteres und sehr persönliches Lächeln. »Patrick wurde in Deutschland geboren und lebte dort bis zu seinem vierten Lebensjahr. Glover sprach mit Tamsins Mrs. Prynne. Sie ist eine dieser alten Damen mit gutem Gedächtnis. Sie erinnerte sich, daß Patrick mit drei Jahren rheumatisches Fieber hatte und daß der Name seines Arztes Goldstein war.«

Marvell verstand plötzlich und wurde verlegen.

»Aber Dr. Goldstein ist verschwunden. Viele seiner Glaubensgenossen verschwanden in Deutschland zwischen 1939 und 1945.«

»Bleibst du noch auf ein Gläschen?« fragte Marvell.

Fünf Minuten vergingen, bevor er wieder auf Patrick Selby zurückkam. Greenleaf merkte, daß er steif und wichtigtuerisch geklungen hatte – ganz der Prototyp des überheblichen Medizinmannes. Um Marvell nicht noch mehr zu verunsichern, nahm er das Angebot an und akzeptierte ein Glas Karottenwein.

Die Helligkeit der weißen Kugel hatte sich verstärkt, bis schließlich nur noch die hintersten Ecken des Zimmers im Schatten lagen. Eine leichte Brise war aufgekommen, ließ die Vorhänge wehen und bewegte das Hängeveilchen und die weißen Blätter der Tradescantia, die in einem Majolika-Übertopf auf dem Fensterbrett stand. Es war ziemlich kühl.

Endlich brach Marvell das Schweigen. »Ich war neugierig, was Patrick angeht«, sagte er und wärmte seine Hände an der Lampe. Greenleaf überlegte, ob Bernice zu Hause in Shalom wohl die Zentralheizung angedreht hatte. »Vielleicht bin ich übertrieben mißtrauisch. Aber Patrick hatte eine Menge Feinde, weißt du. Es gibt sicher Leute, die froh sind über seinen Tod.«

»Und ich bin übertrieben logisch«, erwiderte Greenleaf energisch. »Nancy Gage erzählt, daß Carnaby versuchte, sich Zyankali zu beschaffen. Patrick Selby stirbt plötzlich. Folglich muß er an Zyankalivergiftung gestorben sein. Wir *wissen* aber definitiv, daß das nicht der Fall war. Er ist eines natürlichen Todes gestorben. Merkst du nicht, daß jeder Grund für Zweifel nichtig wird, sobald die erste Annahme widerlegt ist? Es spielt keine Rolle, wie sehr Carnaby ihn vielleicht gehaßt hat – falls er das überhaupt tat, was ich bezweifle –, und wenn er eine Tonne Gift gekauft hätte, er hat Patrick nicht umgebracht, denn Patrick ist nicht durch Zyankali gestorben. Nur weil ein Mensch ein verhältnismäßig durchsichtiges Motiv gehabt zu haben scheint und den Zugang – den möglichen Zugang – zu einer Waffe, *die wohlgemerkt niemals benutzt wurde*, fängst du an zu argumentieren. Versuchst mir einzureden, er sei tatsächlich umgebracht worden, weil ein halbes Dutzend Leute Motive hatte und einer von ihnen vielleicht erfolgreich war.« Er trank seinen Karottenwein. Schmeckte eigentlich ganz angenehm, wie ein süßer Sherry. »Ich sage dir, du bist nicht besonders logisch.«

Marvell antwortete nicht. Er fing an, vorsichtig seine Standuhr aufzuziehen, so als wolle er den Sultan und seinen Sklaven, dessen Finger für ewig auf der schweigenden Zither ruhten, nicht stören. Als er den Schlüssel beiseite legte, blies er eine kleine Spinne fort, die über den Schuh des Sultans kroch. Dann sagte er: »Wieso gab es keine gerichtliche Untersuchung?«

Triumphierend antwortete Greenleaf: »Weil das nicht nötig war. Hab ich's dir nicht gesagt? Und das hatten weder Glover noch Howard zu entscheiden. Das ist eine Sache, die der amtliche Leichenbeschauer bestimmt.«

»Ohne Zweifel weiß der, was er tut.«

»Für Leute, die eines natürlichen Todes sterben, gibt es keine Verhandlung.« Greenleaf stand auf, streckte seine steifen Beine und wechselte das Thema. »Was macht dein Heuschnupfen?«

»Ich habe keine Tabletten mehr.«

»Dann komm mal zu mir in die Sprechstunde, damit ich dir ein neues Rezept ausstellen kann.«

Aber Marvell kam nicht, und Greenleaf hörte ein paar Tage lang nichts von ihm. Er dachte schon, die Sache mit Patricks Tod sei erledigt – bis Mittwoch vormittag während seiner Sprechstunde.

Der erste Patient, der in sein Sprechzimmer trat, war Denholm Smith-King. Er war auf dem Weg zu seiner Fabrik in Nottingham und hatte endlich den Mut gefunden, Greenleaf aufzusuchen.

»Es ist nichts Schlimmes«, erklärte der Doktor ihm, während Smith-King sein Hemd wieder zuknöpfte. »Nur eine vergrößerte Drüse. Die bildet sich von alleine wieder zurück.«

»Dann werde ich wohl meine Angstdrüse auch wieder zurückpfeifen müssen«, meinte Smith-King und lachte über seinen Scherz. Greenleaf lachte höflich mit.

»Wie ich sehe, haben Sie auch das Rauchen eingeschränkt.«

Greenleaf merkte, daß er ihn verblüfft hatte, aber dann folgte sein Blick dem des Doktors, und er grinste. »Auf Ihre Weise sind Sie ja ein richtiger Detektiv, oder?« Greenleaf hatte lediglich bemerkt, daß die gelbbraune Färbung des Zeige- und Mittelfingers sich in ein blasses Gelb verwandelt hatte, und die Bemerkung erinnerte ihn an Dinge, die er lieber vergessen wollte.

»Ja, ich habe es reduziert«, sagte Smith-King und gab dem Doktor einen heftigen, aber durchaus freundlichen Klaps auf den Rücken. »Ihr Quacksalber, ihr kennt nicht den Streß, mit dem man als Geschäftsmann ständig konfrontiert wird. Euch geht's viel zu gut.« Sein herzliches Lachen nahm seinen Worten die Schärfe.

»Der Streß scheint aber abgenommen zu haben, stimmt's?«

»Allerdings«, grinste Smith-King.

Erleichtert machte er sich auf den Weg, und Greenleaf klingelte nach dem nächsten. Gegen zehn hatte er ein Dutzend Patienten verarztet und fragte die letzte, eine Frau mit Nesselfieber, ob noch viele draußen seien.

»Nur eine, Doktor, eine junge Dame.«

Er drückte auf den Summer, aber es kam niemand; also begann er, seinen Schreibtisch aufzuräumen. Offensichtlich war der jungen Dame das Warten zu lange geworden. Aber dann, als er gerade seinen Autoschlüssel nahm, wurde die Tür langsam aufgeschoben und Freda Carnaby kam hereingeschlurft, müde und gebückt wie eine alte Frau.

Er war über den Wandel, der mit ihr vorgegangen war, richtig erschrocken. Seine Ungeduld machte einer Art Mitgefühl Platz, als er ihr einen Stuhl angeboten und sich ihr gegenübergesetzt hatte. Was war nur aus der erfreulichen Erscheinung mit den gestärkten Baumwollkleidern und den unpraktischen Schuhen geworden? Sogar bei Patricks Beerdigung hatte sie noch schick ausgesehen in dem adretten Schwarzweiß einer höheren Tochter. Jetzt sah ihr Haar aus, als sei es wochenlang nicht gewaschen, die Augen waren blutunterlaufen und verquollen, die Mundwinkel zeigten einen hysterischen Zug nach unten.

»Was kann ich für Sie tun, Miss Carnaby?«

»Ich kann nicht schlafen, Doktor. Seit Ewigkeiten habe ich nicht mehr richtig geschlafen.« Sie kramte in der Tasche ihrer Kunstlederjacke, die sie über einem zerknitterten Kleid trug. Das Taschentuch, das sie herauszog, war ebenfalls zerknittert. Mit einer pathetischen Geste preßte sie es an den Mund.

»Ich habe einen großen persönlichen Verlust zu beklagen, wissen Sie.« Sie tupfte mit dem leinenen Viereck am Augenwinkel. »Ich hatte jemanden sehr gern. Einen Mann.« Sie schluckte. »Er ist kürzlich gestorben.«

»Das tut mir leid.« Greenleaf begann sich zu fragen, was jetzt kommen würde.

»Ich weiß nicht mehr, was ich machen soll.«

Die Erfahrung hatte ihn gelehrt, daß es genau dieser Satz ist, der die Tränen auslöst, den Zusammenbruch einleitet. Es mag ja durchaus stimmen, mag so empfunden werden, aber erst wenn die Worte tatsächlich laut ausgesprochen sind, wird dem Betroffenen die ganze Tragweite klar, spürt er die völlige und hilflose Desorientiertheit, die darin liegt, und wird sich seines Elends so recht bewußt.

»Das dürfen Sie nicht sagen«, meinte er und verfluchte seine eigene Hilflosigkeit. »Die Zeit heilt Wunden, glauben Sie mir.« Das nennt man den Schwarzen Peter weitergeben, dachte er. »Ich verschreibe Ihnen etwas zum Einschlafen.« Er holte seinen Rezeptblock und fing an zu schreiben. »Waren Sie schon im Urlaub?«

»Nein, und ich werde wahrscheinlich auch nicht fahren.«

»Ich würde es versuchen. Ein paar Tage wenigstens, das hilft Ihnen sicher.«

»Helfen?« Diesen hysterischen Unterton hatte er

schon sooft gehört, aber nicht von ihr, und er gefiel ihm gar nicht. »Helfen, einem – einem gebrochenen Herzen? Oh, Doktor, ich weiß nicht mehr, was ich machen soll, ich weiß es einfach nicht, ich weiß es nicht.« Sie ließ den Kopf auf die Arme sinken und fing an zu schluchzen.

Greenleaf ging zum Waschbecken und holte ein Glas Wasser.

»Ich möchte es Ihnen gern erzählen.« Sie nippte und wischte sich die Augen. »Darf ich?«

Er schaute verstohlen auf die Uhr.

»Wenn es Sie erleichtert.«

»Es war Patrick Selby. Das wußten Sie, nicht wahr?« Greenleaf schwieg, und sie fuhr fort: »Ich habe ihn sehr gern gehabt.« Sie sagten nie geliebt, dachte er, immer sehr gern gehabt oder gemocht. »Und er mich auch.« Das kam trotzig. Er warf einen kurzen Blick auf ihr tränenverschmiertes Gesicht, die rauhe Haut. Da stieß sie plötzlich wie aus heiterem Himmel hervor: »Wir wollten heiraten.« Er zuckte zusammen.

»Ich weiß, was Sie jetzt sagen wollen. Sie wollen sagen, er war doch verheiratet. Aber Tamsin hat ihn nicht geliebt. Er wollte sich scheiden lassen.«

»Miss Carnaby ...«

Aber sie ließ sich nicht unterbrechen, die Worte kamen nur so herausgestürzt.

»Sie hatte eine Affäre mit diesem schrecklichen Mann, Gage. Patrick wußte davon. Sie traf sich während der Woche mit ihm in London. Patrick erzählte sie, sie führe zu einer alten Freundin ihrer Großmutter, dabei ging sie zu diesem Mann.«

Mitleid kämpfte und gewann gegen Greenleafs Ekel. Er fing an, das Rezept zusammenzufalten, und versuchte dabei einen freundlich-nichtssagenden Gesichtsausdruck zu bewahren.

Sein Gesicht mißinterpretierend sagte sie, als müsse sie sich rechtfertigen: »Ich weiß, was Sie denken. Aber Patrick und ich hatten kein Verhältnis. So war das nicht zwischen uns. Wir haben nie etwas Unrechtes getan. Wir wollten heiraten. Und jetzt erzählt Nancy Gage überall in Linchester, Edward habe Patrick umgebracht, weil ... weil ...« Sie brach wieder in Schluchzen aus. Greenleaf sah ihr mit einem Anflug von Verzweiflung zu. Wie sollte er diese weinende, hysterische Frau loswerden? Wie den Fluß dieser scheußlichen Enthüllungen stoppen?

»Und das Schreckliche ist, ich weiß, daß er umgebracht wurde. Deshalb kann ich auch nicht schlafen. Und ich weiß auch, wer es getan hat.«

Das war zu viel. Er schüttelte sie ein bißchen, wischte ihr die Augen ab und hielt ihr das Glas an die Lippen.

»Miss Carnaby, Sie müssen sich zusammennehmen. Patrick ist eines ganz natürlichen Todes gestorben. Das ist sicher. Ich weiß es. Sie werden Ihrem Bruder und sich selbst eine Menge Ärger einhandeln, wenn Sie solche Dinge verbreiten, die Sie in keiner Weise belegen können.«

»Belegen?« Sie verschluckte sich beinah an dem Wort. »Ich kann es *beweisen*. Sie erinnern sich doch, wie es bei dieser entsetzlichen Party war. Also, Oliver Gage ging später noch einmal allein zurück. Ich habe ihn von meinem Schlafzimmerfenster aus gesehen. Es war Vollmond, und er nahm den Weg am Teich vorbei. Er hatte ein Päckchen bei sich, ein weißes Päckchen. Was es war, weiß ich nicht, Doktor, aber angenommen – angenommen, es hat Patrick getötet!«

Nach diesen Worten bugsierte er sie aus seiner Praxis, verstaute sie in seinem Wagen und fuhr sie zurück nach Linchester.

Drei Briefe plumpsten in den Briefkasten der Gages, als um zehn der Postbote kam. Nancy war so sicher, daß nichts für sie dabei war, daß sie sich erst eine gute halbe Stunde später aus dem Badezimmer nach unten aufmachte. In der Zwischenzeit saß sie auf dem Badewannenrand, die nassen Haare in Lockenwicklern aufgerollt und teuflisch nach der Flüssigkeit der Heimdauerwelle stinkend, die sie sich gerade verpaßte. Sie wartete auf das Klingelzeichen des Küchenweckers und brütete darüber, was wohl in den Briefen stehen mochte.

Zwei Rechnungen, dachte sie verbittert und wahrscheinlich ein Bettelbrief von Jean oder Shirley. Ein getränkter Wickler fiel ihr auf die Nase. Im ganzen Haus roch es nun nach Ammoniak und faulen Eiern. Sie mußte reichlich von diesem Luftverbesserungsspray versprühen, bevor Oliver kam. Aber das war noch volle zwei Tage und Gott weiß wie viele Stunden hin. Sicher würde Oliver den Geruch kaum bemerken, wenn er sah, wie wunderbar ihr Haar geworden war – und alles für 25 Shilling.

Die Uhr klingelte, und aufgeregt begann sie, die Wickler herauszudrehen. Als das Waschbecken mit einer triefenden Masse von Lockenwicklern und Papierstückchen angefüllt war, legte sie sich ein Handtuch um die Schultern – ein malvenfarbiges mit einem weißgestickten ›Sie‹ darauf – das ›Er‹, die andere Hälfte dieses Hochzeitsgeschenkes, wurde sorgfältig für Oliver aufbewahrt – und ging die Treppe hinunter.

Der erste Brief, den sie aufnahm, war von Jean. Nancy wußte es, bevor sie noch die Handschrift gesehen hatte. Olivers erste Frau war die einzige, die alte Umschläge aufhob und sie, mit neuen Aufklebern versehen, wieder benutzte. Der zweite war ganz sicher die Telefonrechnung. Die konnte man genausogut verlieren. Aber der dritte, wer konnte das sein, der ihr aus London schrieb?

Sie öffnete den Umschlag und sah den Briefkopf. Er war *von* Oliver. Sie schaute sich den Umschlag noch einmal an, die schief aufgeklebte Marke. Für sie hieß das ein Kuß. Wußte Oliver das auch, oder war es Zufall?

Mein Liebling... Das war nett. Es war auch ungewöhnlich und unerwartet. Sie las weiter. *Ich frage mich, ob Du mir meine Unfreundlichkeit Dir gegenüber am Wochenende vergeben hast. Ich war gemein zu Dir, das grenzte schon beinah an Brutalität...* Wie wunderbar er formulieren konnte! Aber das war ja nicht anders zu erwarten bei seinem Beruf. *Kannst Du verstehen, mein Süßes, daß das nur deshalb geschah, weil ich es hasse, wenn Du Dich selbst herabwürdigst? Ich hatte das Gefühl, daß Du Dich zur Zielscheibe des Spottes dieser Männer machtest, und das verletzte mich tiefer, als ich sagen kann. Also, mir zuliebe, Schätzchen, Nancy, achte darauf, was Du sagst. Das Ganze ist Tamsins Angelegenheit, und sie bedeutet uns nichts...* Nancy konnte es kaum fassen, daß ein Brief sie so glücklich machte... *bedeutet uns nichts. Wir leben in einer anderen Welt. Jeder hat seine Welt, und jeder ist eine Welt für sich.* Wie poetisch. *Die leiseste Andeutung, daß ich mit...* Hier war ein Stückchen ausgestrichen. *...einem Skandal in Verbindung gebracht werden könnte, hat mir ziemliches Kopfzerbrechen bereitet. Wir waren nicht eng mit den Selbys befreundet...*

So ging es noch eine ganze Weile weiter. Nancy überlas manches, überflog die langweiligen Teile und hielt bei den erstaunlichen Koseworten inne, die zum Schluß kamen. Sie war so überschwenglich glücklich, daß sie, obwohl sie ihr freudig erregtes Gesicht im Vorbeigehen im Flurspiegel wahrnahm, gar nicht merkte, daß ihr Haar in völlig glatten Rattenschwänzen herunterhing.

Marvell hatte sich vorgenommen, Greenleafs Interesse an den Begleitumständen von Patrick Selbys Tod zu wecken, und er dachte, es könne nicht schaden, ihn mit einer Liste ungewöhnlicher Gifte zu konfrontieren. Zu diesem Zweck war er in der öffentlichen Bibliothek gewesen und hatte einen aufschlußreichen Nachmittag beim Lesen des Fachbuches von Taylor verbracht. Dabei hatte er sich so in seine Lektüre vertieft, daß es für die Nachmittagssprechstunde zu spät geworden war. Er beschloß daher, unter dem Vorwand, sein neues Rezept abholen zu wollen, nach Shalom hinaufzugehen. Er pflückte einen Strauß Akanthus für Bernice und machte sich auf den Weg.

»Wunderschön«, sagte Bernice. Ihr Mann berührte die braunrosa Blüten. »Was ist das?« Etwas schüchtern schlug er vor: »Lupinen oder so was?«

»Akanthus«, sagte Marvell. »Das Modell für die korinthische Säule.«

Bernice füllte eine weiße Steingutvase mit Wasser. »Du bist ein unerschöpflicher Quell an Informationen.«

»Sagen wir lieber ein nicht mehr benutzter Abfallhaufen.« Die Worte hatten einen bitteren Klang, aber Marvell lächelte, während er zusah, wie sie die Blumen in der Vase ordnete. »Und dieser Abfall ist zufällig durch Explosionen durcheinandergewirbelt worden.

Ich habe die letzten Tage niesend verbracht, denn leider sind mir diese faszinierenden kleinen blauen Pillen ausgegangen.«

Bernice lächelte. »Wenn sich das Ganze jetzt als Konsultation entpuppt, dann solltest du lieber mit Max einen Drink nehmen.«

Sie fing an abzuwaschen, und Marvell folgte Greenleaf ins Wohnzimmer. Greenleaf öffnete die Glastüren zum Garten und zog zwei Stühle in den Bereich der hereinströmenden, kühleren Luft. Der Himmel direkt über ihnen zeigte sich in einem reinen, milchigen Blau, das gegen Westen hin in ein leuchtend-metallisches Gold überging; doch der Schatten der großen Zeder lag über dem Haus. Der Raum war ein kühler Zufluchtsort.

»Vielleicht wäre es ganz sinnvoll, mal herauszufinden, wogegen du überhaupt allergisch bist. Es gibt da eine Testmethode«, sagte der Doktor. »Es muß nicht unbedingt Heu sein, weißt du. Man kann praktisch gegen alles allergisch sein.«

Marvell hatte eigentlich nicht vorgehabt, über sich zu reden, aber jetzt, wie um seinen Vorwand zu unterstützen, fing es in seiner Nase an zu kitzeln, und gleich darauf wurde er von einem gewaltigen Niesen erschüttert. Als er wieder zu sich gekommen war, sagte er hinterhältig:

»Aber umbringen wird es mich wohl nicht.«

»Asthma kann daraus entstehen«, meinte Greenleaf fröhlich. »Das passiert in 60 bis 80 Prozent der Fälle, wenn man der Sache nicht rechtzeitig Einhalt gebietet.«

»Ich habe gefragt«, sagte Marvell betont, »ob eine Allergie zum Tod führen kann?«

»Das hast du nicht. Und ich weiß genau, worauf du hinaus willst. Aber Patrick war nicht allergisch gegen

Wespenstiche. Er hatte ein paar Tage vor seinem Tod einen, und die Reaktion war normal.«

»Also gut«, sagte Marvell und schneuzte sich. »Du erinnerst dich, worüber wir neulich gesprochen haben?«

»Worüber du gesprochen hast.«

»Also gut, worüber ich gesprochen habe. Sei doch nicht so verbohrt, Max.«

Sie kannten sich jetzt zwei oder drei Jahre, und zuerst war es Dr. Greenleaf und Mr. Marvell gewesen. Dann, als sie vertrauter wurden, erschien das zu formell, und Greenleaf, der keine Privatschule besucht hatte, scheute sich, den blanken Familiennamen zu benutzen. Dies war das erste Mal, daß Marvell seinen Freund mit Vornamen anredete, und Greenleaf fühlte sich von dem herzerwärmenden Gefühl der Anerkennung und Nähe durchströmt, das dadurch ausgelöst werden kann. Es machte ihn weich, wo er eigentlich hart bleiben wollte.

»Angenommen«, fuhr Marvell fort, »es gäbe eine Substanz, die unter normalen Umständen völlig harmlos ist, aber tödlich wirkt, wenn sie jemand einnimmt, der von einer Wespe gestochen wurde?«

Zögernd rief Greenleaf sich Freda Carnabys Geschichte von Oliver Gage und seinem weißen Päckchen ins Gedächtnis.

»Angenommen, angenommen. Es gibt keine solche Substanz.«

»Bist du sicher?«

»So sicher, wie man nur sein kann.«

»Mich langweilt Chantefleur Abbey, Max, und ich möchte gern ein bißchen Detektiv spielen – mit deiner Hilfe. Offensichtlich ist dabei ein Arzt vonnöten.«

»Du bist wahnsinnig«, sagte Greenleaf unglücklich. »Ich werde dir etwas zu trinken holen und das Rezept ausstellen.«

»Ich möchte nichts trinken. Ich möchte über Patrick reden.«

»Also?«

»Also, seit wir uns zuletzt gesehen haben, habe ich Gerichtsmedizin gebüffelt ...«

»Zwischen den Niesern, wie?«

»Genau, zwischen den Niesern. Tatsache ist, ich habe Taylors *Medical Jurisprudence* gelesen.«

»Eine faszinierende Lektüre, nicht wahr?« sagte Greenleaf unwillkürlich, und rasch fügte er hinzu: »Allerdings steht da nicht das geringste über Wespenstiche oder Rheuma drin.«

»Nein, aber es steht verdammt viel über Gifte drin. Eine wahre Borgia-Bibel. Brucin und Thallium, Blei und Gold. Wußtest du, daß es ein Goldsalz mit dem interessanten Namen *Purple of Cassius* gibt? Aber natürlich wußtest du das! *Purple of Cassius!* Da haben wir doch einen Namen, der den Tod förmlich heraufbeschwört.«

»Er hat aber Patrick Selbys Tod nicht heraufbeschworen, das schwöre *ich* dir.«

»Bist du da so sicher? Ich wette, Glover hat es nicht nachgeprüft.«

»Nein, und es sind auch keine Tests auf Arsen oder Hyoscin oder den Botulinbazillus gemacht worden. Aus dem einfachen Grund, weil weder Patricks Aussehen noch der Zustand, in dem sich sein Schlafzimmer befand, auch nur den geringsten Anlaß zu solchen Maßnahmen gegeben haben.«

»Ich habe gehört«, sagte Marvell ungerührt, »daß man durch die Injektion von Luft in eine Vene sterben kann.

Da gibt es einen sehr unterhaltsamen Roman von Dorothy Sayers ...«

»›*Keines natürlichen Todes*‹ heißt er.«

»Ah, du liest also doch Kriminalromane«, rief Marvell triumphierend.

»Nur im Urlaub«, lächelte Greenleaf. »Aber Patrick hatte keinerlei Einstichstellen.«

»Soso«, spottete Marvell. »Max, du bist ein Heuchler. Wie willst du wissen, ob Patrick Einstichstellen hatte oder nicht, wenn du nicht danach gesucht hast? Und wenn du danach gesucht hast, dann mußt du mindestens an Selbstmord gedacht haben.«

Ein paar Sekunden schwieg Greenleaf. Was Marvell sagte, entsprach fast der Wahrheit. Er hatte gesucht und – nichts gefunden. Aber wäre er zu dem Zeitpunkt schon im Besitz bestimmter Fakten und Informationen gewesen, hätte er dann so gehandelt, wie er es getan hatte? Hätte er nicht versucht, Howard und Glover davon abzuhalten, die Todesurkunde zu unterzeichnen? Er hatte nichts unternommen, weil Patrick Selby nicht zu seinen Patienten gehörte, weil es gegen sein Berufsethos verstieß, in Howards Revier zu wildern. Vor allem aber deshalb, weil er Patrick als relativ glücklich verheirateten Mann gekannt hatte, der ein ruhiges, normales Leben führte. Glücklich verheiratet? Jetzt erschien ihm das natürlich als absurde Bezeichnung für den Schlamassel, den Tamsin und er aus ihrer Ehe gemacht hatten, aber damals ... Man muß schließlich einkalkulieren, daß die meisten Leute sich bei Parties ungehemmter benehmen – Tamsins enges Tanzen mit Oliver Gage, Patricks Flirt mit Freda Carnaby. Der Gedanke an Mord wäre ihm jedenfalls nie in den Sinn gekommen. Warum hatte er dann alles so interessiert beobachtet? Nur um die Zeit totzuschlagen, dachte er, und er war beinah selbst davon überzeugt, nur um seine Gedanken mit etwas zu beschäftigen.

Und doch war er sich völlig darüber im klaren, daß er auswich, als er Marvell nun antwortete.

»Ich habe nachgeschaut«, begann er vorsichtig, »bevor Glover mit seiner Untersuchung anfing. Zu dem Zeitpunkt erschien Patricks Tod unerklärlich. Erst danach fand Glover die Sache mit dem Herzfehler heraus. Es gab keine Einstichstellen an Patricks Körper, außer den von den Wespen verursachten. Und daran ist er nicht gestorben, es sei denn, man würde sagen, er hat durch die Stiche einen gewissen Schock bekommen.«

»Falls du damit meinst, dieser Schock hätte die Herztätigkeit beeinträchtigt, wäre dann nicht eine sofortige Herzattacke gleich oben auf der Leiter zu erwarten gewesen, statt drei oder vier Stunden später?«

Der Schaden, den das rheumatische Fieber angerichtet hatte, mußte minimal gewesen sein. Patrick konnte es nicht so stark gehabt haben. Aber wie sollte man sicher sein, da weder seine Eltern noch sein damaliger Arzt befragt werden konnten. »Ja, da hast du wohl recht«, gab er voller Unbehagen zu.

»Max, langsam verstehst du meine Denkweise. Sieh mal, lassen wir die Todesursache einen Moment beiseite, war da nicht – um mit Nancy zu sprechen – etwas ziemlich faul an der ganzen Party?«

»Du meinst die Sache mit dem Gemälde?«

»Genau das meine ich. Ich komme nach oben, um das Citronella-Öl zu holen – du erinnerst dich –, und da steht dieses Bild. Es war nicht zugedeckt. Es stand in einem Zimmer in Patricks Haus. Aber er wußte nichts davon. Hast du sein Gesicht gesehen, als er es sah?«

Greenleaf runzelte die Stirn. »Es ist ein schreckliches Bild«, sagte er.

»Ach komm. Es ist ein bißchen blutrünstig. Von einem Thornhill-Schüler, würde ich sagen, und diese Jungs haben damals ganz schön wild drauflosgemalt. Das Entscheidende aber ist Patricks Reaktion. Er war doch völlig außer sich, benahm sich fast, als sei es ein echter Kopf in einer echten Blutlache.«

»Manche Leute sind eben sehr empfindlich«, meinte Greenleaf, der solchen Typen ständig begegnete.

»Bei richtigen Wunden und richtigem Blut, ja. Aber hier handelte es sich um ein Bild. Und jetzt will ich dir mal was sagen. Vor ein paar Wochen waren Patrick und Tamsin bei mir, und ich zeigte ihnen einige meiner Dalí-Zeichungen. Es sind nur Drucke, aber sie sind wesentlich schreckenerregender als Salome – Patrick blieb völlig ungerührt.«

»Dann mochte er eben das Bild nicht. Aber was hat das alles mit seinem Tod zu tun? Er ist doch nicht geköpft worden.«

»Leider«, sagte Marvell fröhlich. »Wenn es so wäre, dann hätten wir nur zwei Drittel unserer derzeitigen Probleme. Kein Wie mehr, nur noch schlicht warum und wer.«

Er stand auf, als Bernice hereinkam und ihn zu einer Gartenbesichtigung entführte.

»Ich brauche den Rat eines Menschen mit grünen Fingern.« Sie hob die Augenbrauen, als sie die ernsten Gesichter der beiden Männer sah. »Max, du bist müde, nicht wahr? Geht's dir nicht gut?«

»Doch, doch.« Er schaute ihnen nach, wie sie den Plattenweg entlanggingen, Bernice Fragen stellend, ihr Begleiter aufmerksam und höflich ihr zugewandt, dann sich den Pflanzen in den Beeten zuwendend. Nach einem Weilchen ging Bernice zum Zaun hinüber, und Greenleaf sah, daß Nancy Gage in den Garten nebenan gekommen war. Offensichtlich wollte sie Neuigkeiten loswerden, denn sie redete aufgeregt auf Bernice ein. Er hatte dies fieberhafte Bedürfnis, den Klang der eigenen Stimme zu hören, schon häufig bei Frauen beobachtet, die allzuviel allein gelassen werden. Er erinnerte sich noch sehr gut an das letzte Mal, als sie so ausgesehen hatte, aber heute war kein Oliver da, der sie bremste.

Die Stimme seiner Frau tönte durch den Garten zu ihm herüber. »Tamsin ist wieder im Lande, Max.«

Kaum war er draußen, hörte er Bernice sagen: »Sollten wir nicht mal rübergehen zu ihr?« Da mischte sich Nancy ein.

»Schauen Sie bloß nicht meine Haare an!« Sie zog so seine Aufmerksamkeit auf die strohige Masse auf ihrem Kopf und fuhr sich auch noch mit den Fingern hindurch. »Mir ist da was schiefgegangen.«

»Sagten Sie, Tamsin sei wieder da?«

»Wir sollten mal vorbeischauen, Max, und hören, wie es ihr geht.«

»Oh, ihr geht es gut. Sie ist braun wie ein Neger«, sagte Nancy und machte dabei eine Geste gespielten Selbstvorwurfs, indem sie sich auf die Unterlippe biß. »Ich Schlimme. Oliver sagt, ich soll mit niemandem mehr über die Selbys reden wegen, na, Sie wissen schon.«

Marvell versuchte, Greenleafs Blick einzufangen, und als der Doktor sich weigerte mitzuspielen, fragte er: »Und was sollen wir wissen?«

»Oliver sagt, ich darf nicht mehr behaupten, daß

Patrick keines natürlichen Todes gestorben ist, weil es nicht gut für ihn wäre.« Sie kicherte. »Für Oliver, meine ich, nicht für Patrick. Er hat es mir sogar geschrieben, also muß es wichtig sein.«

»Sehr vernünftig«, meinte Marvell.

Greenleaf öffnete den Mund, um etwas zu sagen, schloß ihn aber wieder, weil drinnen das Telefon klingelte. Als er in den Garten zurückkam, war Nancy gegangen.

»Kleiner Mann mit großem Kopfweh«, rief er Bernice zu. »Kleine Jungen sollten keine Kopfschmerzen haben. Ich fahre mal hin und sehe mir die Sache an. Auf dem Rückweg kann ich ja bei Tamsin vorbeischauen.«

Er ging zu seinem Wagen und überfuhr beinahe Edith Gavestons Hund. Nachdem er sich entschuldigt hatte, nahm sie den Scotchterrier auf den Arm und streckte den Kopf durchs Wagenfenster.

»Ich finde deine neue Karosse ja sehr schön, aber besudle sie bitte nicht mit Fergus' Blut, ja?«

Diese Art Humor kam beim Doktor nicht an. Er ließ den Motor sanft aufbrummen.

»Die lustige Witwe ist zurück, wie ich sehe.« Sie machte eine Bewegung in Richtung Hallows. Zuerst sah Greenleaf nur Henry Glide, der seinen Boxer ausführte, dann bemerkte er, daß in Hallows alle Fenster weit offenstanden. Das hatte es zu Patricks Lebzeiten nie gegeben. Am Tor stand der Weimaraner, unbeweglich wie eine Statue aus cremefarbenem Marmor.

»Armes Mädchen«, sagte er.

»Tamsin? Ich dachte erst, du meinst Queenie. Arm ist kaum der richtige Ausdruck, würde ich sagen. Das Haus, die Anteile an der Selby-Fabrik und ein privates Einkommen! Meiner Ansicht nach kann sie froh sein, daß sie ihn los ist.«

»Entschuldige«, sagte Greenleaf. »Ich muß weiter. Ich bin auf dem Weg zu einem Patienten.« Der Wagen glitt hinaus auf die Straße. Der Scotchterrier kläffte, und Edith kläffte: »Hoffen wir, daß sie nicht zurückgekommen ist, um einen neuen Skandal auszulösen. Einer ist schon genug, aber zwei...«

Ihre letzten Worte gingen im Motorengeräusch unter, aber er meinte so etwas wie »sehen aus wie Absicht« gehört zu haben. Er hatte keine Ahnung, was sie damit meinte, aber irgendwie gefiel es ihm nicht. Ich werde langsam wie Marvell, dachte er unbehaglich und konzentrierte sich auf die Straße. Dann lenkte er seine Gedanken auf Kopfschmerzen bei Kindern und Hirnhautentzündung mit all ihren Symptomen, bis er zu dem Haus kam, in dem der kranke Junge wohnte.

10

Die Hündin überquerte den Rasen, die Nase tief über dem Boden. So nahm Queenie die Gerüche der Umgebung wieder auf, in die sie nach vierzehn Tagen Abwesenheit zurückgekehrt war. Sie überzeugte sich, daß das Eichhörnchen noch immer in der Ulme hauste, daß die Katze der Smith-Kings einige Male über den Zaun bis zur Küchentür gekommen war und daß eine Unmenge verschiedenster Vögel auf den Johannisbeersträuchern gesessen und Spuren hinterlassen hatte.

Als sie die verschlossene Garage inspiziert und durch das Fenster geäugt hatte, winselte sie ein bißchen, denn nun wußte sie, daß der Mann, den sie suchte, nicht auf dem Grundstück war. Sie trottete zum Haus zurück, ließ den Schwanz hängen und fand die Frau – ihre Frau, wie es auch ihr Mann gewesen war – im Schlafzimmer sitzend, singend und dabei ihr Haar kämmend. Queenie legte den Kopf in den seidenen Schoß und ließ sich durch die einzelnen Haare, die leise wie Distelwolle auf sie herabfielen, ein wenig trösten.

Zuerst dachte Greenleaf, der Gesang käme aus dem Radio. Aber als er an der Haustür stand, merkte er, daß da kein Profi, sondern ein Mädchen sang, das aus Freude unbestimmt und ein bißchen falsch vor sich hinträllerte. Er klingelte und wartete.

Tamsin war brauner, als er sie je gesehen hatte, und ihm fiel ein, daß irgend jemand erzählt hatte, Mrs. Prynne wohne an der See. Sie trug ein knallrosa Kleid in einem Farbton, den seine Mutter immer als Hexenrosa bezeichnet hatte. An ihren Armen klimperten schwarzweiße Reifen.

»Ich wollte sehen«, sagte er völlig überrascht, »ob ich etwas für dich tun kann.«

»Du kannst reinkommen und etwas mit mir trinken«, sagte sie, und er konnte sich des Eindrucks nicht erwehren, daß sie bewußt die Fröhlichkeit aus ihrer Stimme zurücknahm. Sie hatte zugenommen und sah gesund aus. Die tiefbraune Farbe stand ihr. »Lieber Max«, sie nahm seine Hände. »Immer so freundschaftlich.«

»Ich sah, daß du zurück bist«, meinte er, als sie in den Wohnraum traten. »Ich hatte einen Patienten im Ort zu besuchen und dachte, ich schaue mal vorbei. Wie geht es dir?«

»Mir geht es gut.« Sie schien zu merken, daß der Ausdruck nicht ganz passend war. »Nun, wie sagt man? Den Umständen entsprechend. Das Wetter hier muß ja fürchterlich gewesen sein, oder? Bei mir war es herrlich. Immer nur Sonne. Ich habe jeden Tag am Strand gelegen.« Sie reckte die Arme über den Kopf. »O Max!«

Greenleaf wußte nicht recht, was er sagen sollte. Er schaute sich im Zimmer um. Bernice hatte es immer als Ausstellungsraum in einem Möbelgeschäft oder als Bild aus der Zeitschrift *House Beautiful* bezeichnet. Aber jetzt war es ein Chaos. Tamsin konnte höchstens ein paar Stunden hier sein, doch auf dem Sofa und dem Fußboden lagen Kleidungsstücke verstreut, auf dem Kaminvorleger Zeitschriften und Zeitungen. Den kahlen Kaminsims hatte sie mit Muscheln und Schneckenhäusern bepflastert, und auf dem Parkett führte eine Sandspur entlang.

»Wie geht's denn hier so? Was macht Bernice? Hoffentlich habt ihr nicht gedacht, ich hätte euch vergessen, aber ich habe keine einzige Karte geschrieben. Wie geht's Oliver? Und Nancy? Was haben sie alle getrieben in der Zwischenzeit?«

Getratscht, dachte er bei sich, über deinen Ehemann. »Hier ist alles seinen Gang gegangen. Keine besonderen Vorkommnisse sozusagen. Crispin Marvell ist gerade bei Bernice und gibt ihr Gartentips.«

»Oh, Crispin.« In ihrer Stimme lag Verachtung. »Meinst du nicht, daß er seinen Landwirtschaftsfimmel ein bißchen übertreibt?« Sie bemerkte seinen erstaunten Blick. »Ach, ich bin gemein, ich weiß. Aber mir sind all diese Leute so egal – nicht du und Bernice, Max. Ich meine die anderen. Ich werde dieses Haus hier so bald wie möglich verkaufen und weit, weit fortgehen.«

»Es ist ein hübsches Haus«, bemerkte er, um überhaupt etwas zu sagen.

»Hübsch?« Ihre Stimme zitterte. »Es ist wie ein großes Gewächshaus ohne eine einzige Blume.« Er hatte sie nie für geschäftstüchtig gehalten und war erstaunt, als sie hinzufügte: »Ich müßte acht- oder neuntausend dafür bekommen. Dann ist da noch die Selby-Fabrik.«

»Was genau ...«

»Oh, Glas«, meinte sie vage. »Teströhrchen und so was. Bis vor kurzem lief es nie besonders gut. Aber vor ein paar Monaten haben sie einen phantastischen Vertrag aushandeln können. Jetzt rollt der Rubel nur so. Ich weiß nicht, ob ich drinbleiben oder meine Anteile an die anderen Direktoren verkaufen soll. Wirklich, Max, ich bin eine ziemlich reiche Frau.«

Es gab eine Menge Fragen, die er ihr gern gestellt

hätte, aber das konnte er nicht tun. Woher zum Beispiel, wenn die Geschäfte nicht so gut gegangen waren, hatten sie das Geld für Hallows gehabt? Warum hatte Patricks Vater Selbstmord begangen? Was war mit Oliver Gage? Und vor allem, warum sang eine Frau, die erst vor drei Wochen Witwe geworden war, vor Freude, nachdem sie in das Haus zurückgekehrt war, in dem ihr Mann den Tod gefunden hatte? Es fiel ihm plötzlich auf, daß in ihrem Gespräch, das sich doch so intensiv mit ihm befaßte und nur durch seinen Tod überhaupt möglich war, sein Name nicht einmal gefallen war.

Sie nahm eine Muschel vom Kamin und hielt sie sich ans Ohr. »Der Gesang des Meeres«, sagte sie und schauderte ein bißchen. »Der Gesang der Freiheit. Ich werde nie mehr heiraten, Max, nie mehr.« Freiheit, dachte er – nicht ahnend, daß er Madame Roland zitierte –, was für Verbrechen werden in deinem Namen begangen!

»Ich muß gehen«, meinte er.

»Einen Augenblick noch, ich möchte dir etwas zeigen.« Sie nahm seine Hand in die ihre, und sein Unterbewußtsein registrierte eine ungewohnte Blöße; irgend etwas fehlte. Aber er vergaß es wieder, als sie das Eßzimmer betraten. Die Flügeltüren nach draußen standen weit offen, und auf der Terrasse waren noch die Korbmöbel, naß vom vielen Regen. Dieser Raum war immer der nüchternste im ganzen Haus gewesen, weiße Wände, weiße Jalousien an den Fenstern, so daß er die Sterilität einer Station in einem neuen Krankenhaus ausstrahlte. Über dem langgestreckten, schmalen Heizkörper hatte jedoch immer eine Kachel aus rauchblauem Ton gehangen, ein kleines Eiland in einem Ozean von Eis. Sie lag achtlos und verstaubt auf dem Tisch. An ihrer Stelle hing das Bild, das Patrick so erschreckt hatte. Es beherrschte den Raum, und mit dem vergoldeten Rahmen, dem Blau und Gold und dem blutigen Rot wurde diese Einöde noch betont.

»Als ich ankam, war gerade der Gärtner hier«, sagte Tamsin. »Er hat mir geholfen, es aufzuhängen. Zu komisch, ich dachte, ihm wird schlecht.« Sie lächelte und strich abwesend über die perlmuttschimmernde Innenseite der Muschelschale. Sein Blick, einen Moment von Salome abgelenkt, folgte ihrer Bewegung, und er sah, was er vorhin nur gefühlt hatte: Tamsin hatte ihren Ehering abgelegt.

»Ihr Blick scheint einen zu verfolgen, wie bei der Mona Lisa«, sagte Tamsin.

Sie hatte recht. Der Maler hatte es verstanden, Salomes Augen auf die des Betrachters treffen zu lassen, wo immer der auch stehen mochte.

»Ist es wertvoll?« fragte er und mußte dabei an die Summen denken, die reiche Männer für solche Monstrositäten ausgeben.

»Ach nein. Mrs. Prynne sagt, es ist höchstens 20 Pfund wert.«

Sie schaute noch immer das Bild an, aber weder entzückt noch voller Abscheu. Als er sich ihr zuwandte, sah er in ihren Augen lediglich denselben Besitzerstolz, den einer seiner Söhne für einen Kassettenrecorder oder eine elektrische Gitarre empfinden würde.

»Patrick ...« wollte er sagen, aber der Name kam ihm nicht über die Lippen.

»Was ist los mit dir, Schatz? Doch nicht der kleine Junge?«

»Nein, nein, der wird sich erholen. Ich schau morgen noch mal nach ihm.«

»Du warst lange fort.«

Statt sich hinzusetzen, begann Greenleaf auf und ab zu gehen. Die Begleitumstände von Patricks Tod begannen langsam, ihn ernsthaft zu beunruhigen. Wenn es tatsächlich genügend Gründe für einen Mordverdacht gab, war es dann nicht seine Pflicht als der Arzt, der Patricks Leiche zuerst gesehen hatte, als einer der Anwesenden bei der Obduktion, dafür zu sorgen, daß ihm Gerechtigkeit widerfuhr? Und wenn er auch einen noch so geringen Verdacht hegte, sollte er dann nicht, so diskret wie möglich, nachhaken, um festzustellen, ob sein Verdacht begründet war? Einige der Informationen, die er bekommen hatte, waren vertraulich, und er konnte sie Marvell nicht weitergeben. Aber es gab einen Menschen, dem er alles erzählen konnte, einen, bei dem er es nie für nötig gehalten hatte, Sprechzimmergeheimnisse für sich zu behalten. Er konnte sich seiner Frau anvertrauen.

Bernice hatte die glückliche Eigenschaft, seine Ängste einfach wegzulachen – und das, mußte er zugeben, war genau das, was er wollte. Sie würde sagen, er sei müde und brauche endlich Urlaub.

Der Fernseher lief. Auf dem Bildschirm wirbelten Tänzer in einem grotesken Ballett wie Dämonen herum. Er berührte den Knopf. »Wolltest du das sehen?« Sie schüttelte den Kopf. Er schaltete das Gerät aus und erzählte ihr alles.

Sie lachte nicht, sondern sagte nachdenklich: »Tamsin und Oliver, ja, das kann ich mir vorstellen.«

»Kannst du?«

»Nun, ich konnte nicht umhin, die Art und Weise zu bemerken, in der sie zusammen tanzten. Ich habe eigentlich nie angenommen, daß Tamsin und Patrick sehr glücklich miteinander waren. Außer – ja, bis auf einmal.

Ein paar Tage, bevor er starb. Ich war wegen einer Spende für die Krebshilfe bei ihnen. Da ging es nur so mit Patrick, Liebling hier und Patrick, Liebling da – sie war geradezu überschwenglich nett zu ihm. Ich weiß noch, daß mich das irgendwie merkwürdig berührte.«

»Aber wie es aussieht, war Patrick in Freda Carnaby verliebt. Freda nach Tamsin?«

Bernice zündete sich eine Zigarette an und meinte nachdenklich: »Ist dir je aufgefallen, wie teutonisch Patrick eigentlich war? Die ersten vier Jahre seines Lebens müssen ihn sehr geprägt haben. Natürlich, seine Mutter war Deutsche. Er war wohl sehr für Kinder, Küche, Kirche; Ordnung und Sauberkeit waren seine Leidenschaft. Tamsin aber ist ein unordentliches Mädchen. Nicht, was ihr Aussehen betrifft, da ist sie durchaus eitel, aber im Haushalt. Man merkte immer, daß es Patrick ärgerte.«

Greenleafs Gedanken gingen eine halbe Stunde zurück. Er sah die unaufgeräumten Zimmer, die Muscheln, den Sand vor sich.

»Und daneben Freda Carnaby, sie ist genau das Gegenteil. Energisch und praktisch veranlagt – oder jedenfalls war sie das. Solange sie hier wohnen, habe ich sie niemals in Hosen oder ohne Strümpfe gesehen, Max. Immer wieder habe ich feststellen können, daß Frauen, die diese kleinen, spitzen Schuhe tragen, geradezu fanatische Putzer und Aufräumer sind. Weißt du, Max, Patrick war auch grausam. Aber ich glaube nicht, daß man bei Tamsin mit Grausamkeit etwas erreichen kann. Sie ist zu vage in ihrer ganzen Haltung und auch zu selbstbewußt. Aber Freda Carnaby, also wenn ich je einem Masochisten begegnet bin ...«

»Da könntest du recht haben«, meinte Greenleaf.

»Aber vergiß jetzt mal einen Augenblick die Carnabys. Was ist mit Gage? Ich könnte mir vorstellen, daß er Tamsin heiraten wollte.« Er grinste ein wenig. »Für ihn ist eine Ehe wie für andere eine Grippe. Offensichtlich wollte Patrick sich aber sowieso von Tamsin scheiden lassen. Würde Gage ihn dann –« er stolperte beinah über das Wort – »umbringen wollen?«

Ganz unerwartet meinte Bernice: »Er ist ein ziemlich gewalttätiger Mann.«

»Gewalttätig? Oliver Gage?«

»Nancy hat mir ganz zu Anfang, als sie gerade hergezogen waren, mal etwas erzählt. Ich habe es dir nicht gesagt, weil ich weiß, wie sehr du solchen Klatsch verabscheust. Sie war richtig stolz darauf.«

»So?«

»Also, zu dem Zeitpunkt, als Oliver sie kennenlernte, war sie mit einem Verwandten seiner zweiten Frau verlobt. Es scheint mir, als ob Oliver sie ihm einfach nur ausspannen wollte. Eine eigenwillige Art, sein Leben zu gestalten, nicht? Oliver und dieser Verlobte spielten Billard in Olivers Haus, und Nancy kam dazu. Irgendwie muß der Verlobte etwas geäußert haben, was Nancy nicht paßte, und sie sagte ihm, sie wolle Schluß machen und Oliver heiraten. Einfach so. Oliver und der Verlobte müssen sich fürchterlich gestritten haben, und schließlich hat Oliver ihm dann eins mit dem Billard-Queue über den Schädel gegeben.«

Greenleaf lächelte ungläubig.

»Es ist nicht komisch, Max. Er hat den Mann ohnmächtig geschlagen.«

»Jemandem eins über den Schädel geben, ist aber noch eine ganze Ecke weit entfernt von kaltblütigem Vergiften. Freda Carnaby sagt, er habe ein Päckchen bei sich gehabt. Was war da drin? Glover hat seine Untersuchungen sehr sorgfältig durchgeführt.« Er seufzte. »Ich habe mich nie besonders für Toxikologie interessiert, und als Student war mir die Gerichtsmedizin nicht weiter wichtig. Aber ich komme immer wieder darauf zurück: Wenn Patrick umgebracht wurde, dann womit?«

»Vielleicht eines von diesen Insektiziden?« fragte Bernice unsicher. »Du weißt schon, man liest soviel darüber in den Zeitungen. Angeblich sollen sie ja keinerlei Spuren hinterlassen.«

»Vielleicht nicht im Körper. Aber es hätte doch andere Anzeichen geben müssen. Ihm wäre zum Beispiel entsetzlich übel geworden. Die Bettwäsche, Bernice, sie war nicht frisch. Ich meine nicht, daß sie schmutzig war, einfach nicht frisch bezogen.«

»Sehr gut beobachtet von dir«, sagte Bernice. Sie griff nach der Zigarettenschachtel, ließ aber die Hand wieder sinken, als sie den Blick ihres Mannes bemerkte.

»Und außerdem, warum sollte Gage Patrick umbringen? Man kann sich doch scheiden lassen. Es sei denn, er hätte sich drei Scheidungen nicht leisten können. Er hätte nämlich für drei zahlen müssen, wie du weißt.«

»Andererseits hat Tamsin aber ihr privates Einkommen.«

Greenleaf schlug mit der Hand auf die Armlehne seines Sessels.

»Wo ich hinkomme, höre ich von diesem privaten Einkommen. Ich würde gern mal wissen, wieviel das eigentlich ist. Hunderte? Tausende? Ein paar Hundert im Jahr fallen für einen Mann in Oliver Gages Position nicht ins Gewicht. Ein Mord an Patrick würde ihm allerdings auch dessen Geld sichern, und damit könnte die Scheidung von Nancy finanziert werden. Und Tamsin ...«

Bernice starrte ihn an.

»Du willst doch nicht sagen, daß Tamsin ...? Würde eine Frau ihren eigenen Mann umbringen?«

»Oh, das kommt gelegentlich vor.«

Sie stand auf und stellte sich vor ihn. Er nahm ihre Hand leicht in die seine.

»Mach dir keine Sorgen«, sagte er. »Vielleicht habe ich den Urlaub wirklich nötig.«

»Oh, Schatz, ich möchte nicht, daß du in diese Sache hineingerätst. Ich habe Angst, Max. Das kann doch alles nicht wahr sein, nicht hier in Linchester.«

Er ahnte ihre Gedankengänge und meinte sanft: »Was immer wir auch gesagt haben, keiner hat uns gehört.«

»Aber wir haben es ausgesprochen.«

»Setz dich«, sagte er. »Hör zu, wir müssen uns eines klarmachen. Wenn jemand Patrick umgebracht hat, dann muß Tamsin mit diesem Jemand unter einer Decke stecken. Sie war im Haus. Sie sagte, sie sei zu Bett gegangen, nachdem ich fort war. Du kannst mir nicht erzählen, jemand hätte das Haus betreten können, ohne daß sie es bemerkt hätte!«

»Du sagst, sie sei froh?«

»Jetzt? Ja, jetzt ist sie froh. Ich glaube, sie ist froh, daß Patrick tot ist. Nachdem ich es ihr gesagt hatte, weinte sie nicht, aber später. Sie legte die Arme um den Hund und weinte. Bernice, ich glaube, sie weinte vor Erleichterung.«

»Was willst du jetzt tun?«

»Ich weiß es nicht«, erwiderte er. »Vielleicht gar nichts. Ich kann nicht wie ein Detektiv herumlaufen und Fragen stellen.« Er hielt inne und lauschte. Ein Schlüssel drehte sich im Schloß, ihre Söhne kamen nach Hause. Wenn diese Weiber weiterhin herumtratschen, dachte er, wenn Nancy überall erzählt, Carnaby habe Patrick Zyankali verabreicht, und Freda behauptet, Gage habe ihn mit diesem mysteriösen weißen Päckchen um die Ecke gebracht, dann werden mir früher oder später meine Patienten weglaufen.

11

»Eine große Dose Penatencreme und ein halbes Dutzend Päckchen Einmalwindeln, zwölf Dosen Babynahrung...« Mr. Waller rechnete blitzschnell zusammen. »Die Zeiten, als man die Babynahrung noch selbst quetschen und durchrühren mußte, sind vorbei, Mrs. Smith-King. Ich sage immer, ihr jungen Mütter wißt gar nicht, wie gut ihr es habt. Eine große Dose Kinderpuder und das Virol.« Er schob Linda die Sachen hin, die alles geschickt verpackte und mit Tesafilm verklebte. »Tut mir leid, aber das macht drei Pfund sieben und zehn Pence. Sagen Sie's ganz schnell, dann klingt es nur halb so schlimm, nicht?«

Joan Smith-King reichte ihm eine neue Fünf-Pfund-Note.

»Schrecklich, wie einem das Geld durch die Finger rinnt«, meinte sie. »Aber man kann ja kaum erwarten, daß es billig wird, mit fünf Kindern in Urlaub zu fahren.« Sie schob Jeremys neugierige kleine Hand von Lindas sorgsam aufgebautem Badekappen-Arrangement, das aus Nylon-Perücken auf Gummi in den unglaublichsten Farbtönen bestand. »Ich kann Ihnen gar nicht sagen, wie froh ich bin, daß wir überhaupt fahren können. Mein Mann hatte geschäftlich eine ziemlich beunruhigende Phase in der letzten Zeit, aber nun haben sich die Wogen geglättet, und er kann endlich abschalten.«

»So, Mrs. Smith-King. Drei Pfund sieben und zehn

und zwei und zwei sind zehn und zehn und ein Pfund sind fünf Pfund. Geht es so? Gut. Was kann ich für Sie tun, Mr. Marvell?«

»Nur ein Päckchen mit Aufklebern bitte«, sagte Marvell, der als nächster dran war. »In zwei Tagen will ich mit dem Honig anfangen.« Er steckte den Umschlag ein und ging zusammen mit Joan aus dem Laden. Draußen stand Greenleafs Wagen am Straßenrand, und der Doktor trat gerade mit dem Lokalblättchen unter dem Arm aus der Zeitschriftenhandlung.

»Haben Sie es schon gesehen?« fragte Joan Smith-King ihn. »Auf der Anzeigenseite unter Immobilien. Nein? Dann schauen Sie mal nach.«

Greenleaf blätterte, hatte Mühe mit den im Wind flatternden Seiten. Die Anzeige, mitten zwischen denen der Makler, war nicht schwer zu finden: *Luxusvilla, Architektenbau, modernste Ausstattung, auf gesuchtem Linchester-Areal im Herzen des idyllischen Nottinghamshire, nur zehn Meilen bis zur Innenstadt. Großer Wohnraum, Eßzimmer mit Terrasse / Innenhof hervorragend ausgestattete Küche, drei Schlafzimmer, zwei Bäder.*

»Die hat's ja wirklich fürchterlich eilig«, sagte Joan. »Ich werde vor allem diesem Hund, Queenie, keine Träne nachweinen. Meine Kinder haben Angst vor Hunden.« Jeremy hörte aufmerksam zu und lernte gleich seine Lektion, schon auf den Knien seiner Mutter sozusagen. »Sie glauben es vielleicht nicht, aber Patrick Selby war wild entschlossen, Dens Geschäft zu ruinieren, nur weil er mal diesem Köter eins übergezogen hatte. Also, ich muß schon sagen! Stellen Sie sich vor, jemandem die Lebensgrundlage entziehen zu wollen, nur weil er mal den Stock gegen ein Tier erhoben hat.«

Marvell sagte leise: »Der Hund ist von dem Biß genesen, der Mann – er war einmal gewesen –«

»Na ja, ich wollte nicht ...« Ein tiefes Rot kroch unkleidsam über ihre eingefallenen Wangen. Sie trat zurück. »Tut mir leid, ich kann Sie nicht mitnehmen, ich habe den Wagen voller Kinder.«

»Komm mit«, sagte Greenleaf. Er warf die Zeitung auf den Rücksitz. Marvell ließ sich auf den Beifahrersitz fallen.

»Tut mir leid«, sagte er. »Ich merke schon, dir gefallen meine detektivischen Methoden nicht. Aber es ist doch eigenartig, niemand mochte ihn. Seine Frau langweilte sich mit ihm, dem Liebhaber seiner Frau war er im Wege – oh, ich habe alles herausbekommen –, der Bruder seiner Freundin hatte Angst vor ihm. Sogar ich war böse auf ihn, weil er die schönen alten Bäume meines Vaters fällen ließ. Edith mochte ihn nicht, weil er ihre Kinder beeinflußte, und hier haben wir jetzt Smith-King. Würde mich mal interessieren, was er da vorhatte, Max. Er erzählte mir, er sei im Begriff, Aktien zu verkaufen, und wolle von dem Erlös sein Geschäft ein bißchen erweitern. Glaubst du, er hatte seine kalten Fischaugen auf Smith-Kings bescheidenen Betrieb geworfen?«

»Ich höre nicht zu.«

»Weißt du zufällig, womit sich Smith-King beschäftigt?«

»Chemikalien«, sagte Greenleaf.

»Arzneimittel hauptsächlich. Und ist dir auch klar, was das heißt? Er muß Zugang zu allem möglichen tödlichen Zeug haben. Oh, da ist ja auch noch Linda. Sie arbeitet bei Waller, und ich schätze, sie ist durchaus fähig, mal ein bißchen hiervon oder davon für ihre Mutter ›auszuleihen‹. Und was ist mit diesem Vesprid?«

Auch Bernice hatte auf ein Insektizid getippt. Greenleaf kamen Zweifel, bis ihm einfiel, was er ihr geantwortet hatte. »Du mußt damit aufhören«, sagte er. »Niemand konnte ins Haus, denn Tamsin war ja da.«

»Nicht die ganze Zeit über. Nachdem du weg warst, ist sie noch mal fortgegangen.«

»Was?« Greenleaf setzte den rechten Blinker und bog in die Long Lane. »Woher weißt du das?«

»Weil sie bei mir war«, sagte Marvell.

Greenleaf hatte Marvell eigentlich nur absetzen und gleich weiter nach Hause fahren wollen. Aber Marvells Enthüllung ließ die Dinge plötzlich in einem neuen Licht erscheinen.

»Sie kam«, fuhr Marvell fort, »um mir Johannisbeeren zu bringen. Erinnerst du dich? Sie pflückte sie vor der Party und hatte sie in einer Kietze.«

»Einer was?«

»Ach so, ich vergesse immer, daß du mit solchen Begriffen nicht vertraut bist. Das ist ein Tragekorb, den Gärtner benutzen. Ich hatte ihn in dem ganzen Wirbel stehenlassen, und Tamsin brachte ihn mir. Das muß so gegen Mitternacht gewesen sein.«

Mitternacht, dachte Greenleaf, und dann läuft sie allein durch den Wald. Sie kam hierher, während Patrick – auch wenn damals keiner wissen konnte, daß er im Sterben lag – immerhin krank und leidend war. Da geht sie los, um ein Körbchen mit Johannisbeeren abzuliefern! Es hatte keinen Sinn, niemals würde er die Gewohnheiten des englischen Landlebens verstehen. Tamsin aber war damit vertraut. Sie hatte in den zwei Jahren, die sie hier lebte, so viel von Marvell gelernt, als sei sie zwischen Feldern und Hecken aufgewachsen.

»Ich saß am Fenster und las noch einmal durch, was ich tagsüber geschrieben hatte, als ich draußen im Obstgarten jemanden sah.« Marvell kniete sich hin, um eine Stockrose anzubinden, die der Wind von der Verandamauer gerissen hatte. Greenleaf schaute zu, wie er den Stengel zurechtbog und die aufgeschürfte grüne Haut glattstrich. »In ihrem Kleid sah sie aus wie eine Motte oder ein Gespenst. Patrick mochte keine kräftigen Farben, weißt du. Sie trug den Korb und diese Strohtasche, die Edith Gaveston ihr zum Geburtstag geschenkt hatte. Ich war – nun, sagen wir, etwas überrascht, sie zu sehen.« Er erhob sich und trat auf die Veranda. Greenleaf hatte das Gefühl, sein Freund sei etwas verlegen, denn während er die Gießkanne aufnahm und anfing, die Pflanzen zu begießen, die dort in ihren Töpfen auf dem Regal standen, blieb sein Gesicht abgewandt.

»Sie ist also den ganzen Weg hierhergelaufen, um dir Johannisbeeren zu bringen?«

Marvell antwortete nicht. Statt dessen meinte er kurz darauf: »Das heißt natürlich, daß jeder Zutritt zum Haus gehabt hätte. Hier schließt keiner seine Türen zu – außer du und Bernice. Ich bin bis zu ihrer Gartenpforte mit ihr zurückgegangen.« Er strich über ein langes, speerförmiges Blatt, drehte sich dann abrupt um und stieß heftig hervor: »Mein Gott, Max, glaubst du, ich weiß es nicht? Wenn ich reingegangen wäre, hätte ich vielleicht noch etwas tun können.«

»Das konntest du ja nicht wissen.«

»Und Tamsin ...?«

»Dachte, er schläft«, vollendete Greenleaf den Satz. Dabei versuchte er einen beruhigenden Unterton in seine Stimme zu legen, den er nicht empfand. »Warum ist sie wirklich gekommen?«

Marvell war gerade dabei, mit den Fingerspitzen eine tiefgrüne Succulente zu liebkosen, an deren Blattspitzen sich wiederum winzige Blättchen zeigten.

»Die schwangere Frau«, sagte er. »Siehst du, sie hat ihre Kinder alle hier an den Blättern, und jedes wird wieder zu einer neuen Pflanze. Sie erinnert mich immer an die Blattformen in alten jakobinischen Stickereien. Und diese –«, er befingerte die Lanzettenblätter einer anderen Pflanze – »heißt Zunge der Schwiegermutter. Wie du siehst, habe ich einen richtigen Harem auf meiner Veranda.«

»Warum ist sie gekommen?«

»Das«, sagte Marvell, »ist etwas, was ich dir wirklich nicht sagen kann.«

Greenleaf schaute ihn nachdenklich an, unsicher, ob er meinte, er weigere sich, es ihm zu erzählen, oder er sei nicht in der Lage, es zu tun. Aber Marvell äußerte sich nicht weiter, und kurz darauf ließ der Doktor ihn allein.

Er wollte eigentlich nicht zurück ins Dorf fahren und in Wallers Laden gehen. Eigentlich wollte er nach Hause, aber irgend etwas trieb ihn weiter, den Hügel hinunter; Unbehagen vielleicht, oder das Wissen, daß Tamsin Patrick in der Nacht seines Todes allein gelassen hatte?

»Ich möchte eine Dose Vesprid bitte«, sagte er, Wallers überschwengliche Begrüßung unterbrechend. Statt nach Linda zu rufen, holte Waller die Dose selbst aus dem Regal.

»Ich nehme an, ich muß Handschuhe tragen und eine Maske, wenn ich es benutze«, sagte Greenleaf unschuldsvoll.

»Es ist für Warmblüter absolut harmlos...« Wallers Stimme wurde immer leiser. In solcher Gesellschaft und nur in solcher war sein Selbstbewußtsein geschwächt. Seine innere Stimme sagte ihm, daß er für Greenleaf, Howard und Konsorten immer nur der Dorfdrogist sein würde.

»Auf jeden Fall ... aber, das muß ich *Ihnen* doch wohl nicht sagen, Doktor.«

Als er zu Hause war, schüttete Greenleaf die Flüssigkeit in eine kleine Flasche um und verpackte sie sorgfältig. Es war weit hergeholt, unglaublich weit, fast unvorstellbar, daß Edward Carnaby nach der Party noch einmal nach Hallows zurückgegangen war, und fast unglaublich, daß Fredas Geschichte von Gage und dem weißen Päckchen als Alibi für ihren Bruder gedacht war. Oder doch nicht? Er ging zurück zu seinem Wagen, fuhr zur Post und schickte sein Päckchen zur Analyse ins Labor.

12

Die Müllmänner vom Chantflower Rural Council hatten nicht mit dem zusätzlichen Abfallberg gerechnet, der sie an der Hintertür von Hallows erwartete. Sie meckerten lauthals herum und klagten über ausgerenkte Bandscheiben und die Überstunden. Queenie stand auf der Treppe und kläffte sie an.

»Also, wenn du dies hier zu Mrs. Greenleaf rüberbringst, geb ich dir einen Shilling«, sagte Tamsin zu Peter Smith-King. Er war erst zehn und schaute unschlüssig auf die beiden Koffer.

»Das bedeutet ein Extra-Taschengeld für deine Ferien. Komm schon, sie sind nicht so schwer, und du kannst ja zweimal gehen. Sag ihr, es sei für OXFAM.«

Der kleine Junge zögerte noch einen Moment, dann lief er nach Hause und holte seine Schubkarre. Er schob das Gefährt mit den beiden Koffern über The Green, trödelte am Teich herum, um einen Stein nach den Schwänen zu werfen, und fand Bernice auf dem Rasen beim Kaffee mit Nancy Gage und Edith Gaveston.

»Können wir mal einen Blick reinwerfen?« fragte Nancy. Ohne auf Antwort zu warten, klappte sie den größeren der beiden Koffer auf. Der Deckel fiel zurück und enthüllte auf einem Stapel von Kleidungsstücken – eine bastbestickte Strohtasche.

»Ach du liebes bißchen«, kreischte Nancy.

Edith errötete.

»Natürlich habe ich sofort gemerkt, daß sie ihr nicht

gefiel«, sagte sie. »Kaum ein Wort hat sie darüber verloren. Aber das ist wirklich ein starkes Stück!«

»Es gibt doch noch so was wie Taktgefühl«, meinte Nancy fröhlich.

Edith griff sich die Tasche und öffnete sie.

»Nicht mal das Papier hat sie rausgenommen.«

»Du liebe Güte!« Nancy kicherte. »Ich weiß nicht, was sie sich vorstellt, was ein halbverhungerter Asiate mit so einer Handtasche anfangen soll.« Sie rollte mit den Augen bei der Vorstellung, wie eine ausgemergelte Bäuerin Ediths Geschenk an ihre Lumpen gepreßt hielt.

»Die anderen Sachen sind aber sehr nützlich«, meinte Bernice versöhnlich.

Mit weit aufgerissenen Augen und entsetztem Staunen sah Nancy zu, wie die Frau des Doktors die Hose und das T-Shirt aus dem Koffer holte, die Patrick am Abend vor seinem Tod getragen hatte. Trotz der Reinigung haftete den Sachen etwas von Leichentuch an.

Gleich darauf kniete Nancy auf dem Rasen und wühlte hemmungslos. »Zwei Anzüge, Schuhe, Gott weiß wie viele Hemden.« Sie machte den zweiten Koffer auf. »Patricks gesamte Garderobe!«

»Also, wenn Paul mal nicht mehr ist...« Edith begann detailliert zu beschreiben, was sie im Falle seines Todes mit den Sachen ihres Mannes machen würde. Während sie redete, packte Bernice stillschweigend alles wieder ein und holte neuen Kaffee.

Als sie zurückkam, merkte sie, daß das Gespräch eine andere, hochinteressante Wendung genommen hatte. Die Gesichter der beiden Frauen unter der Zeder hatten einen teuflischen, unheilvollen Ausdruck angenommen. Als sie näher kam, hörte sie Worte wie ›sehr labil‹ und ›insgesamt eine eigenartige Familie‹.

Wie schwierig war es doch, seine Ohren vor Klatsch zu verschließen, wie unmöglich, Freunde zu maßregeln! Bernice setzte sich wieder, hörte zu, beteiligte sich aber nicht am Gespräch.

»Natürlich kenne ich keine Einzelheiten«, meinte Nancy gerade.

»Schwarz bitte, Bernice«, sagte Edith. »Nun, diese Mrs. Selby – ich meine Patricks Mutter –, ganz schön verwirrend, oder? Diese Mrs. Selby ist mit einem anderen Mann durchgebrannt. Als ich ein Mädchen war, sagten wir durchbrennen.« Sie ließ das Wort genüßlich auf der Zunge zergehen. »Anscheinend waren sie jahrelang glücklich verheiratet. Als sie fortging, war Patrick schon erwachsen. Sie muß so um die Fünfzig gewesen sein damals, und der Mann war noch älter, meine Liebe. Wie auch immer, sie überredete Patricks Vater, sich scheiden zu lassen, und er willigte ein, aber...«

»Ja?« Nancys unbedarftes, aber teuflisches Gesicht konnte niemanden täuschen. Die Mundwinkel waren nach unten gebogen, aber ihre lebhaften Augen flackerten.

»Aber an dem Tag, als die Scheidung ausgesprochen wurde, vergaste sich Patricks Vater!«

»Nein!«

»Tja, meine Liebe, das war ein ziemlicher Skandal. Und das ist noch nicht alles. Die alte Mrs. Selby, die Großmutter, auch Tamsins Großmutter – schrecklich, diese Inzucht. Man sieht ja, wohin es bei Hunden führt! Also, die Großmutter machte bei der anschließenden Verhandlung eine furchtbare Szene. Sie schrie, ihr Sohn wäre noch am Leben, wenn diese Scheidung nicht gewesen wäre.«

Bernice rückte ihren Stuhl in den Schatten. »Ich

glaube, du übertreibst ein bißchen, Edith. Das kannst du doch gar nicht alles so genau wissen.«

»Im Gegenteil, ich weiß es sogar sehr genau.« Edith richtete sich auf, ganz die Gutsherrngattin beim nachmittäglichen Kaffeebesuch. »Zufälligerweise habe ich damals den Bericht darüber in der *Times* gelesen. Irgendwie ist mir die Geschichte im Gedächtnis hängengeblieben, und als Nancy den Selbstmord erwähnte, fiel es mir wieder ein. Selby, die Glashütte, ohne Zweifel ein und dieselbe Familie.«

»Das ist alles sehr traurig.« Dabei schaute Bernice so zwingend in die Runde, daß Nancy – Kekskrümel um sich verstreuend – aufsprang.

»Ich liebe euch, drum laß ich euch«, zwitscherte sie. »Ach, Bernice, was ich noch fragen wollte. Wissen Sie, wie der Mann hieß, der Ihr Gartenhaus gebaut hat?«

»Ich kann mich nicht erinnern, aber Max wird es wohl wissen.«

Nancy wartete auf die Frage nach dem Warum. Als sie nicht kam, sagte sie stolz: »Wir wollen nun doch endlich erweitern. Aber Oliver sagt, Henry Glide ist ihm ein bißchen zu teuer. Eine Sonnenloggia ...« Sie machte eine bedeutungsvolle Pause. »Und ein Platz für den Kinderwagen!«

»Nancy, da ist doch nichts...? Wie wunderbar!«

»Nein, nein, noch nicht.« Nancy zog den Bauch ein und lachte. »Aber Oliver meint, wir könnten es jederzeit ansetzen, wenn ich nur wollte.«

Bernice versuchte ihr Lächeln über diesen albernen Ausdruck zu unterdrücken und versicherte noch einmal, wie schön sie es fände.

»Oliver ist wirklich so was von süß und läßt mich kaum mehr aus den Fingern. Seit Monaten hat er nicht mehr so herumgeturtelt. Sind Männer nicht die Unberechenbarkeit in Person?«

Eigentlich müßte ich mich bei Tamsin für die Kleiderspende bedanken, dachte Bernice, als die beiden gegangen waren. Aber sie zögerte. Kaum jemand hatte Tamsin seit ihrer Rückkehr zu Gesicht bekommen. Sie war so eine Art schlafende Schönheit geworden, eingeschlossen in ihrem gläsernen Schloß – oder eine Zauberin, die in ihrem Schlupfwinkel auf der Lauer lag. Bernice konnte sich nicht entscheiden, was sie über Tamsin denken sollte. War sie wirklich böse, oder hatte all der Klatsch in ihrer Phantasie eine unwirkliche Tamsin entstehen lassen, eine verlogene, raffinierte Giftmörderin? Wie auch immer, sie mußte höflich sein und hingehen.

Als sie über The Green eilte, traf sie Peter, der dort auf seiner Schubkarre saß.

»Ich bin hingegangen, weil ich meinen Shilling abholen wollte, aber ich hab *sie* nicht gefunden.« Er nahm einen flachen Stein auf und konzentrierte sich darauf, ihn übers Wasser springen zu lassen. »Der Hund ist aber da.«

Er sagte dies ganz nebenbei, doch Bernice erinnerte sich daran, was Max ihr erzählt hatte, und fühlte Angst aufsteigen.

»Ich wollte gerade hingehen«, sagte sie. »Du kannst mitkommen, wenn du willst.«

Queenie war tatsächlich da, also mußte auch Tamsin irgendwo sein. Als sie die Hand ausstreckte, um die weiche Hundeschnauze zu berühren, hatte Bernice das merkwürdige Gefühl, daß eigentlich etwas bei ihr klicken müßte. Wenn Tamsin ohne den Hund wegging, sperrte sie ihn immer in die Küche. Der Weimaraner war sowohl Wach- als auch Jagdhund. Was hatte Max ihr noch gestern abend über Tamsins Besuch bei Crispin Marvell erzählt? Sie blieb stehen und grübelte. Tamsins Stimme von oben unterbrach ihre Überlegungen.

»Komm ruhig rein, ich war im Bad.«

Peter stahl sich vorsichtig an dem Hund vorbei.

»Geh ins Eßzimmer, ich komme gleich nach.«

Bernice drückte die Doppeltüren auf, und Peter ging hinein. Die Tür zum Eßzimmer war angelehnt. Der Junge stapfte brav voraus, während Bernice wartend in der Halle stehen blieb. Das letzte, was sie wollte, war bleiben und reden.

Sie hatte erwartet, daß Peter sich hinsetzen und auf seine Belohnung warten würde, aber er blieb wie angewurzelt stehen und starrte etwas an. Sie wollte nicht in den Raum hineinschauen und sah nur die Gestalt des Kindes im Profil, stocksteif, wie eine Statue. Dann kam er rückwärts wieder heraus, als wolle er sich vor einer hochgestellten Persönlichkeit zurückziehen. Er schaute sie an, sein Gesicht war blaß, aber gefaßt.

»Puhh«, machte er.

Nun wußte sie, was er gesehen hatte. Nichts anderes konnte diese komische Blässe, sogar bei einem Zehnjährigen, hervorgerufen haben. Sie schloß energisch die Tür und wandte sich um. Da stand Tamsin hinter ihr, ganz nah, sehr sauber und glänzend wie eine Wachspuppe in ihrem rosa-weißen Morgenmantel. Bernice hätte beinah aufgeschrien vor Schreck und hatte plötzlich entsetzliche Angst. Tamsin war so leise heruntergekommen, das Kind schwieg, und jetzt waren auch noch alle Türen zu.

»Was hat er denn?«

Wäre Peter ihr eigenes Kind gewesen, hätte Bernice ihn in die Arme genommen und seine schmutzige kleine Wange an ihr Gesicht gedrückt. Aber sie konnte ihm diesen körperlichen Trost nicht geben. Er war zu alt für Liebkosungen und zu jung für Erklärungen. Mit unsicherer Stimme sagte sie: »Ich glaube, er hat dieses Bild gesehen.«

»Ganz schön gruselig«, sagte Tamsin. Sie schaute Peter an, als sähe sie nicht ihn, sondern ein anderes Kind, das durch seine Augen zu ihr aufschaute. »Patrick war gerade so alt wie du, als er das Bild zum erstenmal sah, aber er war nicht so tapfer wie du. Er lief weg, und dann passierte *es*. Da war vielleicht ein Theater, du kannst es dir nicht vorstellen.«

Bernice wollte gerade fragen, was denn geschehen war, als Peter mißmutig sagte: »Kann ich meinen Shilling haben?«

»Aber natürlich. Da liegt er schon auf dem Tisch und wartet auf dich.«

Der Augenblick der Enthüllung war vorüber. Tamsin dachte offenbar, Bernice sei mitgegangen, um dem Jungen moralische Unterstützung zu gewähren, denn sie öffnete die Tür, um beide hinauszulassen.

»Ich bin nur gekommen, um dir für die Sachen zu danken.«

»Freut mich, wenn du sie gebrauchen kannst. Und jetzt muß ich euch beide rauswerfen. Gleich kommen Leute, die sich das Haus ansehen wollen.«

Edith war die erste in Linchester, die vom Verkauf von Hallows hörte. Sie erfuhr es von dem Gärtner, den die Gavestons und Tamsin gemeinsam beschäftigten. Gleich nachdem er es ihr bei der morgendlichen Teepause im Hauswirtschaftsraum erzählt hatte, ging sie zu Mrs. Glide rüber, um ihr die Neuigkeit zu berichten. Henry sollte eigentlich froh darüber sein, daß sein

Werk Gnade vor den Augen der Käufer gefunden hatte. Auf dem Rückweg traf sie Marvell, der gerade mit seinen bescheidenen Einkäufen aus dem Dorf zurückkam.

»Das war erst gestern«, sagte sie zu ihm. »Und sie haben ihr sofort ein Angebot gemacht. Diese *nouveaux riches!* Die kaufen und verkaufen Häuser wie andere ihre Aktien an der Börse.«

Marvell verzog die Lippen und hörte ernsthaft zu.

»Also, in unserer Jugend, da war ein Haus noch ein Haus. Der Großvater hatte schon darin gewohnt, und im Laufe der Zeit übernahmen dann die Enkel.« Und mit unvergleichlicher Gefühllosigkeit schloß sie: »Es war einfach da wie der Stein der Ewigkeit.«

Er lächelte, murmelte etwas, während seine Gedanken heftigst arbeiteten. Also würde Tamsin bald fortgehen, fliehen ... Als Edith weg war, ging er langsam über The Green auf Shalom zu. Er versuchte es an der Vorder- und der Hintertür. Beide waren abgeschlossen. Die Greenleafs waren Städter, immer in Angst vor Einbrechern, vorsichtige Leute, die jedoch ihre Abwesenheit durch vorgeschobene Riegel und verdächtig geschlossene Fenster dokumentierten. Marvell kritzelte etwas auf den Kassenzettel des Gemüsemannes und hinterließ die Nachricht, mit einem Stein beschwert, auf der Treppe am Hintereingang.

Greenleaf fand den Zettel, als er um ein Uhr nach Hause kam.

›Kannst du heute nachmittag mal bei mir vorbeikommen?‹ las er. ›Ich habe dir etwas zu sagen, CM.‹

Er unterdrückte einen Seufzer. Tamsins Abreise war abzusehen, und damit würden die Gerüchte sicherlich aufhören. In vierzehn Tagen fuhr er in Urlaub, und bei seiner Rückkehr war Nancy wahrscheinlich zu sehr mit Plänen für das Baby beschäftigt und Freda durch die Beruhigungsmittel eingelullt, um sich über die entschwundenen Selbys noch groß Gedanken zu machen. Aber trotzdem, dachte er, während er anfing, den kalten Imbiß zu verspeisen, den Bernice ihm hingestellt hatte. Vielleicht wollte Marvell ja etwas völlig anderes von ihm. Früher war er öfter zu einer Injektion Cortison gerufen worden, wenn Marvell betäubt und fast blind von seinem Heuschnupfen war. Ohne Telefon war er gezwungen, selbst vorbeizukommen oder eine Nachricht zu hinterlassen. Es war ja immerhin möglich, daß er dem Doktor nur sein Manuskript zeigen wollte, vielleicht hatte er es endlich fertig. ›Ich habe dir etwas zu sagen ...‹ Patrick. Er konnte nur Patrick meinen. Wahrscheinlich eine neue Theorie von einem nicht nachweisbaren Gift. Na gut, auch eine Möglichkeit, den freien Nachmittag zu verbringen.

Während er seinen Teller abspülte und im Geschirrständer zum Trocknen abstellte, überlegte er mit jener Spur von Überheblichkeit, die er sich gelegentlich gestattete, daß all das Gerede vom hohen Lohn einer medizinischen Berufung meist eines außer acht ließ: das Vergnügen, das es bereitet, Laientheorien in Grund und Boden zu stampfen.

Marvell saß auf der Holzbank neben seiner Hintertür und las ein Rezept für Ratafia nach. Es war ein altes Rezept und gehörte zu einer Sammlung, die seine Mutter angelegt hatte, als sie noch Schloßherrin von Linchester war. Aus einer langen Reihe von Vorfahren war es ihr – immer von Mutter zu Tochter – vererbt worden. Brandy, Pfirsichkerne, Zucker, Honig, Orangenblütenwasser ... Er hatte weder Pfirsiche noch das Geld, sich welche zu kaufen. Das Rezept schrieb 500 Kerne vor, und während er sich von den warmen, milden Strahlen der Nachmittagssonne bescheinen ließ, stellte er sich genüßlich die Vorarbeiten zur Herstellung von Ratafia vor: den Verzehr dieser 500 reifen Pfirsiche.

Kurz darauf erhob er sich und ging um das Haus herum. Dabei berührte er die Backsteine, die auch pfirsichfarben waren. Als er an die Seite kam, an der Henry Glide den Riß entdeckt hatte, das schreckliche Zeichen dafür, daß das ganze Gebäude anfing sich zu senken, schloß er die Augen und sah einen Augenblick lang nichts als rote Nebelschwaden voller wirbelnder Gegenstände. Doch dann zwang er sich, nach dem Riß zu tasten; denn er weigerte sich, seine Augen vor Tatsachen zu verschließen, sich selbst etwas vorzumachen. Er zwang sich dazu wie einer, der Angst vor Krebs hat und doch beherzt die Geschwulst in seinem Körper befühlt.

Als Greenleaf hinter ihm hustete, zuckte er zusammen.

»Ich gäbe was dafür, deine Gedanken lesen zu können.«

»Das käme dich ganz schön teuer«, meinte Marvell leichthin. »Um es genau zu sagen, 1000 Pfund.«

Greenleaf sah ihn forschend an.

»Das«, sagte Marvell, »ist der Preis, den Glide bereit ist, mir für dieses Stück Land zu zahlen.«

»Du willst verkaufen? Aber das hier – ich dachte, du hängst daran.« Greenleaf beschrieb mit gespreizten Fingern einen weiten Bogen, der das niedrige, doch elegante Haus, den kurzgeschnittenen Rasen, den Obstgarten und die Weißdornhecke, über die Geißblatt kletterte – ein Parasit, reizvoller als sein Opfer –, mit einbezog. Dem Doktor bedeutete all das wenig. Aber durch einen gewaltigen Akt des Einfühlungsvermögens hatte er begreifen gelernt, welchen Wert es für seinen Freund hatte. Sogar er, der kaum eine Rose von einer Lilie unterscheiden konnte, merkte, daß hier die Luft süßer roch, die Hitze zu wohltuender Milde abgeschwächt war. »Das Haus hier. Es ist so alt. Es ist so schön altmodisch.« Hilflos fügte er hinzu: »Die Leute mögen so was. Du würdest bestimmt einen Käufer finden.«

Marvell schüttelte den Kopf. Er hielt immer noch das Rezeptbuch in der Hand, und langsam begann in seinem Kopf ein Gedanke Gestalt anzunehmen: Ich werde etwas Ratafia machen, nur eine kleine Menge, die ich dann mitnehme, die mich erinnert ...

Laut sagte er zu Greenleaf: »Es fällt zusammen. Die Baubehörde meint, es sei nicht mehr sicher. Ich hatte neulich Glide hier, um mal danach zu sehen. Alles, was er dazu sagte, war, er würde mir tausend für das Grundstück geben.«

»Wie lange weißt du das schon?«

»Oh, ungefähr einen Monat. Tausend ist nicht schlecht, weißt du. Als die Marvells damals Andreas Quercus – er hieß in Wirklichkeit Andrew Oakes oder so ähnlich –, als sie ihm den Auftrag gaben, die Häuser hier für vier alte Leute aus der Gemeinde Chantflower zu bauen, kümmerte es sie wenig, daß man nur über einen Schlammweg herkommen konnte. Und die Alten waren viel zu dankbar, als daß es ihnen etwas ausgemacht hätte.«

Greenleaf empfand die völlige Unzulänglichkeit seiner Worte, aber er sagte: »Das tut mir leid. Wo willst du dann leben?« Viele Fragen schossen ihm durch den Kopf. Hast du Geld? Wovon wirst du leben? Er konnte nicht einmal im Traum daran denken, sie zu stellen. Die Nähe von Linchester machte Armut zu einer besonders schmachvollen Angelegenheit.

»Ich denke, ich kann mir irgendwo ein Zimmer nehmen. Ich kann unterrichten. Ich werde meine 1000 Pfund haben. Du wärst wahrscheinlich überrascht, wenn du wüßtest, wie lange ich von tausend Pfund leben kann.« Er lachte trocken, und Greenleaf, der ihn nun im Lichte dieses Gespräches sah, fiel auf, wie hager er war. Deshalb also hatte Marvell ihn hergebeten, weil er sich das von der Seele reden wollte. Ich muß mal überlegen, dachte er bei sich, ob ich nicht etwas zusammenkratzen kann, gerade so viel, um ihm über die Runden zu helfen und das Haus wieder zu renovieren. Aber Marvells nächste Worte verscheuchten zunächst einmal alle Gedanken an ein Darlehen.

»Heute morgen habe ich Edith getroffen«, sagte er, »als ich vom Einkaufen kam. Sie hat mir erzählt, Tamsin habe das Haus verkauft. Irgendwelche Leute waren da und haben ihr ein Angebot gemacht.«

»Dann reist sie wohl bald ab«, meinte Greenleaf erleichtert.

»Und da vielleicht keiner von uns sie je wiedersehen wird, kann ich dir jetzt wohl auch erzählen, weshalb sie in der Nacht, als Patrick starb, bei mir war.«

Er sah sie wieder vor sich, wie sie in jener Nacht durch den Obstgarten gekommen war, bleich im Mondlicht in ihrem nebelgrauen Kleid, und den Korb schwingend. Sie wirkte noch bleicher, als sie in den Schein der Lampe trat. In seiner lebhaften Phantasie erschienen ihm die Johannisbeeren wie blutrot geäderte Perlen aus weißer Jade. Trotz ihrer affektierten Sprechweise, die Superlative kamen ihr so leicht über die Lippen, daß sie Bedeutung und Kraft verloren, war ihr Gesicht immer eine Maske gewesen, ein Schild, bewußt zur Tarnung intellektueller Schläue erhalten, oder vielleicht ein Zufallstrick der Natur, hinter dem sich nur Leere verbarg.

Zu Greenleaf sagte er: »Ich glaube, sie ist tatsächlich ziemlich schlau.«

Er hatte sich aus dem Fenster gebeugt und nach ihr gerufen, dann war er ihr in den Garten entgegengegangen und hatte sich nach Patrick erkundigt.

»Ach, Patrick – er hat mir meine schöne Party verdorben. Der Kerl kann einen verrückt machen.«

»Du hättest nicht allein mitten in der Nacht hierherkommen sollen. Ich an deiner Stelle wäre morgen gekommen.«

»Crispin, Lieber, wie sollte ich wissen, was du hier allein in deinem bezaubernden Häuschen treibst? Es hätte ja sein können, daß du heute, zu einer bestimmten Zauberstunde, deinen Wein braust.«

»Ich werde dich zurückbegleiten.«

Aber sie hatte schon die Tür aufgemacht und zog ihn hinter sich in die kleine, feuchte Küche. Der Duft der Nacht kam mit ihr herein, und als sie einen Moment neben ihm stand und zu ihm aufsah, nahm er den intensiveren Duft ihres Parfums wahr, *Nuit de Beltane*, exotisch und in einem englischen Garten ganz und gar deplaciert. Die Essenz, mit ihrer Andeutung von Hexenzauber, verstärkte die Atmosphäre magischer Unwirklichkeit.

»Also setzten wir uns«, fuhr er fort und bewegte die Schultern, wie um eine Erinnerung abzuschütteln. »Wir saßen ein ganzes Stück voneinander entfernt, aber die Lampe stand zwischen uns, und du weißt, was Öllampen für eine Wirkung haben. Sie scheinen dich in einen heimeligen kleinen Kreis einzuschließen. Eine Weile redeten wir über dies und das. Dann, ganz plötzlich, fing sie an, über uns zu reden. Wie vieles wir doch gemeinsam hätten, wie wir beide das Landleben liebten und daß zwischen uns immer schon eine Art Band gewesen sei. Max, ich fühlte mich sehr unwohl bei der ganzen Sache.«

»Und dann?«

»Ich möchte, daß du verstehst, wie ungewöhnlich intim die ganze Situation war, die Dunkelheit um uns, der Lichtkreis der Lampe. Nach einer Weile stand sie auf und setzte sich neben mich auf den Schemel. Sie nahm meine Hand und sagte, ich hätte ja sicher gemerkt, daß sie mit Patrick schon lange nicht mehr glücklich sei. Sie hat so eine dicke Haut, die nicht rot wird, aber ich spürte das Erröten trotzdem.«

»Jeder Mensch kann rot werden«, warf der Doktor ein.

»Na gut, sei es, wie es wolle, sie redete weiter, meinte, sie wisse, warum ich so oft zu ihnen käme. Ich antwortete nicht. Es war schrecklich peinlich. Sie hielt immer noch meine Hand. Erst heute, fuhr sie fort, habe sie gemerkt, was ich für sie empfände, als ich ihr die Rosen und den Wein brachte. Max, glaub mir, es waren einfach nur Geschenke an eine hübsche Frau von einem Mann, der sich Parfum oder Schmuck nicht leisten kann.«

»Ich glaube dir.«

»Plötzlich sagte sie dann sehr abrupt: ›Patrick will mich verlassen. Er möchte die Scheidung. In einem Jahr werde ich frei sein, Crispin.‹ Es war ein unverblümter Heiratsantrag.« Marvell sprach rasch weiter. »Ich möchte nicht heiraten, Max. Einmal kann ich es mir nicht erlauben. Alle denken, es ginge mir gut; Tatsache ist aber, daß die Erbschaftsteuer den größten Teil dessen, was mein Vater damals für den Verkauf von Linchester bekam, geschluckt hat. Was übrig war, wurde zwischen meinem Bruder, meiner Schwester und mir geteilt, und mein Anteil ging für den Kauf der Altenhäuser hier drauf. Die Familie hatte sie lange zuvor veräußert. Aber all das konnte ich Tamsin nicht sagen. Ich hatte das Gefühl, sie würde mir dann vielleicht ihr eigenes Geld anbieten.«

»Dieses mysteriöse Privateinkommen«, meinte Greenleaf.

»Nicht mysteriös. Es sind ungefähr 50 000 Pfund – das Grundkapital meine ich –, aber Tamsin kann nicht ran. Es ist in Öl oder so was angelegt, und sie hat dieses Einkommen zeitlebens. Ich glaube, es würde an ihre Kinder übergehen, sollte sie je welche haben. Du siehst also, ich konnte nicht über Geld mit ihr reden. Statt dessen sagte ich ihr, ich sei zu alt für sie. Ich bin fünfzig, Max. Sie hat eine Menge natürlicher Würde, aber ich dachte, sie würde anfangen zu weinen. Ich zögere nicht, dir zu gestehen: Das war die peinlichste Situation, in die ich je geraten war. Ich nehme an, ich war schwach. Ich erklärte ihr wahrheitsgemäß, daß sie die schönste und aufregendste Frau sei, die ich kenne. Dann fügte ich hinzu: ›Warte, bis das Jahr vorbei ist. Dann werden wir sehen, ob du deine Meinung nicht geändert hast.‹ Aber sie lachte nur. Sie stand auf, war jetzt außerhalb des Lichtkreises und meinte ziemlich kühl: ›Patrick wird wahrscheinlich Oliver Gage als Scheidungsgrund angeben. Ich hatte eine Affäre mit ihm, wußtest du das?‹ Mir war klar, daß sie damit sagen wollte, ich hätte Gages Hinterlassenschaft übernommen.«

»Und das war alles?«

»Das war's, oder beinah. Ich schüttete die Johannisbeeren in eine Schüssel um und ging mit ihr zurück. Den ganzen Weg sagte sie kein einziges Wort, und am Tor trennten wir uns.«

»Bist du jemandem begegnet?«

»Nein, keiner Menschenseele. Es war alles so außergewöhnlich wie ein Traum. Das Sonderbarste aber geschah, als ich sie am nächsten Tag, dem Tag nach Patricks Tod, besuchte. Am liebsten wäre ich nicht hingegangen, aber ich fühlte mich doch verpflichtet dazu. Sie war kalt wie Eis. Nicht unglücklich, verstehst du; mein Eindruck war eher der von Glück und Freiheit. Aber sie verhielt sich, als sei sie nie bei mir gewesen. Dann, als sie zurück war, traf ich sie mit Queenie bei einem Spaziergang in Long Lane. Sie winkte und sagte: ›Hallo.‹ Ich fragte, wie es ihr ginge, und sie antwortete: ›Gut. Ich verkaufe und gehe so schnell wie möglich hier weg.‹ Das klang so formell, als seien wir nie mehr als nur flüchtige Bekannte gewesen.«

»Seltsam«, meinte Greenleaf.

»Ich muß dir gestehen, Max«, lächelte Marvell, »es war eine riesige Erleichterung.«

Dritter Teil

13

Zwei Tage später begann Marvell mit der Honigernte. Greenleafs Glas stehe am Nachmittag für ihn bereit, sagte er dem Doktor; wenn er Lust habe, könne er es abholen. Aber um halb vier saß Greenleaf immer noch in seinem Liegestuhl im Schatten der Zeder. Bernice war ausgegangen, und er döste vor sich hin. Jedesmal, wenn er einnickte, krochen Traumfetzen in ihm hoch, grelle Visionen und keine tatsächlichen Episoden. Es waren unerfreuliche Eindrücke, und sie spiegelten ein Unterbewußtsein wider, von dem er selbst nichts geahnt hatte. Das Schlimmste war eine abscheuliche Gemme von Tamsins Gemälde, die sich in die Luft schraubte und sich vergrößerte, sich verzerrte und verformte, bis aus dem Haupt auf dem Teller Patricks wurde. Ein schrilles, eindringliches Klingeln ließ ihn schließlich hochfahren. Das Bewußtsein, die Wirklichkeit kehrte zurück, während er in der vertrauten Berührung des Leinenstoffes, dem kühlen, federnden Gras Beruhigung suchte. In den vergangenen paar Tagen hatte er beinah schon seinen Seelenfrieden wiedergefunden. War doch noch alles da, dicht unter der Oberfläche? Dieser Strudel von Furcht, Zweifeln und Unentschlossenheit? Das Klingeln hielt an, und er merkte plötzlich, daß das Geräusch nicht aus seiner Traumwelt kam, sondern von einer wirklichen Glocke, der Telefonglocke.

Er erinnerte sich, daß er ja eigentlich Dienst hatte, und hastete hinein. Es war Edward Carnaby.

»Ich dachte schon, Sie wären nicht da«, sagte er vorwurfsvoll. »Es geht um meine Tochter Cheryl. Eine Wespe hat sie in die Lippe gestochen, Doktor. Sie und Freda waren zu einem kleinen Picknick beim Teich, und diese Wespe saß auf einem Stück Kuchen...«

»In die Lippe?« Greenleafs Gedanken wanderten von Patrick zu dem toten Bergmann. »Doch nicht im Mund?«

»Nun, beinah. An der Innenseite der Lippe. Sie ist halb tot vor Schreck. Daran ist Freda nicht ganz unschuldig, wenn ich mal so sagen darf. Jetzt schluchzen sie beide steinerweichend.«

»Also gut, ich komme.«

»Ich dachte, die Wespenzeit hätten wir hinter uns«, sagte er, als er ins Wohnzimmer der Carnabys trat. Sicher war es der einzige Wohnraum, den sie hatten; trotzdem erschien es ihm höchst merkwürdig, daß die Teppichmitte völlig von etwas eingenommen wurde, das aussah wie die Einzelteile eines Verbrennungsmotors.

»Sie müssen die Unordnung entschuldigen, Doktor«, sagte Carnaby und machte sich bei seinem hastigen Versuch, Greenleaf einen Weg durch das Gewühl zu bahnen, die Finger schwarz. »Ich habe es mir bei der Volkshochschule ausgeliehen. Irgendwie scheine ich nicht recht zu verstehen...«

»Das spielt doch jetzt alles keine Rolle.« Freda saß auf dem Sofa und preßte das Kind in einer schraubstockartigen Umarmung an ihre sorgfältig gestärkte Bluse. Greenleaf stelzte zu ihr hinüber, wobei er behutsam über Spiralen, Federn und Rädchen stieg. Selten hatte er einen Menschen so angespannt gesehen. Ihr Mund war zusammengepreßt, als knirsche sie mit den Zähnen, und Tränen liefen ihr über die Wangen.

»Sagen Sie schnell, Doktor, wird sie sterben?«

Cheryl wehrte sich heftig und begann zu heulen.

»Natürlich wird sie nicht sterben«, antwortete der Doktor in scharfem Ton, während Carnaby zu seinen Füßen mit Metallteilchen herumfummelte.

»Doch, sie wird sterben. Sie sagen das nur so. Sie werden sie mit ins Krankenhaus nehmen, und wir sehen sie nie wieder.«

Ihr Gefühlsausbruch überraschte ihn, denn sie hatte nie den Anschein erweckt, als mache sie sich besonders viel aus dem Kind. Patricks Tod mußte eine tiefe Wunde hinterlassen haben, die nun vielleicht von neugefundener mütterlicher Liebe geheilt wurde. Patrick, immer wieder Patrick... Er warf einen raschen Blick auf Carnaby und überlegte dabei, wann wohl der Analysebericht des Labors kam. Dann wandte er sich mit energischer Stimme Freda zu.

»Wenn Sie sich nicht in der Gewalt haben, Miss Carnaby, sollten Sie lieber hinausgehen.«

Sie schluckte.

»Na, dann laß uns mal schauen, Cheryl.« Er schob Freda beiseite und nahm dem Kind sanft das Taschentuch vom Mund. Die Unterlippe wölbte sich in einer grotesken Schwellung vor und erinnerte ihn an Bilder entenschnäbliger Frauen eines bestimmten Negerstammes, die er einmal gesehen hatte. Er wischte ihr die Augen. »Du wirst ein paar Tage etwas komisch aussehen.«

Das Kind versuchte ein Lächeln. Sie rückte von ihrer Tante ab und strich sich eine Haarsträhne aus den großen, ausdrucksvollen Augen – Augen, die sie ganz sicher von ihrer Mutter geerbt hatte.

»Mr. Selby hatte Wespenstiche«, sagte sie und warf Freda einen altklugen Blick zu. »Ich habe Daddy davon reden hören, als sie von der Party zurückkamen. Ich war nämlich noch wach. Ich schlafe nie, wenn ein Babysitter da ist.« Ihre Lippe zitterte. »Es war diese Mrs. Staxton. Sie hat gesagt, Wespen seien richtig gefährlich, und sie hätte Angst vor ihnen. Da sagte Daddy, daß er so ein Zeug hat, und sie könnte die Dose mitnehmen. Und das hat sie dann auch gemacht, sie hat sie mit nach Hause genommen, und das war gut, denn Wespen *sind* gefährlich.«

Greenleaf seufzte vor heimlicher Erleichterung. Der Bericht aus dem Labor spielte damit kaum mehr eine Rolle. Da erhob sich Cheryls Stimme in neuer Panik. »Mr. Selby ist gestorben. Tante Free sagt, ich kann auch sterben.«

Greenleaf kramte in seiner Tasche nach einem Six-Pence-Stück. »Am Green drüben ist ein Eismann«, sagte er. »Wenn du dich beeilst, erwischst du ihn noch. Kauf dir ein Eis.«

Carnaby schaute ihn an, den Mund zu einem törichten Lächeln verzogen, wie bei einem widersinnigen Witz. »Es wird ihrer Lippe guttun.«

Freda sah ihr mit tragischem Blick nach. Sie dachte offenbar, Greenleaf hätte das Kind weggeschickt, um vertrauliche Informationen über ihr mögliches Schicksal loswerden zu können. Sie wirkte beinah beleidigt, als er statt dessen sagte: »Patrick Selby ist *nicht* an Wespenstichen gestorben. Ich dachte, Sie besitzen etwas mehr gesunden Menschenverstand, Miss Carnaby. Einem achtjährigen Kind vom Sterben zu erzählen! Was ist nur in Sie gefahren?«

»Jeder weiß, daß Patrick nicht an Herzversagen gestorben ist«, widersprach sie eigensinnig.

Greenleaf ließ das durchgehen. Ihr Busen hob und senkte sich heftig. Die Tränen hatten runde, feuchte

Flecken auf dem dünnen Material ihrer Bluse hinterlassen, durch die man Rüschenträger sehen konnte.

»Er muß an den Stichen gestorben sein«, beharrte sie. »Und er hatte nur vier.«

»Fünf, aber das spielt ja keine Rolle. Cheryl ...«

»Das stimmt nicht. Er hatte nur vier. Ich habe bei ihm gesessen und es genau gesehen.«

Ungeduldig erwiderte Greenleaf: »Ich würde die Sache endlich ruhen lassen, Miss Carnaby.«

Edward Carnaby, der die ganze Zeit über geschwiegen und völlig willkürlich Dinge wie Sperrstangen und Dichtungsringe aufgehoben hatte, mischte sich plötzlich in ziemlich aggressivem Ton ein. »Nun, das ist eine Sache der Genauigkeit, nicht wahr, Doktor? Selby hatte genau vier Stiche. Ich stand im Bad und sah, wie er gestochen wurde. Falls Sie nicht den Stich mitzählen, den er ein paar Tage vorher schon hatte.«

»Einen im Gesicht«, sagte Freda. »Zwei auf dem linken Arm und einen an der Innenseite des rechten Arms. Ich dachte, Cheryl – nun, es hätte ihr doch genauso gehen können, oder nicht?« Der Schluchzer, der ihr aus der Kehle stieg, klang ein bißchen wie ein Schluckauf. »Sie ist alles, was mir geblieben ist jetzt«, sagte sie. »Patrick – ich hätte ihm Kinder geboren. Er wollte Kinder haben. Ich werde nie heiraten, niemals, nie!«

Carnaby schob den Doktor in den Flur und stieß die Tür mit dem Fuß hinter sich zu. Greenleaf fragte sich, ob Fredas erneutes Weinen durch wirklichen Kummer hervorgerufen wurde oder durch die Angst vor möglichen Schäden am Lack. Als er mit Carnaby noch im Flur stand und Beruhigendes murmelte, fiel der Groschen.

»Sie kommt wieder zu sich«, sagte er mechanisch. »Keine Sorge.« Die Sorge hatte jetzt er.

Dann ging er, er rannte beinah.

Zu Hause in Shalom erwartete ihn sein Liegestuhl. Er setzte sich in dem Bewußtsein, ohne einen Gruß, ohne auch nur mit einem Lächeln an Sheila Macdonald und Paul Gaveston vorbeigegangen zu sein. Sie waren, verglichen mit der Realität seiner Gedanken, bloße Schatten gewesen. Er sah Patricks Leichnam vor sich, dort in dem Bett in Hallows an jenem Sonntagmorgen, die dünnen, sommersprossigen Arme auf der Bettdecke ausgestreckt, die Pyjamaärmel kühlesuchend nach oben geschoben. Und auf der wächsernen, gesprenkelten Haut die roten Schwellungen. Ein Stich im Gesicht, zwei auf dem linken Arm, einen auf dem rechten Arm in der *fossa cubitalis* und einen fünften. Da *war* ein fünfter gewesen, ungefähr fünfzehn Zentimeter unterhalb. Nicht der alte Stich, davon war nur noch eine Narbe geblieben, ein dunkelroter Knubbel mit einer Schorfstelle, weil Patrick sich gekratzt hatte. Die Carnabys konnten sich irren. Beide? Sie konnten sich nicht beide irren. Warum sollten sie lügen? Er, Greenleaf, hatte sich nicht die Mühe gemacht, die Stiche zu zählen, und als er Patrick in seinem Bett besucht hatte, bedeckten die blauen Baumwollärmel des Pyjamas beide Arme bis zu den Handgelenken. Tamsin war desinteressiert, die anderen peinlich berührt. Aber Carnaby hatte die Wespen angreifen sehen, er war am Ort des Geschehens, hatte aus dem Badezimmerfenster alles beobachtet. Freda hatte zu Patricks Füßen gesessen und seine Hand gehalten. Von allen Gästen mußten es diese beiden am besten wissen. Aber gleichzeitig wußte er, daß auch er recht hatte. *Fünf* Stiche, einen im Gesicht, zwei auf dem linken Arm ...

»Warm genug für Sie?« Es war eine hohe, irritierende

Stimme, und Greenleaf mußte nicht aufschauen, um zu wissen, daß es Nancy Gage war.

»Hallo.«

»Oh, bleiben Sie nur sitzen«, sagte sie, als er Anstalten machte aufzustehen. »Ich werd's verkraften. Es ist viel zu heiß für Höflichkeiten. Ihr Männer könnt einem wirklich leid tun; immer auf und ab wie Stehaufmännchen.«

»Tut mir leid, aber Bernice ist mit den Jungen nach Nottingham gefahren.«

»Macht nichts. Ich wollte sowieso mit Ihnen sprechen. Nein, Sie brauchen mir keinen Stuhl zu holen, ich setze mich ins Gras.«

Das tat sie sehr anmutig, indem sie ihren pinkfarbenen Baumwollrock wie einen offenen Sonnenschirm um sich ausbreitete. Das Wiederaufleben der Liebe, so mühsam der Neuanfang auch sein mochte, brachte nach und nach ihre Schönheit zurück.

Es war, als sei sie eine verblühende dunkelrosa und goldfarbene Rose, in deren Blätter und Stengel durch feine Haargefäße langsam neues Leben floß. »Weswegen ich eigentlich gekommen bin: Ich wollte den Namen des Mannes wissen, der Ihr Gartenhaus gebaut hat. Wir sind dabei, unsere Flügel etwas auszubreiten – ich weiß nicht, ob Bernice es Ihnen erzählt hat –, wir möchten unsere bescheidene Klause ein bißchen erweitern, und Mr. Glide, nun, er liegt etwas hoch mit seinen Preisen, nicht?«

»Er steht im Telefonbuch. Swan heißt er, J. B. Swan.«

»Wunderbar! Welch großartiges Gedächtnis! Was sagen Sie dazu? Auf dem Weg hierher treffe ich eben dieses ulkige kleine Mädchen von Carnaby mit einer enormen Schwellung an der Lippe. Ich frage sie, was sie hat, und sie sagt: ›Einen Wespenstich‹. Sie lutschte einen dieser scheußlichen Eislollis. Ich bitte Sie, das ist doch das Letzte! Ich sage zu ihr: ›Jetzt lauf aber mal schnell nach Hause zu deiner Mutti –‹« ich vergaß, sie hat ja keine, nur eine Tante, und was für eine Tante! – »›und laß dir Bikarbonat draufmachen!‹«

»Hilft nicht viel, fürchte ich.«

»Oh, ihr Ärzte und eure Antibiotika. Ich bin ein großer Verfechter alter Hausrezepte.« Sie sprach mit der Selbstgefälligkeit einer mittelalten Matrone, und Greenleaf konnte sich genau vorstellen, wie sie in fünfzehn Jahren sein würde: untersetzt, eine wandelnde Enzyklopädie abgedroschener und ungenauer Ratschläge, der Prototyp eines alten Weibes, das sich seine Altweibergeschichten zurechtspinnt. »Ich weiß nicht, wie oft ich es noch sagen muß, aber Patrick wäre am Leben, wenn Tamsin gleich Bikarbonat genommen hätte.« Und dann fügte sie noch einen Nachsatz im perfekten Werbejargon hinzu. »Und dabei so preisgünstig!«

Greenleaf schloß einen Moment die Augen. Er öffnete sie mit einem Ruck, als sie weiterredete.

»Sobald wir von dieser schrecklichen Party zurück waren, sagte ich zu Oliver, am besten gehst du gleich noch mal mit Bikarbonat rüber nach Hallows. Er hing dann noch ein bißchen zu Hause rum, wollte warten, bis Sie weg waren. Sind wir nicht schlau? Jedenfalls ist er dann mit diesem kleinen Päckchen rübergetrottet ...« Eine absurde Beschreibung der Bewegungen dieses eleganten, düsteren Mannes, aber Greenleaf war zu sehr interessiert, um das zu bemerken. »... aber Tamsin muß schon im Bett gewesen sein. Sie hatte vergessen, die Hintertür abzuschließen, da hat es Oliver nämlich probiert, aber dieser Hund, Queenie, war in der

Küche eingesperrt und wollte ihn nicht reinlassen. Er ging ums Haus, und das ganze Essen stand noch rum. Tamsin hatte ihre Geburtstagsgeschenke draußen liegenlassen, die Pralinen und diese komische Tasche und Crispins Blumen. Sie muß völlig außer sich gewesen sein, sonst hätte sie doch nicht alles einfach so stehen- und liegenlassen. Er hat noch fünf Minuten gewartet, dann kam er nach Hause.«

»Ich nehme an, sie war müde«, sagte Greenleaf. Seine Gedanken rasten. Das war also die Antwort auf das große weiße Paketmysterium, wie er es getauft hatte. Schlicht und einfach Oliver Gage, der dem Mann seiner Geliebten Bikarbonat brachte. Und wahrscheinlich so ganz nebenbei, dachte er vulgär, noch auf ein bißchen Liebe aus war. Kein Wunder, daß er gewartet hat, bis ich weg war.

Marvells Behauptung, jeder habe während Tamsins Abwesenheit in jener Nacht Zugang zum Haus gehabt, hatte sich als falsch erwiesen.

Der Hund hätte seinen Herrn gegen jeden Eindringling verteidigt, gegen alle außer einem. Die schwachen Motive von Edith Gaveston und Denholm Smith-King verdampften wie Wassertropfen in der Sonne. Aber Tamsin hatte ein Motiv, oder besser, viele Motive, die sich in einem einzigen, gigantischen Anschlag auf Patricks Leben kristallisierten. Tamsin war jetzt reich und frei. Nicht um Gage zu heiraten, dem sie offensichtlich den Laufpaß gegeben hatte, aber frei, sie selbst zu sein in einem herrlichen, duftenden, knallbunten Durcheinander.

»Sie sind so still«, sagte Nancy. »Geht's Ihnen nicht gut? Ich sage Ihnen, was ich machen werde. Ich habe heute nachmittag überhaupt nichts vor. Ich werde reingehen und dem Strohwitwer eine schöne Tasse Tee kochen.«

Greenleaf haßte Tee. Er dankte ihr, legte seinen Kopf zurück und schloß die Augen.

14

Patrick war zu spät gestorben. Greenleaf wiederholte den Satz immer wieder, während er zur Eingangstür von Marvells Haus hinaufging. Patrick war zu spät gestorben. Nicht unter dem Gesichtspunkt von Tamsins Glück, sondern medizinisch gesehen. Marvell hatte diesen Aspekt ins Gespräch gebracht, als die Gerüchte anfingen. Doch Greenleaf hatte es damals nicht ernst genommen. Jetzt wurde ihm klar, daß es eben diese Tatsache war, die ihn die ganze Zeit über nicht hatte ruhen lassen. Wäre Patrick kurz nach den Stichen gestorben oder hätte er beim Anblick des Bildes eine Herzattacke erlitten – und Greenleaf begann langsam zu glauben, daß dieses Gemälde in Patricks Leben irgendeine ungute Rolle spielte, sich auf etwas bezog, das tief im Dschungel Freudscher Psychologie verborgen lag –, dann wäre das alles nicht weiter mysteriös gewesen. Aber Patrick war Stunden später gestorben.

Woher hatte er diesen fünften Stich bekommen? Eine Wespe im Schlafzimmer? Möglich. Patrick hatte unter schweren Beruhigungsmitteln gestanden. Man hätte wahrscheinlich etwas injizieren können, ohne ihn zu wecken. Aber warum sollte ein fünfter Stich tödlich sein, wenn vier ihm höchstens Unwohlsein bereitet hatten? Er hämmerte zum zweitenmal an die Tür des Altenhauses, doch Marvell war ganz offensichtlich nicht da. Schließlich ging er durch den Garten nach hinten und setzte sich auf die Bank.

Er war gekommen, seinen Honig abzuholen und um seinem Freund – nach langem Ringen – einen Kredit anzubieten. Er hatte mit Bernice darüber gesprochen, nachdem sie aus Nottingham zurück war, und glaubte, ein paar hundert Pfund aufbringen zu können; vielleicht genug, um das Haus weiterhin bewohnbar zu machen, den Vorschriften der Gemeindeverwaltung von Chantflower entsprechend. Sein Vorhaben war ihm unangenehm, obwohl er sich Marvell zuliebe vorgenommen hatte, die Sache sehr formell zu sehen und, um dessen Stolz nicht zu verletzen, darauf zu bestehen, daß der Kredit mit dem üblichen Zinssatz zurückgezahlt wurde – Marvell mußte sich eben in seine Geschichte von Chantefleur Abbey stürzen. Ich bin ein Bauer, dachte er, und er ist ein Aristokrat – schon wieder diese Sache mit dem Minderwertigkeitskomplex. Könnte ja auch sein, daß er mich verprügelt. Er kicherte ein bißchen vor sich hin. Er glaubte nicht, daß Marvell das tun würde.

Schließlich stand er auf und wanderte herum, denn er war doch ein bißchen nervös. Er hatte nicht damit gerechnet, warten zu müssen. Vielleicht blieb Marvell noch stundenlang fort, und er hatte seinen Mut vergeblich zusammengenommen.

Er kam am Küchenfenster vorbei und schaute hinein. Drin war der Tisch vollbeladen mit Honiggläsern. Klar und goldfarben sah er aus, nicht das zuckrige, wächserne Zeug, das man im Laden kauft. Ein Glas für ihn, eins für die Gages und die Gavestons. Wenn auch arm, so war Marvell doch ein großzügiger Mann. Letztes Jahr war die Ernte nicht sehr ergiebig gewesen, und doch hatte beinah auf jedem Frühstückstisch in Linchester ein Glas Honig gestanden. Nicht auf Patricks allerdings. Patrick schreckte vor Honig zurück, als sei es Gift.

Greenleaf wandte sich ab und folgte dem Pfad, der in den Obstgarten führte. Unter den Bäumen hielt er inne und setzte sich dann auf den Stumpf eines verwitterten alten Apfelbaumes, den Marvell im letzten Winter gefällt hatte. Sonnenlicht strömte zwischen den knorrigen Ästen hindurch und zeichnete ein gesprenkeltes Muster aus Apfel-, Pflaumen- und Birnenblättern auf die Erde. Überall um sich herum konnte er das gedämpfte, doch unheilvolle Summen der Bienen hören, die ihres Schatzes beraubt waren. Marvell, nahm er an, hatte sie entschädigt und ihnen, wie er es nannte, Silber für Gold gegeben. Er hatte dem Doktor einmal die klebrige graue Kandismasse gezeigt, die er aus gekochtem Zucker für sie bereitete. Aber trotzdem, die Verwirrung über den Verlust machte sie ärgerlich.

Drei Stöcke aus weißgestrichenem Holz standen im Garten. Als er sie zum erstenmal gesehen hatte, war Greenleaf überrascht gewesen, denn er hatte die Strohiglus erwartet, wie man sie aus Kinderbilderbüchern kennt. Der Eingang zu jedem Stock bestand aus einem Schlitz zwischen den untersten Brettern – eine hölzerne Treppe oder Plattform, auf der die Bienen in einem dünnen, dunklen Strom herauströpfelten. Etwas Fließendes lag in ihrer Bewegung, geordnet und doch ungestüm, gleichmäßig und zielbewußt. Marvell hatte ihm ein bißchen über ihr erstaunliches Sozialwesen erzählt, und mehr deswegen als aus naturkundlichen Gründen ging er hinüber und kniete sich davor.

Zuerst ignorierten ihn die Bienen. Er legte sein Ohr an die Wand und lauschte. Von drinnen waren die Geräusche einer geschäftigen Stadt zu hören, in der Tausende und aber Tausende von Bienen essen, lieben, sich vermehren und arbeiten. Er hörte ein sanftes Brausen, konstant in der Stärke, aber wechselnd in der Höhe. Wärme war zu spüren und die Fülle einer immensen, kontrollierten Aktivität

Einen Augenblick hatte er vergessen, daß diese Insekten nicht nur bloße Erntearbeiter sind, sondern auch Waffen besitzen. Als er von den Knien in die Hocke ging, erschien plötzlich eine von ihnen aus einem Baum oder vom Dach des Stockes. Sie berührte flüchtig sein Haar und ließ sich in der windstillen Luft bis vor seine Augen sinken. Er stand hastig auf und schlug danach – und nach den anderen, die anfingen, sich um sie zu versammeln. Wie schrecklich, wie verräterisch die Natur doch sein konnte! Man betrachtete sie nachdenklich mit dem Auge des Ästheten oder des Soziologen, und gerade wenn man anfing zu begreifen, daß vielleicht doch noch etwas dahinter war, erhob sie sich und schlug zu, griff einen an... Er keuchte und rannte, froh, daß ihn niemand so sehen konnte. Zwei Bienen folgten ihm, segelten in der heißen, vom Duft reifer Früchte parfümierten Luft hinter ihm her. Er riß sein Jackett herunter und warf es sich über den Kopf. Schnaufend vor Angst und mit plötzlicher Erkenntnis stolperte er schließlich in Marvells Gartenhäuschen.

Die Arbeitsutensilien des Imkers, der Hut mit dem Schleier und der weiße Baumwollmantel, hingen von der Decke. Aus den Ärmeln schauten Handschuhe hervor. Das Ganze sah aus wie eine Vogelscheuche oder wie ein Erhängter. Nachdem er die Tür zwischen sich und seinen Verfolgern zugeschlagen hatte, setzte er sich schweißgebadet auf den Rasenmäher. Er wußte jetzt, wie Patrick Selby gestorben war.

»Aber wäre er dann nicht völlig verschwollen gewesen?« fragte Bernice. »Ich dachte, das Histamin läßt einen so anschwellen?«

»Ja, das ist richtig.« Greenleaf stand über das Spülbecken in der Küche gebeugt und wusch sich Spinnwebenreste aus Marvells Geräteschuppen von den Händen. »Ich habe ihm Antihistamin gegeben...«

»Warum hat es nicht gewirkt, Max?«

»Ich nehme an, es hat schon gewirkt, bis zu einem gewissen Grade. Du darfst nicht vergessen, Patrick war nicht allergisch gegen Wespenstiche. Wenn er aber allergisch gegen *Bienen*stiche war, was ich annehme, dann wäre die Histaminreaktion sehr stark gewesen. 200 Milligramm Antihistamin verpuffen nicht so einfach. Das einzige für Leute mit dieser Art von Allergie ist eine Adrenalininjektion, die so rasch wie möglich erfolgen muß. Wenn das nicht passiert, sterben sie sehr schnell.« Sie schauderte, und er fuhr fort. »Patrick hat diese Injektion nicht bekommen. Er stand unter Beruhigungsmitteln, er konnte nicht um Hilfe rufen, und wenn niemand in der Nähe war...« Er zuckte die Achseln. »Natürlich muß die Schwellung enorm gewesen sein, aber das geht allmählich zurück, und ich habe ihn erst zehn oder elf Stunden nach seinem Tod gesehen. Das Gesicht war ein bißchen aufgedunsen, und ich führte das auf den Wespenstich unter dem Auge zurück. Bis Glover dann Gelegenheit hatte, ihn sich anzusehen – nun ja!«

»Ein Unfall?«

»Zu viele Zufälle. Vier Wespenstiche, und dann wird er in seinem eigenen Schlafzimmer von einer Biene gestochen?«

»Er muß doch gewußt haben, daß er allergisch gegen Bienenstiche war.«

»Nicht unbedingt, obwohl ich annehme, daß er Bescheid wußte. Er haßte Honig. Erinnerst du dich? Er wußte ganz sicher davon, und noch jemand hat es gewußt.«

»Du meinst, er hat es jemandem erzählt?«

»Bernice, ich muß das aussprechen. Im Augenblick kann ich es nur dir gegenüber tun, aber es könnte sein, daß ich alles der Polizei erzählen muß. Diese Art von Allergie zeigt sich gewöhnlich im Kindesalter. Die Betroffenen werden gestochen, bekommen eine Adrenalininjektion, und danach passen sie auf, daß ihnen das nie wieder passiert. Aber andere wissen davon; die Leute, die dabei waren, als es geschah.« Er stand mit dem Rücken zum Fenster, hinter dem die Natur in Wallung zu geraten schien, und schaute sich die fabrikmäßig hergestellten, von Menschenhand gefertigten Dinge in seiner modernen Küche an und seine zivilisierte, korsettierte und gepuderte Bernice. »Tamsin und Patrick waren nicht nur Eheleute, sie waren auch Vettern. Sie kannten sich seit ihrer Kindheit. Auch wenn er es halb vergessen hatte und nie darüber sprach, konnte sie sich vielleicht erinnern.«

»Ganz einfach, nicht wahr? Patrick wird gestochen und nimmt Sodium Amytal zum Schlafen. Als er eingeschlafen ist, geht sie dahin, wo sie ganz sicher eine Biene bekommt: in Marvells Obstgarten. Dazu nimmt sie ihre Strohtasche mit.«

»Ich verstehe. Wegen der Belüftung meinst du. Damit die Biene nicht erstickt. Sie kann eine Biene einfangen, bevor Crispin sie sieht. Aber warum bleibt sie dann und redet von Liebe?«

»Das weiß ich nicht. Vielleicht als Alibi für ihr Kommen? Ich sage dir ja, ich weiß es nicht, Bernice. Doch als sie zurückkam, stand Patrick unter schweren Beruhigungsmitteln. Man hätte ihn wahrscheinlich mit einer Nadel piken können.«

»Oh, Max, laß die Finger davon!«

»Ich gehe jetzt rüber und rede mit ihr.« Er schob Bernices warnende Hand von seinem Arm. »Ich muß es tun«, sagte er.

Als er langsam zwischen den silbergrünen Krinolinen der Weiden herankam, war sie gerade dabei, Koffer in den großen Wagen zu laden. Das Auto stand vor den Doppeltüren, und Queenie lag auf dem Fahrersitz und beobachtete die Mauersegler, die ihre Jagdgründe über The Green verlassen hatten und durch den Garten schossen.

»Ich fahre morgen weg, Max«, sagte sie. Er nahm ihr den größten Koffer aus der Hand und hob ihn in den Kofferraum. »So eine verrückte Hetze! Ich habe mein Haus verkauft, und der Anwalt kümmert sich um alles Weitere. Queenie und ich – wir wissen noch nicht, wohin wir gehen, aber wir werden fahren und fahren. All die Möbel – die Leute haben sie gleich mitgekauft. Ich werde nichts mehr besitzen, außer meinen Kleidern und dem Auto – den Mini habe ich auch verkauft – und oh, Max, ich werde genügend Geld haben, um den Rest meines Lebens davon zu leben.«

Die Maske war kein bißchen verrutscht. Nur ihre Lippen, rotbraun gegen das dezente Braun ihres Gesichts, lächelten, und ihre glatten Wangen rundeten sich dabei.

»Laß Queenie«, sagte sie, denn Greenleaf, der kein Tierfreund war, streichelte den Nacken des Hundes, um seine Verlegenheit und seine Angst zu verbergen. »Sie denkt, sie ist ein Vogelhund. Komm ins Haus.«

Er folgte ihr ins Eßzimmer. Das Gemälde war abgenommen und lehnte an der Wand. Wollte sie es mitnehmen, oder sollte es ihr nachgeschickt werden? Sie mußte gesehen haben, wie er zögerte, denn sie nahm seine Hand und zog ihn zu einem Stuhl am Fenster. Er setzte sich mit dem Rücken zu dem gemalten Ding.
»Du magst es nicht, stimmt's?«
Greenleaf, unfähig zu lächeln, rümpfte die Nase.
»Nicht besonders.«
»Patrick mochte es auch nicht.« Ihre Stimme klang wie die eines kleinen Mädchens, naiv und verwundert. »Wirklich zu albern! Er hatte keine besondere Reife, weißt du. Ich meine, über solche Dinge wächst man doch irgendwann hinaus, oder nicht? So wie man die Angst vor der Dunkelheit verliert.«
»Nicht immer.« Gleich mußte er mit seinen Fragen anfangen. Er hatte keine Ahnung, wie sie reagieren würde. In Filmen und Theaterstücken gestanden sie entweder oder wurden gewalttätig oder lieferten sich der Gnade des Befragers aus. Seine Mission verursachte ihm Übelkeit.
Träumerisch, offenbar nichts ahnend, fuhr sie fort: »Das Bild, es hing immer in einem Zimmer im Haus meiner Großmutter. Das Gartenzimmer nannten wir es, weil es auf eine Art Wintergarten hinausging. Patrick machte ein Riesentheater, als er es zum erstenmal sah – eigentlich war es das einzige Mal, daß er es zu Gesicht bekam. Mein Onkel und meine Tante waren gerade aus Amerika zurückgekommen und blieben ein paar Nächte bei meiner Großmutter. Patrick war entsetzlich verwöhnt.« Sie drehte sich so lange, bis ihr Blick den von Salome traf. »Er war neun und ich sieben. Großmutter fand ihn wundervoll.« Ihr Lachen klang

trocken und etwas bitter. »Sie mußte nie mit ihm leben. Aber sie war fair, meine Großmutter, am Ende war sie fair. Sie hinterließ mir ihr Geld.«

Wenn sie ihm nur irgend etwas Wichtiges erzählen würde, etwas, das es gerechtfertigt erscheinen ließ, die Maschinerie in Gang zu setzen, die dieses feenhafte Wesen, dieses atemlose Geschöpf von einer Frau für lange Zeit hinter Gitter schicken würde. Und dennoch... Tamsin in Holloway, Tamsin abgehärtet, mit vergröberten Manieren, vergröberter Sprache... Es war undenkbar.

»Das war schön für dich«, sagte er blödsinnigerweise.

»Ich liebte sie, weißt du, aber sie war ein bißchen verrückt. Der Selbstmord von Patricks Vater hat sie in den Wahn getrieben. Er hat so eine Art pathologischer Scheidungsangst bei ihr ausgelöst.«

Das ist es, dachte er. Er mußte zuhören, und gleichzeitig wollte er sie zum Schweigen bringen. Unbewußt suchte er etwas auf dem Fensterbrett.

»Wolltest du eine Zigarette, Max?«

Er nahm sich eine aus der silbernen Dose, sagte: »Ich habe es aufgegeben«, und zündete sie mit zitternden Fingern an.

»Wo war ich gerade? Ach so, bei meiner Großmutter. Sie wußte, daß Patrick und ich nicht besonders gut miteinander zurechtkamen. Komisch, sie hat uns zusammengebracht, und sie wollte, daß es gutging. Nur weil wir Cousins waren, dachte sie, wir müßten uns auch ähnlich sein. Welch ein Irrtum! Nach ihrem Tod gingen wir zur Testamentseröffnung – wie im Roman. Dramatisch, das kann ich dir sagen! Patrick wurde überhaupt nicht erwähnt. Ich weiß nicht, ob sie dachte, er hätte genug von seinem Vater geerbt – das haben wir allerdings alles in dies Haus hier gesteckt –, oder vielleicht hat sie es ihm übelgenommen, daß er sie nie besuchen kam. Jedenfalls hat sie mir ihr ganzes Geld vermacht; das Einkommen, nicht das Kapital, unter der Bedingung, daß ...«

Sie hielt inne, weil der Hund hereingetappt kam, und Greenleaf, der gespannt zugehört hatte, verfluchte die Unterbrechung.

»Unter der Bedingung, daß Patrick und ich uns niemals scheiden lassen würden!«

O Gott, dachte er, wie das alles zusammenpaßt, ein Muster, ein Geduldsspiel, das seine Söhne früher gespielt hatten. Man mußte nur die Kügelchen in die richtigen Löcher manövrieren.

»Als wenn ich mich hätte scheiden lassen wollen«, sagte sie. »Ich kann mir nicht mal meinen Lebensunterhalt selbst verdienen. Die Familie war viel zu sehr damit beschäftigt, ihm eine gute Ausbildung zukommen zu lassen, um sich mit mir zu befassen.«

Aber Patrick wollte sich von ihr scheiden lassen. Dann hätte sie nichts gehabt. Ohne ihr Geld wäre Oliver Gage nicht in der Lage gewesen, sie zu heiraten; denn die Kosten für ihre und für Nancys Scheidung hätte er tragen müssen. Wie alle anderen mußte er sich über ihr Einkommen falsche Vorstellungen gemacht haben, bis sie ihm reinen Wein einschenkte. Er stellte sich vor, wie sie es Gage gestand und er sich von ihr zurückzog, sie daraufhin verzweifelt und beschämt – denn Tamsin, da war er ganz sicher, war keine Nymphomanin – zu Marvell rannte, ihrer letzten Zuflucht. Als Marvell ablehnte, gab es nur noch einen Ausweg ...

»Weiß jemand von alldem?« fragte er unvermittelt und gab sich keine Mühe, seine Neugier zu verbergen.

»Es war so demütigend.« Sie flüsterte jetzt. »Alle dachten, mir ginge es gut, ich sei unabhängig. Aber wenn Patrick sich hätte scheiden lassen, wäre ich – wäre ich völlig mittellos gewesen.«

Das war eine plötzliche und klare Enthüllung des Motivs und brachte ihn auf den wirklichen Grund seines Besuches zurück.

»Tamsin...« begann er. Die Zigarette machte ihn ein wenig schwindlig, und er sah die Frau in dem Stuhl gegenüber nur als einen verwischten Fleck aus Braun und Grün. »Ich bin gekommen, um dir etwas sehr Ernstes mitzuteilen. Es hat mit Patrick zu tun...«

»Du meinst Freda Carnaby? Das weiß ich doch alles. Bitte! Die beiden waren sich so ähnlich, Max. Sie paßten wirklich zusammen. Wenn Patrick überhaupt in der Lage war, jemanden glücklich zu machen, dann Freda Carnaby. Du darfst aber jetzt nicht denken, daß ich ihn dazu getrieben habe. Nein, ich habe nur deshalb überhaupt mit Oliver – ich war so einsam, Max.«

Er war entsetzt darüber, daß sie ihn für fähig hielt, Klatsch weiterzutragen, und um ihr Einhalt zu gebieten, platzte er heraus, vergaß völlig seine professionelle Diskretion.

»Nein, nein, ich meine Patricks Tod. Ich glaube nicht, daß er an Herzversagen gestorben ist.«

War es möglich, daß sie – seit ihrer Rückkehr hier allein – nichts von dem Gerede gehört hatte? Am ganzen Körper bebend wandte sie sich ihm zu, und er fragte sich, ob das der Beginn des Ausbruchs war, den er erwartete.

»Es muß aber so gewesen sein«, rief sie. »Max, es ist doch nichts, was mich davon abhalten kann, morgen zu fahren, oder? Er war so häßlich zu mir, als er noch lebte, und jetzt, wo er tot ist – ich fühle seine Gegenwart noch immer in diesem Haus hier.«

Ihr Tonfall war so eindringlich, daß Greenleaf sich unwillkürlich umdrehte und zur Tür sah.

»Verstehst du, was ich meine? Manchmal, wenn ich die Treppe raufgehe, denke ich bei mir: Angenommen, ich finde gleich seine Schrift in der Staubschicht auf dem Frisiertisch? Das hat er immer gemacht. Ich bin keine besonders gute Hausfrau, Max, und wir konnten keine Putzfrau bekommen. Sie hatten alle Angst vor Queenie. Wenn ich nicht ordentlich saubergemacht hatte, dann schrieb er in den Staub: ›Staubwischen‹ oder ›Ich mache meine Arbeit, mach du deine‹. Das hat er wirklich getan.«

Gab es solche Ehen tatsächlich? Ja, es paßte zu allem, was er über Patricks Charakter wußte. Er konnte sich den sommersprossigen Finger mit dem kurzgeschnittenen Nagel vorstellen, wie er über das schwarze Glas fuhr, den T-Strich zog, den I-Punkt setzte.

Obwohl er ihre Launen kannte, wußte, wie plötzlich Hysterie in Nachdenklichkeit oder vages Erinnern umschlagen konnte, war er überrascht, als sie mit brüchiger Stimme hervorstieß:

»Ich habe Angst, in sein Zimmer zu gehen! Er ist tot, aber ich – stell dir vor – stell dir vor, die Schrift wäre trotzdem da!«

»Tamsin.« Er mußte das beenden. »Wie viele Wespenstiche hatte Patrick?«

Sie war noch immer angespannt, saß in ihrem Stuhl zusammengekauert, angsterfüllt vor dem Toten und dem Haus, das er gebaut hatte.

»Vier. Hat es etwas zu bedeuten? Du sagtest doch, er sei nicht an den Stichen gestorben.« Die Luft im Raum war angenehm warm, aber sie stand auf und schloß die Tür. Es war dumm von ihm, sich unbehaglich zu fühlen, an die verängstigte Putzfrau und an die Smith-King-Kinder zu denken. Sie setzte sich wieder, und er überlegte, daß sie nun hier eingeschlossen waren mit dem starken, wachsamen Hund – und alle Nachbarn verreist.

»Wie viele hatte er, als er aus dem Garten hereinkam?«

»Nun, vier, sagte ich doch schon. Ich habe nicht so genau hingesehen.«

»Und nachdem – als er tot war?«

Er drückte die Zigarette aus und legte seine Hände eng aneinandergepreßt in den Schoß. Sein Blick ruhte auf ihr, als sie nun den Weimaraner mit sanftem Fingerschnippen zu sich lockte und die perlbraune Schnauze mit der Hand umschloß.

»Komm hier, meine Queenie, meine Prinzessin ...« Trockene braune Wange gegen feuchte braune Nase; zwei Augenpaare sahen ihn an.

»Ich glaube, er wurde von einer Biene gestochen, Tamsin.«

Ein Wort von ihr, und der Hund würde losspringen. Sein einziger Schutz waren die langen Vorhänge vor den Jalousien am Fenster. Wenn er sie um sich herumwickelte, würden sie ihn einen Moment schützen, doch das Gebiß des Hundes zerfetzte den Stoff in Sekundenschnelle und dann ...?

»Von einer *Biene*?«

»Vielleicht war es ein Unfall. Eine Biene kann sich ins Schlafzimmer verirrt haben.«

»O nein.« Für ihre Verhältnisse klang das sehr bestimmt. »So kann es nicht gewesen sein.« Jetzt war ihr Mund dicht am Ohr des Hundes. Sie flüsterte etwas und löste ihre Finger von Queenies Hals. Greenleaf hatte das Gefühl, in seiner Brust klopfe etwas wie eine Hand, die plötzlich gegen seine Rippen schlug. Aber es war lächerlich, absurd; solche Dinge passierten einfach nicht! Der Hund machte sich frei. Greenleaf wappnete sich, vergaß Konvention, Stolz, Mut, alles, was man von einem Mann in solch einer Situation erwartet, und bedeckte sein Gesicht mit den Armen, während der Stuhl übers blanke Parkett nach hinten schlitterte.

15

Für einen jener Augenblicke, die eine Ewigkeit zu dauern scheinen, bis man sie durchlebt hat, war er in Furcht gefangen und an seinen Stuhl gefesselt. Seine Lider schlossen sich, und er wartete auf den heißen Atem und den tropfenden Speichel. Da kam süß und erleichternd Tamsins Stimme.

»Oh, Max, es tut mir so leid. Dieser Fußboden... Ständig rutscht man mit den Möbeln darauf herum.«

Ich würde einen katastrophalen Polizisten abgeben, dachte er, blinzelte und rückte seinen Stuhl wieder ans Fenster. Aber wo war der Hund, warum hat er mich nicht angefallen? Dann sah er Queenie, schnaufend und prustend unter dem Sideboard. Sie versuchte – einen Ohrwurm zu fangen!

»Du dummes Baby. Sie jagt alles, sogar Insekten.« Es war alles in Ordnung. Das Drama hatte sich als Spielchen mit dem Haustier entpuppt. Und Tamsin, das sah er jetzt, hatte lediglich registriert, daß er durch das plötzliche Wegrutschen seines Stuhles erschreckt war. »Wo wir gerade über Insekten reden«, sagte sie. »Das mit der Biene ist eigenartig. Ein zufälliges Zusammentreffen irgendwie. Weißt du, das war es nämlich, was passierte, als Patrick das Gemälde zum erstenmal sah. Ich kannte ihn noch nicht und beobachtete den Zwischenfall vom Garten aus. Er kam herausgelaufen, und da war die Biene auf einer Geranie. Er streckte die Hand aus, und sie stach ihn.«

Der Schock ebbte langsam ab.

»Und was geschah dann?« fragte er ziemlich zittrig.

Tamsin zuckte die Achseln und zog Queenie am Schwanz.

»Nichts weiter. Ich mußte lachen. Kinder sind grausam, nicht wahr? Großmutter und meine Tante machten ein furchtbares Aufheben. Sie steckten ihn ins Bett, und der Arzt kam. Ich erinnere mich, daß ich sagte: ›Er muß ein schrecklicher Angsthase sein, wenn wegen eines Bienenstiches gleich der Arzt kommen muß. Ich wette, bei mir hättet ihr keinen Arzt geholt.‹ Daraufhin schickten sie mich auf mein Zimmer. Später, als wir älter waren, habe ich es ihm mal erzählt, aber er wollte nicht darüber reden. Er meinte nur, er könne Bienen nicht leiden, und er haßte Honig.«

»Hast du mal daran gedacht, daß er vielleicht allergisch gegen Bienengift war?«

»Ich wußte gar nicht, daß es so was überhaupt gibt«, erwiderte sie, die Augen weit geöffnet vor Erstaunen.

Er glaubte es ihr fast. Er wollte ihr glauben, wollte ihr sagen: ›Ja, du kannst gehen. Werde glücklich, Tamsin. Fahre und fahre – weit, weit weg!‹

Jetzt erschien es ihm mehr denn je wahrscheinlich, daß die Biene zufällig ins Zimmer gelangt war. Hatte er nicht eigenhändig die Fenster geöffnet? Wespen stechen, wenn man sie provoziert. Vielleicht galt dasselbe für Bienen, und Patricks Mörderin, die sich auf seinem bloßen Arm niedergelassen hatte, war durch eine plötzliche Bewegung des Schlafenden wild geworden. Wenn Tamsin schuldig war, würde sie nach dieser Möglichkeit des Unfalls greifen, und kein Gesetz konnte ihr etwas anhaben.

»Ich hatte gefragt, ob es ein Unfall gewesen sein

kann«, sagte er. »Könnte ihn eine Biene zufällig gestochen haben?«

»Ich denke schon.« Marvell hat unrecht, dachte er. Sie ist nicht schlau. Sie ist von entzückender und unbestimmbarer Dummheit. Sie lebt in ihrer eigenen Welt, einer Traumwelt, getragen von unverdientem, unbestrittenem Einkommen. Aber Träume können sich in Alpträume verwandeln ...

Und dann sagte sie etwas, was sein Bild von ihr völlig veränderte. Sie war nicht dumm, und sie war auch keine Mörderin.

»Oh, stimmt ja gar nicht!« Verträumte Kinder bewähren sich oft in Examenssituationen, fordern überraschend Lösungen aus ihrem intensiven Innenleben zutage. »Ich weiß jetzt auch, warum nicht. Crispin hat mir mal etwas über Bienen erzählt. Sie unterscheiden sich ganz erheblich von Wespen, und wenn sie stechen, dann müssen sie das mit ihrem Tod bezahlen. Es ist so eine Art Harakiri, Max. Sie lassen den Stachel zurück, und etwas von ihrem Inneren bleibt daran hängen. Findest du nicht auch, daß das scheußlich für sie ist? Arme Bienen! Aber der Stachel hätte noch in Patricks Arm stecken müssen, wenn es ein Unfall gewesen wäre? Wir hätten ihn gesehen!«

Ohne es zu wollen, hatte er ihr ein Hintertürchen offen gelassen. Eine schuldige Frau hätte es benutzt, sich hindurchgeschlängelt. Tamsin, in ihrer Unschuld, bestätigte noch, daß ihr Mann umgebracht worden war.

»Max, du glaubst doch nicht, du denkst doch wohl nicht, ich ...«

»Nein, Tamsin, nein.«

»Ich bin froh, daß er tot ist, wirklich. Ich habe alles versucht, damit er mir das mit Oliver verzieh und diese Frau aufgab. Aber er wollte nicht. Er sagte, ich hätte ihm die Gelegenheit geboten, auf die er gewartet habe. Jetzt könne er sich scheiden lassen und Fredas Namen aus allem heraushalten. Oh, äußerlich war er Oliver gegenüber die Freundlichkeit in Person, aber die ganze Zeit ließ er seine Londoner Wohnung überwachen. Oliver und Nancy mußten zu der Party eingeladen werden. Und wenn er alle zusammen hatte, wollte er die Bombe platzen lassen.« Sie hielt inne, holte mit einem kleinen Schluchzer tief Luft und strich sich mit ihren ringlosen Fingern die gerunzelte Stirn glatt. »Er ließ gern Menschen leiden, Max. Sogar die Smith-Kings. Hast du beobachtet, wie er Denholm bei der Party gequält hat?« Als Greenleaf schwieg, fuhr sie mit unsicherer Stimme, die manchmal bis zum Flüstern herabsank, fort: »Oh, diese entsetzliche Party! Am Abend vorher ging er direkt nach dem Essen zu Freda. Ich war so verzweifelt, ich weinte und weinte, stundenlang. Oliver kam, aber ich habe ihn nicht reingelassen. All die Wochen zuvor, wenn wir in seiner Wohnung zusammen waren, deutete er schon an, daß er Nancy dazu bringen wollte, sich scheiden zu lassen. Mein Vermögen würde alles finanzieren und uns beide unterhalten. Ich mußte ihm irgendwann beibringen, daß ich kein Geld haben würde. Schließlich habe ich es ihm gesagt, Max, auf der Party.«

Und Gage hatte mit finsterer Miene neben ihr gesessen, erinnerte sich Greenleaf. Danach tanzten sie nicht mehr eng und sinnlich miteinander.

»Er wollte es einfach nicht wahrhaben. Sogar das Testament wollte er anfechten. Aber weißt du was? Ich möchte überhaupt nicht mehr heiraten. Ich habe genug davon.« Ihre Stimme wurde hart und schneidend.

»Aber ich hätte jeden geheiratet, der mich unterhalten hätte. Kannst du dir vorstellen, daß ich in einem Büro arbeite, Max? Abends in ein möbliertes Zimmer gehen und auf einem zweiflammigen Gaskocher irgendwas aufwärmen? Ich hätte sogar Crispin geheiratet.«

»Marvell hat kein Geld«, sagte er. »Sein Haus fällt über ihm zusammen, und für sein Grundstück bekommt er nicht viel.«

Sie war wie vom Donner gerührt. Endlich fiel die Maske, und ihre großen, goldfarbenen Augen weiteten sich und loderten.

»Aber seine Bücher ...?«

»Ich glaube nicht, daß er je eines zu Ende bringen wird.«

Für Greenleaf war es eine tragische Geschichte, daß Marvell sein Haus, das er so liebte, verlassen mußte, daß ihr Alptraum von dem möblierten Zimmer und dem Gaskocher für ihn Realität werden konnte. Deshalb empfand er ihr schallendes Gelächter als einen Affront. Sie konnte gar nicht wieder aufhören. Es war ein heißes Lachen, das all ihre alten Sorgen verbrannte und hinwegspülte. Der Weimaraner duckte sich, aufmerksam, verblüfft.

»Was ist daran so komisch?«

Es kümmerte sie nicht länger, was er denken oder sagen mochte.

»Es ist wahnsinnig, es ist lächerlich! Er hat die Nacht hier verbracht, weißt du, die Nacht, in der Patrick starb. Er verbrachte sie mit mir. Als du mich auf das Bett im Gästezimmer gesetzt hast am nächsten Morgen, hatte ich ganz schön Angst, ich dachte, du müßtest merken, daß ich – daß ich nicht allein gewesen war. Oh, Max, Max, siehst du nicht, wie verrückt es alles ist?«

Er starrte sie an, sein Argwohn schmolz dahin, denn er sah, daß sie über sich selbst lachte. »Ich wollte ihn wegen seines Geldes heiraten«, sagte sie, »und er mich wegen meines Geldes. Das Wahnwitzige ist, daß keiner von uns einen Pfennig besaß!«

16

Sie ging mit ihm bis zum Tor. Sie gaben sich die Hand, und ganz spontan – denn er schämte sich wegen seiner Verdächtigungen – küßte er sie auf die Wange.

»Kann ich morgen fahren, Max? Meinst du, es ist in Ordnung, wenn ich fahre?« Sie redete mit ihm, als sei er tatsächlich Polizist oder sonst irgendein Offizieller. Indem sie die Möglichkeit von Patricks Unfalltod ausschloß, hatte sie, wenn auch indirekt, erklärt, daß er umgebracht worden war. Aber Greenleaf war klar, daß sie es selbst noch nicht gemerkt hatte. Irgendwann würde es ihr dämmern, würde aus diesem reichen und wirren Unterbewußtsein auftauchen und ihr vielleicht kaum eindringlicher als die Erinnerung an ein scharfes Wort oder ein unfreundliches Gesicht im Gedächtnis bleiben. Doch zu dem Zeitpunkt war sie wahrscheinlich schon unterwegs auf der Straße, die sie – wohin? – führte. Zu einem anderen drahtigen jungen Managertypen, den ihre hexengleiche Unschuld eine Zeitlang faszinieren würde? All das ging ihm durch den Kopf, während er sein Gesicht langsam von ihrer ungepuderten Wange zurückzog.

»Auf Wiedersehen, Tamsin«, sagte er.

An den Toren des ehemaligen Herrenhauses von Linchester schaute er sich um und winkte. Sie stand da im Zwielicht, eine Hand zum Gruß erhoben, die andere auf dem Nacken des Hundes. Dann wandte sie sich ab, verschwand hinter den Weiden, und er sah sie nicht mehr.

Er betrat Marvells Anwesen durch das Törchen zum Obstgarten. Die Bienen waren noch geschäftig, und er machte einen weiten Bogen um die Stöcke. Er überlegte, daß Marvell vielleicht immer noch unterwegs war; aber dann würde er eben warten, wenn nötig die ganze Nacht.

Es wurde langsam dunkel. Eine Fledermaus flatterte an seinem Gesicht vorbei und huschte davon. Einen Augenblick sah er sie als Silhouette gegen den jadefarbenen Himmel – wie ein winziger Pterodaktylus. Er kam zu dem geschlossenen Gitterfenster und schaute hinein. Es brannte keine Lampe, aber das Porzellan spiegelte die letzten Lichtstrahlen wider. Zuerst dachte er, das Zimmer sei leer. Nichts bewegte sich. Dann entdeckte er zwischen Lehne und Armlehne eines Sessels, der mit dem Rücken zum Fenster stand, den Zipfel eines weißen Ärmels, und er wußte, daß Marvell dort saß.

Er klopfte an die Hintertür. Keine Schritte, kein Geräusch knarrender Dielen oder das Rutschen eines Sessels auf dem Boden. Die Tür war nicht verschlossen. Er schob den Riegel beiseite, ging an dem Tisch voller Honiggläser in der Küche vorbei ins Wohnzimmer. Marvell schlief nicht. Er saß zurückgelehnt in seinem Sessel, die Hände lose im Schoß gefaltet, und starrte auf die gegenüberliegende Wand. Auf dem Kaminrost, diesem widersinnig hübschen Rost, glänzend wie schwarzes Silber, lag ein Häufchen verbranntes Papier. Ohne fragen zu müssen wußte Greenleaf, daß Marvell sein Manuskript verbrannt hatte.

»Ich bin früher gekommen«, sagte er. »Ich wollte dich etwas fragen. Aber das spielt jetzt keine Rolle mehr.«

Marvell lächelte, reckte sich und richtete sich auf.

»Ich war bei Glide, um ihm zu sagen, daß er das

Grundstück haben kann«, sagte er. »Du kannst deinen Honig mitnehmen, er ist fertig.«

Greenleaf würde sein Leben lang keinen Honig mehr essen. Er fühlte eine leichte Übelkeit, aber er hatte keine Angst, überhaupt keine Angst. Ihre Blicke trafen sich, und weil er es nicht ertragen konnte, in diese hellblauen Augen – ruhig, spöttisch, unergründlich traurig – zu schauen, nahm er seine Brille ab und begann, sie an seinem Rockaufschlag zu putzen.

»Du weißt es, nicht wahr? Ja, ich sehe dir an, daß du es weißt.«

Leicht benebelt, kurzsichtig, tastete Greenleaf nach dem Stuhl und setzte sich auf die äußerste Kante. Die hölzernen Armlehnen fühlten sich kalt an.

»Warum?« fragte er. Seine Stimme kam ihm entsetzlich laut vor, bis ihm klar wurde, daß sie bisher geflüstert hatten. »Warum, Crispin?« Und der Vorname, den er so lange vermieden hatte, kam ihm ganz natürlich über die Lippen.

»Geld? Ja, sicher, Geld. Es ist die einzig wahre Versuchung, Max. Liebe, Schönheit, Macht, sie sind nur die Kehrseite einer Medaille, die Geld heißt.« Aus seiner dunklen Ecke sagte Greenleaf: »Sie hätte keines bekommen, wenn Patrick sich von ihr hätte scheiden lassen. Das war die Bedingung im Testament.« Die Überraschung seines Gegenübers wirkte echt, aber im Gegensatz zu Tamsin lachte er nicht. »Du hast es nicht gewußt?«

»Nein, ich habe es nicht gewußt.«

»Dann ...?«

»Ich wollte mehr. Verstehst du nicht, Max? Das Grundstück, den Glaspalast ... Mit dem Geld aus dem Verkauf und seinem Geld und ihrem. Was hätte ich hier nicht alles machen können?« Er breitete seine Arme weit aus, als wolle er den ganzen Raum, das ganze Haus in seine Umarmung einbeziehen. »Sag mir – ich bin neugierig –, was wollte sie von mir?«

»Geld.«

Er seufzte.

»Ich dachte, ich könnte Liebe erkennen«, sagte er. »Aber natürlich, ich verstehe. Diese Art Handel ist ein Privileg der Frauen. Kann ich es dir erzählen?«

Greenleaf nickte.

»Sollen wir etwas Licht machen?«

»Lieber nicht«, sagte der Doktor.

»Ja, das hätte ich mir denken können, daß du so empfindest. Vielleicht sollte ich, wie Alice, den Anfang mit dem Anfang machen, weitererzählen, bis ich ans Ende komme, und dort aufhören.«

Was mochte in einem Mann vorgehen, der am Rande des Abgrunds aus Kinderbüchern zitierte?

»Wie du willst.«

»Als Glide mir die Sache mit dem Haus eröffnete, brach für mich eine Welt zusammen. Zu Ende denn! Der klare Tag ist hin. Im Dunkel bleiben wir. Genauso fühlte ich mich.« Er hielt einen Moment inne und rieb sich die Augen. »Max, ich habe dir die Wahrheit und nichts als die Wahrheit gesagt, weißt du das?«

»Bis auf eine Lüge.«

»Eine einzige, aber lassen wir das im Moment. Ich sagte, ich will am Anfang beginnen, aber ich weiß nicht mehr genau, wo der Anfang war. Vielleicht im letzten Jahr, als Tamsin mir beim Honigmachen half. Sie erzählte, daß Patrick keinen Honig mag. Er habe Angst vor Bienen und allem, was mit ihnen zu tun hat, dabei sei er nur ein einziges Mal gestochen worden, als kleiner Junge bei seiner Großmutter. Er habe sich vor einem Bild erschreckt, dem Bild eines Mädchens, das den Kopf eines Mannes auf einer Platte hielt, und er sei hinausgerannt in den Garten, da habe ihn eine Biene in die Hand gestochen.«

»Ja, das hat sie mir auch erzählt.«

»Max, sie wußte nicht, warum man nach dem Arzt geschickt hatte. Sie dachte, es wäre nur deshalb gewesen, weil Patrick ein verzogener Bengel war. Sie hatte keine Ahnung, warum der Arzt ihm eine Spritze gab und stundenlang bei ihm blieb. Aber ich las damals gerade ein Buch über Allergien. Es interessierte mich wegen meines verdammten Heuschnupfens. Als sie gegangen war, las ich das Kapitel über Bienengiftallergien und fand heraus, warum der Arzt bei Patrick geblieben war und was er ihm injiziert hatte. Er muß allergisch gegen Bienengift gewesen sein. Ich erzählte Tamsin nichts davon. Warum, weiß ich selbst nicht. Vielleicht, daß ich schon damals ... ich weiß es einfach nicht, Max.«

»Manche Leute verlieren ihre Allergien, wenn sie erwachsen werden«, sagte Greenleaf.

»Das weiß ich auch. Aber wenn nicht, wer kann das schon vorhersagen?«

»Dies war so ein Fall.«

Marvell fuhr fort, als habe er ihn gar nicht gehört.

»Es war nicht vorausgeplant. Und wenn, dann dauerte die Planung nur ein paar Minuten. Es begann mit dem Bild. Ich kenne die Vorgeschichte nicht, aber ich nehme an, als Tamsin das Bild angeboten wurde, stimmte in der Beziehung zwischen Patrick und ihr noch alles – zumindest soweit es überhaupt je gestimmt hat. Natürlich wußte sie, daß er es als Kind verabscheut hatte, aber sie dachte wohl, er sei darüber hinweg.«

»Als das Ding ankam«, meinte Greenleaf bedächtig, »muß sie den guten Vorsatz gehabt haben, ihre Ehe wieder in Ordnung zu bringen. Er hätte denken können, sie wolle ihn damit ärgern, also ließ sie es in ihr Zimmer bringen, einen Raum, den er nie betrat.«

»Dort sah ich es – und, Max, meine Bemerkung darüber war ganz harmlos gemeint.«

»Zu dem Zeitpunkt war Tamsin alles egal.«

Er mußte liebenswürdig bleiben, nicht Polizist, nicht Inquisitor. »Erzähl weiter«, sagte er sanft.

»Erst in dem Moment, als Patrick so heftig reagierte, erinnerte ich mich an die Sache mit dem Bienenstich. Diese Versuchung, Max! Sie machte mich ganz krank. Ich weiß nicht mehr, wie ich die Treppe runtergekommen bin.«

»Ich weiß noch«, sagte Greenleaf. »Ich weiß noch genau, was du gesagt hast. Etwas wie: Der Kindheit Aug' allein scheut den gemalten Teufel oder so ähnlich. Ich dachte, es sei eben nur wieder eines deiner Zitate.«

Marvell lächelte ein bitteres, verkniffenes Lächeln.

»Ist es auch. Macbeth. Nur hat es im Text eine andere Bedeutung. Macbeth sieht die Dinge nicht aus der Erinnerung eines Kindes, sondern auf kindliche Weise. Ich nehme an, es war mein eigenes Unterbewußtsein, das dem Zitat diese Bedeutung gab. Ich wußte, daß Patrick Angst hatte, weil er sich an das Ereignis *als Kind* erinnerte, weil es passierte, als er ein Kind *war*. Dann stachen ihn die Wespen. Auch da sah ich meine Chance noch nicht. Ich war mir Tamsins nicht sicher. Ich hatte nie mit ihr geschlafen. Soweit ich wußte, sah sie in mir vielleicht nur einen alten Lehrmeister, der ihr Haus- und Landwirtschaft beibrachte. Um Mitternacht kam sie dann in meinen Obstgarten.«

»Aber die Strohtasche hatte sie nicht bei sich«, unterbrach Greenleaf rasch. »Das war überhaupt nicht ihr Stil. Nebenbei, als Oliver Gage mit seinem Bikarbonat kam, war Tamsin fort, aber die Tasche lag auf ihrem Geburtstagstisch.«

Marvell stand auf und ging zum Fenster hinüber, öffnete einen Flügel. »Meine einzige Lüge«, antwortete er. Greenleaf sah zu, wie er die dunkelblaue Luft in tiefen Zügen einatmete. »Zieht es?«

»Das macht nichts.«

»Ich hatte – ich hatte plötzlich das Gefühl, ich würde gleich ohnmächtig.« Schock oder Angst? Greenleaf fragte sich bestürzt, ob Marvell vielleicht schon seit Monaten nicht genügend zu essen bekam. »Ich mache jetzt zu.« Umständlich schob er die langen Büschel der Tradescantia beiseite. »Ich würde gern die Lampe anzünden. Es macht dir doch nichts aus?« Als Greenleaf den Kopf schüttelte, sagte er eindringlich: »Dunkelheit ... Dunkelheit ist eine Art Armut.«

Als die Lampe brannte, legte Marvell die Hände darum. Sie hatten die fahle Durchsichtigkeit des Alters, und Greenleaf dachte, wenn die Hände seines Sohnes dies Licht umspannten, würde es rot durch sie hindurchschimmern.

»Es war alles so, wie ich es dir erzählt habe«, fuhr Marvell fort. »Außer, daß ich nicht nein sagte zu Tamsin. Ich stimmte zu, ging mit ihr und gab vor, mein Jackett im Garten vergessen zu haben. Dann lief ich zum Schuppen und holte meine Handschuhe, den Schleier und ein kleines Kästchen mit Maschendrahtdeckel. Ich hatte darin mal eine Bienenkönigin geschickt bekommen.

Als wir nach Hallows kamen, ging ich mit ihr hinein. Sie hatte mir erzählt, daß du Patrick ein Schlafmittel gegeben hattest, und wir wußten beide, daß ich bei ihr bleiben würde. Wir sprachen nicht darüber, aber wir wußten es. Sie wollte nicht zu ihm hineinschauen und ging duschen. Während sie im Bad war und ich das Wasser rauschen hörte, ging ich zu Patrick. Ich war mir nicht sicher, ob der Stich ihn aufwecken würde. Auf dem Frisiertisch lag ein großes Nadelkissen. Daraus nahm ich eine Nadel und pikte ihn ganz leicht damit. Er bewegte sich nicht einmal.«

Greenleaf fühlte eine tödliche Kälte in sich hochkriechen, eine Kälte, die in einem gewaltigen, vibrierenden Schauder gipfelte.

»Dann setzte ich die Biene auf seinen Arm und reizte sie ... bis ... bis sie ihn stach, Max.« Er ließ seine Hände von der Lampe gleiten, bis sie ausgespreizt auf dem Tisch lagen. »Ich kann dir nicht sagen, wie ich mich dafür verachte. Ich weiß, es klingt vielleicht sentimental, aber die Bienen sind meine Freunde. Sie arbeiten treu für mich, und jedes Jahr nehme ich ihnen den Honig, ihren größten Schatz. Sie ernähren mich – manchmal hatte ich tagelang nichts außer Brot und Honig zu essen. Jetzt zwang ich eine von ihnen, sich für mich umzubringen. Sie senkte ihren Stachel in diese widerlichen Sommersprossen ... Mein Gott, Max, es war schrecklich, mit ansehen zu müssen, wie sie noch versuchte davonzufliegen und dann starb. Entsetzlich!«

Greenleaf wollte etwas sagen. Aber er hielt sich zurück und verkroch sich in seinem Sessel. Sie besaßen nicht dieselbe Wellenlänge, ein Landarzt und dieser Naturalist, der einen Menschen töten und gleichzeitig den Tod eines Insekts betrauern konnte.

Marvell lächelte grimmig. »Danach mußte ich bleiben. Bleiben, damit sie nicht in das Zimmer ging. Sie haßte Patrick, aber ich glaube, sie hätte ihn nicht einfach sterben lassen.« Er erhob sich zu voller Größe, und im Halbdunkel war er wieder jung. »Tamsin und ich liebten uns unter den Augen von Herodes' Nichte.« Seine Schultern sackten, als lege sich das Alter wie ein Umhang über ihn. »Zu dem Zeitpunkt dachte ich, es sei ein hübscher Einfall. Ich hätte daran denken sollen, Max, daß vielleicht beide die Begierden alternder Männer verstehen konnten. Ich hielt es für Liebe.«

Er setzte sich auf den Tisch und ließ die Beine baumeln.

»Um vier ging ich. Sie schlief. Patrick war tot. Ich vergewisserte mich. Der Hund kam die Treppe herauf, und ich ließ ihn zu Tamsin ins Zimmer.«

»Vielleicht war ich eitel, Max, vielleicht dachte ich, ich hätte so eine Art *droit de seigneur*, vielleicht bin ich einfach nur altmodisch ... Weißt du, ich nahm an, dieser Akt bedeute einer Frau etwas, ja, daß sie mich nun heiraten müsse. Als sie mir klarmachte, daß sie mich nicht wollte, fühlte ich mich – mein Gott! Sie hatte mich zuvor haben wollen, aber ich bin fünfzig, und sie ist siebenundzwanzig. Ich dachte ...«

»Crispin, ich verstehe.« Es war schlimmer, als Greenleaf angenommen hatte. Er hatte nicht mit diesem Herumwühlen bis an die Wurzeln der Männlichkeit eines anderen gerechnet. »Bitte, hör auf. Ich wollte nie ...«

»Aber es ging um Geld, immer Geld.« Er lachte Greenleaf an, rauh, aber doch ziemlich vernünftig. »Jetzt ist alles besser, alles ist besser. Noch bin ich Antonius!«

»Aber warum«, wollte Greenleaf wissen, »warum erzählst du mir so viel?« Er war verärgert, doch sein Ärger war nur ein winziger Funke im Feuer seiner übrigen Emotionen: Erstaunen, Mitleid und eine Art Trauer. »Du hast mich da reingetrieben. Du hast mich mißtrauisch gemacht.« Er spreizte die Finger, dann umklammerte er die Armlehnen seines Sessels.

Ruhig sagte Marvell: »Natürlich hatte ich zuerst vor, ungeschoren davonzukommen.« In seinem Gesicht spiegelte sich sanfte Ausdruckslosigkeit. Ebenso hätte er dem Doktor seine Methode des Bäumebeschneidens erklären können. »Aber als ich merkte, daß ich Patrick umsonst umgebracht hatte, für nichts und wieder nichts, wollte ich – ja, ich nehme an, ich wollte etwas von diesem Unsinnigen wieder gutmachen. Kriminelle sind eitel, heißt es.« Und mit einer Art Verwunderung bemerkte er: »Ich bin ein Krimineller. Mein Gott, so habe ich es noch gar nicht betrachtet. Nein, ich glaube nicht, daß es diese Art von Eitelkeit war. All die Schachzüge, sie schienen wie ein Spiel. Ich dachte, ein Arzt, und nur ein Arzt könne es lösen. Deshalb habe ich mich immer wieder an dich gewandt, Max.«

Er versuchte eine flüchtige Bewegung in Richtung Greenleaf, als wolle er ihn berühren. Dann zog er seine Hand wieder zurück.

»Ich wollte dich für die Sache interessieren. Dann brachte Nancy den Stein ins Rollen. Ich habe immer geglaubt, Haß sei etwas sehr Unzivilisiertes, aber ich haßte Tamsin tatsächlich. Als dein Verdacht auf sie fiel, dachte ich: Zur Hölle mit Tamsin!« Er hob die Augenbrauen und lächelte. »Wenn es so weit gekommen wäre, daß ... vielleicht ... Ich glaube, ich hätte es nicht fertiggebracht, sie für etwas leiden zu lassen, das ich getan habe.«

»Hast du dir keine Gedanken darüber gemacht, was es bedeuten könnte, wenn ich alles herausfinde?«

Marvell ging zum Kamin, nahm ein Streichholz aus der Schachtel auf dem Sims, strich es an und warf es zwischen die verkohlten Überreste seines Manuskripts. Eine einzige, spiralformige Flamme erhob sich und beleuchtete sein Gesicht.

»Max«, sagte er. »Ich hatte nichts mehr zu erwarten. Ich habe ein schönes Leben geführt, ein gutes Leben. Weißt du, ich habe immer gedacht, das einzig Wahre für einen Mann sei, seine Erde zu bearbeiten, die Früchte dieser Erde sorgsam zu verwalten, herrliche Dinge aus einem Glas Honig zu machen, aus einem Korb voller Rosenblätter. Abends schrieb ich über die Vergangenheit, ich redete mit Menschen, die sich wie ich an die Zeiten erinnern, bevor Steuern und ähnliche Auflagen alles auffraßen, was das Leben für Leute wie mich zu einer Art, einer Art goldenem Traum machte. Oh, ich weiß, daß es ein Traum war. Ich war kein besonders nützliches Mitglied der Gesellschaft, aber ich fiel ihr auch nicht zur Last. Nur eine Drohne, die den Arbeitern zusieht und darauf wartet, daß der Sommer zu Ende geht. Mein Sommer ging zu Ende, als Glide mir die Sache mit dem Haus eröffnete. Das meinte ich, als ich sagte: Der klare Tag ist dahin, und es gäbe nur noch das Dunkel.«

Als die Flamme erstarb, wandte er sich um und schaute, die Hände auf dem Rücken verschränkt, auf Greenleaf herunter.

»Ich weiß nicht, was ich tun soll«, sagte der Doktor. Es war genau dieser verzweifelte Satz, den er sonst von der anderen Seite seines Schreibtisches in seinem Sprechzimmer zu hören bekam.

»Es gibt nur eines, was du tun kannst, oder?« meinte Marvell ruhig. »Du kannst nicht Mitwisser eines Verbrechens sein. Du bist kein Priester, der eine Beichte abnimmt.«

»Ich wünschte«, sagte Greenleaf, und eine Woge von Bitterkeit ließ seine Stimme schwanken. »Ich wünschte, ich wäre dabei geblieben, als ich sagte, ich wolle von der ganzen Sache nichts hören.«

»Ich hätte dich dazu gebracht.«

»Zum Donnerwetter!« Er sprang auf, und sie standen einander in dem gelben Lichtschein gegenüber. »Hör auf, mir Gott Vater vorzuspielen!«

»Max, alles ist vorbei. Ich werde mich waschen, ein paar Sachen zusammenpacken, und dann gehen wir zur Polizei.« Als das Gesicht des Doktors sich umwölkte, fügte er rasch hinzu: »Du kannst bei mir bleiben, wenn du willst.«

»Ich warte auf dich. Aber nicht hier, im Garten draußen. Ich bin kein Polizist, Crispin.« Wie oft hatte er das in den letzten Wochen gesagt! Oder hatte er es eigentlich nur zu sich selbst gesagt, in einem sich ewig wiederholenden Refrain, der ihn am Tage irritierte und sich in seinen Nächten festfraß?

Marvell zögerte. Etwas bewegte sich in seinen Augen, aber er sagte nur: »Max... vergibst du mir?« Und als der Doktor nichts erwiderte, nahm er die Lampe und trug sie vor sich her in den Flur.

Der Garten war ein Paradies süßer Düfte. Zuerst war Greenleaf zu verwirrt, zu niedergeschmettert, um denken zu können. Er ging über den Rasen, beobachtete seinen eigenen Schatten, schwarz auf dem silbern schimmernden Gras. Die hohen Bäume bewegten sich sanft, und eine Eule hoch in der Luft verdunkelte das Gesicht des Mondes.

Im Haus hinter sich sah er den Schein der Lampe

in einem Fenster, dem Badezimmerfenster. Alles andere von Marvells Heim lag im Dunkel, und es war so still, als habe Glide es bereits gekauft, als erwarte es mit einer Art geduckter Resignation die Ankunft der Bulldozer. Vielleicht ein Jahr würde vergehen – sechs Monate, wenn das Wetter hielt, dann würde ein neues Haus erbaut sein. Ein nachgemachter Tudor-Phönix eines Nottinghamer Geschäftsmannes aus der Asche der Häuschen des Andreas Quercus, aus der Zeit, als Georg I. noch in London hofhielt.

Das Licht brannte immer noch, aber kein Schatten bewegte sich im Bad. Ich muß ihm Zeit lassen, dachte Greenleaf, nur noch ein paar Minuten. Er hat lange allein gelebt, seine Einsamkeit geliebt, vielleicht wird er nie mehr allein sein.

Er mied den Obstgarten und ging im Kreis um den Rasen, bis er wieder an der Haustür anlangte. Drinnen tastete er sich seinen Weg durchs Dunkel. Seine Finger berührten die rauhen Wände, glitten über die Teller, die gerahmten Lithographien. An der Tür zum Bad hielt er inne und lauschte. Kein Geräusch war zu hören. Und während er dort stand und auf den Lichtstreifen zwischen Tür und Fußboden schaute, mußte er unwillkürlich an ein anderes Haus denken, ein anderes Badezimmer, wo Tamsin ihren schlanken, gebräunten Körper geduscht hatte, während ihr Liebhaber Patrick sein individuelles Brandzeichen des Todes aufdrückte.

Er ging in dem engen Flur auf und ab, eine ungewisse Übelkeit rumorte in seinem Magen und stieg ihm bis in die Kehle. Als er es nicht mehr aushalten konnte, rief er: »Crispin!« Die anhaltende Stille trieb ihn in Panik. »Crispin, Crispin!« Er hämmerte an die schwere alte Tür, aber seine Fäuste waren taub und kraftlos, sie schienen seinem angespannten Körper nicht mehr zu gehorchen.

Im Kino hätte er mit der Schulter die Tür gerammt, und sie hätte nachgegeben wie Pappe. Doch auch ohne es zu versuchen, wußte er, daß es ihm unmöglich sein würde, die zentimeterdicke Eichentür aufzubrechen. Statt dessen suchte er tastend den Weg zurück und fragte sich, was für ein pumpendes, pulsierendes Klopfen er in der Finsternis hörte. Als er wieder in der frischen Kühle der Nacht stand, merkte er es. Er hörte seinen eigenen Herzschlag!

Es kostete ihn Überwindung, durch das erleuchtete Fenster zu schauen. Er nahm die Hände von den Augen wie ein Mann, der die Vorhänge zurückzieht, um einen unwillkommenen Tag einzulassen. Das Glas der Scheiben war alt und gewellt, das Licht schwach, doch hell genug, ihm zu zeigen, was zu sehen er befürchtet hatte.

Das Bad war voller Blut.

Nein, das konnte nicht sein – das konnte nicht alles Blut sein. Es mußte Wasser sein, Massen von Wasser. Aber es sah aus wie Blut, dünn, scharlachrot und unbewegt. Marvells Gesicht ruhte knapp über der Wasseroberfläche – der Blutoberfläche –, und das gerade erloschene Leben hatte auch das Alter, die Linien des Alters ausgelöscht. Genauso hatte das Haupt auf Salomes silbernem Teller ausgesehen.

Greenleaf hörte jemanden schluchzen. Beinah hätte er sich umgedreht. Dann wußte er, daß er selbst es war, der aufgeschluchzt hatte. Er zog seine Jacke aus, kämpfte damit, wie man im Traum oft mit Kleidern ringt, und wickelte sie sich um Faust und Unterarm. Das Fenster zerbrach mit einem lauten Klirren. Greenleaf öffnete den Riegel und quälte sich ins Innere.

Marvell war tot, aber warm und schlaff. Der Doktor hob die herunterhängenden Arme und sah erst die Schnittwunden an den Handgelenken, dann das Rasiermesser in dem durchsichtig roten Wasser. Geschichte war nicht Greenleafs Stärke, aber als er die toten Hände seines Freundes hielt, fiel ihm eine Vorlesung seines Professors für Gerichtsmedizin ein. Die Römer, hatte er gesagt, begingen auf diese Weise Selbstmord: Sie ließen das Leben in warmem Wasser verströmen. Was hatte Marvell gesagt? ›Noch bin ich Antonius‹ und ›Max, vergibst du mir?‹

Greenleaf berührte nichts weiter, obwohl er gern das Wasser abgelassen und den toten Körper zugedeckt hätte. Er schloß die Tür auf, nahm die Lampe mit hinaus und ließ Marvell allein in der Dunkelheit zurück, die er für sich gewählt hatte.

Auf halbem Weg durch den Wohnraum hielt er inne und nahm, einem Impuls folgend, den olivfarbenen Teller mit dem Zweig und dem Apfel von der Wand. Als er ihn in die Tasche gleiten ließ, fühlte er mit den Fingerspitzen, die so viele menschliche Narben berührt hatten, die Druckstelle an der Unterseite der glasierten Frucht.

Der Weg durch den Wald mit seinen schwingenden Ästen war nichts für ihn heute nacht. Er blies die Lampe aus und ging über die Long Lane nach Hause.

In den Häusern von Linchester brannte noch Licht. Die Gages hörten laute Musik, bei den Gavestons bewegten sich lebhafte Schatten vor den Lichtvierecken der Fenster hin und her. Als er zu Shalom kam, fuhr ein Taxi an ihm vorbei, Frauen winkten, und Walter Millers Gesicht, braun wie eine Kastanie, grinste ihn unter einem rosa Strohhut an. Wieder daheim in Linchester, zu Hause, rechtzeitig zum Herbst und zur größten Sensation, die sie je erlebt hatten ...

Bernice öffnete die Tür, noch bevor er seinen Schlüssel herausziehen konnte.

»Liebster, du siehst krank aus! Was ist passiert?« rief sie, legte die Arme um ihn und hielt ihn dicht an sich gepreßt.

»Gib mir einen Kuß«, sagte er, und als sie es getan hatte, löste er ihre Arme von seinem Hals und legte sie sanft an ihre Seite. »Ich werde dir alles erzählen«, sagte er. »Aber nicht jetzt, jetzt muß ich erst telefonieren.«

Die Verblendeten

Aus dem Englischen von
Monika Wittek-Elwenspoeck

Die Hauptpersonen

Alice Fielding	sucht erst ihre Freundin und dann ihren Mörder.
Andrew Fielding	hat als Ehemann einer reichen Frau erhebliche Probleme.
Hugo Whittaker	hält seine Schwester Alice für total überspannt.
Justin Whittaker	hält Gefühle für romantischen Unsinn und Frauen für ein notwendiges Übel.
Jackie Whittaker	macht gemeinsam mit Alice eine schreckliche Entdeckung.
Harry Blunden	steht als Arzt vor einem Rätsel und als Freund vor einem Dilemma.
Nesta Drage	will dem Schicksal davonlaufen.
Pernille Madsen	fühlt sich nicht wohl in ihrer Haut.
Daphne Feast	weiß immer die neuesten Geschichten.

> Eitelkeit ist nur schwer totzukriegen;
> in einigen hartnäckigen Fällen nie.
> Robert Louis Stevenson, *Prince Otto*

1

Als sie in die Stadt kamen, hörte der Regen auf, doch überall gab es vom Wind gepeitschte Pfützen. Nasse Blätter klatschten gegen die Windschutzscheibe und lagen, zerfetzten Lumpen gleich, auf dem Pflaster.

»Geht es hier?« fragte Hugo. Er lenkte den Wagen auf einen Parkplatz, der mit kreuz- und querlaufenden Linien markiert war wie für ein kompliziertes Spiel. »Wir sind ein bißchen spät dran; wenn du also meinst, du könntest hier...«

»Du kannst sie ruhig hinfahren«, sagte seine Frau. »Ich finde es gemein, jemanden wie einen Busfahrgast einfach so abzusetzen. Außerdem fängt es gleich wieder an zu schütten.«

»Ich habe doch gesagt, daß wir spät dran sind«, brauste Hugo auf. Dann wandte er sich an seine Schwester. »Okay, Alice? Also rasch zum Ablauf: Es ist eine kurze Besichtigungstour der Firma *Amalgamated Lacquers* vorgesehen – gegen vier gibt es eine Art Empfang –, aber ich denke, so um fünf ist das erledigt. Sollen wir dich um fünf hier wieder abholen?«

»Wunderbar«, erwiderte Alice. Sie nahm Regenschirm und Handtasche an sich und öffnete die Wagentür.

»Kümmer dich nicht um sein Gerede«, meinte Jackie rasch. »Natürlich holen wir dich bei Nesta ab. Sagst du mir noch mal die Adresse, ja?«

»Saulsby – S-a-u-l-s-b-y – Chelmsford Road, aber ich kann wirklich –«

»Quatsch.« Sie warf ihrem Mann einen Blick zu, und ihre großen dunklen Locken vibrierten wie Antennen. »Wenn er auch nur ein Quentchen – ein Quentchen Ritterlichkeit besäße ... Ach, was soll's.« Denn Hugo hatte schon den Motor angelassen und legte den Gang ein. In stummer Wut hielt er ihr sein Handgelenk mit der Armbanduhr unter die Nase. Alice stand auf dem Gehweg und hob die Hand.

»Viele Grüße an Nesta und so weiter«, rief Jackie. »Hoffentlich hat sie nicht gerade eine ihrer Anwandlungen. Sieh zu, daß du sie ein bißchen aufmunterst, bevor wir kommen.«

Eine ihrer Anwandlungen ... Gar nicht so unwahrscheinlich; das könnte ihr langes Schweigen erklären, ihre offensichtliche Unlust, auf Alices Briefe zu antworten. Vielleicht hätte sie gar nicht kommen sollen. Auf jeden Fall wäre es wohl besser gewesen, mit dem eigenen Wagen zu fahren, statt – einem Impuls folgend – ihren Bruder zu bitten, sie mitzunehmen. Chelmsford Road konnte ja sonstwo sein, vielleicht am anderen Ende der Stadt.

Das also war nun Orphingham. Eine schmale Hauptstraße, offenbar ganz bewußt unverändert belassen, mit sogenannten klassischen Altbauten, die meist aus der Zeit vor dem neunzehnten Jahrhundert stammten; dazwischen ein paar neuere Geschäfte, Platanen, von deren Stämmen die Rinde abblätterte wie Placken olivgrüner Farbe. Oben auf einem sattgrünen Hügel konnte Alice das Schloß liegen sehen; zwischen Häusern ein Blick auf den Orph, der sich durch sumpfiges Weideland schlängelte. Alice überlegte, daß sich das Bild nur wenig gewandelt hatte, seit Constable es einst malte. Dieser braune, gewundene Flußlauf, an dessen Ufern knorrige Weiden wuchsen ... Hübsches Plätzchen für eine Frau von Geschmack oder Zufluchtsort für einen erschöpften Geist.

Vor dem Rathaus hing ein Stadtplan. Alice fand Chelmsford Road sofort. Sie lächelte über ihre Befürchtungen, als sie sah, daß die Straße, in der Nesta wohnte, von der Kreuzung abging, an der sie stand. Der Name war leicht zu behalten, merkte sie rasch, denn die Straße führte tatsächlich in Richtung Chelmsford. Sie war breiter als die, auf der Alice gekommen war, und wirkte eher protzig als schön, vermittelte auf den ersten Blick den Eindruck einer wohlhabenden Vorortgegend. Viele Häuser lagen, von der Straße zurückgesetzt, halb verborgen hinter hohen Mauern, in die unter Rundbogen Eingangstore eingelassen waren.

Nicht ganz das, was sie sich für Nesta ausgemalt hatte. Ihr hatte ein hübsches Häuschen mit Spalierobst und einer hübschen Veranda vorgeschwebt. *Ein kleines Haus*, um mit Herrick zu sprechen, *mit schlichtem Dach schützt vor Wetter und Ungemach*. Doch hier gab es nichts dergleichen; nur riesige, gieblige und türmchenbewehrte Villen. Wahrscheinlich hatte Nesta in einer davon eine Wohnung.

Inzwischen hatte leichter Nieselregen eingesetzt. Alice zog ihren grauen, zweckmäßigen Wettermantel an und spannte den Schirm auf. Während sie das tat, mußte sie unwillkürlich daran denken, wie perfekt Nesta immer aussah, wie grazil sie war. Ihr Schirm war ein pagodenförmiges Gebilde, schwarz und mit einem schlanken Griff wie aus Onyx. Alice seufzte. Auch ohne Spiegel wußte sie genau, wie sie aussah: eine nette, blauäugige Engländerin, nicht mehr ganz jung und keinen zweiten Blick wert. Sie hob die linke Hand, um eine lose Strähne ihres blonden Haares glattzustreichen, dabei fiel ein Regentropfen auf ihren neuen Ehering. Der Seufzer verwandelte sich in ein Lächeln. Was spielten schon Dinge wie Alter, durchschnittliches Aussehen, Konkurrenz für eine Rolle, wo sie doch Andrew hatte?

Mit entschlossenen Schritten ging sie die Chelmsford Road entlang. Wie sie schon Nestas Anschrift entnommen hatte, gab es keine Hausnummern. Orphingham Lodge – sicher die Behausung eines erfolgreichen Zahnarztes –, El Kantara, The Elms ... Auf der gegenüberliegenden Seite erkannte sie eine Reihe ähnlich phantasievoller Namen. Das letzte große Haus stand neben einem Bungalow. In dem großen Garten standen einsam ein paar japanische Kirschbäume, deren Zweige sich wie das Gestänge eines umgestülpten Regenschirms emporreckten.

Dahinter verblieb nur noch eine einzige Häuserreihe. Alice hob voller Verwunderung die Brauen. Die kohlegeschwärzten, viktorianischen Häuschen erschienen in dieser wohlhabenden Gegend so fehl am Platz, daß sie kaum ihren Augen traute. Klein und geduckt standen sie da, wollten so gar nicht zum Hintergrund der üppig-grünen Hügel passen. Sie erinnerten Alice an Bergarbeiterhäuschen, rußgeschwärzt von den Grubenschornsteinen.

Jedes hatte unter dem Dach eine Stuckplatte mit Namen und Baujahr. 1872 konnte sie entziffern, doch der Schmutz und die Jahre hatten die Schrift verwischt, und um die Tafel am ersten Haus entziffern zu können, mußte sie bis zu der eisernen Pforte gehen, sich hinüberlehnen und die Augen zusammenkneifen.

Alice empfand einen kalten, bitteren Stich der Enttäuschung. Das Haus hieß Kirkby. Also mußte Nestas Haus eines von diesen hier sein. Aber Nesta *konnte* einfach nicht hier wohnen. Nach Salstead hier? Helicon Lane und *The Bridal Wreath* waren so exquisit gewesen, der kleine Laden mit seinen steilen Stufen und schmiedeeisernen Gittern, von Kiefern geschützt, und aus dem Pflaster im Vorhof wuchs die historische Salstead-Eiche hervor, durch deren gespaltenen Stamm nach einer alten Sage ein Reitersmann paßte. Von den Ästen hingen Misteln in lockeren, grünen, kugeligen Büscheln.

Dann sagte sie sich, daß sie nicht so vorschnell Rückschlüsse ziehen sollte. Die dunkle Seite ihres Wesens, diese pessimistische Seite, die immer bereit war, das Schlimmste zu befürchten, hatte sich seit ihrer Heirat nicht mehr gezeigt. Andrew hatte sie gelehrt, fröhlich, fast ausgelassen zu sein. Gleichmütig schaute sie noch einmal hoch, Kirkby, Garrowby, Sewerby und – ja, Revesby. Also doch keines von diesen. Sie stieß einen tiefen Seufzer der Erleichterung aus.

Und dennoch ... war es nicht ziemlich merkwürdig, daß alle vier Namen dieselbe Endung hatten wie Saulsby? Warum gehörte Saulsby nicht dazu? Vielleicht gab es am Ende der Straße noch andere, hübscher oder irgendwie restauriert und ausgebaut? Doch nach den nächsten 50 Metern war sie am Ende der Häuserreihe angelangt, und die Gehwege gingen in bewachsene, von Schlamm und Dieselöl geschwärzte Straßenränder über. In dieser Richtung stand als einziges Gebäude nur noch Orphingham Castle, das sich grau und schroff gegen den Hintergrund raschziehender Wolken abzeichnete. Sie war am Ende der Stadt angelangt.

»Entschuldigung ...«

Eine Frau in Tweed-Kostüm und Regenmantel kam aus einem Feldweg auf die Straße. Schwerfällig stieg sie über den Zauntritt und ging zögernd auf Alice zu. Sie hatte den mißtrauischen Gesichtsausdruck, den Leute aufsetzen, wenn sie von Fremden angesprochen werden.

»Können Sie mir sagen, wo hier ein Haus namens Saulsby ist?«

»In der Chelmsford Road?«

»Ja, Saulsby, ich kann es nicht finden.«

Die Frau zeigte auf die letzte Häuserreihe. Unter den tiefhängenden Wolken schienen die gedrungenen Häuschen stirnrunzelnd dazuliegen. Auch Alice runzelte die Stirn.

»Das ist Sewerby.«

»Sie überprüfen wohl das Wählerverzeichnis? Aber bei Namen irrt man sich leicht. Sie meinen sicher Sewerby.«

»Nein, das ist es nicht. Ich möchte eine Freundin besuchen.« Alice nahm ihr Adreßbuch heraus. »Sehen Sie, Saulsby.« Die Frau blickte ihr interessiert über die Schulter. »Sie hat mir geschrieben und diese Adresse angegeben.«

»Also, wenn Sie mich fragen, da hat jemand irgendwo einen Fehler gemacht. Lassen Sie sich raten, und fragen Sie mal in Sewerby.«

Lassen Sie sich raten . . . Nun, sie hatte um Rat gebeten und konnte ihn nun auch ebensogut annehmen. An der schäbigen Eingangstür von Sewerby gab es keine Klingel, nur einen Klopfer. Alice klopfte und wartete. Eine Weile – vielleicht eine Minute – tat sich gar nichts. Dann kam von drinnen ein schlurfendes, schleppendes Geräusch. Die Tür war verriegelt, und der Riegel quietschte beim Zurückschieben. Die Tür öffnete sich und ein sehr alter Mann stand vor ihr, so bleich und kurzsichtig, als sei er jahrelang im Dunkeln eingeschlossen gewesen. Aus dem düsteren Flur drang der Gestank von gekochtem Kohl, ungewaschenen Kleidern und Kampfer.

»Guten Tag. Ist Mrs. Nesta Drage zu Hause?«

»Wer?«

»Mrs. Drage, Mrs. Nesta Drage.«

»Hier wohn nur ich, meine Dame.« Er trug einen uralten, viel zu großen Anzug, und sein kragenloses Hemd wurde am Hals von einem altertümlichen Kragenknopf zusammengehalten. Sein Gesicht war grob und runzlig, die Haut hatte die Beschaffenheit alter Käserinde. »Bin schon allein, seit meine Frau dahingegangen ist«, sagte er. »Allein seit vierundfünfzig.«

»Aber Mrs. Drage hat hier gewohnt«, beharrte Alice. »Eine junge Frau, eigentlich ein Mädchen. Sie ist sehr hübsch, mit blondem Haar. Vor ungefähr drei Monaten ist sie aus Salstead hierhergezogen. Ich dachte, sie hätte eine . . .« Sie hielt inne, weil ihr klar wurde, daß der Standard, den sie für Nesta gesetzt hatte, ständig fiel. ». . . ein Zimmer hier oder so was«, fügte sie dann hinzu.

»Ich vermiet kein Zimmer nich. Da wolln Sie wahrscheinlich zu Mrs. Currie in Kirkby. Die mit dem Mädchen, die wo als Krankenschwester im Hospital arbeitet, aber die nimmt nur junge Kerle.«

Also war es nicht Sewerby. Sie hatte doch recht gehabt. Noch einmal las sie es aus ihrem Adreßbuch ab: Saulsby. Nesta hatte ihr geschrieben – zweimal hatte sie ihr geschrieben –, und obgleich sie die Briefe fortgeworfen hatte, die Anschrift hatte sie gleich notiert. Es war unbegreiflich, absurd.

Langsam ging sie den Weg zurück, den sie gekommen war. The Elms, El Kantara, Beechwood, St. Andrews, Orphingham Lodge und noch zwanzig andere. Aber kein Saulsby, in der ganzen Straße gab es kein Haus mit dem Namen Saulsby.

Angenommen, man kennt den Namen eines Hauses und den Namen der Straße, in der es steht, kann das Haus aber nicht finden, was macht man da am besten? ›Sie überprüfen wohl das Wählerverzeichnis?‹ Das war's. Das Wählerverzeichnis!

Das Polizeirevier lag in der Stadtmitte zwischen einem Pub namens *The Lion and Lamb* und dem Cottage Hospital. Alice ging hinein. Der Diensthabende hatte natürlich noch nie etwas von Saulsby gehört und gab ihr eine Kopie der Wählerliste.

»Sie wird nicht drinstehen«, meinte er. »Nicht, wenn sie neu zugezogen ist.«

Aber Saulsby mußte doch drin sein. Da war es schon, Chelmsford Road.

»Kirkby, Garrowby, Sewerby, Revesby«, las sie laut, und ihre Stimme schwankte.

»Sie hat Ihnen unter dieser Adresse geschrieben, Madam?«

»Ja, sicher, zweimal.«

»Hmm, tja, da weiß ich auch nicht so recht, was ich Ihnen sagen soll.« Er zögerte und fügte, einer plötzlichen Eingebung folgend, hinzu: »Was hat sie denn für einen Beruf?«

»Sie ist Floristin. In Salstead hatte sie ein Blumengeschäft. Sie meinen, ich sollte bei allen Blumenläden fragen?«

»Bei allen beiden, ja«, erwiderte er. »Könnte ja nicht schaden, oder?«

Beim ersten hatte sie kein Glück. Der zweite Laden war größer, und es herrschte mehr Betrieb. Drinnen war die Luft feucht und trotzdem voller Frische. Es war diese ganz besondere Mischung aus dem Duft von Rosen, herbem Chrysanthemengeruch und dem matten Duft der Nelken, der Nesta so lebhaft heraufbeschwor, wie vielleicht nichts sonst es vermochte. Ganz natürlich schien der Duft zu dem pausbäckigen, hübschen Gesicht, dem Goldhaar und dem banalen Geplapper zu gehören.

Die Frau vor ihr bestellte Blumen für eine Hochzeit. Als Alice und Andrew im Mai heirateten, hatte Nesta ihnen den gesamten Blumenschmuck zur Hochzeit geschenkt. Eigenhändig hatte sie die weiße Orchidee auf ein Satinband genäht, das Alice in ihrem Gesangbuch trug. Schon früh am Morgen war sie gekommen und hatte die Wände von Onkel Justins Wohnzimmer in Vair Place mit Pfingstrosen geschmückt.

»Arbeitet bei Ihnen eine Mrs. Drage?« fragte sie eine junge Frau, die die Geschäftsführerin zu sein schien.

Alice lächelte, und ihre Augen weiteten sich vor Freude, als das Mädchen erwiderte: »Ja, sie ist gerade nach hinten gegangen, um einen Auftrag zu erledigen. Sie kommt gleich wieder.«

Die Suche war vorüber. Während sie wartete, überkam sie ein Anflug von Scham und – Neid? Nur eine Frau, die sich ihren Lebensunterhalt nie selbst verdienen mußte, konnte erwarten, eine berufstätige Freundin an einem Wochentag zu Hause anzutreffen. Natürlich mußte Nesta arbeiten, und vielleicht konnte sie auch gar nicht lange weg hier. Aber, so beruhigte Alice sich selbst, man konnte sicher etwas unternehmen, die Geschäftsführerin überreden, sie eher gehen zu lassen oder ihr zumindest ein paar Minuten frei zu geben. Sie, Alice, konnte ja inzwischen etwas kaufen – sie griff in ihre Handtasche und fühlte das dicke Bündel zusammengerollter Banknoten, das sie immer bei sich hatte –, etwas Extravagantes als Geschenk für Nesta. Diese Orchideen vielleicht oder ein Dutzend langstielige rote Rosen.

»Ich werde sie rufen, ja? Ich weiß nicht, warum sie noch nicht wieder hier ist.«

Alice wanderte in dem Geschäft herum und machte Pläne. Sie freute sich darauf, Nesta endlich wiederzusehen. Hoffentlich hat sie diese depressive Phase überwunden, dachte sie. Sicher hatten Luftveränderung und die neue Umgebung dazu beigetragen. Gleich kam sie durch die Tür da drüben, sie würde den Kopf etwas einziehen, um nicht mit dem Efeu, der in einem Korb von der Decke hing, zu kollidieren. Wahrscheinlich trug sie einen schwarzen Nylon-Overall und hatte, wie immer, Erdkrümel an den feuchten Händen. Ein verschlafenes Lächeln würde auf ihrem Gesicht erscheinen; denn in letzter Zeit hatte sie immer gewirkt, als sei sie gerade aus einem beunruhigenden Traum geweckt worden. Und dann würde sie mit einem ihrer liebenswerten und typischen Sprüche kommen.

›Na, das ist aber eine Überraschung. Lange nicht gesehen!‹

Eine Überraschung? Nein, das würde sie nicht sagen, denn Alice hatte ihr ja geschrieben, daß sie kommen wollte, und in fünf Minuten würde das Geheimnis um das Haus, das es nicht gab, aufgeklärt sein.

Aus dem Hintergrund war zu hören, wie Papier zusammengeknüllt wurde, dann Schritte. Alice lächelte erwartungsvoll und trat einen Schritt vor.

»Nesta . . .«

Sie blinzelte und fuhr sich mit der Hand an den Mund.

»Hier ist Mrs. Drake. Tut mir leid, daß Sie warten mußten.«

Die Enttäuschung war so vehement, daß sie ihre Gesichtsmuskeln in schon fast komischer Bestürzung fallen spürte. Ihre Augäpfel brannten. Mrs. Drake war dünn, über Vierzig und hatte rote Arme.

»Ich meinte Mrs. *Drage.*«

»Oh, das tut mir leid, ich hätte schwören können . . .«

Alice schüttelte den Kopf und wandte sich ab. Soviel Enttäuschung war beinahe unerträglich. Kurz darauf stand sie im Regen auf dem Gehweg, ihren Schirm wie eine nasse, schlaffe Hülle am Arm, und starrte trübsinnig auf die Passanten. Vielleicht war Nesta dabei. Sicherlich . . .? Sie zuckte zusammen, schaute noch einmal hin, und begann, hinter der kleinen Gestalt im schwarzen, glänzenden Regenmantel herzurennen, deren helles Haar unter einem Kopftuch hervorschaute. Aber als sie die Hand ausstreckte, um sie am Ärmel zu fassen, drehte sich die Frau um und zeigte ein Schweinsgesicht mit rosig-runzliger Haut und scharlachroten Lippen.

Ein Schluchzer stieg ihr in die Kehle, und gleichzeitig erfaßte sie ein Gefühl von Panik. Ein altvertrautes Gefühl, diese plötzliche Furcht, diese Angst, etwas Schreckliches stehe bevor. Vertraut, aber altbekannt, halb vergessen im Glück des letzten Jahres. Ruhig, praktisch, sachlich, so wurde sie, wie sie wußte, allgemein eingeschätzt.

Plötzlich fühlte sie sich sehr jung, fast wie ein Kind. Sie wollte weinen, und sie sehnte sich nach Andrew. Eigenartig, denn die beiden Impulse waren unvereinbar. In seinen Augen war sie stark, ruhig, mütterlich. Mit einem kurzen, scharfen Atemholen wandte sie sich um und sah sich selbst im Glas einer Schaufensterscheibe: eine große, stattliche Frau mit breiten Schultern, eher geeignet, sich daran auszuweinen, als von Schluchzern geschüttelt zu werden.

Nesta hatte sich oft bei ihr ausgeweint. Wenn man jung und hübsch ist, kann man es sich leisten zu weinen, keiner nimmt Anstoß daran. Warum dachte sie das jetzt gerade? Reiß dich zusammen, ermahnte sie sich mit einem von Nestas Klischeeausdrücken. Sie schob den Ärmel zurück und warf einen Blick auf ihre kleine, diamantbesetzte Platinuhr. Gleich vier. In einer Stunde kamen Jackie und Hugo und suchten Nestas Haus, fuhren die Straße ab und wurden ärgerlich und ungeduldig. Sie konnte sich ja nicht im strömenden Regen draußen vor Sewerby auf die Mauer setzen und auf sie warten. Wenn man es so sah, war es eigentlich fast komisch und überhaupt nicht zum Weinen.

In den achtunddreißig Jahren ihres Lebens hatte Alice kaum jemals eine Telefonzelle benutzt. Orphingham besaß ein kompliziertes System für die Verbindung mit den umliegenden Ortschaften, eine Reihe von Vorwahlnummern mußte jeweils gewählt werden. Wie war noch der Name der Firma, die Hugo besuchte? Er hatte ihn nur einmal erwähnt. *Amalgamated*, irgendwas mit Farben, Sprays, Lacken ... Sie schlug das Telefonbuch auf und fand rasch, was sie suchte. *Amalgamated Lacquers*, Orph Bridge. Entfernt von Salstead und den Menschen, die sie ihr Leben lang gekannt hatte, fühlte Alice sich immer ein bißchen unsicher, scheu, unbehaglich. Da sie ihren Weg im Leben nie selbständig hatte machen müssen, ängstigte sie das Unbekannte. Zaghaft schaute sie sich die Nummernfolge an und wählte dann langsam. Draußen wurde es dunkel. Regentropfen trommelten auf das Dach und liefen an den Scheiben herunter.

»Kann ich bitte Mrs. Whittaker sprechen?«

Etwas genauer mußte sie sich schon erklären, doch dann folgte ein Schnarren und Klicken, während sie weiterverbunden wurde, und schließlich Jackies erstaunte, leichtbesorgte Stimme.

»Hallo, bist du das Mutti?«

»Hier ist Alice.«

»Oh, Gott, ich dachte, es sei irgendwas mit den Kindern. Was ist denn?«

Alice erzählte es ihr. Im Hintergrund hörte sie Stimmen, verhaltenes Lachen.

»Du hast dich ganz offensichtlich geirrt«, meinte Jackie ziemlich scharf. »Hast die Adresse falsch notiert oder so was. Hast du denn die Briefe bei dir?«

»Die habe ich überhaupt nicht mehr. Ich hab sie weggeworfen.«

»Na, das erklärt doch alles. Du hast die Anschrift verwechselt.«

»Das ist nicht möglich, Jackie. Nesta hatte bei Croppers noch einen Ring zum Weiten. Ich habe ihn ihr nach Saulsby nachgeschickt, und Briefe habe ich ihr auch dorthin geschrieben. Sie hat den Ring bekommen und sich dafür bei mir bedankt. Sie hat mir sogar zwei Pfund für die Unkosten geschickt.«

»Du willst damit sagen, du hast Briefe und Päckchen an eine Adresse geschickt, die es gar nicht gibt, und auch noch Antwort bekommen?« Jackies Stimme war sanfter geworden, aber immer noch hoch von einer unterschwelligen Erregung. »Paß auf, ich komme und hole dich. Dann fahren wir hierher zurück und holen Hugo ab.«

2

»Also, laß uns mal überlegen. Sie ist Anfang August von Salstead weggezogen und äußerte sich sehr vage darüber, wo sie hinwollte. Sie sagte, sie hätte noch keine konkreten Pläne, aber sie würde schreiben und dich wissen lassen, wenn sie etwas gefunden hätte. Richtig?«

Alice nickte. »Ich wollte sie nicht mit Fragen belasten, Jackie. Sie war in der letzten Zeit so depressiv. Drei Jahre hatte sie in Salstead in diesem Laden gearbeitet und meinte, das sei genug. Es kann ja auch nicht sehr ersprießlich für sie gewesen sein, als Witwe in ihrem Alter, die sich ihren Lebensunterhalt selbst verdienen mußte. Sie ist so jung.«

»Jung!« Jackie streckte ihre Beine aus. »Sie ist älter als ich. Achtundzwanzig mindestens.« Und nachdenklich fügte sie hinzu: »Eine Kreuzung zwischen Jersey-Kuh und Porzellanpuppe, so kam sie mir immer vor.«

So war sie Alice ganz und gar nicht vorgekommen. Rückblickend erinnerte sie sich, wie sie ein paar Jahre vor ihrer Heirat zum erstenmal in *The Bridal Wreath* gegangen war. Damals hatte Nesta den Laden gerade übernommen. Die Kränze aus vielfarbigem Lorbeer und die Töpfe mit Nachtschattengewächsen waren alle fort, und statt dessen gab es überall Fuchsien und Orchideen auf grünen Metalltabletts. Nesta liebte Orchideen, sie entsprachen irgendwie ihrer langsamen, träumerischen Art. Die glänzendundurchsichtigen Blüten schimmerten wie ihre Haut, die Blütenblätter geschwungen und perlfarben wie ihre Nägel. Alice rief sich diesen ersten Eindruck jetzt wieder ins Gedächtnis; wie sie damals in einem der schwarzen Kleider, die sie immer trug, vor ihr gestanden hatte, das einzig Helle die blonden, schimmernden Haare, die sie zu einem losen Scheitelknoten hochgesteckt trug.

»Ungefähr einen Monat nach ihrem Umzug war ich bei Croppers, um für Andrew die Uhr zu kaufen. Nesta hatte ihren Ehering dort zum Weiten –«

»Das wundert mich nicht«, unterbrach Jackie. »Sie hat ja zugenommen wie nicht gescheit. Mir fiel auf, wie ihre Knöchel richtig überquollen, wenn sie in diesen verrückten hohen Schuhen herumstakste.«

»Jedenfalls muß sie vergessen haben, den Ring vor ihrer Abreise abzuholen. Ich sagte Mr. Cropper, ich würde ihn ihr schicken, wüßte aber die neue Anschrift nicht.«

»Wolltest du da die Anzeige in die *Times* setzen?«

»Hm. Ich wußte zwar, daß Nesta die *Times* nicht liest, aber ich dachte, einer ihrer Freunde oder Verwandten vielleicht. Das beschäftigte mich immer noch, als ich plötzlich einen Brief von ihr bekam. Nur ein paar Zeilen, aber ich schickte ihr den Ring, und sie bedankte sich dafür. Aber das alles ist jetzt schon Wochen her.«

Jackie kramte aus der abgewetzten Handtasche aus geprägtem, verziertem Leder, die sie immer mit sich herumtrug, ein Päckchen Sobranie Cocktail-Zigaretten und suchte sich eine fahlgrüne aus. Nachdenklich zündete sie sie an. Der Rauch kräuselte sich über ihnen zum Wagendach empor wie eine feinverästelte Pflanze. »Wie kann sie den Ring bekommen haben, wenn du ihn an eine Adresse geschickt hast, die es gar nicht gibt?«

»Das weiß ich auch nicht«, sagte Alice.

Über ihnen prasselte rhythmisch der Regen. Das Geräusch erinnerte an regelmäßiges Tipp-Tapp kleiner Trippelfüße oder langer Fingernägel, die nervös auf Metall trommeln.

»Du mußt dich ein bißchen zurechtmachen«, sagte Jakkie, als sie den Wagen anließ. »Du siehst aus, als seist du bei einem Querfeldeinlauf in einen Sturm geraten.«

Noch vor einem Jahr hätte Alice die Bemerkung übelgenommen. Jetzt lächelte sie nur. »Ich werde nie eine Glamour-Queen sein.«

»Glamour-Queen! Woher hast du denn den Ausdruck? Aus Großmutters Tagebuch?«

»Ich habe es nicht nötig, für andere Leute attraktiv zu sein. Ich habe einen Ehemann.«

»Dein Andrew«, sagte Jackie langsam, »ist ein sehr gutaussehender Mann.«

»Ich weiß.«

»Ich finde immer, dunkelhaarige Männer haben doch viel mehr Sex-Appeal als blonde, meinst du nicht auch?«

»Oh, Jackie, darüber habe ich nie nachgedacht.«

»Nun, du kannst es mir glauben, es ist so. Ehrlich gesagt, Liebes – ich weiß, du nimmst es mir nicht übel, wenn ich das sage, du bist zu vernünftig, nicht? –, also ehrlich gesagt, habe ich mich schon oft gefragt, wie du es überhaupt angestellt hast, Andrew zu ergattern. Du hast ihn bei irgend so einem Schulsportfest aufgegabelt, oder?«

»Es war kein Sportfest, es war der Gründungstag. Und ich habe ihn nicht aufgegabelt. Ich war mit einer Freundin dort, deren kleiner Sohn da zur Schule geht. Wir sprachen mit seinem Englischlehrer . . .«

»Und dieser Englischlehrer war Andrew.«

»Jackie, Schatz, ich dachte, alle Whittakers kennen die Geschichte langsam. Wir haben Briefe gewechselt, und dann waren wir zusammen essen. Lernen so nicht die meisten Frauen ihre Männer kennen?«

»Ich habe Hugo in einem Pub kennengelernt.«

»Ja, ich erinnere mich. Aber laß das um Gottes willen nicht Onkel Justin wissen.«

Jackie kicherte. Ungefähr eine Meile außerhalb Orphinghams bog sie links in eine frisch asphaltierte Straße ein. Das Fabrikgebäude, in dem Hugo war, ähnelte einem riesigen, pilzartigen Gewächs, das kalkweiß und wabbelig aus den

Feldern emporschoß. Als Hugo endlich zum Wagen kam, war sein Gehabe überschwenglich, wenn auch etwas nervös, und er fing sofort an, über die Verhandlungen zu dem Vertrag zu berichten, den sie, wie er meinte, schon so gut wie in der Tasche hatten.

»Wen interessiert das denn schon?« fragte Jackie aufsässig.

»Nun, immerhin ist das alles unsere Lebensgrundlage, oder? Und Alices auch, wenn wir schon dabei sind. Rutsch mal, ich werde lieber fahren. Ihr alle, ihr mästet euch doch auf Whittakers Kosten wie eine Horde Parasiten.« Er grunzte gereizt. Jackie zündete sich umständlich eine blaue Zigarette an. Hugo schnüffelte. »Gib mir auch eine, ja? Aber nicht so eine, eine richtige Zigarette. Das Werk ist euch ziemlich egal, was?« Alle Whittakers sprachen von der Fabrik als Werk. »Macht euch nie Gedanken darüber, wie? Grillen, die den Sommer genießen, während die Ameisen die Arbeit machen. Wobei die Ameisen Onkel Justin und ich sind.« Er grunzte wieder. »Oh, und Andrew natürlich«, fügte er nachträglich und als Beschwichtigungsbonbon für Alice hinzu.

Alice war seine raschen Wutausbrüche gewöhnt, sie verpufften meist rasch und hatten normalerweise nichts zu bedeuten. »Es tut mir leid, daß Jackie mich holen mußte«, meinte sie friedfertig. »Aber ich nehme an, du hast daraus geschlossen, daß ich Nesta nicht gefunden habe. Das Haus war einfach nicht existent.«

»Wie meinst du das, nicht existent? Ach, zum Teufel mit dem Kerl!« Er bremste scharf, streckte den Kopf in den Regen hinaus und schimpfte auf den Fahrer eines Melasse-Tanklastzuges ein. Es herrschte dichter Verkehr, eine träge, glitzernde Raupe auf nassem Asphalt.

»Es hat keinen Sinn, mit dir zu reden«, meinte Jackie. Dann zog sie plötzlich scharf die Luft ein. »Warum haben

wir nicht daran gedacht? Wir hätten zur Post gehen sollen.«
Der Wagen schleuderte beinah in die Rücklichter des Lastzuges, und das große Schild am Ende ›Achtung Druckluftbremsen‹ schien in die Windschutzscheibe zu springen.

»Hugo!« kreischte sie. »Was, zum Donnerwetter, machst du denn? Meinst du, du liebst mich noch genauso, wenn ich beim Gesichtschirurgen war?«

»Oh, Jackie«, sagte Alice niedergeschlagen. »Ich wünschte, ich hätte an die Post gedacht. Ich war bei der Polizei, aber darauf bin ich einfach nicht ge . . .«

»Du bist zur *Polizei* gegangen?« Hugos Stimme klang völlig verblüfft.

»Nur wegen des Wählerverzeichnisses. Könnten wir nicht zurückfahren, Hugo? Die Sache beunruhigt mich irgendwie.«

»Zurückfahren? Es würde mich beunruhigen, wenn ich mitten in der Hauptverkehrszeit durch dieses Chaos zurückfahren müßte. Außerdem haben die schon zu.«

»Ja, wahrscheinlich, daran habe ich nicht gedacht.«

In der Tat war es kaum vorstellbar, wie jemand hier wenden und zurückfahren sollte. Die kriechende Raupe blieb ununterbrochen bis zur Brentwood-Gabelung. Dort bog ein Drittel ab.

»Glücklicherweise gehört dieser Stress der Vergangenheit an, wenn die Umgehungsstraße nächste Woche eröffnet wird.«

Der Strom kam zu einem bebenden Halt, als die ersten Wagen in den Flaschenhals von Salstead High Street einfuhren. Zu ihrer Rechten sah Alice die helle Einmündung der zweispurigen Straße und gegenüber eine Reihe von Ölfässern mit roten Warnleuchten. Die neuen Lampen waren zwar installiert, aber nicht erleuchtet. Es war eine Geisterstraße. Unbelebt und lautlos zog sie sich zwischen den dunklen Dämmen aufgehäufter Steinbrocken dahin. Alice konnte gerade noch das große Hinweisschild in der Ferne ausmachen und die akkurat gewinkelte Abzweigung, wo die Umgehungsstraße sich gabelte, um im Stadtzentrum wieder auf die High Street zu treffen. Auf der anderen Seite dieses Zubringers lag Helicon Lane, nur noch ein Stumpf jetzt, von dem das untere Ende abgetrennt worden war, um für die Umgehung Platz zu schaffen. Aber *The Bridal Wreath* war noch dort und die Eiche mit den schwingenden Misteln ...

An der nächsten Kreuzung fuhren sie von der High Street ab und bogen in die Station Road ein. In der Praxis von Harry Blunden brannte Licht, und Mr. Cropper ließ vor seinen Schaufensterauslagen das Scherengitter herunter, das aussah wie ein Vorhang aus Gliederketten. Jedenfalls hatte Nesta ihren Ring bekommen. Irgendwo in diesem unauffindbaren Haus namens Saulsby streifte sie ihn vielleicht gerade jetzt über, den Ehering, drehte ihn und lächelte, während das Licht sich in den Facetten der Brillantsplitter fing.

Die Leute strömten ins *Boadicea*. Es mußte nach sechs sein. Das Auto glitt sanft zwischen den Doppelhausneubauten und unter der Eisenbahnbrücke hindurch, vorbei am Werk – Whittaker-Hinton, gegr. 1856. Die letzten Arbeiter kamen heraus, in Autos, auf Fahrrädern, einige zu Fuß. Hugo fuhr langsamer, hob grüßend die Hand, und Alice erkannte seine Sekretärin, die gerade die Treppe herunterkam. Onkel Justins Bentley und Andrews Triumph standen nicht mehr auf dem Parkplatz der Geschäftsleitung. Der Wagen fuhr rasch weiter in den Frieden der nassen, abgeschiedenen Ländlichkeit.

Vair House war viel kleiner als Vair Place, aber aus derselben Zeit und aus den gleichen dunkelroten Backsteinen. Es drängte sich eng an das größere Haus, ohne jedoch mit ihm verbunden zu sein. Beinah, als hätte das Elternhaus mit Vair House ein Kind geboren, das zwar unverwechselbar seines, jedoch keine Kopie war.

Das größere Haus überragte Vair House um vielleicht vier Meter, und auf diesem Raum waren unter dem Dach vier Schlafräume untergebracht. Von den Fenstern aus, wie von allen Fenstern im Obergeschoß beider Häuser, hatte man einen ungehinderten Blick über Salsteads weite Wiesen. Justin Whittaker, der Vair Place bewohnte, war der Ansicht, daß ebenso, wie es nichts Häßliches oder Unpassendes an seiner Domäne gab, wie er es nannte, es auch nichts Unschönes in umgekehrter Richtung zu sehen gäbe. Sogar die neue Tankstelle an der Pollington Road wurde durch einen herrlichen Wall aus Linden, Silberpappeln und Lärchen verdeckt. Nur St. Jude's Kirchturm war zu sehen, eine schlanke steinerne Nadel über einem Gespinst von Zweigen. Durch den Bau ihrer Fabrikgebäude direkt an der Bahnstation hatten die Whittakers den ersten Eindruck der Besucher Salsteads für immer ruiniert; ihre eigenen Wohnhäuser hatten sie sorgfältig vor dem Anblick solcher Landschaftsverwüstungen bewahrt.

Die beiden Frühwaisen Alice und Hugo waren vom Bruder ihres Vaters, dem derzeitigen Firmenchef, aufgezogen worden. Als Hugo heiratete, hatte er es jedoch vorgezogen, eine Viertelmeile entfernt seinen eigenen Bungalow zu bauen. Vair House wurde frei, als die letzte Hinton-Tante starb, und so war es geblieben, bis Onkel Justin Alice das Haus bei ihrer Heirat mit Andrew zur Verfügung stellte.

Andrew ... Dies war genau die richtige Umgebung für ihn, dachte sie, nachdem Hugo sie an der Auffahrt abgesetzt hatte und sie auf das Haus zuging. Sie konnte sich kaum erinnern, daß ihr je etwas mehr Freude bereitet hatte, als ihm an jenem Tag, als sie ihm Vair House zeigte, sagen zu können, dies würde ihr Heim sein. Vair House statt einer der verputzten Bungalows, die für verheiratete Lehrer der Pudsey-Schule zur Verfügung standen. Außer – außer vielleicht die Freude, ihm den kleinen roten Triumph zur Hochzeit schenken zu können oder die goldene Uhr zum Geburtstag oder den William-and-Mary-Bücherschrank für seine Trollope-Erstausgaben.

Der Sportwagen stand in der Einfahrt, überragt von Onkel Justins Bentley jenseits der Hecke. Natürlich war er inzwischen zu Hause. Alice sah auf die Uhr. Beinah halb sieben. Sie ging durch die einzige Kurve der Auffahrt, und dann sah sie ihn warten.

Sie wußte, daß er auf sie wartete, obwohl er nicht in den Garten hinausschaute. Die Vorhänge waren noch nicht zugezogen, und durch die kleinen, quadratischen Scheiben konnte sie das roséfarbene Licht von einer der Lampen auf seinem Gesicht und auf dem Buch, in dem er las, sehen. Während sie auf Zehenspitzen die Stufen hinaufstieg, denn sie liebte es, unbemerkt an ihn heranzuschleichen, nahm sie alle Details in dem Fensterausschnitt wahr: Andrews lange, schlanke Hände, die sie immer an die von Tizians *L'homme au Gant* erinnerten, den Siegelring an seinem Finger, sogar den Einband – braun und hellblau – des Romans, in dem er las, mit einer Zeichnung von Huskinson darauf.

Leise schloß sie auf und trat ins Haus. Vor dem Spiegel in der Halle blieb sie stehen und schaute sich an. Als sie Andrew heiratete und nach Salstead holte, hatte sie einen festen Entschluß gefaßt. Nichts an ihrer Erscheinung sollte geändert werden. Laß sie doch lachen und klatschen über die unelegante Alice Whittaker, die sich schließlich doch noch einen geangelt hat – und was für einen! Man hätte noch mehr gelacht und getratscht, wenn sie plötzlich in hochhackigen Pumps und kurzen Röcken herumgelaufen wäre und sich die Haare hätte schneiden lassen.

Damals, in der Aula in Pudsey, hatte sie ausgesehen wie immer, eine Frau mit einer hervorragenden Figur – eine Klassefrau, sagte Andrew – in einem Seidenkleid und vernünftigen Sandaletten mit niedrigen Absätzen, das Haar so, wie sie es schon immer trug, seit sie mit siebzehn ihre Zöpfe hochgesteckt hatte. Mit dieser Alice hatte Andrew gesprochen, mit ihr hatte er zusammengesessen, sich in sie verliebt. Warum also sollte sie sich ändern?

Und dennoch . . . Jackies Bemerkungen fielen ihr ein, und ein winziger Zweifel nagte an ihr. Das Tuch sah vielleicht besser aus, wenn sie es um den Hals schlang und mit der Brosche feststeckte, oder sollte sie es knoten? Sie fummelte erfolglos herum, dann warf sie das Tuch mit einem Lächeln über ihre kleinen Eitelkeiten beiseite und befestigte die Brosche an ihrem alten Platz. Hinter ihr schwang die Tür auf, und sie wußte, daß er dort stand. Sein Gesicht erschien über ihrer Schulter im Spiegel.

»»Sie kannte sehr wohl«», zitierte er lachend, »»das große architektonische Geheimnis, einen Bau zu verschönern, doch ließ sie sich niemals dazu herab, eine Verschönerung aufzubauen.‹«

»Andrew, Lieber!«

»Ich habe gerade angefangen, mir Sorgen um dich zu machen.«

Er breitete die Arme aus, und sie schmiegte sich hinein, als seien sie einen Monat lang getrennt gewesen.

»Du hast dir nicht wirklich Sorgen gemacht, oder?«

»Hätte ich aber, wenn du nicht bald gekommen wärst. Hungrig?« Sie nickte. »Ich habe Pernille ins Kino geschickt. Offenbar hat ein früher Bergman den Weg ins *Pollington Plaza* gefunden. Sie kommt aber rechtzeitig zurück, um das Abendessen zu machen.«

Er folgte ihr in den Wohnraum. Teegeschirr stand auf einem niedrigen Tischchen, zusammen mit dünngeschnittenem Brot, Butter und Gebäck aus der Konditorei in der York Street.

»Ich habe Tee für dich gemacht.«

»Für mich? Oh, Andrew, all das hast du extra für mich gemacht?«

»*Madame, est servie.*«

Das Feuer im Kamin flackerte gerade wieder auf. Sie sah ihn vor sich, wie er es herunterbrennen ließ, ohne etwas zu merken. Und dann, als es sechs war und sie immer noch nicht zurück war, aufsprang, um neue Scheite aufzulegen. Sie wärmte ihre Hände an den gelben Flammen und dachte dabei an jenes erste Mal, als er ihr eine Tasse Tee gereicht hatte in der Aula von Pudsey am Gründungstag.

Er dachte wohl auch daran, oder er konnte Gedanken lesen, denn er fragte ernsthaft: »Nehmen Sie Milch, Miss Whittaker?«

Sie lachte und hob ihr Gesicht dem seinen entgegen, wo sie die Zärtlichkeit sah, die sie gemeinsam spürten wie das Bewußtsein des Wunders, das ihnen widerfahren war. Sie konnte es noch immer nicht glauben, daß er sie ebenso liebte wie sie ihn, und doch – unmöglich daran zu zweifeln, wenn sie in seinen Augen dies Leuchten aus Staunen und Freude sah. Die Liebe war spät und ungerufen zu ihr gekommen. ›Es ist so romantisch‹, hatte Nesta geseufzt. ›Ich möchte am liebsten weinen.‹ Dabei füllten sich ihre blaßblauen Augen mit Tränen. Vielleicht weinte Nesta jetzt irgendwo, weil sie auf Alice gewartet hatte und Alice nicht gekommen war. Sie trat einen Schritt von Andrew zurück, hielt aber seine Hand in der ihren. Wenn Nesta wirklich auf sie gewartet hatte, dann hätte sie sicher angerufen.

»Erzähl mir, was du getrieben hast«, sagte sie. »Gibt es irgendwas Neues? Hat jemand angerufen?«

»Harry Blunden war da, angeblich, um mir etwas zu leihen und ein Buch zurückzubringen, das er sich geborgt hatte. Siehst du, er hat den Umschlag eingerissen.« Er zuckte die Achseln und zeigte auf einen langen Riß im Schutzumschlag des Buches, in dem er gelesen hatte. »Für einen Arzt hat er wirklich zwei linke Hände. Ich hoffe nur, ich komme nie in die Verlegenheit, mir von ihm eine Spritze verpassen lassen zu müssen.«

Also hatte Nesta, wo auch immer sie war, es vorgezogen, zu schweigen. »Ich habe Harry seit Wochen nicht gesehen«, sagte sie. Vielleicht wußte Harry etwas, er war Nestas Arzt. »Was meinst du mit angeblich?«

»Natürlich kam er in Wirklichkeit, um dich zu sehen, Bell.« Er nannte sie immer Bell, denn das war die viktorianische Koseform ihres zweiten Namens. ›Ich werde dich Bell nennen‹, hatte er gesagt, als sie ihm erzählte, daß sie Alice Christabel hieß. ›Alice ist zu hart für dich. Alice ist ein Name für alte Jungfern, nicht für junge Frauen . . .‹

»Was wollte Harry denn?«

Er lachte. »Dich sehen, denke ich. Eine halbe Stunde hing er hier rum und wußte weder, wohin mit seinen großen Pranken, noch so recht, was er sagen sollte; dann mußte er zur Nachmittagssprechstunde.«

»Du magst Harry nicht, stimmt's?«

»Natürlich mag ich Männer nicht, die in meine Frau verliebt sind«, meinte er leichthin. »Ich mag Männer nicht, die das Haus meiner Frau als Tempel betrachten und sich ganz bewußt in ihren Sessel setzen, weil sie wissen, daß sie dort zuletzt gesessen hat. Er würde am liebsten den Boden küssen, über den du gewandelt bist.« Mit einem kleinen Lächeln setzte er sich ihr zu Füßen. »Und diese alten Platitüden bringen mich zu deiner Freundin Nesta. Wie geht es ihr? Erzähl.«

»Es gibt nichts zu erzählen. Ich habe sie nicht gesehen. Es ist wirklich äußerst merkwürdig, Schatz, aber ich konnte sie nicht finden.«

»Wie meinst du das, Bell?« Er hörte schweigend zu, entspannt und ruhig, während sie ihm berichtete.

»Wie soll dieses Haus heißen, sagst du?«

Sie nahm ein Gebäck mit Marzipanfrüchten und biß hinein.

»Saulsby. Ich weiß, daß Jackie glaubt, ich hätte mich geirrt, aber das stimmt nicht. Ich habe es in meinem Adreßbuch notiert. Warte mal, ich hole es.«

»Steh nicht auf. Ich weiß, daß du keine derartigen Fehler machst.« Er rutschte genüßlich herum und schaute zu ihr auf. »Du hast wirklich den herrlichsten Schoß, auf den ich mein Haupt je gebettet habe.«

»Hast du schon in vielen gelegen – ich meine, dein Haupt gebettet natürlich?«

»In unzähligen.«

Sie lächelte, und bedauerte die anderen Frauen, die nicht wie sie ausgewählt worden waren. »Was soll ich denn nun wegen Nesta unternehmen?«

»Unternehmen? Warum solltest du etwas unternehmen?«

»Es kommt mir so eigenartig vor.«

»Wahrscheinlich gibt es eine ganz simple Erklärung für alles.«

»Das hoffe ich. Trotzdem kann ich mich des Eindrucks nicht erwehren, daß sie vielleicht in irgendwelchen Schwierigkeiten steckt. Erinnerst du dich, wie merkwürdig und niedergeschlagen sie war, als sie wegging?«

»Ich erinnere mich, daß sie überall herumging, sich verabschiedete und dabei im übertragenen Sinn ihre Sammelbüchse schwenkte.«

»Oh, Schatz!«

»Sie drängte sich uns doch förmlich auf mit der Entschuldigung, bei ihr sei alles gepackt und sie könne sich nichts kochen.«

»Pernille war krank, und ich mußte kochen, aber das Käsesoufflé fiel zusammen und war scheußlich.«

»Es war nicht besonders scheußlich«, sagte er und fügte neckend hinzu: »Du hättest Harry noch einladen sollen. Ich bin sicher, er würde selbst . . .« Er hielt inne, um sich etwas besonders Ekelhaftes auszudenken. ». . . selbst schokoladeüberzogene Ameisen herrlich finden, wenn er glaubte, du habest sie zubereitet.«

»Gräßlich.« Alice schauderte. »Und dann hatte sie einen ihrer kleinen Tränenausbrüche«, fuhr sie fort, »und du hast sie nach Hause gefahren zum *Bridal Wreath*. Gott weiß warum, denn sie wollte doch die Nacht bei den Feasts verbringen. Das war ja die Nacht, in der sie die alten Gräber aushoben, um Platz für die neue Straße zu schaffen. Nesta war das unheimlich.«

»Die unkontrollierte Phantasie der Ungebildeten«, deklamierte Andrew pathetisch. Er grinste.

»Sei nicht so unfreundlich. Ich nehme an, sogar du hättest keinen besonderen Wert daraufgelegt, ein paar Meter von einem Ort entfernt zu nächtigen, wo Leichen ausgebuddelt werden. Ich jedenfalls nicht. Sie hatten sogar einen Polizisten und den Pfarrer dabei, und ich glaube, das machte es nur noch schlimmer. Aber sie war ja sowieso nicht da. Ich wünschte, ich wüßte, wo sie jetzt ist, Andrew.«

»Bell?« Er setzte sich abrupt auf. »Könnten wir Nesta Drage mal beiseite lassen?«

Sie sah ihn fragend an.

»Ich war froh, als sie wegzog«, sagte er. »Mir ist es nie gelungen, in ihr das zu sehen, was du sahst, Bell. Es hat mir nicht gefallen, als du mir sagtest, sie habe sich Geld von dir geliehen.« Sie fing an zu protestieren, und er meinte beruhigend: »Gut, gut, sie hat es zurückgezahlt. Als du heute nach Orphingham fuhrst – ich muß gestehen, ich dachte, du kämst um einige hundert Pfund leichter zurück, als

Partner in einem neuen, hoffnungslosen Unternehmen, wie das letzte. Aber du hast sie nicht getroffen, Schatz, ich glaube wahrhaftig nicht an Zeichen und Ahnungen, aber ich kann nicht umhin, dieses ganze Hin und Her mit Adressen als Fingerzeig einer freundlichen Vorsehung zu deuten.«

»Ich wollte aber morgen noch mal rüberfahren.«

»Das würde ich nicht tun an deiner Stelle.« Sie war nie besonders geschickt im Verbergen ihrer Empfindungen gewesen. Jetzt merkte sie, daß die Enttäuschung sich in ihrem Gesichtsausdruck niederschlug, denn er fragte einlenkend: »Du machst dir tatsächlich Gedanken über diese Geschichte, nicht?«

Sie nickte.

Er hockte sich hin, nahm ihre Hände und lächelte sie zärtlich an. »Ich habe Angst um dich. Es könnte dir etwas zustoßen. Warum wartest du nicht bis Samstag, dann kann ich mitfahren.«

»Oh, Andrew, ich brauche keinen Leibwächter.«

Er schaute sie immer noch mit einer Mischung aus Sorge und Amüsement an. »Keinen Leibwächter«, meinte er dann, und in seiner Stimme lag eine Art trauriger Intensität. »Es gibt andere Arten von Verletzlichkeit.«

»*Sticks and stones may brake my bones*«, erwiderte sie leichthin. »Du weißt schon, wie es weitergeht.«

»Ja, aber es ist vielleicht das unsensibelste Sprichwort von allen, sicher das dümmste.«

Alice ging nach oben, sich umziehen. Es war absurd, daß Andrew derartig den Beschützer herauskehrte. Hätten ihre Verwandten ihn gehört, sie hätten sich das Lachen kaum verbeißen können, wo doch alle wußten, wie stark und selbstbewußt sie war. Mütterlich war das Wort, das sie benutzten, um sie zu beschreiben; ein passendes Adjektiv für eine Frau, die einen neun Jahre jüngeren Mann geheiratet hatte.

3

»Wo willst du denn hin«, fragte Onkel Justin, als er aus seinem Bentley stieg. »Warum bist du nicht beim Mittagessen?«

Er kam zur Hecke und musterte sie. Was er sah, schien ihn nicht zu befriedigen, denn auf seinem Gesicht erschien nicht die geringste Andeutung eines Lächelns.

Alice fiel ein, daß ein geistreicher Mensch einmal gesagt hatte, alle Whittakers sähen aus wie die Nachfahren einer monströsen Kreuzung zwischen einem goldfarbenen Cokker und einer Araberstute, doch schlügen nur die männlichen Familienmitglieder nach der weiblichen Ahnin. Tatsächlich sah Justin Whittaker einem Pferd sehr ähnlich. Seine Stirn war niedrig, doch rettete ihre Breite sie davor, unedel zu wirken. Der Abstand zwischen Augen und Mund war beträchtlich, und dieser Eindruck wurde noch verstärkt durch die tiefen parallelen Linien, die seine ständig zusammengekniffenen Lippen zwischen Nase und Kinn eingekerbt hatten. Die riesigen Zähne waren seine eigenen, doch er zeigte sie selten und hielt seine Unterlippe in einer Position, die er entschlossen, andere streitsüchtig nannten.

»Ich gehe zu dem Hunger-Lunch, Onkel Justin, das Brot- und Käse-Lunch für Oxfam«, sagte Alice tapfer und rief sich dabei ins Gedächtnis, daß sie jetzt eine verheiratete Frau war. »Es findet jeden Freitag statt.«

»Römisch-katholischer Blödsinn.«

Es hatte keinen Sinn, sich mit ihm anzulegen. Lieber sollte er denken, daß sie mit der römisch-katholischen Kirche flirtete, als ihr seine infamste Schmähung an den Kopf zu werfen: »Sozialist!«

»Du mußt doch wohl nicht auch noch dafür bezahlen, oder?«

»Aber natürlich bezahlen wir dafür. Das ist doch gerade der Sinn der Sache.« Sie holte tief Luft. »Der Erlös geht an Oxfam, wie ich schon sagte. Im Augenblick versuchen wir, genug zusammenzubringen, um Landmaschinen für ein indisches Dorf zu kaufen.«

Er runzelte die Stirn und schüttelte den Kopf. Seine silbergraue Krawatte war immer so fest geknotet, daß er das Kinn recken mußte.

»Ich frage mich nur, was wir deiner Ansicht nach mit all diesen Menschen anfangen sollen, die du da durchfütterst. Es wird dir nicht gefallen, Alice, wenn sie hierherkommen und überall in Vair in kleinen Fertighäusern wohnen.«

»Ich kann jetzt nicht darüber diskutieren, Onkel Justin, sonst komme ich zu spät.«

»Eine Ansammlung von alten Jungfern, schätze ich.« Sein Blick deutete an, daß er sie da mit einschloß, sie keine echte hübsche Frau war. Seiner Ansicht nach sollte man Frauen betrachten, und sie sollten es wert sein, betrachtet zu werden, aber hören sollte man sie nicht allzu oft. »Männer kommen da sicher nicht hin.«

»Doch.« Alice mußte zugeben, daß er beinah recht hatte. Dann nannte sie ihm die einzigen vier Männer, die wirklich je kamen. »Mr. Feast von der Molkerei – er ist Schatzmeister –, und Harry Blunden kommt oft, der Pfarrer ist fast immer da und Vater Mulligan von *Our Lady of Fatima*.«

»Da haben wir's, wie ich gesagt habe. Du kommst wirklich besser mit und ißt bei mir.«

Beinah unterlag sie der Versuchung. Lunch in Vair Place war ein Genuß. Sie sah ihn vor sich, wie er seine Mahlzeit verzehrte, die fast immer aus den gleichen Zutaten und Reihenfolgen bestand. Ein kleines Gläschen Manzanilla vorweg, dann ein Steak und Apfel-Pie, zubereitet von Mrs. Johnson und serviert von Kathleen. Seine Version von Brot und Käse bestand aus hauchdünnen Wein-Crackern mit einem dreieckigen Stück Camembert dazu.

»Ich muß gehen«, sagte sie. »Vergiß nicht, du bist heute abend bei uns zum Essen.«

Es war viel zu spät, um zu Fuß zu gehen. Als sie sich durch den Mittagsverkehr gekämpft und einen Parkplatz ergattert hatte, war es Viertel nach eins. Doch die helle Tür der *St. Jude's Hall* stand noch hoffnungsvoll offen.

Der Fußboden des Innenraumes war mit hellbraunem Linoleum belegt, das – da es nie gebohnert wurde – aussah wie Milchschokolade, die zu lange gelegen hat. An einem Tisch gleich hinter der Tür saß ein sehr dünner Mann. Der Tisch war mit Sammelbüchsen beladen und mit Postern behängt. Der Mann sah noch verhungerter aus als die Kinder, die mit aufgeblähten Bäuchen und fieberglänzenden Augen hoffnungslos von den flatternden Plakaten starrten.

»Tut mir leid, daß ich zu spät komme, Mr. Feast.« Alice kannte ihn schon zu lange, um sich über seinen Namen zu amüsieren oder die Diskrepanz zwischen Namen und Aussehen zu bemerken.

»Besser spät als gar nicht.« An seinem Hals wölbte sich über dem Kragen eine riesige Verdickung wie ein Adamsapfel. Es war das einzig Bemerkenswerte an ihm. Wenn man ihn nur dazu bewegen könnte – hatte Andrew einmal vorgeschlagen –, sich mit einem Lendentuch an den Eingang zu stellen, dann würde selbst Onkel Justins Feindseligkeit dahinschmelzen. Die größten Reaktionäre würden sich zu den Brot-und-Käse-Essern gesellen, wenn auch vielleicht in Unkenntnis des tatsächlichen Sinns ihres Fastens.

Sie ging rasch vorbei.

»Guten Morgen, Miss Whitt – Mrs. Fielding, meine ich«, sagte der Pfarrer. Er hatte sie getraut, doch die Gewohnheit aus zwanzig Jahren konnte er nicht innerhalb von sechs Monaten ablegen. »Wir haben Sie in der letzten Zeit nicht so häufig gesehen, wie wir uns gewünscht hätten.« Es war genau der Satz, den er für unregelmäßige Kirchgänger benutzte.

Ich habe geheiratet und kann deshalb nicht mehr so oft kommen, hätte Alice beinah erwidert. Statt dessen lächelte sie. »Nun, jetzt bin ich da.«

»Ja, stimmt, und sehr willkommen.«

Er führte sie an einen der langen, rohen Holztische und zögerte vor den vielen leeren Stühlen. Ihr Blick wanderte vom Ölgemälde James Whittakers, Erbauer des Gebäudes, pompös in Frack und Uhrkette, zu den verschiedenen Bildern darunter. Unter jedem der pietätvoll gotisch gehaltenen Fenster hing das Poster eines hungrigen Kindes mit einer leeren Schale, so daß es aus ihrem Blickwinkel erschien, als zöge sich eine Schlange unterernährter Kinder beobachtend und wartend durch den ganzen Saal.

»Alice! Komm und setz dich in die Sonne.« Harry Blunden schob seinen Stuhl zurück und stand auf. »Da, der wärmste Platz im ganzen Raum.«

Sie lächelte in sein schmales, häßliches Gesicht und versuchte, ihr Unbehagen über die unverhüllte Liebe, die aus seinen Augen strahlte, zu verbergen.

»Dank dir, Harry.«

Seine enorme Größe hatte ihn immer behindert – sie stellte sich ihn vor, wie er buchstäblich über den Kranken zusammenklappte –, so daß er jetzt leicht gebeugt ging.

»Also, was darf es sein?« Er nahm ihr den Mantel von den Schultern. »Mausefallenqualität oder beste Küchenseife?« Es war die nicht länger witzige Bemerkung, die er immer machte, wenn sie sich zum Freitagslunch trafen.

»Oh, Mausefalle, aber bitte nicht das Stück mit dem teuflisch aussehenden Loch drin.«

Über dem Tisch lag ein weißes Plastiktuch, in Plastikschalen lagen Brötchen und grobgeschnittenes Baguette,

Käse in Backsteinform gab es, so trocken und appetitanregend wie das Holz des Tisches, und in einem Marmeladenglas stand ein kleines Bund angewelkter Kresse. Die Gedecke bestanden aus Teller, Messer und einem Woolworth-Wasserglas.

»Hallo, Mrs. Fielding.«

Alice schaute hoch und sah gegenüber in die Augen eines dünnen Mädchens mit langem, ungepflegtem Haar, das ihr bis auf den Rücken fiel.

»Hallo, Daphne. Ich wollte Sie schon besuchen.« Daphne Feast zerteilte zwei Haarsträhnen und lugte dazwischen hervor.

»Ich weiß, ich habe mit Ihrer Schwägerin gesprochen.«

»Jackie? Ist Jackie hier?«

Daphne streckte ihren langen Arm quer über den Teller einer plumpen Dame zwei Plätze weiter und zeigte aufs andere Ende der Tafel, wo Jackie zwischen ihren beiden Kindern saß.

»Sie sagt, daß Sie Nesta Drage gesucht haben. Sie hätte Ihnen eine falsche Adresse gegeben oder so was.«

»Na ja, es war nicht ganz –« Alice hielt inne, als Harry sie unterbrach. Sie wünschte, er würde nicht immer versuchen, sie so mit Beschlag zu belegen.

»Eine falsche Adresse?« fragte er. »Aber du bist doch hingefahren, oder?«

»Ja, aber . . .«

Sie hob ihr Glas, als der Pfarrer mit einem Krug voll Wasser zu ihrem Teil des Tisches kam.

»Was müssen wir denn dafür bezahlen?« fragte die Plumpe.

Der Pfarrer strahlte. »Nur das, was Sie auch für Ihr ganz normales Lunch zu Hause ausgeben würden.«

»Aber ich esse mittags nie zu Hause! Meine Schwiegermutter läßt mich nicht. Sie sagt, wenn ich noch mehr zunehme, dann kriege ich einen Herzinfarkt. Das werde ich doch nicht, oder Doktor Blunden?«

Harry wandte sich ihr unwillig zu. »Kann nicht schaden, auf Nummer Sicher zu gehen«, meinte er.

»Ich wünschte, Sie würden sich zu mir setzen, Doktor, und mir sagen, was ich machen soll, damit ich es meiner Schwiegermutter erzählen kann.«

Alice sah ihm an, daß er keine Lust hatte, sich woanders hinzusetzen. Er zögerte einen Augenblick. Dann stand er mit einem abwesenden Lächeln auf und ging mit seinem Teller um den Tisch herum.

»Ich dachte, Sie wüßten vielleicht, wo Nesta wirklich ist«, sagte sie zu Daphne. »Sie waren doch eng mit ihr befreundet.«

»Ach, ich weiß nicht. Wir haben nur manchmal zusammen herumgealbert, das ist alles.«

»Hat sie Ihnen denn auch nicht gesagt, wo sie hinwollte? Sie muß Ihnen doch eine Adresse gegeben haben, unter der Sie ihr schreiben können.«

»Sie wußte, daß ich nie schreibe, Mrs. Fielding. Wir waren so was wie – wie sagt man? – Schiffe, die sich in der Nacht begegnen. Sie hat sich nicht mal richtig verabschiedet, aber das bricht mir nicht das Herz.«

Alice war verblüfft. »Aber in der letzten Nacht vor ihrer Abreise war sie doch bei Ihnen, am 7. August, an dem Freitag. Sie hat mit uns zu Abend gegessen, und dann ist sie zu Ihnen gegangen.«

»Bei uns ist sie nicht aufgekreuzt.«

»Ich dachte, das war eine feste Verabredung.«

»Verabredung würde ich es nicht nennen. Sie hat gesagt, sie kommt, und Paps und ich haben auf sie gewartet, aber im Fernsehen gab's einen Krimi, und weil sie doch schon kein Telefon mehr hatte, konnte ich sie nicht erreichen. Sie wissen ja, wie das ist.«

Nein, sie wußte es nicht. Sie notierte sich all ihre Verabredungen in einem kleinen Taschenkalender, neben ihrem großen Terminkalender, und vergaß nie eine morgendliche Kaffeeinladung, schon gar nicht das Versprechen, bei Freunden zu übernachten.

»Und Sie sind nicht mal beim *Bridal Wreath* vorbeigegangen, um zu sehen, was los ist?«

Diese Vorstellung schien Daphne beinah zu schockieren. Sie knabberte an einem Käserest herum. »Ich hab doch schon gesagt, da war dieser Fernsehfilm. Paps ist dann noch ins *Boadicea* auf ein Bier, und ich hab zu ihm gesagt: ›Guck mal, ob du Nesta irgendwo siehst.‹ Als es so zehn rum war, hab ich's aufgegeben.« Sie lehnte sich vertraulich über den Tisch. »Offen gesagt, Mrs. Fielding, ich war nicht besonders scharf drauf, im Dunkeln die Helicon Lane runterzulaufen. Nicht, wo sie gerade dabei waren, all die Gräber aufzubuddeln.«

Lieber Himmel! Alice schüttelte sich. In Daphnes blassem Gesicht, in dem nur die Augen geschminkt waren, lag etwas Gespenstiges – und dann das strähnige Haar, das fast in den Brotkorb fiel . . .

»Nun«, sagte sie. »Es ist und bleibt eine geheimnisvolle Geschichte. Bevor ich Nesta den Ring schickte – als ich noch gar nicht wußte, wohin sie gegangen war –, habe ich alle ihre Bekannten hier in Salstead gefragt, aber keiner hatte ihre neue Anschrift.«

»Ja, mich haben Sie auch gefragt«, meinte Daphne nachdenklich. »Und ich hab Paps gefragt und all die Leute, die in den Laden kommen.«

Harry sah aus, als sei seine Geduld bald erschöpft. Die dicke Frau redete auf ihn ein: »Ich schätze, es gibt nichts, was mich davon abhalten könnte, nachher noch ins *Boadicea* zu gehen und ein ordentliches Lunch zu bestellen, oder?«

»Auf Ihre eigene Verantwortung«, sagte Harry. Er kam um den Tisch herum, blieb hinter Alice stehen und berührte ihre Schulter. »Ich würde das hier nicht übertreiben, Alice.« Seine Stimme war leise, und sie drehte sich rasch um, denn seine Worte waren eindeutig nur für ihre Ohren bestimmt. »Du brauchst vernünftige Mahlzeiten. Du siehst in letzter Zeit etwas müde aus.«

»Aber ich fühle mich gut.«

Seine Worte waren kaum mehr als ein Flüstern, und sie mußte sich bemühen, sie zu verstehen. »Wenn dich je etwas bedrückt – was es auch sei, Alice –, dann kommst du zu mir, ja?«

»Du weißt doch, daß ich nie krank bin, Harry.«

Er schüttelte den Kopf, verstärkte den Druck seiner Hand und zog sie dann weg. Erstaunt schaute sie ihm nach, wie er zu dem Tisch hinüberging, an dem Mr. Feast saß und kassierte. Harry war Arzt, ihr Arzt. Warum hatte sie dann diesen intensiven Eindruck, daß die Sorgen, die er für sie befürchtete, ganz und gar nicht physischer Natur waren?

»Sie meinen, es sei ein Geheimnis«, sagte Daphne Feast gerade. »Ich will Ihnen mal was sagen, es gab eine Menge geheimnisvoller Dinge um Nesta.«

Die Andeutung von Klatsch ließ Alice innerlich zurückschrecken. Sie wollte lediglich herausfinden, wo Nesta war und warum sie sich so versteckte.

»Einmal war sie mit einem Mann liiert.«

»Ach, das glaube ich nicht!« Nestas Schmerz um ihren verstorbenen Mann war so weit gegangen, daß sie noch drei Jahre nach seinem Tod Trauerkleidung trug. Sicher würde sie eines Tages wieder heiraten. Wenn man so hübsch war wie sie, blieb das gar nicht aus. Aber liiert mit einem Mann? Nesta war einsam und verloren gewesen. Deshalb, und um sie vor dem Umgang mit Leuten wie den Feasts zu bewahren, hatte Alice sich so um sie bemüht.

»Sie wollte mir nicht erzählen, wer es ist«, fuhr Daphne energisch fort. »Nur, daß er ein großes Tier in Salstead sei und daß einige Leute ganz schön schockiert wären, wenn es herauskäme.« Sie zündete sich eine Zigarette an und warf das Streichholz zu den Brotkrusten und Käserinden auf ihrem Teller. »Ich nehme an, er war verheiratet. Es muß ja einen Grund geben, warum er nicht wollte, daß es bekannt wurde. Nesta meinte, er würde sie demnächst heiraten müssen. Wir haben ganz schön rumgekichert über diese Sache.«

»Das klingt für mich wie Tagträumereien«, erwiderte Alice streng.

»Und noch eine komische Sache. Es hat nichts mit ihrem Liebesleben zu tun, ist aber trotzdem merkwürdig.« Daphne schnippte Asche quer über den Tisch.

Es wundert mich kein bißchen, daß Nesta nicht bei den Feasts übernachten wollte, dachte Alice.

»Haben Sie mal ihre Augenbrauen gesehen?«

»Ihre *Augenbrauen?*«

»Sie denken wohl, ich sei blöd, oder? Nein, Ihnen ist das nicht aufgefallen, weil Nesta sich so anstellte, wenn es um ihr Aussehen ging. Also damals, als sie herkam, da hatte sie doch so dichte, helle Brauen und lange Wimpern, stimmt's?«

Ja, Nesta hatte schöne Augenbrauen und lange, weiche Wimpern und dann ihr volles blondes Haar.

»Na gut, sicher hat sie sich die Augenbrauen gezupft, aber einmal war sie ein bißchen ungeschickt und zupfte zu viel weg. Sie meinte, das müsse sie nachwachsen lassen...«

»Und?«

»Und? Sie sind nie nachgewachsen. Das ist alles. Sie wuchsen einfach nicht, und sie mußte sie nachziehen. Einmal bin ich überraschend bei ihr in die Wohnung gekommen – guter Gott, sie ist beinah explodiert –, sie hatte kein

Make-up drauf, und sie hatte überhaupt keine Augenbrauen. Ich kann Ihnen sagen, Mrs. Fielding, das fand ich ganz schön unheimlich. Nur die Augen und dann gar nichts bis zum Haaransatz.«

Daphne, überlegte Alice, hatte ihre Berufung verfehlt. Sie hätte als so eine Art weiblicher Boris Karloff einen verblüffenden Eindruck auf Filmbesucher machen können. Erst die Gräber und jetzt das.

»Ihre Wimpern waren – also sie waren ziemlich üppig.«

»Sie waren falsch«, sagte Daphne Feast. »Und das ist kein Witz.«

Also hatte die arme Nesta Haarausfall gehabt. Entsetzlich, wenn man wußte, wie stolz sie immer auf ihre Erscheinung gewesen war.

»Danke, Daphne. Ich denke, sie wird schon wieder auftauchen.«

Sie begann, ihre Handschuhe überzustreifen.

»Wenn Sie sie ausfindig machen, dann könnten Sie ihr sagen daß sie mal gelegentlich ihre Sachen abholen soll.«

»Sachen?«

»Ja, am Tag, bevor sie wegging, hat sie ein paar Sachen zu uns gebracht. Ein Haufen altes Zeug, schätze ich, oder vielleicht welche von diesen Puzzles, auf die sie so wild war. Jedenfalls können Sie ihr sagen, daß ich den Kram gern los wäre, das Zeug steht bei uns rum und stört.«

»Ich werde es ihr sagen.«

Eine der Schwierigkeiten, eine Whittaker zu sein, lag darin, daß immer und überall Großzügigkeit von einem erwartet wurde. Froh, daß Onkel Justin nie erfahren würde, *wie* großzügig Alice war, nahm sie zwei Pfundnoten aus ihrer Brieftasche und legte sie vor Mr. Feast auf den Tisch.

»Ganz gute –« beinah hätte sie Besucherzahl gesagt – »Beteiligung heute, Mr. Feast.«

Er setzte mit düsterer Miene zu einem langatmigen Sermon an: »Es kommen immer nur die Leute aus der Oberschicht und der Arbeiterklasse, wie Sie vielleicht schon bemerkt haben, Mrs. Fielding. Der Mittelstand streckt die Füße unter dem eigenen, reichgedeckten Tisch aus. Deshalb habe ich schon immer gesagt und sage es weiterhin: Die ›Popular Front‹ ist eine Unmöglichkeit. Die Oberschicht und die Arbeiter –«

»Dann sagen Sie mir doch mal, Mr. Feast, wo würden Sie mich denn einordnen?« Beim Klang von Jackies Stimme drehte Alice sich um. »Ich wußte nicht, wohin mit meinen Bälgern, also habe ich sie mitgebracht, damit sie mal sehen, wie die andere Hälfte der Menschheit so lebt.«

Alice bückte sich und hob den Dreijährigen schwungvoll in ihre Arme. »Er wird schwer, Jackie! Na, wie fandest du dieses komische Essen, mein Schätzchen?«

Ihr Neffe schlang die Ärmchen um ihren Hals. »Ich habe eine Vorliebe für Käse, nicht wahr, Mammi?«

»Vorliebe?«

»Es ist sein neues Lieblingswort. Aber setz ihn runter, Alice, es wird zu anstrengend.«

»Ich habe eben beschlossen«, sagte Alice, »heute nachmittag noch mal nach Orphingham zu fahren.«

»Und wir kommen mit«, ertönte es unisono von Mark und Christopher.

Lächelnd ging sie vor den beiden in die Hocke.

»Wollt ihr? Nun, ihr könnt mitkommen, ich freue mich über ein bißchen lustige Gesellschaft.«

»Na, einen Vorgeschmack hast du ja eben gehabt«, sagte Jackie. »Aber ihr beiden geht jetzt mit mir zum Zahnarzt.«

Sie hielt sich vor dem nun folgenden Stereogeheul die Ohren zu. »Schade, daß du keine eigenen hast, Alice. Hättest du zehn Jahre früher geheiratet, dann hättest du Kinder und soviel lustige Gesellschaft, wie du dir wünschst.«

Vor zehn Jahren war Andrew neunzehn gewesen und in

seinem zweiten Jahr in Cambridge. Alice überlegte, ob Jackie klar war, was sie da gesagt hatte, aber obwohl sie merkte, wie ihr selbst das Blut in den Kopf stieg, war ihrer Schwägerin keine Verlegenheit anzumerken. Jackie, Hugo, Onkel Justin, sie alle sahen nur das Glück, das Andrew gehabt hatte, seinen Aufstieg in den Wohlstand. Sie dachten nie darüber nach, was er durch seine Ehe mit einer Frau mittleren Alters alles aufgab.

Sie nahm die beiden Jungen an der Hand. »Wenn ihr jetzt ganz vernünftig seid und mit zum Zahnarzt geht, verspreche ich euch etwas Feines in Vair heute abend. Laßt euch von eurer Mutter – na, sagen wir um halb sechs – rüberbringen.«

»Das ist ja der reinste Teufelskreis«, meinte Jackie. »Erst bekommen sie Füllungen in ihre bestialischen kleinen Beißerchen, und dann wird alles dafür getan, sie wieder mürbe zu machen.«

Alice ging hinaus ins kalte Sonnenlicht. Wenn sie sich beeilte und gleich losfuhr, war sie um drei in Orphingham.

4

Das Postamt war überfüllt, und Alice mußte sich einen Weg zwischen Kinderwagen und angebundenen Hunden bahnen. An den Schaltern bedienten drei Leute die Kunden, ein dünner junger Mann mit einem Gesicht so bleich, daß es beinah grünlich wirkte, eine behäbige Frau und ein weiterer Mann, älter und würdevoll mit schwerem, grauem Schnauzbart. Alice warf einen kläglichen Blick auf den Schriftzug eines Plakats: ›Irgend jemand wartet irgendwo auf einen Brief von dir.‹ Sie stellte sich ans Ende der kürzesten Schlange. Es ging nur sehr langsam weiter. Rentenbücher wurden herausgezogen, mit hartnäckiger Geduld vorgelegt, dann wieder in Taschen und Brieftaschen verstaut.

»Ja, bitte?«

»Ich habe einen Brief an eine Anschrift in der Chelmsford Road geschickt«, begann Alice. »An eine Freundin. Aber als ich gestern dort hinkam, konnte ich das Haus nicht finden.« Hinter ihr drängelte eine alte Frau, um besser zuhören zu können. »Das Haus heißt Saulsby. Aber in der ganzen Straße gibt es kein Saulsby.«

»Sie wollen sagen, Ihre Briefe sind verlorengegangen?« Die Stimme des jungen Mannes klang ungeduldig. Er hielt den Kopf gesenkt, wühlte in einer Schublade herum. »Wenn sie falsch adressiert waren, werden sie nach einiger Zeit an den Absender zurückgeschickt. Es ist deshalb ratsam, die eigene Anschrift . . .«

»Ich glaube nicht, daß sie verlorengegangen sind. Ich habe ja Antworten erhalten.«

Endlich sah er sie an. »Sie brauchen gar nicht die Post, was Sie brauchen ist das Rathaus. Die geben Ihnen ein Straßenverzeichnis. Nächster bitte.«

Doch Alice ließ sich nicht so leicht abwimmeln und sagte verzweifelt: »Den Straßennamen weiß ich doch. Ich sagte schon, Chelmsford Road. Es tut mir ja leid, wenn Sie gerade so viel zu tun haben, aber . . .«

»Freitag nachmittag haben wir immer viel zu tun, weil alle Leute wissen, daß es samstags so voll ist.«

Diese Logik haute sie fast um. Sie trat einen Schritt zurück, und sofort fuhr ein Arm im mottenzerfressenen Ozelot an ihr vorbei und legte ein Rentenbuch auf den Tresen.

»Gibt es denn niemanden, der mir weiterhelfen könnte? Es muß doch hier jemanden geben, der so etwas weiß.«

»Wenn Sie sich da drüben anstellen, dann könnten Sie mit Mr. Robson reden. Er ist der Poststellenleiter.«

Um sich Mr. Robsons Schlange anzuschließen, mußte sie bis zur Tür zurückgehen. Während er eine Frau im orangefarbenen Sari abfertigte, zählte sie fünfzehn Leute. Fünf Minuten vergingen, und nichts tat sich. Die Inderin kaufte sechs Briefmarken jeder Sorte, um sie einem Verwandten in Kalkutta zu schicken. Die Leute in der Schlange fingen an zu murmeln und mit den Füßen zu scharren.

Und wenn ich nun noch mal hinfahre, überlegte Alice, und mir die Hausnamen genau ansehe, jetzt, wo es nicht regnet. Ohne sich um die Wartenden zu kümmern, ging sie zu dem bleichen Mann vor. »Ist es vielleicht weniger voll, wenn ich später wiederkomme?«

»Wie bitte?«

»Wenn ich später wiederkomme?«

»Sie können später wiederkommen, wenn Sie wollen.« Er war mit dem Zählen von Geldscheinen beschäftigt und sah sie kaum an. »Gegen halb sechs wird's meist etwas ruhiger.«

»Würde es Ihnen was ausmachen, zu warten, bis Sie dran sind?« fragte eine müde aussehende junge Frau mit einem Kind auf dem Arm.

Alice ging zurück zu ihrem Wagen und fuhr die High Street hinauf bis zur Abzweigung der Chelmsford Road. Sogar unter dem winterlichen Himmel hatte das Ganze noch den farbenfrohen Liebreiz, das typisch Englische eines Kalenderblatts oder einer Weihnachtskarte. Die Bewohner setzten offenbar ihren ganzen Ehrgeiz in die regenbogenfarbige Verschiedenartigkeit ihrer bemalten Eingangstüren, der weißgetünchten Wände und der sandgescheuerten Treppenstufen. Diese Umgebung, dachte sie ohne Überheblichkeit, war sicherlich genau das, was Nestas snobistische Ader ansprechen würde – ebenso wie ihre Liebe zu gepflegter Niedlichkeit. Wer hier lebte, konnte über gewisse sinnvolle Alltagsaspekte in Salstead die Nase rümpfen.

Chelmsford Road lag verlassen da. Nasse, braune Kastanienblätter lagen im Rinnstein. Keines der Häuser hatte eine Hausnummer, und keines hieß Saulsby. Sie ging auf der einen Straßenseite entlang und sah sich die Schilder an, auf der gegenüberliegenden Seite zurück.

Es war still wie in einer Kirche, und das einzige Geräusch, das diese Stille störte, kam vom Aufgang von El Kantara, wo eine Frau welke Blätter zusammenfegte. Das Bogentor in der Mauer stand offen, und drinnen war ein Schild mit der Aufschrift: *Orphingham Hospital Management Committee.* Schwesternheim.

»Ich suche ein Haus namens Saulsby«, sagte Alice.

»Saulsby? Ich glaube nicht . . .« Die Art und Weise, wie die Frau flüsterte und dabei verstohlen über die Schulter blickte, war schon beinah unheimlich. Sie hielt beim Fegen inne, und das Laub verteilte sich erneut, bedeckte einmal mehr den Plattenweg. »Sie meinen nicht eine von diesen Beleidigungen fürs Auge?« fragte sie so leise, daß Alice sie kaum verstand.

»Beleidigung fürs Auge?«

»Nun, diese vier häßlichen Schuppen. Wenn Sie die Straße raufgegangen sind, müssen Sie vorbeigekommen sein. Die sind schon weiß Gott wie lange zum Abbruch bestimmt.«

Warum mußte sie da flüstern? Warum immerzu auf diese blinden, geschlossenen Fenster schauen? In der tiefen, schattigen Stille des baumbestandenen Aufgangs überkam Alice plötzlich ein Angstgefühl. Hätte sie bloß bis morgen gewartet, da wäre Andrew mitgekommen.

»Nein, es ist keins von denen«, sagte sie leise. Sie warf einen kurzen Blick in die dichten Büsche hinter ihr und zuckte zusammen, als die Frau plötzlich zischelte:

»Tut mir leid, ich kann nicht so laut reden.« Sie lächelte, brach damit die Spannung und zeigte mit dem Besenstiel nach oben. »Wissen Sie, die Nachtdienstmädchen schlafen jetzt alle.«

Alice mußte beinah lachen, als sie wieder auf die Straße trat. Die ganze Geschichte nahm sie viel zu sehr mit. Natürlich war das die offensichtliche Erklärung. Warum lächerliche Vorstellungen hineininterpretieren?

Während sie mit der Frau gesprochen hatte, hatte jemand ein Fahrrad neben ihrem Wagen abgestellt, ein rotes Fahrrad. Briefträger hatten rote Räder, aber wo war er? Sie stand noch da und betrachtete sich die kahle Mauer mit der langen Reihe der Tore, über die Kastanienzweige, Stechpalmen und gelbgetupfter Lorbeer hingen, als ein Windstoß die Straße entlangfuhr, sich in dem Rad fing und es in den Rinnstein warf. Die Räder drehten sich in der Luft. Sie bückte sich, um es aufzuheben. Er mußte den Krach gehört haben, denn er kam, die Gartentür von The Laurels hinter sich zuschlagend, angerannt.

»Vielen Dank.« Er war sehr jung mit strohblondem Haar und einem nichtssagenden Gesicht voller ungewöhnlicher Farbabstufungen: Kinn, Nase und Stirn waren schuppig und rötlich, Lippen und Wangen dagegen von einer krankhaften Blässe. »Sie hätten sich nicht schmutzig machen sollen.« Er wuchtete seine Tasche an den Lenker und blieb wartend stehen, um sie vorbeizulassen.

»Sagen Sie«, sprach Alice ihn an, »bringen Sie auch vormittags die Post? Ist das Ihre tägliche Tour?«

»Ja, seit ein paar Monaten. Was wollten Sie denn?«

»Haben Sie je Briefe für ein Haus namens Saulsby, an eine Mrs. Nesta Drage, gehabt?«

»Nicht direkt. Für Saulsby habe ich einen Nachsendeantrag.«

Sie starrte ihn an. Ihr Herz klopfte plötzlich wie rasend. Endlich sagte der Name noch jemandem außer ihr etwas.

»Was ist ein Nachsendeantrag?«

»Das ist, wenn man seine Anschrift ändert, verstehen Sie? Man füllt ein Antragsformular aus, und die ganze Post geht – na, sie geht eben nicht an die alte Anschrift. Sie geht an die neue. Wir sortieren unsere Sachen selbst, und wenn dann Post für den Antragsteller kommt, schreiben wir die neue Adresse auf den Umschlag, und er wird zur Weitersendung beiseite gelegt. Damit nichts verlorengeht, so ungefähr.«

»Könnten Sie mir sagen, wohin Mrs. Drages Post jetzt geschickt wird?«

Er schüttelte den Kopf. »Kann ich nicht machen. Das wäre so was wie Verletzung der Privatsphäre.«

Der Wind war plötzlich sehr kalt. Mit dem Zwielicht hatte ein feiner, nadelscharfer Frost eingesetzt. Alice fröstelte. Sie wurde selten ärgerlich, doch jetzt merkte sie, wie sie vor lauter Enttäuschung gereizt wurde.

»Ich nehme an, Ihnen ist noch nicht aufgefallen, daß es ein Saulsby in der Chelmsford Road gar nicht gibt.«

»Also hören Sie«, erwiderte er trotzig und abwehrend, »es steht aber an der Tafel, und ich hab's auf den Briefen gelesen, so klar wie sonstwas.«

»Wo ist denn das Haus? Zeigen Sie's mir.«

»Da drüben.« Er schob sein Fahrrad zu der grauen Häuserreihe hinauf, und Alice folgte ihm.

»Sewerby, sehen Sie«, sagte sie ruhig und war froh, daß sie diesen kleinen Triumph nicht weiter ausgespielt hatte, denn er starrte völlig verblüfft das Schild mit dem Namen an, und dunkle Röte überzog sein Gesicht, so daß es aussah, als habe er ein häßliches Geburtsmal.

»Aber ich habe doch nie Briefe für Sewerby gehabt.«

»Das wundert mich nicht. Er ist ein sehr alter Mann und lebt ganz allein. Ich nehme an, er bekommt nie Post, und wenn Sie erst seit zwei Monaten hier sind –«

Er unterbrach sie mit rauher Stimme. »Ich weiß überhaupt nicht, was mir da eingefallen ist.« Sein Tonfall wurde bittend, und er wandte sich ihr zu, als wolle er sie am Ärmel fassen. Sie trat zurück und hob die Hand. »Ich schätze, ich hab den Namen falsch gelesen, kein Wunder, wo in Kirkby ein ständiges Kommen und Gehen herrscht – und dann alle Häuser ohne Nummern ... Mr. Robson hat extra gesagt, ich soll's überprüfen, aber – ich weiß auch nicht – es ist mir alles über den Kopf gewachsen.« Seine Hände umkrampften den Lenker. »Der zieht mir das Fell über die Ohren.«

»Ich möchte Ihnen keinen Ärger machen. Ich möchte nur wissen, wohin meine Briefe gehen«, sagte Alice.

»Oh, das ist ganz einfach«, meinte er eilfertig. »Am Mittwoch hatte ich einen Brief für sie.« Alice nickte. Sie hatte ihn am Dienstag abend eigenhändig eingeworfen. »193, Dorcas Street, Paddington. Ich weiß es auswendig, weil nämlich meine Mutter mit Mädchennamen Dorcas heißt.«

Alice notierte sich die Anschrift. »Ich werde Mr. Robson keine Silbe verraten«, sagte sie mit einem schwachen Versuch zu scherzen. »Es ist nämlich nicht leicht, an ihn heranzukommen.«

193, Dorcas Street, Paddington. Von Paddington kannte Alice nur den Bahnhof und die hübsche Ecke, die als Little Venice bekannt ist. Diese Straßen hatte sie aus westwärts fahrenden Zügen gesehen, wenn sie nach Cornwall in die Ferien fuhr, und sie waren ihr alles andere als anziehend erschienen. Gehörte Dorcas Street dazu? Es klang so hübsch altmodisch, aber schon das allein beunruhigte sie, denn meistens gehörten die klangvollen Namen zu einer schäbigen Umgebung, während Straßen mit so nüchternen Namen wie The Boltons oder Smith Square eher in respektablen und teuren Gegenden liegen.

Dies war dann also wohl die wahrscheinlichste Erklärung: Nesta war in eine häßliche Londoner Slumgegend gezogen, wollte aber nicht, daß es jemand erfuhr, und so hatten sie ihr Snobismus und der Wunsch, ihren Freunden gegenüber zu renommieren, dazu gebracht, Alice eine wohlklingende Adresse anzugeben.

Ihr Herz zog sich vor Mitleid zusammen, als sie einen letzten Blick die Chelmsford Road hinunterwarf. Nesta mußte in Orphingham gewesen sein und in seinem Frieden die Zuflucht gesehen haben, nach der sie sich sehnte. Chelmsford Road war genau der Ort, den sie sich unter anderen Umständen als Wohnort ausgesucht hätte. Vielleicht war das mit ein Grund für ihre Abgespanntheit und Depressivität. Ein Tagträumer, der ständig vor den Kopf gestoßen wird, kann solch einen Plan entwerfen. Nur eine Frau mit gestörter Psyche kann ihn auch ausführen. Oder – oder eine Frau, die Rätsel liebt, Puzzles, Probleme auf dem Fernsehschirm und in Quiz-Programmen, die einfacheren Kreuzworträtsel in der Abendzeitung?

Alice wurde plötzlich von Erregung gepackt. Zweifel und Unruhe kehrten zurück. Es konnte nichts Amüsantes an Nestas Motiven sein. Sie mußte gerettet werden. Freundschaft war sinnlos, wenn sie vor materieller Hilfe zurückschreckte. Alice tastete in ihrer Handtasche nach dem glänzenden, blauen Buch, dessen Schecks immer gedeckt waren. Warum nur, warum hatte Nesta ihr nichts gesagt, sondern sich nur ständig bemüht, den Schein zu wahren?

»Es wäre mir lieber, du würdest nicht fahren.«

»Aber warum in aller Welt nicht, Schatz?« Sie saß am Frisiertisch und kämmte ihr Haar, als Andrew, schon fertig angezogen und etwas ungeduldig, eintrat. Als er hörte, daß sie nach Paddington fahren wollte, hatte er sofort gesagt, er käme mit, aber sie hatte protestiert. Nesta war stolz. Wenn Alice sich in ihre Angelegenheit mischte, so würde sie sie wahrscheinlich gerade noch dulden, aber niemals Andrew.

»Mach, was du willst, aber es wird dich aufregen, Bell, wenn du herausfindest, daß sie mit einem Mann zusammen lebt.«

»Nesta?«

Er kam zu ihr, und sie beobachtete im Spiegel, wie er näher trat und ihr die Hände auf die Schultern legte. »Du bist manchmal ein richtiges Kind. Damit will ich nicht sagen, daß du unreif bist, und weiß Gott, du übertreibst dein Alter immer, aber du hast etwas Unschuldsvolles an dir. Ich frage mich wirklich, was du machen würdest, wenn du Nesta in irgendeinem trostlosen Hinterzimmer mit einem Mann fändest, sie flattert in einem schwarzen Negligé herum und tönt lauthals und hemmungslos aus dem Schlafzimmer?«

»Das ist nicht komisch, Andrew.«

»Liebling, sei mir nicht böse, aber würdest du nicht einfach dein kleines Scheckheft herausholen? – Geld, das Allheilmittel?« Sie war verletzt und zeigte es auch.

»Du meinst, ich sei geldsüchtig? Ich mache Geld zu einem Götzen?«

»Nein, nicht zu einem Götzen, zu einem Schlüssel machst du es, der alle Türen öffnet. Bell, ich muß dir das sagen, aber so empfindet ein Kind. Dabei fällt mir ein, Jackie hat Mark und Christopher vorhin rübergebracht –« Irritiert hielt sie beim Kämmen inne, sie hatte die beiden völlig vergessen. »Ist schon in Ordnung, ich hab ihnen ein paar Süßigkeiten gegeben, die ich in der Schublade unten gefunden habe. Mark wollte nicht nach Hause. Weißt du, was er sagte? ›Laß uns hierbleiben, Mammi, ich geb dir ein Sixpence, wenn du mich hierbleiben läßt.‹«

»Und so bin ich?«

»Du bist – du bist ein Engel.« Er küßte sie auf den Kopf. Immer noch besorgt, sah sie auf, und ihre Blicke trafen sich im Spiegel.

Als sie die Haarfülle mit beiden Händen hochhob, um eine neue Frisur auszuprobieren, die ihr vielleicht besser stand, ließ er sie los.

»Was ist?«

»Bitte nicht so. Die Frisur mag ich nicht.« Aus seiner Stimme klang unerklärliche Verärgerung.

»Ich dachte, so sehe ich vielleicht jünger aus.«

»Um Himmels willen, Bell, laß doch das ständige Gerede von deinem Alter – als würdest du demnächst ins Altersheim ziehen!«

»Tut mir leid.« Die Haare noch immer um die Finger geschlungen, wandte sie ihm das Gesicht zu und sah ihn an. Zu ihrer Überraschung atmete er seufzend aus.

»Wahrscheinlich gar nicht so übel. Ich denke, ich könnte mich daran gewöhnen.«

»Das mußt du nicht. Es geht am besten so, wie ich es immer hatte.« Eilig fing sie an, die Zöpfe zu flechten. »Paß mal auf, Schatz, würde es dich beruhigen, wenn ich verspreche, daß ich versuche, Nesta – wenn ich sie finde – ohne Geld zu helfen?«

»Wie willst du ihr sonst helfen?« Er war immer noch durcheinander, und sie fragte sich warum.

»Nun, wenn sie in Schwierigkeiten ist, dann könnte ich sie mit hierherbringen.«

»Hierherbringen? Dann ist es immer noch besser, wenn du ihr Geld gibst, anstatt sie zu adoptieren.«

»Andrew! Warum sagst du das? Was meinst du damit?«

Er schüttelte den Kopf. »Nichts, vergiß es.«

Ihre Hände glitten über ihren alternden Körper. Jackie war hiergewesen, Jackie mit ihren beiden Söhnen. Es war nicht allzu schwer, sich vorzustellen, was da in seinem Unterbewußtsein vorgegangen war.

»Ich bin fertig«, sagte sie mit angestrengt neutraler Stimme. »Laß uns runtergehen.«

»Gütiger Himmel«, sagte Onkel Justin. »Man fragt sich wirklich, wohin es mit unserer Post noch kommen mag! Wenn du auch nur einen Funken bürgerlichen Pflichtgefühls besäßest, Alice, würdest du den Vorfall diesem Menschen – wie hieß er noch? – Robson melden.« Mißtrauisch fuhr er mit der Zunge auf dem Rand seines Glases entlang. »Wo hast du diesen Sherry her, Andrew? Kann ja sein, daß ich mich irre, aber ich finde, er schmeckt zu süß.«

»Das kann nicht sein«, sagte Alice. Sie hatte ihre Haltung wiedergefunden. »Er kommt aus Jerez. Was meinst *du*, was ich wegen Nesta unternehmen sollte?«

»Ah, ja, Mrs. Drage.« Voller Erbitterung fiel Alice ein, daß er einen Menschen mindestens zwanzig Jahre kennen mußte, um ihn beim Vornamen zu nennen. »Eine angenehme Erscheinung. Hübsch anzusehen. Ganz und gar nicht die Sorte Frau, die man in einem Blumenladen suchen würde. Ich muß sagen, ich fand es immer etwas schwierig, das alles unter einen Hut zu bringen.«

»Sie hat sich von Alice mal Geld geliehen«, sagte Andrew. Warum hatte sie ihm das nur erzählt? »Das war vor unserer Heirat. Aber ich fürchte, sie könnte es wieder tun, und deshalb glaube ich, es wäre besser für Alice, sie nicht zu treffen.«

»Sie hat es zurückgezahlt«, sagte Alice bittend. »Außerdem war es nicht viel.«

»Ein paar hundert Pfund, und das nennst du nicht viel?«

»Nicht genug, um großes Aufheben davon zu machen«, sagte Onkel Justin unerwartet. »Immerhin habe ich selbst ihr gelegentlich auf diese Weise unter die Arme greifen können.«

Völlig entgeistert sah Alice ihn an. Er saß steif und aufrecht in seinem Sessel, ohne den Kopf an das weiche, hohe Rückenpolster zu lehnen. Seine schlanke Figur und die geraden Schultern ließen ihn zehn Jahre jünger erscheinen. Sein Haar war zwar grau, aber noch voll. Der Gesichtsschnitt und seine Hagerkeit hatten dafür gesorgt, daß die Jahre relativ spurlos an ihm vorübergegangen waren. Linien, Höhlungen und Tränensäcke unter den Augen waren da, aber keine Falten.

Unter allen großen Männern in Salstead war er der größte. Gerade als sie überlegte, ob sie es wagen sollte, ihm die offensichtliche Frage zu stellen, fragte Andrew für sie. »Und darf man wissen, ob du es je zurückbekommen hast?«

Seine Antwort war entscheidend. Während sie halb angstvoll und halb neugierig auf den Ausbruch wartete, öffnete sich die Tür, und Pernille stand strahlend auf der Schwelle.

»Ah, Dinner!« sagte Onkel Justin. »Ich hoffe, wir bekommen ein paar von Ihren skandinavischen Delikatessen auf den Tisch. Besonders gern mag ich diese kleinen Dinger mit Spargel.«

»*Krustader*, Mr. Whittaker.«

»Genau, Crustarther. Sie müssen Mrs. Johnson mal das Rezept geben.«

Alice saß zu weit von Andrew entfernt, um ihm durch eine Berührung zu verstehen zu geben, daß er weitere indiskrete Fragen unterlassen sollte; so warf sie ihm nur einen liebevoll ärgerlichen Blick zu.

Aber er sagte nichts weiter, und ihr Onkel strahlte vor genüßlicher Vorfreude auf das Essen. Eine plötzliche Ungeduld überkam sie, der Wunsch, der Abend möge rasch vorübergehen und ebenso die Nacht, damit sie endlich nach 193, Dorcas Street, Paddington, aufbrechen konnte.

5

Ein Kaleidoskop aus Grün, Grau und Rosa wirbelte und schwankte, dann begann sich alles um einen gleißendhellen Spiralnebel zu drehen. Aber gerade als sie dachte, sie würde davon verschlungen, die letzte noch vorhandene Standfestigkeit zunichte gemacht, zersplitterten die Farben und flossen zurück ins Badezimmerdekor. Es blieben graue Fliesen, ein Rechteck grüner Seife und drei pinkfarbene Handtücher auf einer kalt glitzernden Metallstange. Das Fenster war wie ein Quadrat aus Baumwollstoff, in dem weiße Streifen den dunklen Morgenhimmel durchkreuzten. Es war ruhiger geworden, nicht mehr dies Schwanken und Schwimmen im Nebel. Doch die Übelkeit blieb. Alice setzte sich auf den Badewannenrand. Sie konnte sich nicht erinnern, wann ihr je so übel gewesen war.

Es mußte noch sehr früh sein. Die Kälte, die sie spürte, konnte nichts mit der wirklichen Temperatur zu tun haben, denn sie hatte die Heizung angedreht, als sie aus dem Schlafzimmer hier hereingewankt war. Schauder liefen ihr an Armen und Beinen entlang und schienen sich zu verstärken, als sie die Hände auf den Heizkörper legte. In Andrews Rasierspiegel sah sie ihr Gesicht, weiß und durch die Übelkeit gealtert. Gerade stieg wieder der Brechreiz hoch, und sie spürte einen entsetzlichen Geschmack im Mund. Sie drehte sich zum Toilettenbecken und übergab sich.

Endlich, als der Krampf vorüber war und sie zittrig und ausgelaugt zurückließ, ging sie wieder ins Schlafzimmer. Andrew schlief. Das dunkelblaue Licht, das einem winterlichen Morgen vorausgeht, zeigte ihr seine jungenhafte Wange und seine Hand, die sich wie eine Kinderhand um eine Ecke des Kopfkissens schmiegte. Behutsam kroch sie neben ihn ins Bett; er durfte sie nicht in der Erniedrigung durch eine ekelerregende Krankheit sehen.

Aber sie war *niemals* krank. Vielleicht hatte sie etwas in Pernilles Abendessen nicht vertragen, den rosa *sild salat* oder die *krustader*. Andrew hatte eine Flasche Wein aufgemacht, einen *Entre Deux Mers*, aber sie hatte nicht einmal ein Glas des trockenen weißen Bordeaux getrunken. Und später hatte sie die Schokolade gegessen, die Onkel Justin mitgebracht hatte. Sie rückte von Andrew ab und hielt den Kopf hoch. Der bloße Gedanke an Essen brachte die Übelkeit zurück, und Schüttelfrost ließ ihre Zähne aufeinanderschlagen.

Sie preßte die Hände gegen ihr Zwerchfell, wollte dies Gefühl mit Gewalt vertreiben. Vielleicht war es der Joghurt, für den sie in letzter Zeit eine solche Vorliebe entwickelt hatte, daß sie jeden Abend einen aß. Sie sah die gelatineartige, geronnene Milch vor sich, wie sie in Molke zerrann, wenn man ein Stück davon abstach, warf die Decke zurück und rannte ins Bad. Lieber Gott, laß mich bis ins Bad kommen, betete sie.

Natürlich hatte sie ihn jetzt geweckt. Sie klammerte sich an den Beckenrand, wußte, daß er hinter ihr stand.

»Geh zurück ins Bett«, bat sie mit heiserer Stimme. »Ich will nicht, daß du siehst –«

»Sei nicht albern.« Sie wußte, sie mußte sich wieder übergeben, wenn jemand sie anfaßte, und trotzdem, gerade weil er sie nicht berührte, fühlte sie sich in ihrem Elend allein.

»Es ist gleich vorbei.«

»Warum hast du mich nicht geweckt, Bell? Wie lange geht das denn schon so?«

Sie ließ kaltes Wasser ins Waschbecken laufen und benetzte Gesicht und Hände. »Stunden«, sagte sie. »Ich weiß es nicht.«

»Komm.« Er hakte sie unter, und sie wandte ihr Gesicht ab. »Ich werde Pernille bitten, dir einen Tee zu bringen.«

»Laß mich bitte, Andrew.« Sie ließ sich aufs Bett fallen und grub das Gesicht in die warme Höhlung, wo sein Kopf gelegen hatte. »Du darfst mich in diesem Zustand nicht sehen.«

»Aber, Liebling, sei doch nicht albern. Bist du nicht Fleisch von meinem Fleisch?« Das war aus einem seiner viktorianischen Lieblingsromane, halb Spaß, halb Ernst. »Ich hole Pernille.«

Den Tee konnte sie nicht trinken. Er wurde kalt und bitter, stand gelblich neben dem Rest Milch, den Andrew ihr am Abend zuvor ans Bett gebracht hatte, auf dem Nachttisch.

»Pernille«, sagte sie mit schwacher Stimme, »der Joghurt, woher war der?«

Das dänische Mädchen schüttelte die Kissen und klopfte sie zurecht. »Den hab ich von Mr. Feast mitgenommen, Mrs. Fielding.«

Alice fühlte sich zu schlecht, um ihrer Pflicht nachzukommen und sie zu korrigieren. Sie würde den Unterschied zwischen mitgebracht und mitgenommen nie verstehen.

»Hast du davon gegessen?«

»Ich? Nein, danke. Niemand ißt Joghurt außer Ihnen.«

Andrew kam leise zurück und brachte die Morgenzeitungen mit. Sie wünschte, er würde sie im Dämmerlicht liegenlassen und nicht die Lampe anknipsen.

»Geht's etwas besser, Liebes?«

»Ich fühle mich entsetzlich krank, Andrew. Meinst du, wir könnten Harry bitten?«

»Nur weil dir ein bißchen übel ist?« Er setzte sich auf die Bettkante und schob das lange blonde Haar von ihren Wangen. »Es geht dir sicher bald besser.«

»Und heute wollte ich nach London fahren«, jammerte sie.

»In dem Fall holen wir lieber Harry. Ich bin sicher, er wird dich nicht rausgehen lassen, Schatz. Es ist bitterkalt draußen.« Um seinen Worten Gewicht zu verleihen, zog er die Vorhänge zurück und zeigte ihr den scheußlich windigen Morgen. Wolken, weiß wie aufgehäufter Schnee, taumelten über purpurgrauschwarze Cumuli. Der Sturm warf Kiefernäste gegen die Scheiben, faustgroße Nadelbüschel klopften und wurden abrupt wieder fortgerissen.

»Er braucht nicht zu kommen, bevor er nicht seine anderen Besuche erledigt hat.«

Seine kleinen Anzeichen von Eifersucht waren eine bessere Medizin, als Harry sie hätte verschreiben können. »Keine Sorge«, meinte er bissig. »Er wird kommen.« Ihre Blicke trafen sich, und er lachte über sich selbst und fügte reumütig hinzu: »Du weißt ganz genau, Liebes, halb Salstead könnte die Beulenpest haben, er würde trotzdem als erstes zu dir eilen.«

»Andrew!« Er mußte sie lieben, wenn er sie nicht mit den Augen, sondern mit der Seele betrachtete. »Geh frühstücken.«

Er küßte sie, nahm das Buch, in dem er am Abend vorher gelesen hatte, und ging nach unten.

Harry kam gleich nach seiner Vormittagssprechstunde. Sie errötete, als er eintrat. Andrews Prophezeiung war eingetroffen. Beulenpest war eine Übertreibung, aber sicher erwarteten ihn viele Patienten. Andrew saß jetzt wahrscheinlich unten im Eßzimmer, ein leises Lächeln auf den Lippen, ganz der Besitzer. Ein kleiner warmer Schauer durchfloß sie, als ihr bewußt wurde, daß sie, wenngleich räumlich getrennt, durch dieselben Gedankengänge verbunden waren.

»Wie geht es dir, Alice?«

»Etwas besser.« Sie gab ihm die Hand, und er fühlte ihr den Puls. »Vorhin habe ich mich entsetzlich übergeben müssen. Hat Andrew es dir erzählt?«

Sein Gesicht war ausdruckslos. »Er sagte so was am Telefon. Als ich eben kam, wollte ich ihn nicht stören.« Und indem er seine Hand wegzog, fügte er gepreßt hinzu: »Er las gerade.«

Du machst ihn zu einem richtigen Nero, dachte sie ärgerlich, der Geige spielt, während Rom brennt. Andrews Eifersucht war verständlich, sie war die natürliche Folge seiner Liebe, Harrys Eifersucht war nur pathetisch.

»Mir wurde einfach ständig übel. Wahrscheinlich war Pernilles Dinner zu üppig.«

Er lächelte ungläubig und steckte ihr das Thermometer in den Mund.

»Ich tippe eher auf eine Virusinfektion.«

Als sie schon dachte, sie würde gleich wieder brechen müssen, wenn sie das Glasröhrchen noch länger im Mund behalten mußte, nahm er es ihr ab und ging damit ans Fenster.

»Es ist doch nichts Ernstes, Harry? Ich wollte heute nach London fahren, nach Paddington.«

Mit einer ruckartigen Bewegung schlug er das Thermometer herunter.

»Paddington? Du fährst doch nicht weg, oder?«

Merkwürdig, daß Paddington für alle nur die Bahnstation bedeutete. Sie schüttelte den Kopf.

»Du solltest nicht an Ausgehen denken«, sagte er. »Du bleibst vorläufig besser, wo du bist. Ich komme morgen wieder vorbei.«

Krankheit war ihr fremd, verwandelte sie sofort in einen Hypochonder. »Du würdest mir doch sagen, wenn es etwas Ernstes wäre?« Aber sie wußte, er würde es nicht tun. Ärzte taten das nie.

»Ich habe es dir doch schon gesagt, Alice. Du hast wahrscheinlich eine Virusinfektion. Ich fand schon gestern, daß du blaß aussahst.«

»Hast du deshalb gesagt, ich soll zu dir kommen, wenn mich irgendwas bedrückt?«

Er errötete so heftig wie der junge Postbote gestern auf der Straße im Zwielicht. »Natürlich«, sagte er abrupt. Er hatte schon unter normalen Umständen kein sehr sicheres Auftreten, nur eine verletzliche, jungenhafte Unbeholfenheit. Als er jetzt seine Instrumente einpackte, schien er nur noch aus zwei linken Händen zu bestehen, und Alice ließ die zehn Jahre, die er nun schon in Salstead lebte, kurz an sich vorüberziehen. Sie wußte nicht mehr, wie oft er sie schon gefragt hatte, ob sie ihn heiraten wollte. Trotzdem war ihre Beziehung nie über Freundschaft hinausgegangen. Er hatte sie nie geküßt oder auch nur den Arm um sie gelegt. Sie waren Arzt und Patientin. Beinah mußte sie lächeln, wenn sie daran dachte, daß trotz der Liebe und der Anträge die Frage nach einer Beendigung *dieses* Verhältnisses nie aufgetaucht war. Ihre physische Gesundheit war so exzellent, daß sie ihn bisher niemals gebraucht hatte.

»Ich hoffe, ich werde nicht lange krank sein«, meinte sie verdrießlich. Es würde unangenehm und peinlich werden, wenn er täglich herkommen und nach ihr sehen mußte.

»Hier ist jemand, um dich aufzumuntern«, sagte er.

Es war Hugo. In einen Rugby-Schal eingemummelt, kam er auf Zehenspitzen ans Bett und warf seiner Schwester eine zerdrückte Tüte auf den Bauch.

»Trauben«, murmelte er. »Hallo, Harry.«

»Woher weißt du, daß ich krank bin?«

»Neuigkeiten verbreiten sich rasch in unserer hinterwäldlerischen Gegend. Jackie ist beim Einkaufen Pernille Madsen begegnet.« Er rieb sich die Hände und setzte sich schwer aufs Bett. »Du bist hier wirklich bestens aufgehoben. Draußen ist es so kalt, daß einem alles mögliche gefriert –«

»Schon gut, Hugo!« Alice lachte schwach. »Wiedersehen, Harry. Lieb, daß du gekommen bist.« Er zögerte, wartete worauf? Was sollte sie ihm sagen, was konnte sie sagen, das freundlich, großherzig und unverbindlich zugleich war? »Du mußt nicht denken, daß du, nur weil wir befreundet sind...« Und während das Lächeln auf seinem Gesicht allmählich erstarb, holperte Alice weiter: »Ich meine, du darfst deine anderen Patienten nicht vernachlässigen meinetwegen...«

Seine Hand ruhte auf der Türklinke. Aber dann sah sie, daß sie nicht ruhte, sondern sich darum krampfte, bis die Knöchel ganz weiß wurden.

»Wie kommst du darauf, daß du anders bist als andere Patienten, Alice?« fuhr er sie an. Hugo hüstelte, löste seinen Schal und warf ihn mit großer Geste aufs Bett. »Hast du was gegen meine Art, Patienten zu behandeln?«

Sie war entsetzt, fand keine Worte. »Habe ich nicht, ich würde nie... Du weißt, wie ich es gemeint habe!«

»Tut mir leid. Vergiß es.« Er räusperte sich und lächelte mühsam. »Ich gebe Miss Madsen ein Rezept«, sagte er schroff. »Paß auf dich auf.« Dann war er weg.

»Was war denn das?« wollte Hugo wissen.

»Das weiß ich auch nicht.«

»Er mag dich sehr, das sieht man. Es steht ihm auf dem Gesicht geschrieben.«

»Laß gut sein«, sagte seine Schwester ungeduldig. »Oh, Hugo, ich wollte heute so gern nach London fahren. Meinst du...?«

»Nein, das meine ich nicht. Du wirst dir eine Lungenentzündung holen.«

»Du würdest nicht für mich fahren, oder?«

»Auf gar keinen Fall. Wir kriegen Besuch zum Essen. Warum willst du denn da unbedingt hin?«

Sie erzählte ihm von dem Postboten und dem Nachsendeantrag, und er lachte in widerstrebender Bewunderung von Nestas Schläue.

»Psychologisch raffiniert gemacht. Frauen legen immer so viel in eine Adresse. Ich weiß, Jackie möchte die Hotels für unsere Ferien auch immer nach dem Namen aussuchen, und wenn man dann hinkommt, stellt sich heraus, daß das *Miramar* ein Betonklotz mit Blick auf den Verschiebebahnhof ist.«

»Aber es gab kein Saulsby.«

»Ich verstehe nicht, warum sie sich überhaupt die Mühe gemacht hat zu schreiben. Warum ist sie nicht einfach untergetaucht?«

Ja, warum nicht? Der zweite Brief erklärte sich aus dem Erhalt des Päckchens. Aber wieso hatte Nesta plötzlich und aus heiterem Himmel den ersten geschrieben? Sie konnte nicht gewußt haben, daß Alice ihren Ring hatte; denn sie erwähnte ihn nicht einmal. Es war unheimlich, daß sie nach einem Monat des Schweigens gerade dann wieder auftauchte, als Alice eine Suchanzeige aufgeben wollte. In jedem Fall ein bemerkenswerter Zufall.

»Ich habe ihre Briefe nicht aufgehoben, aber ich weiß noch, was drin stand. Der erste lautete ungefähr so: *Liebe Alice, nur ein paar Zeilen, um Dich wissen zu lassen, daß ich vorübergehend etwas gefunden habe. Lange werde ich hier aber nicht bleiben. Ich glaube nicht, daß wir uns je wiedersehen werden, aber Dank für das Essen und alles. Viele Grüße an Andrew und Deinen Onkel.«*

»Nun, ein ganz normaler Brief, würde ich sagen«, meinte Hugo. Alice seufzte, denn sie wußte, daß seine eigenen nicht viel anders klangen. »Das Wichtigste steht doch drin.«

»Ich konnte ihm gar nichts entnehmen«, erwiderte Alice unglücklich. »Der zweite war noch schlimmer. *Danke für den Ring. Ich füge zwei Pfund für die Auslagen bei* . . . Und, Hugo, da war noch etwas Komisches. Es ist mir eben erst eingefallen. Ich habe zwar bezahlt bei Croppers, aber ich habe ihr gar nicht geschrieben, was es kostete, und auch nicht um Erstattung gebeten. Der Rechnungsbetrag war aber zwei Pfund, und Nesta schickte mir genau diese zwei Pfund.«

»Zufall?«

»Tja, muß es wohl sein. Dann schrieb sie: *Mach Dir keine Mühe, mir zu antworten, denn ich war noch nie ein großer Briefeschreiber* ... und dann noch so was wie, sie sei zu beschäftigt, um sich damit zu befassen. Vielleicht nicht so hart formuliert, wie es jetzt klingt. Sie schloß mit den üblichen Grüßen an Andrew und Onkel Justin.«

»Sie mochte ihn wohl, was?«

Irgend etwas schien ihre Brust zu umklammern, und eine kalte Blase der Übelkeit stieg in ihr hoch.

»*Wie* meinst du das?«

»Na, Justin.«

»Oh.« Sie konnte wieder lächeln. »Wie kommst du darauf?«

»Nun, sie hat ihm jeden Morgen ein Gebinde fürs Knopfloch gemacht.«

»Unsinn. Du erzählst Geschichten, Hugo. Die Blumen waren sicher aus dem Garten.«

»Das denkst aber auch nur du! Nicht in den letzten zwei Jahren jedenfalls. Deine kleine Nesta hatte einen Blick für Männer.« Er grinste, und in seinem Gesicht lag dabei so etwas wie gequälte Eitelkeit. »Bei mir hat sie auch mal einen Versuch gestartet«, meinte er gedankenvoll.

»Sie hat was?«

»Komm, Alice, stell dich nicht dümmer, als du bist. Du weißt doch genausogut wie ich, was das heißt, oder?« Er warf ihr einen zweifelnden Blick zu. »Zumindest kannst du es dir vorstellen. Also, sie war bei uns zum Babysitten gewesen, und ich fuhr sie nach Hause. Sie bat mich, mit reinzukommen, weil sie nachts immer etwas ängstlich sei.

Du kennst ja ihre langsame und träge Art. Eigentlich war es nichts weiter, aber sie fiel im Dunkeln irgendwie gegen mich, und ich wollte sie vor dem Fallen bewahren – und sie – na, sie klammerte sich an mich und jammerte, es ginge ihr so schlecht, und ich solle sie nicht allein lassen. Ich hievte sie die Treppe rauf, machte überall Licht und sah zu, daß ich wegkam.«

Alice starrte ihn an, und er fuhr eilig fort. »Das Komische an der Sache war, daß sie danach, wenn wir mal allein waren – du weißt schon, wenn man sich mal zufällig auf der Straße trifft oder so – also, dann tat sie immer – ach, verdammt, schwer zu erklären. Sie redete, als hätten wir was weiß ich für eine Affäre miteinander gehabt und müßten das nun – ja, irgendwie geheimhalten. Immer wieder sagte sie, Jackie dürfe es nie erfahren. Aber es gab gar nichts zu erfahren. Unter uns gesagt, ich habe mich oft gefragt, was sie Jackie wohl erzählen würde, wenn sie wirklich mal allein zusammentrafen und sie in ihrer manischen Phase war.«

Alice war ziemlich schockiert. »Manisch-depressiv? Du meinst, sie war tatsächlich psychisch krank? Oh, Hugo, ich glaube, es war nur Einsamkeit und vielleicht Neid.« Er zuckte ungläubig die Achseln. »Ich denke, keiner von uns hat erkannt, wie einsam sie war.« Sie sah zu ihm auf und überlegte, wie er auf Sentimentalitäten wohl reagieren mochte. »Sie hat mal zu mir gesagt, der Verlust ihres Mannes sei für sie gewesen, als habe sie ein Bein oder einen Arm verloren. Ein Teil von ihr sei mit ihm im Grab.«

»Eine Meisterin des Klischees.« Die Tür war aufgegangen, und Andrew stand mit dem Frühstückstablett auf der Schwelle. Alice setzte sich auf, überrascht durch sein leises, fast gespenstisches Erscheinen.

»Oh, Liebling, ich erinnere mich, daß sie sagte –«

»Und ich erinnere mich«, unterbrach er sie, »wie sie

Champion und Champignon verwechselte und Courage und Courtage.« Während Hugo kicherte, kam Andrew aufs Bett zu und nahm ihr Gesicht sanft zwischen seine Hände. »Es geht dir schon besser, Bell. Du hast wieder Farbe in den Wangen.«

Mit einem Wort, einem Lächeln konnte er erreichen, daß sie sich schön vorkam. Sie fühlte Wärme ihr Gesicht durchfluten und hob die Hände zu den Attributen, auf die sie stolz war: ihrem weißen, noch makellosen Hals und dem langen, losen Haar.

»Ich glaube, ich könnte etwas Kaffee trinken«, sagte sie.

»Ich habe dir Besuch mitgebracht.«

In einem flüchtigen Kuß streifte er mit den Lippen ihre Stirn. Hugo rutschte verlegen herum.

»Was ist denn mit dir?« fragte Onkel Justin von der Tür her. Er hatte die Brauen zusammengezogen. Alice fiel die Chrysanthemenknospe in seinem Knopfloch auf, und sie erinnerte sich an die mit Silberpapier und Draht sorgfältig umwickelten Rosen, die er im Sommer an derselben Stelle getragen hatte.

»Angeblich habe ich irgendeine Virusinfektion.«

»Virus? Dann weiß ich nicht, was wir alle hier drin machen. Das ist genau das, was uns im Werk noch gefehlt hat.« Demonstrativ entfaltete er ein großes, weißes Taschentuch und hielt es sich wie einen orientalischen Schleier vor Mund und Nase. »Könnte man sagen, daß Virusinfektion ein neumodisches Wort für Grippe ist?«

»Gleich nach dem Frühstück stehe ich auf«, sagte sie demütig, wohl wissend, daß er etwas gegen Krankfeiern hatte.

Seine Antwort überraschte sie. »Das würde ich nicht tun.« Er setzte sich auf den Stuhl vor ihrem Frisiertisch, so weit wie möglich vom Bett entfernt. »Du hast doch Andrew und diese – wie heißt sie noch? –, die sich um dich kümmern können.« Und nach einer Pause fügte er hinzu: »Es ist ja nicht so, daß du irgendwas Wichtiges zu tun hättest.«

Vielleicht war es wirklich besser zu bleiben, wo sie war. Jedenfalls schienen alle ängstlich darauf bedacht, sie im Bett zu halten. Der Kaffee schmeckte stark und bitter. Über den Tassenrand hinweg beobachtete sie schweigend die Runde.

Harry hatte nicht definitiv gesagt, daß es ein Virus war, nur, daß es wahrscheinlich einer war. Er hatte auch nichts von erhöhter Temperatur gesagt. Was Onkel Justin zu diesen Viruserkrankungen meinte, stimmte natürlich, sie waren oft nichts weiter als eine schlichte Erkältung, aber sie hatte noch nie eine Grippe gehabt. Sicher gab es da noch andere Symptome als nur diese Wellen von Übelkeit, die so eiskalt und überwältigend kamen. Warum fühlte sie sich danach aber wieder so gut und sogar fröhlich?

Während sie an ihrem Kaffee nippte, kam ihr ein merkwürdiger Gedanke. Genauso war Nesta gewesen, hin und her schwankend zwischen Krankheit und Gesundheit, nur hatte es bei ihr nicht körperliche, sondern seelische Ursachen gehabt. Nesta war manisch-depressiv, glaubte Hugo. Warum hatte sie, Alice, die niemals krank war, plötzlich diese komische Krankheit entwickelt, gerade wo sie kurz davor war, Nesta zu finden?

Übelkeit wogte erneut herauf, schlug über ihr zusammen und trieb ihr das Blut aus dem Gesicht. Sie fühlte die Blässe und die Kälte, und ihr ganzer Körper hob sich in einem mächtigen konvulsivischen Schaudern.

Hugo und ihr Onkel sprachen über einige Umstellungen in der Firma. Nur Andrew merkte etwas. Er nahm ihre Hand und hielt sie, bis der Anfall vorüber war. Sie lehnte sich erschöpft und von unerklärlicher Angst erfüllt gegen die Kissen.

6

Sobald Andrew am Montag früh fort war, stand sie auf. Nach zwei Tagen im Bett fühlte sie sich immer noch müde, aber darin lag nicht Schlafbedürfnis, nur eine Schwäche, die aus dem innersten Kern ihres Körpers zu kommen schien. Die Übelkeit war vergangen und hatte sie matt und sonderbar anfällig für Tränen zurückgelassen. Sie hatte keinen Appetit, außer auf Flüssigkeit, aber sogar Tee und der Joghurt, den sie in der letzten Zeit so gemocht hatte, schmeckten eigenartig; bitter, doch ohne sonstigen Geschmack. Flüssigkeit schien ihre Kehle zu verbrennen.

Aber eigentlich fehlte ihr nichts. Harry war am Sonntag noch einmal gekommen und hatte ihre Ängste mit einem Schulterzucken hinweggefegt. Es war nur ein milder Virus, so glaubte er, und er wolle sich nicht weiter festlegen. Seine Worte klangen beruhigend, aber ihr gefiel der Ausdruck in seinen Augen nicht. Verwirrung las sie da, Zweifel und Sorge.

Die frische Luft würde ihr guttun. Schade, daß der Wind so heftig wehte, über die kahlen schwarzen Äste der Sträucher in Vair hinwegfuhr, so daß der Garten aussah wie ein stürmisches Meer. Sie würde sich warm anziehen und ein Kopftuch umbinden. Außerdem war es in London immer wärmer und geschützter als auf dem Land.

Der Gedanke, in knapp zwei Stunden Nesta wiederzusehen, gab ihr ein wenig neue Energie. Das Haus in der Dorcas Street würde ihr vielleicht einen Schock versetzen. Natürlich gehörte es Nesta nicht, wahrscheinlich hatte sie nicht mal eine Wohnung dort, sondern nur ein armseliges kleines Hinterzimmer. Sie, Alice, würde alle Kräfte zusammennehmen, um ihre Bestürzung nicht zu zeigen. Falls Nesta gerade arbeitete, was wahrscheinlich war – als eine kleine, unbedeutende Verkäuferin in einem riesigen Laden im West End vermutlich –, dann würde sie die Vermieterin nach der Adresse des Geschäfts fragen und dorthin gehen. Sie würde Nesta zum Lunch ausführen. Nebelhaft tauchten Erinnerungen an Taxifahrten, das *Savoy* und ehrerbietige Ober auf, die Wein brachten.

»Wenn ich weg bin«, sagte sie zu Pernille, »kannst du Dr. Blunden anrufen und ihm sagen, daß es mir so viel besser geht, daß er nicht zu kommen braucht.«

»Ich bin nicht gut am Telefon, Mrs. Fielding.« Das dänische Mädchen hatte braune Haut, dunkler als ihr Haar, und blaue flehende Augen wie eine kleine Siamkatze.

»Dann brauchst du einfach etwas mehr Übung«, meinte Alice mit Nachdruck. »Weißt du was, ich bringe dir auch ein paar schöne Briefmarken mit. Sammelt dein Bruder noch?«

Pernilles bereitwilliges Lächeln vertiefte sich, und sie brach in helles Lachen aus. »Oh, ja, Knud ist ein berühmter...« Das Wort kam wie eine große Seifenblase heraus. »...Philatelist.«

»Ich werde daran denken.«

Alice war fest davon überzeugt, London zu kennen. Wenn man sein ganzes Leben lang nur knapp vierzig Kilometer von einer Stadt entfernt gelebt hat, dann muß man sie eigentlich kennen. Tatsache war, sie kannte sich in London weniger gut aus als in manchen Ferienorten. Die Innenstadt selbst hatte sie nur vom Auto aus gesehen; die Gebäude waren an ihr vorübergeglitten wie Fotos in einem Reiseführer, durch den man rasch hindurchblättert. Ein paar Quadratmeter Straße vor den Theatern waren ihr vertraut, und sie konnte sich die Themse zwischen Tower und Westminster Bridge leicht ins Gedächtnis rufen. Als sie zehn gewesen war, hatte sie alle Brücken in der richtigen Reihenfolge gewußt, ebenso wie sie auf französisch bis zwanzig zählen konnte. Tatsächlich kannte sie ihre Hauptstadt so gut wie die meisten Engländerinnen; ihr ganzes Wissen beschränkte sich auf die paar Straßen, in denen sie schon mal Kleidung eingekauft hatte.

Von der Liverpool Street nahm sie die U-Bahn, und ihr fiel ein, wie oft sie den Weg mit Nesta zusammen gemacht hatte. Sie waren immer am *Marble Arch* ausgestiegen und dann zu Fuß zurückgebummelt und hatten sich dabei die Schaufenster angesehen. Nesta hatte einen teuren Geschmack – die schwarzen Kleider, die sie immer trug, kosteten viel, wenn sie hübsch aussehen sollten –, und manchmal hatte Alice ihr ein paar Pfund zugesteckt, wenn die Verkäuferin nicht hinsah. Es erschien ihr grausam, wenn jemand die düsteren Kleider, die er doch nur aus Respekt für den toten Ehemann trug, nicht kaufen konnte. Alice hatte sich nie etwas gekauft, sie war nur mitgegangen, wohin Nesta sie führte.

Heute hatte sie keinen Führer. Aber Geschenke für eine so hübsche und eitle Freundin wie Nesta zu kaufen war einfach; ein blumiges Parfum, ein weißes Seidentuch mit schwarzen Schriftzeichen bekritzelt. Alice trat aus dem Laden und winkte einem Taxi. Es war erst das zweite Mal, daß sie allein in London einkaufte. Der Fahrer akzeptierte ihre Anweisungen ohne Kommentar. Sie fand sich tapfer und ziemlich weltgewandt. London war auch nicht anders als Salstead oder Orphingham, nur ein bißchen größer.

Nachdem sie *Marble Arch* hinter sich gelassen hatten, kam sie sich verloren vor. Sie hätten sonstwo sein können, in jeder x-beliebigen Großstadt. Sie lehnte sich zurück und schloß die Augen. Die Müdigkeit überkam sie wieder und damit gleichzeitig ein physisches Unbehagen, das zu vage war, um es als Übelkeit oder auch nur als erstes Anzeichen zu deuten. Es war nur Unbehagen und nervöse Vorahnung. Sie setzte sich wieder auf und sah aus dem Fenster.

Sie waren fast da. Während sie von der breiten, verkehrsreichen Hauptstraße abbogen, fiel ihr Blick auf das Straßenschild an einer Hauswand: Dorcas Street. Hier also wohnte Nesta.

Es war weder finster noch romantisch, noch eine Slumgegend. Die Häuser standen in langen, hohen, stuckverzierten Reihen. Jedes hatte einen säulenbestandenen Eingang und kleine Balkons mit schmiedeeisernen Gittern. Das Ganze machte einen schäbigen und vernachlässigten Eindruck. Die Straße, baumlos und eintönig grau, erschien wie eine Reflexion des winddurchpflügten Himmels.

Von dem Haus Nr. 193 konnte sie nicht viel erkennen. Das Taxi hielt direkt davor und verdeckte alles bis auf zwei dicke Säulen und ein paar Stufen. Zu Hause hätte Alice nicht weiter darüber nachgedacht, wieviel Trinkgeld sie Mr. Snow geben sollte. Jetzt war sie etwas verwirrt. Einen Zehn-Schilling-Schein? Es schien in Ordnung, zumindest bewirkte die Geste ein breites, zufriedenes Lächeln. Erst als er schon gewendet hatte, fiel ihr ein, daß sie ihn ja hätte bitten können zu warten. Ihre frisch erworbene Courage reichte nicht aus, um hinter ihm herzurufen.

Sie seufzte und ging zur Treppe. An der Säule, die das Schutzdach hielt, war nur ein leeres Rechteck zu sehen, ein blasser Fleck auf dem Verputz. Langsam hob sie den Kopf und ließ ihren Blick über die Front schweifen. Am Giebelfeld stand in Neonschrift, mit dem schwachen Versuch, ansprechend zu wirken, *Endymion Hotel*!

Es fing alles von vorn an. Einen kurzen, konfusen Augenblick lang stand ihr das irrwitzige Bild eines neuen Nachsendeantrags vor Augen, ja eine ganze Reihe von Nachsendeanträgen, die sie von einem Haus zum nächsten führten, hin und her, quer durchs ganze Land. Nein, das war unmöglich, nur dummes und panisches Herumphantasieren.

Sie stand unter dem Vordach, schaute auf den Namen, auf den Verputz, wo die Hausnummer hätte sein müssen; und plötzlich, während sie noch innehielt, voller Angst, einen ersten Blick durch das Glasfenster nach drinnen zu werfen, wurde sie von einem neuen, so heftigen Anfall von Übelkeit erfaßt, daß sie gegen die Wand schwankte. Er verging mit entsetzlicher Langsamkeit und ließ sie mit verkrampften und steifen Beinen zurück. Sie atmete tief die nicht sonderlich frische Luft ein, dann stieß sie die Tür auf.

Da sie auf ein schäbiges Interieur gefaßt gewesen war, war der erste Eindruck im Foyer eine angenehme Überraschung. Es war erst kürzlich renoviert worden: die viktorianischen Türen mit Hartfaserplatten übernagelt, die Stuckdecke mit Styropor verkleidet und ein neuer Fußboden aus schwarzen und weißen Platten verlegt. In Deckenhöhe schaute ein verschnörkeltes Blatt aus Stuck zwischen Plastikstreifen hervor, vielleicht Teil einer korinthischen Säule. Gladiolen und Rosen aus hauchzartem Wachs standen farbenprächtig in einer marmornen Urnenimitation. Hinter dem hellgelben Tresen saß ein junger Mann auf einem hohen Stuhl und schrieb etwas in ein Buch.

Die Türen waren geräuschlos aufgegangen, und er hatte sie noch nicht bemerkt. Sie stand neben den Blumen, die, aus der Nähe betrachtet, von einer Staubschicht bedeckt waren, die sich in die Blütenblätter eingefressen hatte und Teil von ihnen geworden war. Während sie noch zögerte, machte im Hintergrund jemand eine Tür auf.

Die Tür schwang zurück, und sie bekam einen desillusionierenden Eindruck von dem, was höchstwahrscheinlich den Rest des Etablissements ausmachte. Die Passage hinter der Tür war mit ockerfarbener Ölfarbe gestrichen, der Fußboden mit einem fadenscheinigen Kokosläufer ausgelegt, der an der Schwelle ein zerfranstes Loch hatte. Dann wurde die Tür plötzlich aufgestoßen; es war eine Frau, sie stemmte sich mit dem Rücken dagegen, und Alice sah ihr Haar, ein Gespinst aus grellem Blond.

Übelkeit und Scheu wichen einer gewissen Erregung. Alice ging an den Empfangstisch.

»Können Sie mir sagen, ob Mrs. Drage da ist?«

»Nicht richtig da, würde ich sagen. Sie wohnt nicht hier.« Sein Teint hatte Ähnlichkeit mit dem weißen Bauch eines toten Fisches. Er fuhr sich mit der Zunge über die Lippen und starrte sie offensichtlich gelangweilt an, dabei wippte er mit den Beinen wie zu einem unhörbaren, nur in seinem Kopf vorhandenen Schlager.

»Aber Sie kennen sie? Sie war hier?«

Er schaute nur auf ihre Handtasche und die teuren Handschuhe, dann auf die geschmackvolle Umhüllung der Geschenke für Nesta. »Ich habe Mrs. Drage seit – sagen wir drei Monaten – nicht gesehen. Ja, so lange ist es mindestens her. Komisch, daß Sie fragen. Ich würde mich nämlich nicht erinnern, weil . . .« Er grinste ironisch, und sie merkte, daß das Grinsen ihr galt. ». . . ja, Hunderte von Gästen hier ein und aus gehen.« Alice trat ungeduldig hin und her. »Ich sage, ich würde mich nicht erinnern, wenn nicht Mr. Drage vor ungefähr einer halben Stunde selbst hiergewesen wäre.«

»*Mr. Drage*?« Alice umklammerte die Tischkante. Sie wünschte sich einen Stuhl. Bevor sie sich bremsen konnte, fuhr ihr heraus: »Aber sie ist Witwe, es gibt keinen Mr. Drage!«

Er blinzelte noch einmal. Er gähnte ein bißchen und deutete ein Achselzucken an. Sein Milieu war von dem ihren wahrscheinlich meilenweit entfernt, seine Lebensanschauung so unterschiedlich von ihrer, wie es sich mit der Tatsache vereinbaren ließ, daß sie beide der menschlichen Rasse angehörten und die britische Staatsangehörigkeit besaßen. »So? Tja, nun, leben und leben lassen. Vielleicht hat sie wieder geheiratet. Ich würde sagen, das ist ihre eigene Sache, meinen Sie nicht auch?«

Das Telefon klingelte. Er brabbelte endlos in die Muschel. Alice stand dabei und schaute ihn hilflos an. Seit drei Monaten war Nesta nicht im *Endymion* gewesen, aber die Post war ihr hierher nachgeschickt worden.

Während er sprach, holte sie ihr Tagebuch heraus und blätterte zurück zum August. Nesta hatte Salstead am achten August verlassen. Sie setzte ihre Lesebrille auf und ging von der Rezeption weg unter die ziemlich düstere Deckenbeleuchtung.

7. August, Freitag, Pernille fühlt sich nicht gut. Harry meint, es sei psychisch, wahrscheinlich Heimweh. Muß alles tun, sie aufzumuntern. Vielleicht ein hübsches Geschenk? Nesta zum Essen. Immer noch sehr heiß.

8. August, Samstag. Nesta geht heute weg. Regen.

»War Mrs. Drage am achten August hier?«

Er legte den Hörer auf die Gabel. »Sind Sie von der Polizei?«

»Sehe ich so aus?«

Vielleicht kleideten Polizistinnen sich wie sie, wenn sie in Zivil unterwegs waren. Kaum hatte sie ihre Gegenfrage ausgesprochen, wünschte sie, sie hätte den Mut gehabt, den Bluff aufrechtzuerhalten. Andererseits – wieviel mußte man Menschen wie ihm als Trinkgeld oder Bestechung geben?

»Wenn Sie ihre Adresse haben wollen«, meinte er plötzlich, »da hab ich keine Ahnung. Mr. Drage hat lediglich ihre Post geholt.«

»Ihre Post?« Alices Worte klangen hohl und hallten nach, als habe ein Fremder gesprochen.

»Also dann, wenn das alles war – ich hab noch zu tun.«

Die Übelkeit meldete sich wieder. Dagegen ankämpfend, sagte sie heftig: »Bitte, könnten Sie mir . . .« Es hatte keinen

Sinn, ihm zu wenig zu geben. Sie öffnete ihre Handtasche und schob energisch alle Gedanken an Andrews oder Onkel Justins Entsetzen beiseite; sie legte eine Fünfpfundnote auf den Tisch.

Einen Augenblick veränderte sich sein Gesichtsausdruck nicht. Dann zerflossen die feuchten, roten Lippen zu einem wissenden Lächeln.

»Was hat sie denn verbrochen?«

»Nichts, ich kann sie nur nicht finden. Ich möchte sie aber finden.«

»Tja, hmm...« Die plumpe kleine Hand hatte lange Fingernägel. Sie schloß sich über dem Geldschein und steckte ihn in die Tasche. Sein Jackett war mit einem Goldfaden durchwirkt, der gelegentlich hervorblitzte. Er schlug das Buch auf, in dem er geschrieben hatte, als sie hereinkam.

»Der achte August, sagten Sie? Mrs. Drage hat zwar für die Nacht ein Zimmer gebucht, aber sie ist nicht erschienen. Mr. Drage rief an und hat es abbestellt. Sie ist überhaupt nicht gekommen, aber Post hatten wir für sie. Drei oder vier Briefe und ein kleines Päckchen.«

»Und die haben Sie dem Mann ausgehändigt, der heute vormittag hier war?«

»Ich hab's Mr. Drage gegeben, ja. Warum auch nicht?«

Ein bekannter Mann in Salstead... Wenn er ihr bloß einen Anhaltspunkt geben könnte, was das Aussehen dieses Mr. Drage betraf. Er rutschte ein bißchen auf seinem Stuhl herum und fing an, seine Nägel am Revers seines Jacketts zu polieren.

»Sie kannten ihn gut?« fragte sie vorsichtig.

»Klar. Er ist doch so und so oft am Wochenende mit seiner Frau hiergewesen. Gott weiß, wie lange schon. Irgendwo vom Land kamen die – aus einem Kaff in Essex, glaube ich.«

Ihr Herz machte einen Satz. Vielleicht kannte sie diesen Mann ja.

»Dann müssen Sie ihn doch oft aus nächster Nähe gesehen haben«, meinte sie, zwang sich zu einem Lächeln und versuchte, Überredungskunst in ihre Stimme zu legen. Eine Beschreibung, betete sie, laß ihn mir eine Beschreibung dieses Mannes geben. »Heute morgen waren Sie doch allein mit ihm. Ich bin sicher, Sie . . .« Sie stockte. Sein Gesicht hatte ganz plötzlich einen aggressiven Ausdruck angenommen, und er rutschte langsam von seinem Stuhl. Was hatte sie denn gesagt? Gab es eine Grenze für das, was man mit fünf Pfund erkaufen konnte? Er lehnte sich über den Tresen und schob sein Gesicht dicht an ihres heran.

»Was wollen Sie damit andeuten?« fragte er. Er war nicht größer als einszweiundsechzig, zartgliedrig und geschmeidig wie ein Mädchen. »Sie wollen doch auf irgendwas hinaus, oder?«

Alice hatte keine Ahnung, was er meinte, aber sie spürte, daß an der Sache etwas faul war. Scharf sog sie die Luft ein, trat zurück, glitt auf dem gebohnerten Fußboden beinah aus. Instinktiv fand sie die Tür und taumelte auf die windige Straße hinaus.

Sie mußte ein Taxi finden. Nestas Geschenke an sich pressend, rannte sie die Dorcas Street entlang, bis sie die Hauptstraße erreichte. Dort hasteten Büroangestellte in ihre Mittagspause. Nach dem Zusammenstoß mit dem Jungen im *Endymion* war es eine Wohltat, wieder unter normalen Menschen zu sein; doch wie eigenartig, ja, beängstigend, feststellen zu müssen, daß viele von ihnen aussahen wie Nesta! Schmale Absätze klapperten, kurze Röcke wurden vom Wind emporgeweht und entblößten fleischige Knie; in hübschen Puppengesichtern klappten rosarote Münder auf und zu, während sie redeten. Auf den Köpfen bauschte sich hochtoupiertes Haar in den verschiedensten Blondtönen.

Ihr wurde klar – nicht als neue Erkenntnis, es war eher eine Bestätigung –, daß dies anscheinend den idealen modernen Frauentyp darstellte. Die Blondheit, die Dümmlichkeit, die Porzellanhaut – das war es, was die Mehrheit der Männer anzog, worüber sie sich einerseits lustig machten, was sie aber doch begehrten.

Sie erreichte den breiteren Bürgersteig und mischte sich unter die Menge der kleinen, blonden Geister. Geister – warum hatte sie das gedacht? Es machte sie frösteln.

Das erste Taxi war besetzt, das zweite hielt auf ihre matte Handbewegung hin neben ihr. Es war ein katastrophaler Morgen gewesen, und plötzlich merkte sie, daß sie die Fahrt in der U-Bahn nicht ertragen konnte.

»Würden Sie mich bitte zur Liverpool Street fahren?«

Die Geldscheine in ihrer Tasche fühlten sich beruhigend an wie eine Droge.

»Meine arme Bell«, meinte Andrew lächelnd. »Ich wünschte, ich wäre bei dir gewesen. Es hätte mir Spaß gemacht zu sehen, wie man dich für einen weiblichen Polizisten hielt.«

»Es war entsetzlich.« Sie begann, die Vorhänge zuzuziehen, sperrte damit den Garten aus, die windige Nacht und den orangefarbenen Mond, der über Vair Place heraufgestiegen war. »Ich glaube, jetzt muß ich meine Suche wohl aufgeben.«

Andrew rückte das Sofa an den Kamin und stopfte ihr ein Kissen hinter den Kopf. »Du glaubst? Ich dachte, das Rätsel sei nun gelöst.«

»Nicht direkt. Nicht ganz. Wie kann sie mir schreiben und sich für den Ring bedanken, wenn sie ihn gar nicht bekommen hat? Und warum ist dieser Mann ausgerechnet heute morgen zum *Endymion* gegangen, um die Post zu holen? Das ist schon – nun, ein ziemlich phantastischer Zufall.«

»Das wäre es, wenn nicht . . .« Sie schaute fragend zu ihm hoch, sehnsüchtig auf Bestätigung hoffend. Er gab ihr einen raschen Kuß auf die Wange. »Du weißt nicht, ob die Briefe und das Päckchen überhaupt von dir waren, oder?«

»Aber ich – Andrew, ich habe nicht direkt gefragt, woher sie kamen. Ich nahm einfach an –«

»Du hast also angenommen. Wenn dieses Hotel als Deckadresse dient, Bell, dann haben sie vielleicht Dutzende von Briefen für Nesta aufbewahrt. Ihr Freund ist vielleicht regelmäßig einmal die Woche hingefahren, um sie zu holen.«

»Diesen Eindruck hatte ich aber nicht, Schatz. Ich bin sicher, er meinte, daß der Mann zum erstenmal kam und sämtliche Briefe mitgenommen hat.«

Ein Schatten von Ungeduld flog über sein Gesicht, zerrte an den Mundwinkeln. Doch er nahm sich zusammen und lächelte, schaute sie dabei forschend an.

»Wie kannst du über Eindrücke sprechen, wenn du selbst sagst, du habest dich nicht wohl gefühlt?«

Kaminfeuer schmeichelt ebenso wie Kerzenlicht. Sie fühlte, wie es auf ihrem Gesicht spielte, und mit einem kleinen Stich fiel ihr ein, daß sie sich seit dem Morgen weder die Nase gepudert noch die Lippen nachgezogen hatte. Schaute er sie deshalb so eindringlich an?

»Du warst nervös und fühltest dich nicht wohl in deiner Haut«, sagte er. »Unterschätze deine Einbildungskraft nicht, Bell.«

»Nein, du hast recht. Du hast immer recht.« Sie zog die Beine unter sich und legte ihren Kopf an seine Schulter. Das Buch, das er gerade las, lag umgekehrt auf dem Kissen; ein Buch mit schokoladenbraunem Umschlag, Titel und Illustrationen in grünblauen Rechtecken aufgedruckt. Sie beobachtete, wie seine Hand danach tastete. Eine liebevolle und hungrige Geste, und gleichzeitig hatte die Art, wie er es auf seinen Schoß gleiten ließ, etwas Verstohlenes.

»Mach nur«, lachte sie. »Du kannst ruhig lesen, wenn du magst, ich werde dich nicht stören.«

Zwanghaftes Lesen war Flucht. Warum sollte er aber fliehen, und wovor floh er? Er war müde, dachte sie, das war nur natürlich.

Die Kaminwand stand voller Bücherregale. Die Trollope-Ausgaben der religiösen und politischen Werke hatten einen Ehrenplatz in Augenhöhe, dritte Reihe von oben. Alle politischen Schriften trugen den gleichen blau-braunen Umschlag. Sie lächelte in sich hinein, als ihr bewußt wurde, daß sie die Ausgabe noch nie komplett im Regal hatte stehen sehen. Mindestens ein Band fehlte immer, weil Andrew gerade darin las, lag auf dem Tisch oder oben im Schlafzimmer neben dem Bett.

Verstohlen schaute sie ihn an, doch er war schon zu sehr vertieft, um es zu merken. War es nicht höchst eigenartig für einen Mann, dieselben Bücher wieder und wieder zu lesen? Er mußte sie schon auswendig können. Sie fragte sich vage, wie wichtig ihm die Welt war, die sie repräsentierten. Diese Welt mußte mittlerweile sehr real für ihn geworden sein, Teil seines täglichen Bewußtseins, eine Quelle von Metaphern, eine Anleitung beim Reden. Mitten in diese Überlegungen kam die plötzliche Überzeugung, daß sie sich, wollte sie ihm eine treue Gefährtin sein, mit dieser seiner Welt vertraut machen sollte. Das war es doch, wenn man sagte: ›Dinge gemeinsam haben.‹ Man brauchte soviel wie möglich davon, wenn man Nachteile überbrücken mußte, die fast unüberbrückbar schienen – den Altersunterschied, die drohende Kinderlosigkeit ...

Sie stand auf. Er blätterte eine Seite um und lächelte über irgendeinen Lieblingsausdruck, der ihm ins Auge gefallen war. Wenn er so lächelte, unbewußt, unbefangen wie ein Kind, dann sah er so jung aus, noch jünger, als er war. Ihre achtunddreißig Jahre waren ihr plötzlich sehr bewußt.

Die Tür zum Eßzimmer war angelehnt. Als sie durch die Diele ging, schaute sie durch den dunklen Raum zu den hohen Flügeltüren hinüber, die ohne Vorhänge den Blick nach draußen auf die Büsche und die eine Seite von Vair Place freigaben. Es war ihr unangenehm zu wissen, daß sie – ein großes, kräftiges Kind von fast einsfünfzig – auf dem Rasen dort unter den Bäumen gesessen und schon ziemlich anspruchsvolle Bücher gelesen hatte, als Andrew noch nicht einmal geboren war.

Sie ging nach oben ins Schlafzimmer und knipste das Licht über dem Frisiertisch an. Dann suchte sie in der Schublade nach dem einzigen Lippenstift, den sie besaß.

Langsam hob sie den Kopf und sah ihr eigenes Spiegelbild. Es war ziemlich dunkel im Zimmer, und die Möbelstücke hinter ihr lagen im Schatten. Außer ihrem eigenen Gesicht sah sie nur verschwommene Formen und den blassen Schimmer von Blumen in einer Vase.

Ihr Haar war sehr unordentlich, die Zöpfe hatten sich gelockert, und einzelne hochstehende Härchen standen – durch das Oberlicht hervorgehoben – wie eine Aureole um ihren Kopf. Erstaunt und ein bißchen erschreckt trat sie zurück und schloß die Augen. Nach einer Weile öffnete sie sie wieder. Das Bild war immer noch da: ihr eigenes Gesicht, fremd und gleichzeitig vertraut. Es schien voller, dabei ausdruckslos, aller Intelligenz beraubt. Irgendwie wirkte es jünger, denn die Haut war klar und die Augen hell.

»Reiß dich zusammen«, sagte sie laut, aber die energische, abgedroschene Alltagsphrase, die sie gleichzeitig sehen und hören konnte, verstärkte nur die – die was? Halluzination?

Rasch kämmte sie ihr Haar zurück. Als sie zwei erdbeerrote Linien auf ihre Lippen strich, verschwand die Illusion. Mit einem Seufzer der Erleichterung richtete sie sich auf. Sie war wieder sie selbst.

7

Ein schneidender Nordostwind pfiff die zweispurige Straße entlang und heulte unter der Betonbrücke durch. An der Einfahrt zur Umgehungsstraße waren die Ölfässer verschwunden und statt dessen hatte jemand ein langes weißes Band gespannt, wie man es an Hochzeitsautos sieht.

Trotz der Kälte hatte sich eine Menschenmenge versammelt, um an der Eröffnung teilzunehmen: Kinder von der Grundschule, geführt von einer zermürbten Lehrerin; Verkäufer, die gerade Mittagspause hatten, Hausfrauen mit Einkaufskörben. Hinter dem Band stand der parlamentarische Staatssekretär des Verkehrsministers, eine überraschend feminine Erscheinung, als sei es nicht schon überraschend genug, daß es eine Frau war; sowie Justin Whittaker, Vorsitzender des Highway Committee, der Vorsitzende der Gemeindeverwaltung und ein Schwarm von Leuten, die einfach nur herumhingen und nichts zu tun hatten, als zuzusehen, zu applaudieren und schließlich mit der Prominenz im *Boadicea* Räucherlachs und Brathähnchen zu vertilgen.

»Es wird wohl kaum einen Einwohner Salsteads geben«, sagte Justin Whittaker gerade, »der die Eröffnung dieser Umgehungsstraße nicht als segensreich ansieht. Ich denke, ich spreche für uns alle, wenn ich sage, daß wir mit Unruhe und Besorgnis die täglichen Erschütterungen, ja, sogar die Unterminierung – unserer historischen Gebäude beobachtet haben, die durch den ständigen Verkehr ...«

Andrew drückte Alices Arm. »Oh, komm zum Ende, komm zum Ende!« gähnte er.

»Schhh!«

»... noch wird es uns dem Warenverkehr entziehen, der für das wirtschaftliche Wachstum unserer Gemeinschaft notwendig ist, denn die Verbindungsstraße, die hier abgeht und in die Stadtmitte führt, wird solchen Transportern die Zufahrt ermöglichen, deren Einfahrt eine wirtschaftliche Notwendigkeit ist. Diese Umgehungsstraße ist ein Triumph moderner Bautechnik. Es ist nicht nur eine sehr moderne Schnellstraße, sondern ihre Planer haben auch darauf geachtet, daß unsere Helicon Lane, die parallel verläuft, unberührt bleibt und damit weiterhin eine schöne Straße, auf die wir alle mit Recht stolz sein dürfen.«

Ein eisiger Nieselregen setzte ein. Er schlug den Kragen seines Kamelhaarmantels hoch und reichte der parlamentarischen Staatssekretärin im Zurücktreten eine Schere. Sie zog ihren Pelz enger um sich und hielt mit der einen Hand die Veilchen, die ihr die Schulkinder vorhin überreicht hatten, während sie mit der anderen das Band durchschnitt.

»Hiermit erkläre ich die Salstead-Umgehungsstraße für eröffnet.« Sie hatte eine Stimme wie die Queen, hoch, ausgeglichen, unnahbar.

Andrew stieß Alice heimlich an. »Und möge Gott sie und alle, die auf ihr fahren, beschützen«, flüsterte er. Sie lachte und preßte seinen Arm enger an sich, versuchte, dem rauhen, naßkalten Wind auszuweichen.

Die Dame aus dem Verkehrsministerium stöckelte in ihren dünnen Pumps zu ihrem Wagen zurück. Ihr Fahrer stand und hielt ihr die Tür auf. Schließlich fuhr sie über die jungfräuliche Straße dahin, gefolgt von Justin Whittakers Bentley, dem Rolls des Vorsitzenden der Gemeindeverwaltung und so weiter bis hinunter zu dem Mini, der dem Assistenten vom Gesundheitsamt gehörte. Die hohe Dame winkte huldvoll, auch in dieser Geste ganz königliche Lady in einer Staatsprozession.

»Los, Kinder«, sagte die Lehrerin. »Wer zuerst mit Essen dran ist, bitte vorkommen.«

»Gehst du zu dem Empfang?« fragte Alice Harry Blunden.

»Ich gehöre nicht zur Prominenz. Praktische Ärzte gehören heutzutage zum gemeinen Volk.«

»Wir haben zwei Einladungen«, meinte Alice. »Eigentlich Vetternwirtschaft, weil ich eine Whittaker bin. Aber Andrew muß zurück ins Werk.« Sie merkte plötzlich, was sie da gesagt hatte, und was er vielleicht erwartete. Es gab keinen Grund, warum er nicht an Andrews Stelle mit ihr kommen sollte. Während sie zwischen den beiden Männern ging, schaute sie rasch von dem glatten, schönen Kopf zu dem anderen, verwuschelten hinüber. Dann drückte Andrew sanft ihre Hand und lockerte den Griff wieder. Ein Zeichen, daß er keinen Wert auf solch einen Tausch legte. »Aber natürlich werde ich nicht hingehen«, fügte sie allzu entschieden hinzu.

»Und es geht dir jetzt wirklich besser, Alice?« Wieder dieser merkwürdige, besorgte Blick. »Miss Madsen hat mich gestern angerufen und mir gesagt, es ginge dir besser.«

»Fast wieder normal.«

»Ich schau in ein, zwei Tagen noch mal nach dir, ja?«

Andrew hielt die Tür seines Triumph für sie auf. »Ich glaube nicht, daß das nötig ist«, meinte er. Harry errötete, richtete sein Gesicht gegen den stürmischen Wind.

»Wir könnten dich ja jederzeit erreichen, wenn ...« Er hielt inne und fuhr dann mit übertriebener Betonung fort: »... wenn meine Frau ein neues Rezept braucht.« Die Eile, mit der er sie ins Auto schob, war schon fast unhöflich. »Wir können die Annehmlichkeiten moderner Technik ja mal ausnutzen«, sagte er.

Der Zubringer bog in einem sanften Winkel von der Umgehungsstraße ab. Innerhalb dieser Zone sah man die Helicon Lane liegen, abgeschnitten durch weite Böschungen aus aufgeschütteter und noch grasloser Erde. Sie wirkten wie die rohen Ränder einer Wunde, die in die Felder geschlagen worden war.

Alice fiel ein, daß sie die Helicon Lane seit Nestas Abreise nicht betreten hatte, und sie lehnte sich vor, um hinauszuschauen. Die Äste der Salstead-Eiche schienen den Himmel zu fegen wie ein riesiger Reisigbesen. Sie konnte gerade *Bridal Wreath* sehen mit den beiden Schaufenstern, in denen jetzt Wollstränge und bedruckte Straminteile für Stickereien ausgestellt waren. Das Schild war durch ein neues ersetzt worden: *The Workbasket.* Sie seufzte, verlor es im Dunst ihres Atems, der die Scheibe beschlug, aus den Augen.

Die Straße führte weiter zwischen Streifen von Ödland hindurch. Unmittelbar neben dem Hauptschiff von St. Jude's Church war ein Zaun errichtet worden, und von dem alten Kirchhof war nichts übriggeblieben. Ein seltsames Gefühl, über einen asphaltierten Boden zu fahren, der ein ehemals geweihtes Gelände bedeckte, mit grünen Hügeln, moosbewachsenen Steinplatten und dazwischen lange, von Eiben beschattete Gänge. Trauernde waren dort entlanggegangen, Bauern in Kitteln und bedruckten Kleidern, die Gebinde und Kapuzinerkresse aus ihren Gärten brachten. Alice schüttelte die Gedanken ab und sagte trocken: »Jetzt kann ich nicht mehr gut zu dem Empfang gehen.«

»Du lieber Himmel, Schatz!«

»Wie könnte ich, nach dem, was ich Harry gesagt habe?« Und nach dem, was du gesagt hast, fügte sie im stillen hinzu.

»Du kannst doch deine Meinung ändern«, meinte er spitzfindig. »Pernille hat zu Hause nichts vorbereitet für dich.« Er warf einen Blick in den Außenspiegel. »Ich glaube, ich muß mich beeilen, wenn wir nicht in den Konvoi geraten wollen.«

Immer noch zweifelnd, ließ sie sich von ihm in der High Street absetzen. Es waren viele Leute da. Die meisten von ihnen kannte sie. Was machte es schon aus, wenn sie sahen, wie er sie in die Arme nahm und auf den Mund küßte? Sie waren immer noch in den Flitterwochen, und so würde es weitergehen, bis sie beide alt waren – so alt, daß die neun Jahre Unterschied keine Bedeutung mehr hatten. Noch erwärmt von seinem Kuß, überquerte sie die Straße und ging ins *Boadicea*.

Die Lounge wimmelte von Menschen. Ein Ober kam mit einem Tablett voller Gläser, und sie nahm ein blaßgelbes Getränk mit einem sichelförmigen Stück Zitronenschale. Durch die Glastür zum Speisesaal sah sie Tische, weiß gedeckt, mit Silberbesteck und späten Dahlien in hohen, schlanken Vasen. Die Tür schwang auf, als eine Kellnerin hereinkam und mit ihr ein durchdringender, knoblauchdurchtränkter Dunst.

Abrupt setzte Alice ihr Glas ab. Plötzlich war die Übelkeit wieder da. Der trockene Martini, der kühl durch ihre Kehle rann, traf mit einer heftigen Woge von etwas zusammen, das ihr den Atem stocken ließ. Es war, als würden Brust und Magen von innen verbrüht. Sie sackte gegen einen Tisch und wich dem besorgten Blick von Mrs. Graham aus, deren Mann das Hotel führte. Wie hatte sie nur an ein offizielles Essen denken können in diesem Zustand? Noch bevor sie die Suppe auch nur zur Hälfte hinter sich hatte, würde sie ihren Stuhl zurückschieben und mit vor den Mund gepreßter Serviette rausrennen. Es war besser, jetzt gleich zu gehen, bevor Leute mit Fragen und hilfreichen Armen herbeieilten.

Sie stolperte zur Tür, bahnte sich einen Weg zwischen den Menschengruppen. Das Gelächter und das angeregte, laute Gerede stachen wie lauter kleine Messer auf sie ein. Ein eisiger Wind fuhr ihr draußen entgegen, überfiel sie mit bösartigen, heftigen Böen. Gerade, als sie den Schutz von Mr. Croppers Juwelierladen erreicht hatte, stiegen Onkel Justin und die Parlamentarische Staatssekretärin aus ihren

Wagen. Er sah sie nicht. Sie wandte ihm einen Moment den Rücken zu, blieb stehen und schaute auf die verschwimmende Auslage von Ringen und Broschen, bis die beiden über die Straße gegangen waren.

Dann lief sie die High Street hinauf. Der schneidende Wind schien sie mit kleinen Schlägen zu traktieren. Bis nach Vair House war es ungefähr einen Kilometer, und Andrew hatte den Wagen mit in die Firma genommen. Der Bus, der früher jede Stunde nach Pollington gefahren und dabei an Vair vorbeigekommen war, nahm seit heute den Weg über die Umgehungsstraße. Es lag nahe, Harry um Hilfe zu bitten, aber sie konnte jetzt nicht zu Harry gehen. Ich werde eben laufen *müssen*, dachte sie grimmig. Sie schaffte noch knapp zweihundert Meter, bevor ihre Beine nachzugeben und unter ihr wegzuknicken drohten. Ihr ganzer Körper fühlte sich unsagbar schwach und zerschlagen an, leer und ausgebrannt bis auf diese drängende Angst. Ihr ganzes Leben lang war sie niemals krank gewesen, und jetzt kam diese Krankheit über sie wie eine riesige, giftige Schlange, die sie mit Panik und Schmerz erdrückte. Nach Atem ringend, taumelte sie zu der Bank beim Kriegerdenkmal und ließ sich auf den dicken, eichenen Sitz fallen.

Es gab nur eines, sie mußte ein Auto mieten. Wenn sie hier fünf Minuten ausruhte, dann schaffte sie es wahrscheinlich gerade zu Snow.

Endlich ließ das Hämmern in ihren Ohren nach, und die Umklammerung lockerte sich. Es war, als würde von einem bandagierten Glied der Verband abgenommen, nur war es in ihrem Fall kein Glied, sondern ihr ganzer Körper. Sie erhob sich vorsichtig und machte sich wieder auf den Weg.

Salstead Cars. Selbstfahrer oder Chauffeur, Wagen für jede Gelegenheit. Sie hatten hier die Autos für ihre Hochzeit gemietet. Aus dem Fenster einer dieser schwarzen Limousinen hatte sie Mrs. Johnson zugewinkt, als sie und Onkel Justin von Vair Place aus losgefahren waren.

Das Büro war eine Holzbaracke, um die sich die großen glänzenden Wagen drängten wie Seehunde auf der Sandbank. Auf einem hohen Stuhl, den Hut ins Genick geschoben, thronte der Besitzer und aß belegte Brote, den *Daily Mirror* als Unterlage. Als sie hereinkam, stand er auf.

»Oh, Mr. Snow. Es tut mir leid, aber ich fühlte mich nicht besonders wohl. Mir wurde auf einmal so schrecklich schwindlig, und ich dachte...« Sie versuchte zu lächeln, wobei sie den Blick sorgsam von den Brotscheiben und dem Corned Beef abwandte.

»Hier, setzen Sie sich, Mrs. Fielding.« Sie ließ sich schwer auf den Bentwood-Stuhl mit dem zerfledderten Rohrgeflecht fallen. »Sie sind weiß wie ein Gespenst. Also, wenn Sie mich fragen, ich würde Ihnen zu einem kleinen Schluck Brandy raten.«

»Brandy? Oh, nein, ich könnte nicht...«

»Er ist phantastisch zur Magenberuhigung.« Er ignorierte ihre Einwände, holte eine kleine Flasche aus dem Regal und gleichzeitig ein überraschend sauberes Glas. »Das wärmt bis ans Herz, glauben Sie mir.«

»Vielen Dank, sehr freundlich.«

Der Brandy wirkte augenblicklich. Unerwarteterweise brannte er nicht, sondern durchflutete sie mit einer sanften, angenehmen Wärme wie der eben eingeatmete Duft frischer Blumen, strömte heilend und wohltuend durch ihren ganzen Körper.

Mr. Snow packte seine Brote ein und stellte sich an das kleine halbblinde Fenster, dabei pfiff er leise durch die Zähne.

»Sie haben nicht zufällig was von Mrs. Drage gehört, oder?« fragte er plötzlich.

»Also...«

»Hab mich nur gefragt, Sie beide waren doch beinah befreundet. Geht's jetzt besser, ja?«

»Viel besser, Mr. Snow, warum fragen Sie nach Mrs. Drage?«

»Nun, es hat was mit dem Geschäft zu tun, Mrs. Fielding. Aber ich will Sie nicht damit behelligen, wo Sie doch mit dem Wetter Schwierigkeiten haben.«

»Oh, nein, wirklich, ich würde es gerne wissen.«

»Sie verstehen aber, ich meine, Sie werden es nicht krummnehmen, Mrs. Fielding?«

Er nahm das Glas, rieb es mit einem Stückchen Zeitungspapier aus und stellte es ins Regal zurück. Entschlossen unterdrückte sie ein Schaudern. »Also, die Sache ist die, wir haben ein paar Sachen für Mrs. Drage erledigt und jetzt, wo sie keine Adresse hinterlassen hat und so . . .«

»Sie wollen sagen, sie schuldet Ihnen Geld?«

Er schlug sein Auftragsbuch auf. »Am siebten August war's. Siebten und achten.« Alice biß sich auf die Lippe, ihr war sehr unbehaglich zumute. »Da hat sie einen Wagen gemietet, um Sachen für sie zu den Feasts zu bringen. Drei Uhr.« Das waren auch Daphnes Worte gewesen: ›Sachen‹, ›sie hat ein paar Sachen bei uns gelassen!‹ »Wir ham das erledigt, und sie bestellte uns für den nächsten Morgen zum *Bridal Wreath*. Das war der achte, Punkt acht Uhr, sagte sie, und da will sie abgeholt und zum Bahnhof gefahren werden. Die Nacht wollte sie ja wohl bei den Feasts bleiben, aber am nächsten Morgen dann rübergehen und den Umzug überwachen. Wir sollten sie zum Bahnhof bringen und auf dem Weg noch bei den Feasts ihre Sachen abholen. Punkt acht, sagte sie. Wenn ich ehrlich sein soll, ich war ein bißchen sauer. Ich bin noch selber hingefahren, aber sie war weg. Kein Wort, nichts, einfach auf und davon.«

»Sind Sie sicher?«

»Na, die waren doch schon beim Ausräumen, Mrs. Fielding. Cox aus der York Street ham das gemacht. Alle Türen standen offen, und ich bin rein. Len Cox war dabei, ihren Kleinkram einzusammeln. Wo ist sie? sag ich, wollte ja nich rumhängen, weil Samstag war, und da haben wir immer viel zu tun. Weg, sagt er. Wir sind um sieben gekommen, und der Schlüssel steckte, also sind wir rein. Alles war ordentlich und sauber fertiggepackt und so weiter, meinte Len. Du kannst doch nicht einfach alles mitnehmen, nicht, wenn sie nicht da ist, sag ich, aber Len ist einer von der schnellen Truppe. Es kommt sowieso aufs Lager, sagt er, und sie hat im voraus bezahlt, als er ihr den Kostenvoranschlag gemacht hat. Ich kann's mir nicht leisten, mir von so 'ner Tute alles durcheinanderbringen zu lassen – entschuldigen Sie, Mrs. Fielding, aber genauso hat er's gesagt.«

»Also, komisch fand ich das nicht gerade, das kann ich Ihnen sagen. Ich hab zwei Aufträge für acht Uhr sausen lassen; einer davon hätte mir 'nen sauberen Fünfer eingebracht. Nicht nur das, da war auch noch, was sie mir für die Fahrt zu den Feasts schuldete – die am Nachmittag, mit dem Laster.«

Rasch sagte Alice: »Natürlich regle ich das, Mr. Snow.« Sie fand ihr Scheckheft und fing an zu schreiben, erstaunt über ihre ruhige Hand. »Ich nehme an, Mrs. Drage hat ihre Pläne kurzfristig ändern müssen und vergessen, daß sie Ihren Wagen bestellt hatte.«

»Das wird's wohl gewesen sein. Wäre logisch. Ich sag ja auch nicht, daß sie's mit Absicht gemacht hat.«

Alice faltete den Scheck.

»Man sollte nicht denken, wie vergeßlich die Leute sind, was? Ich meine, so dringend, wie sie die Buchung machte, und am Nachmittag hat sie mich sogar noch mal erinnert wegen dem nächsten Morgen. Das Komische ist, sie hat um fünf rum noch mal hier angerufen und gesagt, ich solle den

Termin nicht vergessen. Ich war ganz schön sauer, Mrs. Fielding, das muß ich sagen.«

»Kann ich mir vorstellen«, erwiderte Alice leise.

Die Sache mit dem Auto war eine völlig unerwartete Entwicklung. Natürlich war es möglich, daß Nesta es vergessen hatte. Ihre nervöse Depressivität machte sie vergeßlich. Aber trotzdem gefiel Alice die Sache nicht. Vielleicht wurde sie selbst auch vergeßlich, denn erst als sie wieder auf der Straße stand, fiel ihr ein, weshalb sie ursprünglich zu Mr. Snow gegangen war.

Sie blieb unter einer Markise vor einem Geschäft stehen und holte ihr Notizbuch aus der Tasche. *Achter August, Samstag, Nesta fährt heute weg. Es regnet.* Regen. Sie dachte an jenen Sommermorgen zurück. Freitag, der siebte August, war der letzte Tag einer langen Hitzewelle gewesen. Sie war ziemlich früh aufgestanden Der Regen hatte sie geweckt, und als sie die Vorhänge zurückzog, hatte sie über die Schulter hinweg zu Andrew gesagt: »Es gießt in Strömen. Die Auffahrt ist beinah überflutet. Es muß schon seit Stunden regnen.«

Wie konnte sie so sicher sein, daß es gerade jener Samstagmorgen war? Weil Andrew geantwortet hatte: »Nestas Möbel werden naßregnen.«

Wenn ihre Auffahrt um acht schon überflutet war, mußte es stundenlang geregnet haben. Helicon Lane war weit entfernt vom Bahnhof. Nesta konnte nicht zu Fuß gegangen sein. Und doch war sie nicht dagewesen, als die Firma Cox um sieben kam.

Langsam ging Alice die High Street zurück. Im Geiste machte sie sich ein Bild und einen Zeitplan von Nestas letztem Abend. Im Laufe des Nachmittags hatte Mr. Snow ihre Sachen, was auch immer das sein mochte, zu Feasts gebracht, und gegen fünf Uhr hatte Nesta ihn angerufen, um ihn an die Fahrt am nächsten Morgen zu erinnern. Den

Nachmittag mußte sie dazu benutzt haben, aufzuräumen und die Möbel für Cox fertig zu machen. Dann, kurz nach dem Telefonat, war sie zu ihrer Abschiedsrunde aufgebrochen. Mr. und Mrs. Graham im *Boadicea*, Harry wahrscheinlich – er war ihr Arzt –, Hugo und Jackie, dann zu Onkel Justin und zuletzt nach Vair House, wo sie mit ihnen zu Abend gegessen hatte.

Sehr matt hatte sie gewirkt, deprimierter denn je. Es war ein warmer Abend, und sie hatte keinen Mantel über dem dünnen Kleid aus schwarzem, plissiertem Batist getragen. Ihre Knöchel, erinnerte sich Alice, waren angeschwollen, und die Riemchen ihrer leichten, schwarzen Sandaletten hatten tief eingeschnitten. Sie war nach oben gegangen, um sich von Pernille zu verabschieden. Dann hatten sie gemeinsam das zusammengefallene Käsesoufflé gegessen. Kurz nach acht hatte Andrew sie zum *Bridal Wreath* zurückgefahren.

»Warum bleibst du nicht über Nacht bei uns?« hatte Alice vorgeschlagen; denn Nesta hatte so müde ausgesehen, während sie ihre Hand beim Abschied festhielt, und in ihren Augen standen Tränen.

»Jetzt ist es zu spät, meine Pläne zu ändern. Ich habe fest versprochen, bei Daphne und ihrem Vater zu übernachten.«

In jener Nacht hatte man damit begonnen, die Gräber zu öffnen und die verbliebenen Reste umzubetten. Schon allein die ungeheure Diskretion, die darauf verwandt wurde, mußte die geisterhafte Atmosphäre erhöht haben. Von Nestas Schlafzimmerfenster aus hätte man direkt auf den Sichtschutz aus Zeltbahnen geschaut und hören können, wie die Erde aufgerissen wurde. Das allein wäre schon ziemlich schlimm gewesen, aber viel schlimmer, was dann im Morgengrauen kam, wenn die Särge, beiseite gestellt und abgedeckt, die Ankunft der Lastwagen erwarteten.

Natürlich war sie nicht zu den Feasts gegangen. War es möglich, daß sie auch diese Verabredung vergessen hatte? Sie hatte das mit dem Mietwagen vergessen, obwohl sie sich doch extra noch die Mühe gemacht hatte, aus einer Telefonzelle anzurufen. Ihr eigener Apparat war ja, wie Daphne meinte, schon abgemeldet.

»Ich bleibe bei den Feasts«, das hatte sie gesagt, als sie sich umarmten, und ihr Gesicht hatte nach Sommergarten geduftet. Dann war sie vor Andrew die Auffahrt hinuntergeschlurft, ihre Bewegungen sehr schleppend in der heißen, staubigen Luft.

Mr. Feast war gerade dabei, Kartons mit Sahnebechern an einer Wand zu stapeln, die mit den gleichen khakifarbenen und weißen Fliesen gekachelt war wie die Covent Garden-Untergrundbahnstation. Er sah in seinem Kaufmannskittel dürrer aus denn je. Zum erstenmal fiel ihr eine gewisse Ähnlichkeit mit Abraham Lincoln auf, die wahrscheinlich durch seine wulstigen Augenbrauen und das hohlwangige Gesicht hervorgerufen wurde. In seinem Blick brannte noch dazu das gleiche kämpferische Feuer.

»Könnte ich wohl mal mit Daphne sprechen, Mr. Feast?«

»Wenn es wegen *Freedom from Hunger* ist, Mrs. Fielding . . .« Er warf einen fast entschuldigenden Blick auf die Genußmittel um sich herum. »Das ist mehr mein Ressort, wenn Sie wissen, was ich meine.«

»Nein, es geht um etwas Persönliches.«

»Ich hoffe, der Joghurt ist nach Ihrem Geschmack. Wir mußten die Lieferfirma wechseln, aber er ist sehr gut.«

»Oh, ja, köstlich.« Joghurt war merkwürdigerweise in den letzten Tagen oft das einzige gewesen, was sie essen konnte. »Wenn ich nur mal kurz . . .«

»Dort durch.« Er öffnete die Tür hinter sich und rief, wie sie fand, unnötig laut: »Daph! Mrs. Fielding möchte dich sprechen. Gehen Sie nur hoch, Mrs. Fielding. Ich weiß, Sie sehen uns eine gewisse Unordnung nach.« Sie lächelte, murmelte etwas. »Wollten Sie heute Joghurt mitnehmen? Gut. Ich stecke es hier unten für Sie in eine Tüte. Iß vernünftig, und du wirst lange leben, sage ich immer.« Seine harsche Vogelstimme mit ihrem scheppernden Klang verfolgte sie die Treppe hinauf. »Das Tragische ist, daß so viele, die sich vernünftig ernähren würden, wenn sie nur die Möglichkeit hätten, durch die menschliche Unmenschlichkeit davon abgehalten werden, indem man ihnen die . . .«

Daphne kam ans Geländer. »Na, Sie haben Paps ja so richtig in Fahrt gebracht.«

»Immerhin komme ich mir ganz heroisch vor, weil ich nicht an dem offiziellen Lunch teilgenommen habe.«

»Essen Sie doch einen Happen mit mir.«

Alice schüttelte den Kopf. Die angebissene Fleischpastete auf dem blanken Tablett ohne Unterlage war vielleicht das, was Mr. Feast mit ›gewisser Unordnung‹ bezeichnete, doch der Anblick ließ erneut die Übelkeit hochsteigen.

»Sie sagten, daß Sie einige Sachen für Nesta aufbewahren. Ich dachte . . . Daphne, könnte ich die mal sehen? Würden Sie sie mir zeigen?«

»*Die* Sachen? Es ist nur eine Sache, eine Kiste oder ein großer Karton. Paps hat ihn in seinem Zimmer. Er benutzt das Ding als Nachttisch.«

Mr. Feasts Schlafzimmer war ein langer, schmaler, zellenartiger Raum, der auf die High Street hinausging. Alice trat ans Fenster und schaute hinunter. Die Straße lag still, fast leer da. Natürlich! Die Umgehung war ja eröffnet, und es schien zu klappen.

»Das ist er«, sagte Daphne.

Alice drehte sich um. Sie sah nur eine Bettcouch, daneben so etwas wie einen Tisch mit einem Tuch darüber, beladen mit Zeitschriften wie *Peace News*, *China Today*, die Zeitschrift der Vereinten Nationen, Arzneifläschchen, ein Wecker, eine grüne Anglepoise-Lampe.

Sie machte einen Schritt darauf zu, dann zuckte sie heftig zusammen. Irgendwo draußen hörte man ein schrilles Klingeln, das immer näher kam. Daphne blickte auf und zuckte die Achseln.

»Das ist nur der Krankenwagen. Irgendein Irrer hat wohl auf der neuen Straße einen Unfall gebaut.«

Nur ein Krankenwagen ... Warum hatte es für sie wie eine Warnung geklungen? Geh weg, sieh nicht hin! Sie schaute aus dem Fenster und sah den großen, weißen Wagen um die Ecke biegen, auf dem Dach drehte sich das Blaulicht. Automatisch hatte sie die Arme gehoben, um sich die Ohren zuzuhalten. Nun ließ sie sie wieder sinken, gab sich einen Ruck und wandte sich dem Tischchen zu.

»Aber das ist ja ein Koffer!« rief sie aus. »Ein großer Koffer.«

»Ich hab doch gesagt, sie hat jede Menge Zeug hiergelassen.«

Es war ein hölzerner Koffer, eher eine Art Truhe, altmodisch und ehemals dunkelbraun gestrichen. An einer Seite war ein Riegel mit einem Schloß.

»Ist er abgeschlossen?«

»Keine Ahnung.« Daphne zerrte an dem Schloß. »Sieht so aus, ich krieg's nicht auf.«

»Ich frage mich, ob wir es aufbrechen sollen. Ich weiß nicht, ob wir ein Recht dazu haben ...« Sie zögerte, und all die Dinge, die sie so alarmiert hatten, kamen ihr wieder ins Gedächtnis: Briefe, die nie ihren Adressaten erreicht hatten und doch beantwortet worden waren; das *Endymion Hotel*; der Mann, der sich Mr. Drage nannte; ein dringend angeforderter Leihwagen, der vergebens gekommen war.

»Ich schätze, sie braucht das, was hier drin ist, nicht so dringend«, sagte Daphne voller Eifer, »sonst hätte sie es doch nicht hiergelassen.« Ihre Augen funkelten. »Also, ich frage mich wirklich, was da drin ist.« Sie schob die Ärmel ihres braunen Mohair-Pullovers hoch. Er wirkte nicht wie ein Kleidungsstück, sondern eher wie eine Verlängerung ihrer struppigen Haare. »Meine Güte, ist der schwer!« Sie hatte den Koffer an den ledernen Handgriffen hochgehoben und ließ ihn schnaufend wieder fallen, wobei er mit dumpfem Aufschlag auf dem Bettvorleger landete.

»Wir könnten einen Schlosser holen, oder vielleicht Ihren Vater...«

»Paps kann den Laden nicht allein lassen, außer, wenn ich ihn ablöse.« Und gerade das wollte Daphne ganz offensichtlich nicht. »Ich könnte es ja mal versuchen.«

»*Sie?*«

Wenn in Vair so etwas zu tun war, ließ man den Gärtner oder Onkel Justins Chauffeur kommen. Erschien die Aufgabe für einen Laien zu kompliziert, schickte man nach einem Fachmann aus Salstead. Keiner, und schon gar nicht eine Frau, wäre auf die Idee gekommen, mit Gewalt ein Schloß aufzubrechen.

»Alles, was man braucht«, meinte Daphne, »ist ein Schraubenzieher.«

Alice setzte sich auf die Bettcouch und sah zweifelnd zu, wie Daphne mit einem Werkzeugkasten ankam. Der Blick des Mädchens huschte wie der eines Frettchens hin und her.

»Was ist denn überhaupt mit ihr passiert?« Die erste der drei Schrauben war gelockert. Alice hob die Achseln. »Sie scheint verschwunden zu sein, nicht?« Der Schraubenzieher drehte sich ohne Schwierigkeiten. »Hier...« Daphne hielt inne und funkelte sie wild an. »Sie denken doch nicht, daß sie hier drin ist, oder? In Stücken, meine ich, Sie wissen schon, wie man's so in Horrorgeschichten liest.«

»Aber natürlich glaube ich das nicht«, sagte Alice bestimmt. »Seien Sie nicht albern.« Eine Schmerzwelle wie ein Magenkrampf ging über sie hinweg. Die Wohnung der Feasts roch nach saurer Milch.

»Da, jetzt hab ich's«, sagte Daphne. Der Riegel war aufgegangen und hing vor dem braunen Holz. »Wenn es etwas Schreckliches ist, wird mir schlecht, ich warne Sie.« Ihr talgfarbenes Gesicht hatte rote Flecken auf den flachen Wangenknochen. »Sie sehen auch etwas merkwürdig aus.«

Alice atmete rasch und preßte ihre kalten Hände zusammen. Warum hatte Daphne solch schauderhafte, entsetzliche Ideen? Es konnte gar nichts ›Schreckliches‹ in dem Koffer sein. Nesta war doch noch lebendig und wohlauf gewesen, nachdem der Koffer zu den Feasts geschickt wurde.

Daphne kicherte prustend und warf den Deckel mit einem Ruck zurück.

8

Alice seufzte vor Erleichterung auf; der faulige Geschmack in ihrem Mund ließ sie erschauern. Sie lachte verächtlich: Der Koffer war voller Kleidungsstücke.

Obenauf lag ein schwarzes Nachthemd, darunter Unterwäsche. Daphne nahm sie heraus und warf einen Armvoll davon aufs Bett. Dann kamen Kleider, Röcke, enge karierte Hosen, ein schwarz-weiß-kariertes Kostüm und vier Mäntel.

»Ihre gesamte Garderobe«, sagte Alice erstaunt. »Das darf doch nicht wahr sein!«

Daphne wühlte in dem Koffer herum. »Unter den Mänteln hier sind jede Menge Schuhe.« Sie richtete sich auf, den Arm voller ordentlich gegeneinander gelegter, in Seidenpapier eingewickelter Schuhe. »Schauen Sie, Mrs. Fielding, alle Schuhe, die sie besaß. Nein, stimmt nicht. Sie hatte noch so ein Paar alte schwarze Riemchensandaletten. Die sind nicht dabei.«

»Sie trug sie an dem Abend, als sie bei uns war. Es fiel mir auf, weil die Absätze so hoch waren und ihre Fußgelenke so geschwollen.«

Daphne tauchte wieder in die Tiefen und brachte ein flaches Köfferchen, ungefähr zwanzig mal dreißig Zentimeter groß, zutage. Es war aus schwarzem Kunstleder und trug die Initialen N. D. Bevor Alice sie davon abhalten konnte, hatte Daphne den Deckel hochgeklappt, und ein süßlicher, pudriger Duft stieg in Alices Nase, verdrängte für einen Moment den Molkereigeruch. Gemeinsam schauten sie auf die Ansammlung von Flaschen, Tiegeln, Lotionen, Cremes, grünen Lidschatten und blauen Lidschatten, Haarspray und Nagellack, Lippenpinseln und Augenbrauenbürstchen.

»Das ist wohl das, was man einen Schminkkoffer nennt«, meinte Alice.

»Hätt ich nie gedacht, daß sie den hierläßt! Und ihre besten Schuhe und all ihre Mäntel. Hätten Sie nicht auch angenommen, daß sie ihren Sommermantel überzieht, wenn sie wegfährt? Sehen Sie mal, das weiße Orlon-Ding.«

»Welchen Mantel hatte sie dann an jenem Samstag früh an?«

»Sie kann keinen Mantel angehabt haben. Sie hatte ja nur die vier hier, Mrs. Fielding. Ich kenne Nestas Klamotten wie meine eigenen. Ich hab sie mir oft genug angesehen. Wir haben immer Sachen ausgetauscht.«

»Dann . . . Daphne, was hat sie dann mitgenommen?«

»Wenn Sie mich fragen, ich würde sagen, gar nichts, außer dem, was sie anhatte. Ein schwarzes Batistkleid fehlt. Ich nehme an, das trug sie Freitag abend.« Alice nickte. »Was ich nicht verstehe, ist, warum sie all ihre besten

Sachen hierläßt. Für das karierte Kostüm hat sie gespart, es kostete zwanzig Pfund.«

»Warum hat sie die Sachen überhaupt hierher geschickt! Ich kann ja verstehen, daß sie ein Kostüm oder einen Mantel für die Reise brauchte, aber sie wollte doch nur eine Nacht bei Ihnen bleiben.«

»Ganz einfach. Ich hab doch erzählt, daß wir oft Kleider getauscht haben. Sie dachte wahrscheinlich, wir könnten mal gemeinsam ihre Sachen durchgehen. Wie wild sie auf Schwarz war, wissen Sie ja wohl?«

»Es war ihre Trauerkleidung, Daphne.«

»Trauer, daß ich nicht kichere! Zu mir hat sie gesagt, sie fand sich in dem Kostüm, das sie zur Beerdigung ihres Mannes anhatte, so toll, daß sie bei der Farbe geblieben ist. Sie sind ein bißchen naiv, wenn ich das mal sagen darf, Mrs. Fielding. Na ja, sie wollte jedenfalls, daß wir zusammen die Sachen durchsehen. Ich hab so 'nen kleinen, schwarzen Lurexfummel, auf den sie schon lange scharf war, als sie nicht kam, dachte ich, sie hätte sich's anders überlegt.«

»Aber was trägt sie jetzt? Sie kann doch nicht fast drei Monate in einem Baumwollkleid und Sandaletten rumgelaufen sein.«

Rumgelaufen! Rumlaufen bedeutete Leben, und dafür brauchte man Kleidung, und wenn man Nesta hieß, dann kam man vor allem ohne den kleinen Schminkkoffer nicht aus, der nach Moschus und Lilien und nach Eitelkeit duftete. Sie klappte den Deckel hastig zu, als ihr der Gedanke durch den Kopf schoß, daß man zum Sterben nur einen Fetzen braucht, einen dünnen schwarzen Fetzen.

»Außer«, meinte Daphne zweifelnd, »sie hat sich einen reichen Freund zugelegt, der ihr eine neue Garderobe spendiert hat.«

In dem Fall, überlegte Alice deprimiert, hätte sie Daphne

sicher alles geschenkt. Bestimmt hätte sie sich nicht die Mühe gemacht, um den Besitz eines Kleides zu feilschen, das diese vertraulich als ›Lurexfummel‹ bezeichnete.

»Ganz schön ekliges Zeug, was sie sich da auf den Leib gehängt hat, was?« Daphne wühlte in der Unterwäsche herum. Alice hatte schon gesehen, wie zerschlissen sie war, einiges flüchtig zusammengeflickt, vieles mit ungestopften Löchern, losen Trägern, ausgeleiertem Gummiband. »Sie war immer mehr fürs Äußere, unsere Nesta. Also ich muß schon sagen, traurig bin ich nicht, daß sie nicht meine Stiefmutter geworden ist, obwohl wir damals viel darüber gekichert haben.«

»Ihre Stiefmutter?« Alice war wie vor den Kopf gestoßen. Ihr war es immer so vorgekommen, als gehöre Mr. Feast zu einer anderen Generation, bis ihr jetzt unangenehm klar wurde, daß er wahrscheinlich höchstens zehn Jahre älter war als sie selbst. »Ich hatte keine Ahnung, daß...«

»Hmm, nein. Ich schätze, das wußte niemand. Wir haben Nesta bei der Industrie- und Handelskammer kennengelernt. Paps hatte sich angewöhnt, sie nach den Zusammenkünften heimzufahren. Er war ziemlich scharf auf sie, aber dann ist es irgendwie im Sande verlaufen. Ich weiß nicht recht, ob ich Ehen mit so 'nem großen Altersunterschied eine Chance geben würde.«

Alice senkte den Blick, fühlte das fadenscheinige Polster unter sich und hoffte, Daphne merkte nicht, wie sie rot wurde.

»Es gab keinen bitteren Nachgeschmack oder so, wissen Sie. Nicht bei mir und Nesta jedenfalls. Wenn Sie mich fragen, sie hatte sich ein etwas höheres Ziel gesteckt als Paps. Und ich kann Ihnen sagen, das hat er gemerkt. Komisch, man sollte nicht glauben, daß jemand in seinem Alter noch eifersüchtig sein kann, oder? Was würden Sie denn jetzt an meiner Stelle mit den Sachen machen, Mrs.

Fielding?« Ihr Blick glitt mit einem Anflug von Begierde über das Kostüm und den Strickmantel.

»Nun, sie behalten. Was können Sie sonst schon tun!«

Daphne mußte sie mißverstanden haben. Sie zog sich den Mantel an, breitete die Arme aus.

Entsetzt sagte Alice: »Ich meinte nicht . . .« Sie brach ab und stand rasch auf. Ein paar Büstenhalter und Petticoats fielen zu Boden.

In der Tür stand Mr. Feast und schaute sie an, sein Gesicht war wutverzerrt.

»Wie steht er mir?« fragte Daphne. Sie drehte sich unbeholfen und zuckte zusammen, als sie ihren Vater sah.

»Wie – wie ko-kommst du zu de-den Sachen?«

Er mußte schon sehr betroffen sein, um ins Stottern zu geraten, dachte Alice bei sich. »Und was machst du mit meinem Nachttisch?«

»Es ist nicht dein Nachttisch, Paps. Das Ding gehört Nesta Drage. Wir haben's aufgemacht, und es ist voller Kleider.«

Er ließ sich zwischen den Kleidungsstücken auf die Knie fallen und fing an, alles in den Koffer zurückzupacken. »Hast du denn gar keinen Respekt vor anderer Leute Eigentum?« schrie er. »Dieser Koffer ist uns anvertraut worden, und wir sind dafür verantwortlich. Deshalb ist die Welt in dem Zustand, in dem sie heute ist, weil die Großen rücksichtslos auf den Kleinen herumtrampeln.« Starr vor Entsetzen wich Alice vor ihm zurück. »Hitler – und solche Typen«, wütete er. Sein Gesicht war hochrot, und man sah die hervortretenden Adern pulsieren. »Vergreifen sich mit ihren dreckigen Pfoten an – am Eigentum der Leute!«

Mit einer kleinen, mürrischen Geste schüttelte Daphne den Mantel ab. Ihr Vater griff ihn sich und preßte ihn gegen seine magere Brust.

»Hast du denn gar keine Moral? Du bist nicht besser als ein mieser kleiner Faschist.« Er stopfte die restlichen Sachen in den Koffer, schlug den Deckel zu, warf das Tuch darüber und begann, die Ausgaben der *Peace News* wieder aufzustapeln. »Ihre Kleider stehlen und dich damit rausputzen ... Also, wenn du in einer Volksrepublik leben würdest –«

»Beruhige dich um Himmels willen«, sagte Daphne nachsichtig. »Ich weiß nicht, was Mrs. Fielding von dir denken soll.«

»Mrs. Fielding ...« Er schien sie erst jetzt zu bemerken.

»Komm jetzt. Du mußt um halb drei in der Filiale in Orphingham sein.«

Der Name traf Alice wie ein brennender Pfeil mitten in ihr verschwimmendes Gehirn. Blindlings streckte sie eine Hand aus, aber sie griff ins Leere. Sie hätte auf einer Eisfläche stehen können oder mitten in einem Sumpf, so wenig Halt gab ihr der Boden unter den Füßen. Ihre Beine knickten an den Knien ein, und ein riesiger schwarzer Vorhang glitt, alles umhüllend und dämpfend, über ihre Augen und ihr Bewußtsein.

Das letzte, was sie hörte, war Daphnes fröhlich erregte Stimme. »Paß auf, sie wird ohnmächtig.«

Die Kinder saßen in einer Ecke des großen, unaufgeräumten Zimmers und aßen Smarties aus einer bunten Dose. Das große, abstrakte Gemälde über dem Kamin schien schief zu hängen. Aber vielleicht lag es an ihren Augen. Die Helligkeit des vertrauten Raumes tat ihnen weh, die farbigen Stühle, die wächsernen, schlangenartigen Grünpflanzen, die Spielsachen, die über den ganzen Teppich verstreut lagen, in den irgend jemand einen Streifen Tesafilm eingetreten hatte.

»Jackie ...?«

»Ist ja schon gut. Mr. Feast hat mich angerufen, und ich habe dich hierhergebracht, weil es näher war.«

»Wo ist Andrew?«

»Im Büro natürlich. Wo sonst? Ich habe ihn angerufen, aber du hast irgendwas gestöhnt, ich soll ihn nicht holen.«

»Ja, ja, ich weiß. Ich erinnere mich jetzt. Ich dachte nur, er hätte ...« Ihre Stimme verlor sich. Sie versuchte ein Lächeln in Christophers Richtung, und er schaute scheu zu ihr hin. Sie fühlte sich verschwitzt und eingeengt in ihrem zerknitterten Kleid. Plötzlich sehnte sie sich verzweifelt nach Andrew, und Tränen stiegen ihr in die Augen. »Dieser schreckliche Mann, dieser Feast. Er ist so wütend geworden, hat sich richtig reingesteigert, weil wir einen Koffer mit Kleidern von Nesta aufgemacht haben. Ich kriege sein Gesicht gar nicht mehr aus dem Kopf, diese brennenden Augen und der Knoten an seinem Hals.«

»Das ist nur die Schilddrüse. Überfunktion«, sagte Jackie gelassen. Mark klapperte lustlos mit der Smartie-Schachtel. »Deshalb ist er auch so dünn und sprüht immer vor Energie und Schwung. Ich war zwar nur ein Jahr lang Krankenschwester, aber das weiß ich noch. Zu viel Schilddrüsenhormon und man wird wie Mr. Feast, zu wenig – das heißt dann Myxoedem – und man wird fett und träge.«

»Er wollte nach Orphingham«, sagte Alice. »Wußtest du, daß er da eine Filiale hat? Ich nicht. Das heißt, er kennt Orphingham gut. Oh, Jackie ...« Sie hielt inne und schaute auf die Kinder.

»Lauft mal und holt Tante Alice ein Glas Wasser, ja?« sagte sie prompt zu ihrem älteren Sohn.

»Jackie, ich glaube, Nesta ist tot. Nein, ich glaube es nicht, ich *weiß* es. Ich bin ganz sicher. Eine Frau geht nicht ohne Mantel, nur in einem dünnen Baumwollkleid, spätabends oder frühmorgens aus dem Haus. Es war ein altes Kleid, Jackie, und Nesta war eitel. Egal, wie mies sie sich auch immer fühlte, sie wäre niemals weggegangen, um irgendwo einen Neuanfang zu machen, so wie sie angezogen war. Nicht, wenn sie ein nagelneues Kostüm im Schrank hatte. Außerdem hat es gegossen. Ich glaube, sie ist aus dem *Bridal Wreath* gar nicht rausgekommen.«

»Aber die Briefe, Alice!«

»Sie hat diese Briefe nicht selbst geschrieben. Sie waren mit der Maschine getippt. Es ist mir vorher nicht eingefallen, aber ich glaube, Nesta konnte gar nicht maschineschreiben. Gut, sie hat unterschrieben, aber einen so kurzen Namen mit nur fünf Buchstaben könnte fast jeder nachmachen, besonders jemand, der schon früher Briefe von ihr bekommen hat.«

»Aber das würde ja bedeuten...« Jackie zögerte und zwang sich zu einem breiten Lächeln, als Mark mit einem überschwappenden Kinderbecher voll Wasser hereinkam. »Danke dir, mein Schatz. Und jetzt könnt ihr ins Spielzimmer gehen und da – und da mal spielen.« Alice fühlte sich zu schwach und abgelenkt, um zu lachen.

»Hier«, sie wühlte in ihrer Tasche. Die beiden verärgerten Gesichter hellten sich auf, als sie die Sixpencestücke sahen. »Kauft euch was Hübsches.«

»Und paßt um Himmels willen an der Straße auf!«

Nachdem sie fort waren, schauten die beiden Frauen einander an, schauten weg, in der Fassungslosigkeit, die eine solch schreckliche, unglaubliche Erkenntnis mit sich bringt. Es war unmöglich. Solche Dinge passierten einfach nicht in einer Welt, in der es Kinderbecher gab, grüne abstrakte Gemälde und leere Smartie-Schachteln.

»Selbstmord?« sagte Jackie.

»Man hätte sie gefunden, Jackie. Die Leute von Cox oder Mr. Snow hätten sie am Morgen doch finden müssen. Außerdem, wenn sie sich umgebracht hat, warum dann die Briefe?«

»Du willst also sagen, daß *jemand* sie umgebracht hat?«

Alice trank einen Schluck Wasser und sah sich die Zeichnung von Donald Duck und Daisy auf dem Becher an. »Daphne hat mir erzählt, ihr Vater sei in Nesta verliebt gewesen. Er war eifersüchtig. Und wenn er eifersüchtig war, dann muß es andere Männer gegeben haben. Ich habe das Gefühl, sie spielte gern mit dem Feuer.« Etwas wie Empörung ergriff sie, und sie erschauerte heftig. »Es ist fürchterlich, ich weiß. Ich hasse solche Frauen, aber so war Nesta. Ich habe so entsetzliche Dinge über sie herausgefunden.«

»Was für Dinge?« wollte Jackie wissen. Ihre Stimme klang kleinlaut. Immer wieder sah sie voller Unruhe im Zimmer umher, schaute ängstlich über ihre Schulter hinweg zur Tür.

»All diese Kleider, und dann die scheußlich ungepflegte Unterwäsche. Sie hatte offenbar Haarausfall, was ich allerdings nicht recht verstehe, wenn man bedenkt, was für wunderschönes Haar sie hatte. Du hast mir oft zugeredet, es auch so zu tragen.«

»Willst du etwa sagen, das hast du nicht gewußt? Diese Frisur, die Nesta trug, die Hochsteckfrisur, das war nicht ihr eigenes Haar. Das war Nylon. Hast du die Perücken nicht bei Boots hängen sehen?«

Alice antwortete nicht. Sie fragte sich, warum sie Nesta immer schön gefunden hatte. Schönheit konnte doch nicht aus falschem Haar, angeklebten Wimpern und aufgemalten Augenbrauen bestehen, nicht aus Haut, die trocken und schuppig aussah, wenn das Licht darauf fiel. War es vielleicht nur Nestas eigene, verzweifelte Suche nach Schönheit, das Vertrauen in ihr gutes Aussehen – ein Vertrauen, das manchmal unsicher, fieberhaft erschien –, die Alice es auch glauben ließen? Nesta war mit ihren eigenen Maßstäben gemessen worden.

»Alice . . .« Jackie hatte zwischen einem Gewimmel von Plastiksoldaten und Spielkarten auf dem Bücherschrank eine ihrer farbigen Zigaretten gefunden. »Was glaubst du, was geschehen ist?«

Langsam erwiderte Alice: »Sie wollte keinem sagen, wohin sie ging. Damals kam es mir nicht so merkwürdig vor, aber jetzt. Das muß sie getan haben, weil sie mit einem Mann weg wollte. Ich kann mir nicht helfen, aber ich werde das Gefühl nicht los, sie ist aus Eifersucht umgebracht worden.« Ihr Blick wanderte im Zimmer umher, während sie nach Worten suchte, und fiel auf eine gerahmte Fotografie Hugos auf dem Sideboard. ›Sie wollte mit mir anbändeln‹, hatte Hugo gesagt, aber angenommen, es war umgekehrt gewesen? Oh, absurd, idiotisch . . . Ihr eigener Bruder? Über Sex lügen die Leute immer. Das hatte sie irgendwo gelesen, und es hatte sie schockiert. Vielleicht, weil es stimmte. »Jackie«, sagte sie entschlossen, »erzähl mir genau, was geschah, als sie herkam, um sich von euch zu verabschieden.«

»So genau erinnere ich mich nicht.« Jackie zog die Brauen zusammen. »Weißt du, ich war gerade dabei, die Brut ins Bett zu bugsieren, und die meiste Zeit war sie hier mit Hugo allein.« Alice nippte an ihrem Wasser. Hatten sie geplant zu fliehen, die beiden? Hugo schien oftmals gelangweilt in seiner Ehe, mit seinen beiden Kindern. Durch seine Geschäftsverbindungen kannte er Orphingham gut. Ihr fiel ein, wie er sich geweigert hatte, zur Post zurückzufahren. »Sie war sehr traurig, als sie sich von mir verabschiedete«, fuhr Jackie fort. »Sie küßte mich – eigentlich merkwürdig, denn so gut kannten wir uns ja gar nicht. Dann rannte sie einfach weg.« Schmal und jungenhaft, mit weißem, angespanntem Gesicht repräsentierte Jackie den absoluten Gegensatz zu Nesta, überlegte Alice. »Ich weiß nicht, warum sie das alles so schwernahm.«

»Vielleicht, weil sie dachte, wir könnten schlecht von ihr denken, wenn wir herausfinden, was sie getan hat.«

Jackie zuckte die Achseln. »Sie ist dann weiter zu Onkel Justin und danach zu euch.«

»Sie war sehr still«, sagte Alice. »Während ich das Essen machte, ging Andrew mit ihr zu Pernille rauf. Nachher kam sie vor ihm die Treppe herunter, und ich sah, daß sie sich am Geländer festhalten mußte. Ich fragte, ob es ihr nicht gutgehe, und sie sagte, sie hätte zwei Aspirin genommen. Ich wußte, daß sie wegen ihrer Depressionen bei Harry gewesen war, aber sie hatte mir erzählt, daß er ihr keine Medikamente verschreiben wollte. Es sei alles in ihrem Kopf oder irgend so was. Sie steckte eine kleine braune Flasche in ihre Handtasche, aber ich habe nicht weiter darauf geachtet – ich dachte, es seien die Aspirin.«

»Ich frage mich . . .« Jackie war plötzlich nachdenklich und erregt, als sei sie dabei, eine Entdeckung zu machen. »Ich frage mich, ob es vielleicht gar kein Aspirin war, sondern ein Beruhigungsmittel?«

»Harry hatte ihr Beruhigungsmittel aufgeschrieben, jedenfalls erzählte sie mir das, aber es half nicht, und sie nahm es nicht mehr.«

»Jemand anderes könnte es ihr gegeben haben. Die Leute sind so blöd, Alice. Das weiß ich noch aus meiner Schwesternzeit. Sie verlassen sich nicht auf ihren eigenen Arzt, nehmen aber bedenkenlos Medikamente, die anderen verordnet wurden. Zum Beispiel hat meine Mutter, als sie im Sommer hier war, Tabletten genommen – sie fühlt sich seit Vaters Tod sehr niedergeschlagen – und die Flasche hier vergessen. Tja, du wirst es kaum glauben, aber Hugo wollte doch tatsächlich welche davon nehmen, als irgendeine geschäftliche Sache schiefgelaufen war. Das habe ich ganz schnell unterbunden. Einmal waren das diese Dinger, die man nicht mit Käse nehmen darf . . .«

»Mit *Käse*, Jackie? Das kann doch nicht wahr sein!«

»Ich weiß, es klingt komisch, aber es ist eine Tatsache. Das Zeug ist ziemlich in Mode, und viele Leute nehmen es. Ich habe den Namen des Medikaments vergessen, aber es erhöht den Blutdruck und Käse tut das auch.«

»Wir hatten an jenem Abend Käsesoufflé«, sagte Alice. »Nesta hatte ja immer einen guten Appetit, aber sie aß nicht viel davon. Es schmeckte nicht besonders, was mir ziemlich peinlich war. Nach dem Essen lehnte sie sich zurück und legte ihre Hand ans Herz. Sie sagte, es fühle sich flattrig an, als wenn es zu schnell schlüge.«

»Tachycardie.«

»Wie bitte?«

»Flattriger Herzschlag. Weiter.«

»Tja, viel mehr gibt es nicht. Ich fragte sie noch mal, wo sie denn nun hingehen wolle, aber alles, was sie antwortete, war, daß sie erst mal Ferien machen wolle und noch was wie ›... auf zu neuen Weiden ...‹ Das weiß ich noch, weil Andrew hinterher meinte, es hätte heißen müssen: ›Auf zu neuen Ufern.‹ Dann hat er sie nach Hause gefahren. Sie ging sehr unsicher die Auffahrt runter.«

Es kam ihr nicht leicht über die Lippen, aber sie war allzu besorgt, um den Takt zu wahren. »Was ist mit den Tabletten passiert, die deine Mutter hiergelassen hat, Jackie?«

»Keine Ahnung«, sagte Jackie achselzuckend. »Ich nehme an, sie sind im Müll gelandet. Jedenfalls sind sie nicht mehr da. Wahrscheinlich hat Hugo sie weggeworfen. Du weißt ja, was deine Familie für einen Ordnungssinn hat. Paß mal auf, Alice, ich sage ja nicht, daß Nesta dieses spezielle Medikament – wenn ich bloß noch wüßte, wie es heißt –, das war nur so eine Überlegung.«

»Ich schätze, praktisch jeder in Salstead hätte diese Tabletten haben können. Es wimmelt ja heutzutage von Leuten mit Neurosen«, meinte Alice in dem Bestreben, die

Situation zu neutralisieren. Sie überlegte einen Moment und sagte dann: »Mr. Feast ist schrecklich nervös, findest du nicht auch?« Wenn ich bloß wagen würde, Harry zu fragen, dachte sie, und ihr fiel ein, wie empfindlich er reagierte, wenn es um sein Berufsethos ging. »Aber nein, Jackie, so geht es auch nicht. Niemand konnte wissen, daß Nesta bei mir Käse essen würde.«

Jackie fischte eine neue Zigarette aus der Schachtel. Das Tischfeuerzeug, das sie benutzte, hatte lächerlicherweise die Form einer Queen-Anne-Teekanne. Im Schein der Flamme erschien ihr Gesicht argwöhnisch und voller Unbehagen. Rauchte sie nicht mehr als gewöhnlich? War das nicht beinah schon Kettenrauchen?

»Die meisten Leute essen nach dem Dinner Käse«, sagte sie leise. »Man kann es mehr oder weniger fest einkalkulieren. Und Alice, mein Gott! – es war Freitag. Nesta ging oft zum Brot-und-Käse-Lunch. Sie erzählte allen, daß sie hoffte, dadurch abzunehmen. Er könnte ihr das Zeug am Morgen gegeben haben, sie muß es ja nicht unbedingt gleich genommen haben.«

Das klang erschreckend logisch. Und gleichzeitig war der Gedanke beruhigend, daß von den drei Männern, die nach Alices Einschätzung in Frage kamen, nur Mr. Feast ihr an jenem Freitagvormittag wahrscheinlich begegnet war. Mr. Feast war eifersüchtig – seine eigene Tochter hatte es gesagt. Er hatte ein Geschäft in Orphingham und kannte den Ort so genau, wie nur ein Geschäftsmann das kann. Außerdem war es absurd, von so nüchternen Männern wie Hugo und Onkel Justin anzunehmen, sie würden sich zu einem Mord hinreißen lassen. Aber wenn Jackies Hypothese stimmte, war Mr. Feast bereits gestört, sein gewalttätiges Naturell intensiviert durch die Krankheit.

»Dann ist Nesta vergiftet worden«, sagte sie. Vergiftet? Das Wort war ganz impulsiv herausgekommen. Was sie eigentlich hatte sagen wollen, war ›narkotisiert‹. Sie, nicht Nesta, fühlte dieses schreckliche Brennen in der Magengegend, das Würgen von Galle, so als ob ihr ganzer Körper sich ständig danach sehnte, einen Fremdkörper herauszuschleudern.

Schließlich kamen die Kinder mit Tüten voller Chips zurück.

»Käse- und Zwiebelgeschmack«, sagte Mark glücklich und hielt ihr die Tüte unter die Nase. »Du kannst eins nehmen, wenn du willst.«

Der Geruch nach Fett und vor allem nach Käse war so ekelerregend, daß sie vor Abscheu zitterte. Das Kind starrte sie an. Dann, nach einem zurechtweisenden Blick seiner Mutter, legte er die Chips hin und zog ein Bein hoch. Alice sah ihm an, daß er die Spannung zwischen den beiden Erwachsenen spürte. Es war ganz still im Zimmer, und doch vibrierte die Luft.

Mark hatte eine geradezu lächerliche Ähnlichkeit mit seinem Vater und seinem Großonkel. Als hätte Jackie nichts zu seinem Aussehen beigetragen, sondern nur einen neuen Whittaker ausgetragen. Weil sie sich ganz plötzlich ihrer Verdächtigungen schämte und weil sie das Gefühl hatte, sie würde laut anfangen zu schreien, wenn nicht etwas geschah, streckte sie die Arme aus und zog das Kind zu sich heran. Es war eine Art Wiedergutmachung, doch das konnte Mark nicht wissen. Er wehrte sich und stieß sie weg.

Seine Abwehr trug mehr zu ihrer Verletzung und Einschüchterung bei als alles andere. Sie glaubte, darin die Verachtung und Abweisung der ganzen Familie zu spüren.

»Warum ist Tante Alice krank?« fragte Mark.

»Keine Ahnung«, erwiderte Jackie kurz. »Man wird eben manchmal krank, das weißt du doch.«

»Großvater ist krank geworden, und dann ist er gestorben.« Gern hätte Alice Jackies verlegenes Kichern mit einem beruhigenden und ungläubigen Lachen zugedeckt, doch ihre Lippen fühlten sich starr und kalt an wie Murmeln.

»Ich glaube, ich fahre dich jetzt lieber nach Hause«, sagte Jackie.

Andrew legte sorgfältig den Bücherstapel auf den Nachttisch.

»Bist du sicher, daß du all das lesen willst? Du wirst es wahrscheinlich ziemlich trocken finden.«

»Du findest es doch auch nicht trocken.«

»Nein . . .« Er lächelte zerstreut. Merkte er denn nicht, daß sie versuchte, ein neues Band zwischen ihnen zu knüpfen!

»Sind alle politischen Schriften von Trollope hier, Andrew?«

»Nein, nicht alle. Ein paar sind noch unten, weil ich sie brauche.«

Unten, das hieß, er würde nicht länger hier bei ihr sitzenbleiben. Trotzdem, sie mußte versuchen, nicht mal einen Funken Bitterkeit darüber zu empfinden. Ein so fanatischer Leser wie Andrew mußte lesen, wie andere Drogen nehmen müssen. Drogen . . . Sie fröstelte. Es war ungerecht, dem Gedanken überhaupt Raum zu geben, daß er die Lektüre eines Buches, das er schon in- und auswendig kennen mußte, dem Beisammensein mit seiner Frau vorzog.

»Welches fehlt denn«, fragte sie lebhaft.

»Zwei Bände von ›*Phineas Finn*‹. Du wirst Tage brauchen, bis du dazu kommst.«

»Tage, Andrew? Ich werde doch nicht tagelang hier liegen. Morgen stehe ich auf und gehe zur Polizei. Nein, sag nichts. Ich bin fest entschlossen. Ich muß wegen Nesta irgendwas unternehmen.«

Ein Anflug von Gereiztheit lag in seinem Gesicht, und sein Mund wurde schmal.

»Oh, Bell! Was willst du ihnen überhaupt sagen? Will es dir denn nicht in den Kopf, daß du ohne die Briefe nichts beweisen kannst, und du hast die Briefe nicht mehr. Nesta hat einfach versucht, dir vorzugaukeln, sie sei in Orphingham, während sie tatsächlich in London war ...« Sie schüttelte heftig den Kopf und berührte seinen Arm, aber er schob ihre Hand sanft beiseite. »Natürlich ist sie in London. Versuch doch mal, realistisch zu sein. Was du jetzt empfindest, ist verletzter Stolz. Dein Gang zur Polizei kann allerhöchstens dazu führen, daß du als Zeuge vor Gericht erscheinen mußt, wenn man Nesta findet und sie für ein armseliges Vergehen gegen die Post zur Verantwortung zieht. Und selbst das ist ohne die Briefe und den Nachsendeantrag nicht möglich.«

Es stimmte. Was ein logischer und vernünftiger Mann glaubte, würden andere auch glauben. Nur sie und Jackie waren überzeugt, daß Nesta tot war – und das größtenteils durch Indizien, die eher dem weiblichen Instinkt glaubwürdig erschienen.

Irgendwo lag sie tot – und beerdigt. Die Floristin, die so viele Kränze gewunden hatte, war ohne Kranz beerdigt worden. Wo lag sie jetzt? In jener Nacht hatte man damit begonnen, die alten Gräber zu verlegen, und vom Garten des *Bridal Wreath* kam man ganz leicht zu dem ehemaligen Friedhof. Die alten Särge waren inzwischen leer bis auf den Staub. Welcher der Arbeiter, die zu mitternächtlicher Stunde schweigend zwischen den Eiben herumliefen, würde feststellen, daß einer der Särge etwas schwerer war?

Wenn die Särge zu riskant waren, blieben immer noch Gräber in der krümeligen, braunen Tonerde. Man könnte etwas beiseite schaufeln und später wieder einebnen. Eine Woche danach war tonnenweise Beton für den Bau der

Umgehungsstraße über das ganze Areal gegossen worden.

Sie hielt angstvoll inne, sicher, aber doch voller Bedenken, ihre Gedanken in Worte zu fassen. Solche Vorstellungen, hier in diesem behaglichen ruhig-warmen Raum laut ausgesprochen, würden nur dazu beitragen, sie als Neurotikerin erscheinen zu lassen. Als sie ihn so anschaute, aufrecht und jugendlich mit seinem glatten, dunklen Haar, war sie sich plötzlich mehr denn je ihres Alters bewußt und der Tatsache, daß sie bald in die Wechseljahre kam. Sie legte die Hand an die Lippen, dann an ihre Stirn, die nicht mehr die seidige Glätte der Jugend hatte.

Er ging hinaus, kühl, langsam, ohne ein Wort. Sie schloß die Augen. Als sie sie wieder öffnete, stand Pernille am Fußende des Bettes, auf einem Tablett trug sie Joghurt und etwas dünngeschnittenes Brot und Butter.

»Mrs. Fielding, ich will nicht fragen eigentlich, wenn Sie krank sind, aber die Briefmarken?«

Das hatte sie völlig vergessen. Ein winziges, halb-hysterisches Lachen kroch ihr in die Kehle. Briefmarken? Ausgerechnet – von allen trivialen, prosaischen Dingen, an die man denken mußte – wo so vieles sich überstürzt hatte!

»Ich hab's vergessen. Tut mir leid. Ich werde sie besorgen, sobald ich wieder rausgehen darf.«

»Knud wird sich so freuen. Sie haben größeren Wert, wenn sie nicht gestempelt sind, wissen Sie.«

Poststempel ... wenn sie schon die Briefe nicht mehr hatte, und auch den Nachsendeantrag nicht vorweisen konnte, dann war es vielleicht hilfreich, wenn sie wenigstens wußte, wo die Briefe eingeworfen worden waren, und eine Probe der Maschinenschrift hatte.

»Pernille«, meinte sie nachdenklich. »Erinnerst du dich, es war im September – da bekam ich zwei Briefe von Mrs. Drage?«

Pernille nickte, und ihr klarer, dunkler Teint wurde langsam immer rosiger. Sie blieb auf halbem Weg zur Tür stehen und schaute Alice vorsichtig über die Schulter hinweg an.

»Du hast nicht zufällig die Poststempel gesehen, oder? Ich dachte gerade, es könnte ja sein, daß du einen Blick darauf geworfen hast, als du sie reinholtest.«

Hätte Pernille eine Schürze umgehabt, sie hätte jetzt sicher verlegen daran herumgespielt. Ihr Gesicht war zu einer komischen Maske aus Scham, Schuldbewußtsein und Selbstrechtfertigung verzogen.

»Der zweite Brief«, meinte sie schließlich. »Ich habe den Umschlag aufbewahrt, Mrs. Fielding. Sie hatten ihn weggetan, und als ich den Papierkorb leerte, da sah ich ihn mit dieser wunderschönen, neuen Briefmarke drauf. Ich schaute das Datum auf dem Poststempel an, und ich wußte sofort ... Oh, ich bin nicht sicher, wie das auf englisch heißt ...!«

Alices Gedanken schweiften dreißig Jahre zurück, zu einem regnerischen Nachmittag in Vair Place. Sie und Hugo auf dem Fußboden oben unter dem Dach, und zwischen ihnen Hugos neues Briefmarkenalbum. Hugo hatte sie an den Zöpfen gezogen, bis sie weinte, weil sie in ihrem Eifer, an diesem Männerhobby teilhaben zu wollen, die Marke von einem bestimmten Umschlag ablösen wollte.

»Ein Ersttagsstempel!« rief sie. »Du hast ihn für deinen Bruder aufgehoben, weil es ein Ersttagsstempel war.«

Pernille nickte. »Auf dänisch heißt es genauso«, meinte sie schlicht. »Sie sind nicht böse?«

»Aber natürlich nicht. Ich bin sogar froh darüber, sehr froh ...« Ihr Gesicht verzog sich in plötzlicher Enttäuschung. »Aber du hast ihn natürlich schon nach Kopenhagen geschickt?«

»Nein, ich warte, bis Knud kommt. Nächste Woche kommt er für seine Ferien, und dann gebe ich all die Marken zu ihm, die ich gesammelt habe. Ich sehne mich nach ihm, Mrs. Fielding.« Sie scheute sich nicht, ihre Gefühle zu äußern, und fuhr fort: »Ich war so heimkrank.«

»Krank vor Heimweh«, korrigierte Alice sie sanft. Plötzlich empfand sie ein tiefes Mitgefühl für das Mädchen. Durch ihr Glück mit Andrew hatte sie das Unglück direkt vor ihrer Nase gar nicht wahrgenommen. Ohne zu zögern, stieg sie aus dem Bett und zog ihren Morgenmantel über.

»Wir gehen jetzt und suchen den Umschlag heraus«, sagte sie. »Und dabei schauen wir uns gleich dein Zimmer an. Mal sehen, ob wir es nicht ein bißchen gemütlicher machen können.«

Vielleicht hatte sie es nicht sorgfältig genug eingerichtet. Es hatte eine typische Dienstbotenzimmeratmosphäre, der Fußboden war kahl bis auf die beiden blödsinnig grellen Ziegenhaarläufer. Die Vorhänge paßten nicht zum Bettüberwurf, und weder Bilder noch Bücher machten es wohnlich. Auf dem Nachttisch stand Pernilles kleines Kofferradio nebst einem braunen Glasfläschchen und einer Dose Handcreme. Der Briefumschlag, dessentwegen sie gekommen waren, steckte nicht in der Schreibmappe, sondern in rührender Sentimentalität unter dem Kopfkissen.

Alice nahm ihn voller Eifer hoch und starrte darauf. Der Stempel war ganz klar aus Orphingham.

Aber Nesta hatte doch nie in Orphingham gewohnt. Wer auch immer diesen Brief aufgegeben hatte, wollte den Betrug unterstützen. Die Marke stammte aus einer neuen Serie von Forth-Bridge-Gedächtnismarken in Lila, Blau und Schwarz. Die großen Spannbetonbogen neben dem Kopf der Queen waren durch den Namen Orphingham im Doppelkreis des Stempels beinah unkenntlich gemacht.

Morgen früh ging sie damit zur Polizei. Sicher konnten die etwas daraus entnehmen, den Schreibmaschinentyp, eventuell sogar Fingerabdrücke. Vorsichtig wie mit der

Pincette hielt sie den Umschlag zwischen den Fingerspitzen. Dieser grünlich-blasse Postbeamte erinnerte sich vielleicht sogar daran, wem er die Marken am Ausgabetag verkauft hatte.

»Pernille«, sagte sie. »Ich schäme mich, daß ich dich in diesem schrecklichen Zimmer schlafen lasse.« Dankbarkeit und Hoffnung machten sie großzügig. »Ich denke, wir könnten einen richtigen Teppich legen und – hättest du gern dein eigenes Fernsehgerät?«

Die hellblauen Kätzchenaugen blickten sie an, glitten dann zur Seite. Schließlich lächelte Pernille ein Dankeschön. War es ihre Krankheit, die sie so etwas wie Mitleid von diesen Kräusellippen ablesen ließ?

»Du ißt doch vernünftig, oder? Viel Milch und Fleisch und Käse?«

»Fleisch esse ich, ja«, meinte Pernille. »Aber Milch und diesen Joghurt, den Sie essen – nein danke!« Ihr Schaudern drückte Abscheu aus.

Alice lächelte ein forsches »Gute Nacht« und trat aus dem Zimmer auf den Flur. Es war schon beinah ein Witz, daß eine Dänin die Milchprodukte nicht mochte, die man doch mit ihrem Mutterland so eng in Verbindung brachte. Sie mußte sich bemühen, ein hysterisches Kichern zu unterdrücken, deshalb verstand sie Pernilles letzte Worte nicht ganz. Irgend etwas über Käse und ein Glück, daß sie keinen mochte.

Alice ging wieder ins Bett zurück und aß etwas von dem Joghurt. Alles schmeckte zur Zeit irgendwie eigenartig. Erschöpft schob sie es beiseite und schlug den ersten der viktorianischen Romane auf, das Schriftbild verschwamm vor ihren Augen.

Es war völlig still im Haus gewesen, aber als sie nun die Seiten umblätterte, hörte sie irgendwo entfernt ein tippendes, klapperndes Geräusch. Sie lauschte. Nein, es war nicht direkt unter ihr, sondern irgendwo auf der anderen Seite des Hauses, wo das Frühstückszimmer, das Eßzimmer und die Küche lagen. Sie wußte, daß es schwierig ist, die unsichtbare Herkunft eines Geräusches genau zu lokalisieren. Schließlich klappte eine Tür, und die Stille kehrte zurück. Wahrscheinlich hatte es etwas mit einem Küchengerät zu tun, denn – auch wenn es sich so anhörte – sie wußte ganz genau, daß sie keine Schreibmaschine im Haus hatten.

9

Die Sonne strahlte vom Himmel wie an einem Frühlingsmorgen. Die dicken, immergrünen Blätter an den Büschen in der Auffahrt trugen zu dem Eindruck bei, doch entlang der Wegränder lag Reif auf dem Gras.

Alice wandte sich vom Flurfenster ab und ging weiter die Treppe hinunter. Die Sonne warf helle Flammen auf den roten türkischen Teppich in der Eingangshalle. Als sie auf halber Höhe angelangt war, wo die Treppe eine Biegung machte, bevor sie gerade nach unten führte, hörte sie Stimmen aus der Küche. Die Tür war angelehnt.

»Natürlich ist sie Jahre älter als er.« Das war Mrs. Johnsons Stimme, und es war nicht allzu schwer zu erraten, über wen gesprochen wurde. Ärgerlich biß Alice sich auf die Lippen und blieb stehen.

»Das habe ich nie gewußt.« Das war Pernille. Liebe Pernille! »Ich glaube nicht, daß man es merkt. Sie ist so hübsch, finde ich und sie hat einen wunderschönen Körper.«

»Körper sagen wir nicht, meine Liebe. Eine schöne Figur oder einen schönen Busen, wenn man ins Detail gehen will.« Alice auf der Treppe konnte sich ein Grinsen nicht verkneifen. »Und sie hat schönes Haar, das kann ich Ihnen sagen. Hatte sie schon immer, schon als ganz kleines Mädchen.«

Alice fühlte sich in der Situation des heimlichen Lauschers, der nur Gutes über sich hört, nicht sonderlich wohl. Sie ging einen Schritt weiter und wollte ihre Anwesenheit gerade durch ein Hüsteln ankündigen, als Mrs. Johnson wieder anfing.

»Also bitte, ich will ja nichts gegen *ihn* sagen . . .«
»Mr. Fielding?«
»Keine Namen, meine Liebe, wir wollen nicht indiskret sein. Wir wissen ja, von wem wir reden. Zuneigung mag ja da sein, daran zweifle ich nicht. Aber ihn in die Firma hineinzunehmen, das war ein Fehler. Er ist für Mr. Whittaker keine größere Hilfe als der Botenjunge.«

Alice erstarrte.

»Nicht, daß Mr. Whittaker je was sagen würde, aber an ein, zwei Dingen, die er mal fallen läßt, so zwischen den Zeilen, merkt man es. Auf meine Art bin ich ein Psychologe, Miss Madsen, und ich habe gelernt, die Untertöne zu hören. Jedesmal, wenn er in der Zeitung über die Lehrer liest, daß sie mehr Geld wollen oder so was, dann wird Mr. Whittaker ganz wild. Vernichtend ist wohl das richtige Wort. Erst gestern hab ich zu Kathleen gesagt: ›Wohl dem, der nicht sitzt, wo die Spötter sitzen . . .‹«

Sie konnte es nicht länger ertragen. Ihre Großmutter wäre dazwischengefahren. Doch die Zeiten haben sich gewandelt. Alice schlich sich wieder die Treppe hinauf und kam diesmal betont geräuschvoll herunter. Mrs. Johnsons Stimme war laut und deutlich zu vernehmen.

»Ich bin nur schnell mit einer Eiercreme für Mrs. Fielding herübergehuscht, meine Liebe. Etwas Leichtes und Nahrhaftes. Ich will ja nichts gegen die kontinentale Küche sagen, aber diese ganzen Fertiggerichte und so sind alle etwas stark gewürzt, wenn man's mit dem Magen hat.«

Alice machte die Tür auf. »Guten Morgen, Mrs. Johnson.«

»Ah, Madam, das ist aber eine Überraschung.« Alice kannte Mrs. Johnson seit dreißig Jahren. Sie war ihre Kinderfrau gewesen, fast so etwas wie eine Mutter. Aber als sie mit achtzehn aus der Schule nach Hause gekommen war, wurde der Vorname durch Miss ersetzt, und von dem Moment an, als sie nach der Trauung aus St. Jude's zurück war, hieß es für Mrs. Johnson Madam. »Wir dachten, Sie schlafen noch, und da sind Sie, fertig angezogen. Nun, ich sage immer, es ist besser, in Gang zu bleiben, als sich fallenzulassen.«

»Ich fühle mich heute morgen viel besser.«

»Das ist gut, machen Sie nur weiter. Als wir all diesen Kummer mit meinem Vetter hatten, da ging's mir ja so schlecht, das kann ich Ihnen sagen. Dr. Blunden wollte mich Tag und Nacht unter Beruhigungsmittel setzen, aber ich sagte nein, ich werde ganz norma...«

»Ich fahre in die Stadt, Pernille«, sagte Alice.

Jetzt, wo sie drauf und dran war, zur Polizei zu gehen, hielt etwas sie zurück; ein Zögern, ihre Befürchtungen in Worte zu fassen vielleicht, oder Schüchternheit? Das eben belauschte Gespräch hatte sie verstört, und sie empfand einen plötzlichen und bitteren Groll gegen ihren Onkel. Welches Recht hatte er, über Andrew so zu reden, als sei er ein Lohnabhängiger? Sogar im Wind fühlte sie, daß ihre Wangen heiß vor Zorn waren und ihr Gesicht glühte, wie in ein feuchtwarmes, erstickendes Tuch eingehüllt.

Sie verschob ihren Besuch auf dem Revier und ging erst zur Post, um die Briefmarken zu kaufen, die sie Pernille versprochen hatte, dann ins Teppichgeschäft, um ein Musterbuch mitzunehmen. Harry kam aus seiner Praxis auf der anderen Straßenseite, winkte ihr zu, lächelte sein gewinnendes Lächeln und stieg in seinen Wagen.

Mr. Cropper stand vor seinem Juwelierladen in der Sonne und unterhielt sich mit Mr. Feast.

»Guten Morgen, Mrs. Fielding.« Er sah aus, als wolle er noch etwas sagen, sich vielleicht entschuldigen, aber sie ging rasch vorbei. Der Anblick dieses hageren, intensiven, fieberhaften, eifersüchtigen und gewalttätigen Mannes hatte ihr gerade noch gefehlt. Sie stieg die Stufen zum Polizeirevier hinauf.

Die Umgebung war ihr zwar vertraut, jedoch nicht der kleine Raum mit dem C. I. D. an der Tür. Der Mann auf der anderen Seite des Tisches hatte ein junges, attraktives Gesicht, das von Müdigkeit gezeichnet war. Sie hatte seltsamerweise die Vorstellung, daß Andrew so aussehen würde, wenn sein Leben anders verlaufen wäre; ohne die sorgfältige Erziehung und Ausbildung, die er genossen hatte. Der junge Polizist ähnelte Andrew und sah doch ganz anders aus. Feinheit und Anmut waren zwar vorhanden, doch fast zerstört durch die harte Hand eines rauhen Schicksals. Er hatte sich ihr vorgestellt, und ihr Herz sank ein bißchen, als sie hörte, daß er nur Constable war.

Sie erzählte ihm von den Briefen. Sein Gesicht blieb unbewegt. Sie erzählte ihm von ihrer Krankheit und wie sie dadurch daran gehindert wurde, all die Nachforschungen zu betreiben, die sie gern angestellt hätte. Er schien zuzuhören und fragte sie zwischendurch, ob sie rauche. Ungeduldig schüttelte sie den Kopf.

»Soweit ich weiß, könnte Mrs. Drage Beziehungen zu verschiedenen Männern gehabt haben. Ich denke, die Sache ist folgendermaßen: Einer von ihnen wollte sie umbringen und gab ihr Tabletten, die er als Aspirin deklarierte. Aber es waren keine. Es war ein Medikament, dessen Wirkung durch den Genuß von Käse gesteigert wird. Jeder wußte, daß sie regelmäßig zum Brot-und-Käse-Lunch ging, weil sie abnehmen wollte. An dem Tag hat sie keinen Käse gegessen, bis sie zu mir kam.«

Sie hielt inne. Bis zu diesem Augenblick, wo sie es tatsächlich aussprach, hatte sie sich nicht klargemacht, daß die Mahlzeit, die zu Nestas Tod beigetragen hatte, in ihrem Haus gegessen, von ihr selbst zubereitet worden war. Die Erkenntnis, so schrecklich sie auch sein mochte, machte ihr Verlangen, die Wahrheit herauszufinden, nur noch größer.

Sein Gesichtsausdruck zeigte ihr jedoch, daß sie umsonst geredet hatte. Verzweifelt ballte sie die Faust und schlug auf den Tisch. Das war ein Fehler.

»Sie haben sich also nicht wohl gefühlt, Mrs. Fielding?« fragte er.

»Richtig, ich bin aber nicht geistesgestört.«

»Das hat auch niemand behauptet. Aber glauben Sie nicht, daß Sie durch Ihre Krankheit vielleicht etwas übersensibel sind?«

»Ich habe keine übersteigerte Einbildungskraft, und ich lese keine Sensationsromane.« Vor ihrem inneren Auge sah sie die viktorianischen Romane auf dem Nachttisch liegen, aber ihr war nicht nach Lächeln zumute.

»Also, wenn Sie mir mal die Briefe von Mrs. Drage zeigen würden.«

»Ich sagte doch schon, ich habe sie nicht aufgehoben. Aber ich habe Ihnen doch den Umschlag gezeigt. Die Anschrift habe ich mir notiert, hier, sehen Sie, es sieht aus wie Sewerby und . . .«

»Ja«, meinte er. »Den Fehler kann man leicht machen. Ich weiß, ist mir auch schon passiert.«

»Gut, ich nehme an, da habe ich mich geirrt. Mrs. Drage hat aber nie in Sewerby gewohnt. Ich habe mit dem Besitzer des Hauses gesprochen, und er hatte noch nie von ihr gehört. Schauen Sie, wenn Sie mal zur Dorcas Street gehen würden – jemanden hinschicken würden, ich bin sicher, dieser Junge würde Ihnen sagen, daß Mrs. Drage die Briefe und das Päckchen nicht abgeholt hat.«

Er verbesserte sie sanft. »Briefe und *ein* Päckchen, Mrs. Fielding. Und mit dem Käse und dem Medikament, ich interessiere mich für solche Dinge und habe eine Akte darüber angelegt. Soll ich Ihnen was zeigen?« Es war ein Ordner mit Zeitungsausschnitten. Sie warf einen teilnahmslosen Blick darauf. »Das Medikament, an das Sie denken«, sagte er und legte den Finger auf den Ausschnitt, nach dem er gesucht hatte, »ist ein Aufputschmittel, das Tranylcypromin enthält.«

»Gut möglich, ich . . .«

»Hier heißt es, wenn man es mit Käse nimmt, kann es eine Blutdruckerhöhung bewirken, die gefährlich sein kann.«

Sie nickte eifrig. Endlich machten sie Fortschritte.

»Mrs. Fielding, wissen Sie, wie viele Todesfälle in diesem Land seit 1960 registriert wurden, die man in Zusammenhang mit dieser Kombination bringt – bei einer geschätzten Patientenzahl von eineinhalb Millionen?«

»Natürlich nicht.«

Er klappte den Ordner zu. »Vierzehn«, sagte er.

»Sie kann der fünfzehnte sein.«

Sein Kopfschütteln drückte milde Ungläubigkeit aus. Ein jüngerer, etwas ungehobelterer Andrew hätte ihr gegenübersitzen können. Er schien überhaupt von Minute zu Minute Andrew ähnlicher zu werden. Das gleiche schwarze Haar mit dem hohen Ansatz, der gleiche schmallippige, skeptische Mund. Sie fragte sich plötzlich, ob er sie wohl für verrückt hielt. Wahrscheinlich kamen öfters verrückte Frauen hier herein und erzählten ihm unmögliche Geschichten. Sie sahen womöglich genauso aus wie sie, mit unordentlichem Haar und blassen, hektischen Gesichtern.

»Sie hat mir geschrieben und mir ihre neue Anschrift mitgeteilt.« Nein, das war nicht richtig, jemand anderes hatte geschrieben. »Ich bekam einen Brief aus Orphingham, aber die Anschrift stimmte nicht.«

»Wenn sie Ihnen geschrieben hat, Mrs. Fielding, dann verstehe ich nicht, warum Sie glauben, daß sie verschwunden ist.«

»Können Sie denn gar nichts tun?« fragte sie bittend. »Wenn Sie mal mit Mr. Feast reden würden, wenn sich ein Experte mit dem Umschlag beschäftigen würde ...«

Er stand auf und trat ans Fenster. Sie merkte, daß sie irgendwie Eindruck auf ihn gemacht hatte, und lehnte sich über den Tisch, legte ihre ganze Kraft in einen letzten Appell. Sein Blick flackerte. Plötzlich merkte sie, daß er nicht aus heraufdämmernder Überzeugung schwieg, sondern aus Mitleid und einer gewissen Ehrerbietung vor ihrer Kleidung, ihrem Auftreten, ihrem Namen. Es hatte keinen Zweck, in seiner Gegenwart in Tränen auszubrechen. Sie ließ den Kopf sinken und fing an, ihre Handschuhe überzustreifen.

»Mrs. Fielding ...«

»Es spielt keine Rolle. Vergessen Sie, daß ich hier war.« Sie nahm den Umschlag und steckte ihn in die Tasche ihres Pelzmantels.

»Wir führen eine Liste vermißter Personen. Ich fühle mich im Moment nicht berechtigt, den Namen Mrs. Drage daraufzusetzen, aber wir werden unsere Augen offenhalten. Falls uns eine nicht identifizierte ...«

Leiche hatte er sagen wollen. Angesichts solchen Unglaubens, wie konnte sie ihm da vorschlagen, die Gräber auf dem neuen Friedhof zu öffnen?

»Wenn ich Sie wäre, Mrs. Fielding, würde ich nach Hause gehen. Ich denke, wir können einen Wagen organisieren, der Sie ...« Er sah den Zündschlüssel in ihrer Hand und hielt inne. »Wahrscheinlich«, sagte er herzlich und sichtlich erleichtert, daß sie Anstalten machte zu gehen, »wahrscheinlich werden Sie in ein paar Tagen Post von Ihrer Freundin haben.«

Sein Mitgefühl war unerträglich. Als sogenanntes spätes Mädchen hatte sich Alice nie als Objekt für Mitleid gesehen. Jetzt war sie eine verheiratete Frau, doch sie merkte, daß sie für diesen jungen Mann all die traditionellen, traurigen Zeichen einer alternden Jungfer zeigte: Frustration, Einsamkeit, den Wunsch, Aufmerksamkeit auf sich zu lenken, das Verlangen, Freunde zu gewinnen und zu behalten.

Wenn sie fort war, würde er mit dem Sergeant über sie reden. ›Ein bißchen überkandidelt ist die.‹ Vielleicht tippte er sich sogar an den Kopf. Und der Sergeant würde aus seiner längeren Erfahrung heraus hinzufügen: ›So werden sie, wenn sie alt werden und keine Kinder haben.‹

An wen konnte sie sich sonst wenden? An Andrew bestimmt nicht. Seine Reaktion war wie die des jungen Detective Constable, eine Mischung aus Mitleid und Verachtung. Onkel Justin und Hugo waren in der Firma. An wen außer Harry? Er würde ihr zuhören und ihr glauben. Die Polizei würde ihm glauben.

Sie mußte ihn finden, gleich zu seiner Praxis hinübergehen und die ganze Sache mit ihm durchsprechen. Als sie die Treppe hinunterging, schlug es von St. Jude's eins. So spät konnte es doch noch nicht sein! Sie sah ungläubig zur Uhr hinauf, wartete auf die restlichen elf Schläge, dabei fiel ihr Blick auf das Gemeindehaus, dessen Türen weit offenstanden. Natürlich, es war Freitag, der Tag des wöchentlichen Brot-und-Käse-Lunchs. Harry würde dort sein, Harry und Mr. Feast. Sie mußte tapfer sein und ihm, wenn nötig, mit Härte entgegentreten.

Aber heute saß der Pfarrer am Tisch im Eingang und nahm das Geld entgegen.

»Guten Morgen, Miss Whitt-, Mrs. Fielding. Schön, daß wir Sie wieder bei uns haben.«

Ihr fiel absolut nichts ein, was sie ihm hätte sagen können. So kramte sie statt dessen in ihrer Tasche herum und legte eine Pfundnote vor ihn. Ich bezahle reichlich und unverhältnismäßig für alles, dachte sie, als sie an ihm vorbeiging. Ich erkaufe mir meinen Weg in alles hinein und aus allem heraus.

Daphne Feast saß neben der Frau des Gemeinderatsvorsitzenden. Alice nickte, zu einem Lächeln konnte sie sich nicht durchringen. Hinter ihr kam Vater Mulligan heran, aus dem übervollen Krug, den er trug, schwappte Wasser. Sie blieb stehen und warf ihm einen grundlos flehenden Blick zu. War nach dem katholischen Katechismus Mord nicht eine der vier Sünden, die laut nach Vergeltung gen Himmel schrien? Er lächelte sie an, mit einem blassen, frommen Lächeln wie das eines gefolterten Heiligen.

Harry saß allein zwischen den Postern am Ende der Tafel. Er wollte ihr den Mantel abnehmen, aber sie zog ihn nur enger um sich, plötzlich bewußt, wie kalt ihr war.

»Harry«, platzte sie ohne Umschweife heraus, »du mußt mir etwas sagen. Hast du je einem Patienten in Salstead Tranylcypromin verschrieben?«

»Ob ich was? Alice, was soll das?«

»Hast du? Mehr will ich nicht wissen.«

»Ja, habe ich tatsächlich . . .« Er stockte und starrte auf das Stück Brot, das er eben in den Mund stecken wollte. »Alice, Liebe, ich kann dir solche Dinge unmöglich anvertrauen. Du mußt verstehen, daß es für mich als Arzt so etwas wie . . .«

»Hast du es je Mr. Feast verschrieben?«

»Ganz sicher nicht, das wäre das Letzte . . . Bitte, Alice, willst du mir nicht sagen, worauf du hinaus willst?«

»Es geht um Nesta«, sagte sie leise. »Wenn du mir nicht

glaubst, dann weiß ich nicht mehr, was ich machen soll.«

Eben hatte er noch verärgert und wichtigtuerisch gewirkt wegen der Fragen, die zu stellen sie kein Recht hatte. Solange sie in der Rolle des Bittstellers war, gab er sich distanziert, nicht bereit, ihr eine Gunst zu gewähren. Nun merkte sie plötzlich, daß sie die Rollen getauscht hatten. Auf seinem Gesicht lag jetzt mit einemmal der Ausdruck drängender Besorgnis, den sie zuvor auf ihrem eigenen gespürt hatte.

»Nesta?« sagte er dann in betont nebensächlichem Ton. »Was hat sie dir erzählt?«

»Erzählt? Nichts. Wie hätte sie mir etwas erzählen können? Hör zu, Harry, niemand will mir glauben außer Jackie. Ich bin beinah wahnsinnig vor Sorge, und Andrew will einfach nicht auf mich hören. Er möchte nicht über sie reden.«

Sie wollte gerade anfangen, alles herauszusprudeln, all die Einzelheiten ihrer Suche, als er sie mit einer derart merkwürdigen Bemerkung unterbrach, daß sie erst einmal alles über Medikamente und Briefe und Mr. Feast vergaß. Seine Stimme klang sachlich und dabei erschreckend freundschaftlich.

»Das ist nur natürlich unter den Umständen.«

Sofort merkte sie, daß sie an der Schwelle zu einer entsetzlichen Entdeckung stand und daß gleichzeitig sie diejenige war, die alles als letzte erfuhr. Lange schon war diese Erkenntnis gegenwärtig gewesen, eine schlafende Schlange in der Kiste, die sich manchmal regte, aber nie ihr Gift einsetzte. Nun begann sie sich pulsierend zu entrollen.

»Was meinst du damit?«

»Alice, ich kann darüber nicht mit dir sprechen. Das mußt du verstehen. Als du einen so viel jüngeren Mann geheiratet hast, muß dir klar gewesen sein, daß es Probleme dieser Art geben könnte.«

Das Stimmengewirr im Saal schwoll an und ab. Ein Glas klirrte. Sie preßte die Hände zusammen und war sich plötzlich auch der geringfügigsten Geräusche bewußt. Am Tisch des Pfarrers ließ jemand ein Portemonnaie mit Kleingeld fallen. Sie hörte die Münzen rollen, dann das Kratzen, als sich jemand danach bückte und sie wieder einsammelte. Den Blick fest auf das hungernde Kind auf dem Plakat gerichtet, sagte sie: »Ich verstehe nicht.«

»Wir kommen gleich zu Nesta«, meinte er. »Aber, Alice, schon um deiner selbst willen mußt du aufhören, sie mit Andrew in Verbindung zu bringen. Es ist immens wichtig für deinen Seelenfrieden.«

»Andrew und Nesta? Aber das tue ich doch nicht, oder?« Sie merkte, wie ihre Stimme schrill wurde, außer Kontrolle zu geraten drohte. »Ich habe nicht gewußt, daß ich das tue, Harry.«

Sein Verständnis und sein Mitleid waren mehr, als sie ertragen konnte. Sie stieß ihren Stuhl zurück, die Beine machten ein scharrendes Geräusch auf der rauhen Oberfläche des Fußbodens.

»Es tut mir leid«, sagte er. »Wenn ich nicht gedacht hätte, daß du es schon weißt, hätte ich nichts gesagt. Vergiß es wie einen bösen Traum.« Er streckte die Hand aus, um ihren Arm zu berühren, doch seine Finger erreichten nur den Ärmel ihres Pelzmantels. »Oh, Gott, Alice«, flüsterte er. »Ich würde alles geben, wenn ich zurücknehmen könnte, was ich gesagt habe.«

... dein Mitleid nicht noch deine Schmerzen ... vertreiben nur ein Wort von dem, was du gesagt, aus meinem Herzen ...! »Laß mich!« sagte sie. »Ich möchte nach Hause.« Sie machte sich los und ging wie blind durch den Saal.

10

Der Wagen fuhr knirschend über den Kiesbelag der Auffahrt, die Bremsen quietschten. Sie fuhr unkontrolliert, hastig, und ihr war klar, daß sie zweimal über die Kanten auf den Rasen geraten war und dabei die Grasnarbe zerfetzt hatte. Aber sie war zu Hause, endlich zu Hause, ohne in der Firma bei ihm hereingeplatzt zu sein, um ihm eine tränenreiche Szene zu machen.

»Alles in Ordnung, Madam?« Mrs. Johnson lehnte aus dem Fenster, durch das ungewöhnliche Geräusch vom Silberputzen hochgescheucht. »Sie sind aber auch ein Nervenbündel zur Zeit.«

»Ich bin nur müde, und mir ist kalt.«

»Jetzt gehen Sie mal schön rein und lassen sich von Miss Madsen eine Tasse mit etwas Heißem zurechtmachen. Mit den Nerven soll man nicht spaßen.«

Alice lehnte sich gegen die Kühlerhaube, erschöpft vor Elend und der Notwendigkeit, dümmliche Konversation machen zu müssen.

Eine Wolke von Silberputzpulver stäubte aus dem Fenster, als Mrs. Johnson ihr Tuch ausschlug.

»Schade, daß Sie es nicht über sich bringen, ein nettes, vertrauliches Gespräch mit dem Doktor zu führen. Mir hat er damals sehr geholfen.« Die unbewußte Ironie in diesen Worten ließ einen hysterischen Schluchzer in Alices Kehle hochsteigen. »Wenn Sie eine Sekunde warten, dann gebe ich Ihnen etwas Wunderbares, das . . .«

»Nein, nein!« rief Alice verzweifelt. Wenn sie noch länger in dieses unsensible Kinderfrauen-Gesicht aufschauen mußte, würde sie laut kreischen. »Ich werde mich hinlegen.« Sie fummelte mit ihrem Schlüssel, rannte die Treppe hinauf und ließ sich aufs Bett fallen.

Eifersüchtig. Wer auch immer Nesta umgebracht hatte, war eifersüchtig gewesen. Eine Persönlichkeit in Salstead, hatte Daphne Feast gesagt. Für jemanden von Nestas Herkunft mußte Andrew mit seiner akademischen Bildung, seinem Haus, den Verbindungen zu den Whittakers so erscheinen. Aber Andrew liebte sie, Alice. Natürlich liebte er sie.

Deprimiert dachte sie an ihren Besuch auf dem Polizeirevier und den gutaussehenden, dunkelhaarigen Constable, dessen Geduld gelegentlich in Unmut umzuschlagen drohte. Er hatte sie an ihren Mann erinnert. Er hatte ihr etwas gezeigt, was sie vorher nicht hatte wahrhaben wollen. Junge Männer in den Zwanzigern *bemitleideten* Frauen wie sie, Frauen, die auf die Lebensmitte zusteuerten und nie schön gewesen waren. Wenn sie freundlich waren, bemitleideten sie sie, waren sie weniger freundlich, lachten sie hinter ihrem Rücken über sie. Jedenfalls verliebten sie sich nicht in sie. Warum war sie nicht früher darauf gekommen?

Aber Andrew liebt mich, dachte sie verzweifelt. Ich weiß, daß er mich liebt. ›Um deinetwillen‹, hatte Harry gesagt, ›mußt du aufhören, Nesta und Andrew in Verbindung zu bringen.‹ All jene Abende, an denen Andrew sie nach Hause gefahren hatte, all jene Wochenenden vor ihrer Heirat, an denen er zu beschäftigt gewesen war, um nach Vair herüberzukommen . . . Damals hatte er Nesta schon gekannt.

Warum hatte er sie geheiratet, seine Arbeit, die er liebte, aufgegeben, sein ganzes Leben geändert, wenn er sie nicht liebte? Weil du eine reiche Frau bist, sagte eine leise, kalte Stimme, weil Nesta auch in Salstead wohnte.

Aber zu Anfang, als sie zusammen ausgegangen waren, hatte er noch nicht gewußt, daß sie reich war, und trotzdem hatte seine Liebe sich gleich gezeigt. Du Dummkopf, knurrte die böse Stimme in ihr, es war dir doch anzusehen. Alles an dir verriet es – deine Kleidung, deine Ringe, das Foto von

Vair, das du ihm gezeigt hast. Als sie sich das zweite Mal trafen, hatte sie Whittaker-Hinton erwähnt. Sie erinnerte sich genau daran, und jetzt glaubte sie auch zu wissen, daß er eben in dem Moment, als sie ihm das Foto zeigte, aufgesehen und gelächelt hatte, ihre Hände berührt hatte und angefangen hatte, sich ihr mit der besonderen Aufmerksamkeit eines Verliebten zu widmen.

Es war bei seinem ersten Besuch in Vair, als sie ihn Nesta vorstellte. Den Theaterbesuch zu viert hatte sie vorher arrangiert, Andrew für sie, Nesta für Harry. Aber Andrew, nicht Harry, hatte Nesta nach Hause gefahren. Er war so lange fortgeblieben, während sie und Harry über Belangloses plauderten. Bei seiner Rückkehr sprach er leichthin über Blumen, die sie ihm gezeigt hatte, und gab ihr eine rosarote Zyklame, ein Geschenk an sie von Nesta, wie er sagte. Ein Geschenk oder ein Friedensangebot, Bezahlung für erwiesene Dienste?

Mit einem trockenen Schluchzen, das ihr die Kehle zu zerreißen drohte, warf sie sich in die Kissen.

Er kam früher nach Hause als sonst, blaß, müde, das Haar vom Wind zerzaust. Sie lag auf dem Rücken und starrte an die Decke.

»Warum mußte das geschehen, Andrew?« fragte sie stumpf. Ihr Kopf war voller quälender Bilder von ihm und Nesta, die alles andere ausschlossen, so daß sie dachte, er müsse sofort wissen, was sie meinte.

Offensichtlich tat er das nicht. Falls er Schuldgefühle oder auch nur eine entfernte Ahnung von der Bedeutung ihrer Worte hatte, so würde es von der Sorge um sie überlagert. Er kam ans Bett und beugte sich über sie. »Was ist passiert? Was ist denn los, Bell?«

»Du und . . .« Es tat körperlich weh, auch nur den Namen auszusprechen. »Du und – und Nesta!« Sie befeuchtete ihre Lippen und schauderte. »Harry hat es mir gesagt.«

»Zur Hölle mit diesem verdammten Idioten!«

Sie hatte ihn noch nie fluchen hören. Als er hereinkam, war er blaß gewesen, jetzt war er weiß vor Zorn.

»Du hast sie geliebt, nicht wahr?« flüsterte sie.

Er drehte sich um, wandte ihr den Rücken zu. Ein schmaler Mann, nicht breit oder muskulös, doch jetzt erschienen seine Schultern enorm, feindselig, schlossen das Licht aus. Sie bedeckte die Augen mit den Händen. Mit seinen leisen, vorsichtigen Schritten entfernte er sich von ihr, ging in die hinterste Ecke des Zimmers. Sie hörte, wie er die Tür zumachte, und das leise metallische Klicken, das man ein dutzendmal am Tag überhört, klang wie ein Pistolenschuß. Die Matratze schwankte, als er sich auf seiner Bettseite darauf fallenließ mit einer Schwere, in der eine ganze Welt von Verzweiflung lag.

»Andrew . . .« stöhnte sie.

Gleich würde er alles gestehen, sie um Verzeihung bitten und damit zugeben, was sie niemals verzeihen konnte – eine Leidenschaft für die Tote, die ihre Freundin gewesen war. Sie krampfte die Hände zusammen, öffnete die Augen und wartete.

»Wenn ich dir nur deutlich machen könnte, wie unglaublich . . .« Sie atmete in einem zittrigen Seufzer aus. »Wie unglaublich abstoßend ich sie fand! Sie war mir derart widerlich. Aber du hast es einfach nicht gemerkt. Ich mußte mich mit dieser weißen Nacktschnecke von einer Frau mit falschem Haar abfinden, sie erdulden, weil sie deine Freundin war. Mein Gott, Bell, manchmal dachte ich, ich klebe ihr eine, wenn sie noch einmal einen Champignon einen Champion nennt?« Er erschauerte, und sie merkte deutlich, daß es nicht gespielt war. »Ihre Handgelenke, so wabbelig – und dann diese Grübchen darum herum, wie ein Armband . . .!«

»Liebster, warum hast du mir das nie gesagt? Aber, Andrew – da war etwas – etwas zwischen euch, das du verheimlichen wolltest, stimmt's?«

»Wäre es so gewesen«, meinte er trocken, »hätte ich wahrscheinlich kaum diesen nachträglichen Abscheu empfunden.«

»Dann sag es mir. Mir kannst du es sagen.«

»Erinnerst du dich an den Abend, als wir zusammen im Theater waren? ›Rain‹ hieß das Stück. Hinterher dachte ich, wie passend, mich mit einer Partnerin zu versorgen. Unter einen Regenschirm passen schließlich nur zwei.«

»Aber Nesta hatte ich für *Harry* eingeladen.«

»Das hast du nicht ganz deutlich gemacht, mein Schatz. Du und Harry, ihr schient euch so gut zu verstehen. Ich hatte den Eindruck, du wolltest mir schonend beibringen, daß es sich hier um eine wahrhafte Seelenverwandtschaft handelt. Also habe ich zugestimmt, als du mich batest, Nesta nach Hause zu fahren. Und ich bin mitgegangen, als sie mich zu sich hereinbat, zwischen all ihre Schlüsselblumen, Primeln und Hängeveilchen. Oh, Bell, sie wollte so offensichtlich geküßt werden. Ich dachte, warum nicht? Deshalb bin ich ja wohl zu dieser merkwürdigen Party eingeladen worden.«

»Und dann?«

»Nichts. Ich schwöre dir, gar nichts weiter. Als ich sie das nächste Mal sah, war ich mit dir verlobt.«

Während er sprach, wartete er die ganze Zeit über auf ein Zeichen von ihr, das merkte sie. Und nun gab sie es ihm. Erst waren es ihre Hände, die zu ihm hinübertasteten, dann begann ein Lächeln, das anfangs nur in ihren Augenwinkeln gewesen war, ihr ganzes Gesicht zu erhellen. Er stand rasch auf, kam zu ihr und nahm sie in die Arme.

»Oh, Bell, ich hatte solche Angst um uns«, sagte er, während er sie eng umschlungen hielt. »Ich wollte alles vergessen – das bißchen, was da war –, aber Nesta ließ mich nicht. Sobald wir allein waren, redete sie, als seien wir Liebende gewesen, als hätten wir ein Geheimnis, das wir vor dir verbergen müßten. Dann meinte sie wieder, es wäre vielleicht besser, wenn du alles erführest. Ich beobachtete, wie sie allmählich manisch-depressiv wurde, und fragte mich, wann alles herauskommen würde, die Vertraulichkeiten, die Lügen, die Entschuldigungen.«

Sie nickte und rieb ihre Wange an der seinen. »Genauso hat sie es mit Hugo gemacht«, sagte sie. »Andrew, wie viele gab es noch? Warum war sie so, und weshalb hat Harry es gewußt?«

»Das weiß ich auch nicht«, meinte er nachdenklich. »Eitelkeit vielleicht, krankhaft übersteigerte Eitelkeit. Und was deine Frage nach anderen betrifft . . . Bell, ich muß dir etwas erzählen. Vorher hatte ich das Gefühl, ich sollte es lieber für mich behalten.« Er setzte sich zurück, hielt seinen Arm dabei fest um ihre Schulter geschlungen. »Im Sommer war ich mal bei deinem Onkel im Büro. Du weißt, wie er mich immer behandelt? Wie einen Günstling.« Sie nickte, und ein winziger Schatten fiel auf ihr neues Glück. »Nun, irgendwie hat er da ja auch recht – ich bin ja auch nicht besonders nützlich. Also, er mußte einen Scheck ausschreiben. Er warf sein Scheckheft auf den Tisch und bat mich nachzusehen, ob noch ein Formular drin war, dann ging er hinaus. Es war gerade noch ein Scheck übrig, Bell. Ich konnte nicht umhin, die Abschnitte der herausgerissenen Scheckformulare zu sehen. Du weißt, er braucht ungefähr alle vierzehn Tage ein neues Heft, aber abgesehen davon, auf zwei Abschnitten, jeder mit dem Betrag von zehn Pfund, stand *an N. D.!*«

Die Initialen auf dem Kosmetikköfferchen . . . »Das ist ja entsetzlich, Andrew!«

Leise sagte er: »Er kann ebenso unschuldig sein wie ich.« Er hob ihr Gesicht hoch und gab ihr einen sanften, kühlen

Kuß. »Mach dir keine Gedanken«, sagte er. »Wir werden sie nie wiedersehen.« Er sprang auf, federnd und leichtfüßig, sorgloser, als sie ihn je gesehen hatte. »Ich hole dir einen Tee.«

Wir werden sie nie wiedersehen. Über eine Woche hatte sie all ihre Energie darangesetzt, Nesta wiederzusehen, dann daran, herauszufinden, wer sie umgebracht haben mochte. Nichts hatte sie davon abhalten können außer ihrer Krankheit. Jetzt war sie beinah froh über diese Krankheit. Sie wollte nichts mehr sehen und hören, was eine schwammige Puppengestalt im schwarz-weiß-karierten Kostüm heraufbeschwören konnte, deren Augen in Tränen schwammen.

Andrew kam mit ungewöhnlicher Hast und Lautstärke zurück.

»Oh, Schatz, es ist zum Weinen, aber unten ist dein Onkel mit Hugo. Offenbar hat Mrs. Johnson ihnen irgendein Märchen aufgetischt, du seiest wieder krank.«

»Ich komme«, sagte sie. Irgendwann mußte sie damit anfangen, sich Verdächtigungen aus dem Kopf zu schlagen, und am besten machte sie das gleich.

Der Tee war schon eingegossen, als sie ins Zimmer trat. Justin Whittaker, silbergraue Krawatte, steif wie ein Schwert, das drohte, sein Kinn zu durchbohren, warf einen gereizten Blick auf ihre verschwollenen Augen.

»Was ist das alles für ein Gerede über Nerven?«

Hugo reichte ihr eine Tasse, verschüttete etwas und fluchte. »Gerade bringe ich Onkel Justin aus Orphingham zurück«, meinte er. »Als ich ihn an der Pforte aussteigen lasse, kommt Mrs. Johnson ziemlich aufgelöst herausgerannt und erzählt, daß du beinah die Garagentür demoliert hättest.«

Da ihr darauf keine Antwort einfiel, setzte sie sich neben Andrew und nippte an dem lauwarmen Tee. Onkel Justin schien in die Betrachtung der Zimmerdecke versunken.

»Zehntausend Jahre Zivilisationsgeschichte verplempert, in einem Augenblick dahin, wenn man eine Frau hinters Steuer läßt.« Er setzte seine Tasse ab, als habe er eben erst bemerkt, daß er sie in der Hand hielt. »Warum trinke ich um diese nachtschlafene Zeit überhaupt Tee?« sagte er zu niemand im besonderen, dann kopfschüttelnd zu Alice: »Ich weiß nicht, wo du diese proletarischen Sitten aufliest.«

Sie wollte gerade eine ärgerliche Entgegnung machen – warum waren sie überhaupt hier? – welches Recht hatten sie, ihr Betragen zu kritisieren? –, als ihr einfiel, daß die ruppige Art ihres Onkels ein Deckmantel für echte Besorgnis sein konnte.

»Ich habe über etwas nachgedacht«, erwiderte sie ruhig. »Und ich war müde. Es spielt doch keine Rolle, oder? Ich habe ja das Tor nicht demoliert.«

»Was du brauchst, ist ein ordentlicher Schluck«, sagte er. »Etwas, das all diesen Unsinn von Müdigkeit rausspült.« Und um nur keine Gefühlsregung zu verraten, fügte er brüsk hinzu: »Ich kann es dir ja ruhig sagen, Alice, ich mache mir Sorgen um dich. Irgendwas ist mit dir nicht in Ordnung, und wenn Andrew hier nicht aufpaßt, dann wird er sich eines Tages neben einer ewig kränkelnden Frau wiederfinden – oder noch Schlimmeres.«

Entsetzt sprang sie auf und machte einen Schritt auf ihn zu. Andrew hinter ihr atmete gleichmäßig, stetig, rührte sich nicht.

»Onkel Justin!« Der brennende Schmerz, der an ihr Zwerchfell brandete, war das Schlimmste, was sie je erlebt hatte. Ganz plötzlich war er aus dem Nichts gekommen und breitete sich aus, floß in ihre Glieder und warf gleißende, blumige Farbflecke in ihr Blickfeld. Ihre Beine waren gefühllos und bewegungsunfähig geworden, und als sie die Hände ins Leere streckte, durchflutete sie eine Woge von Übelkeit, die sie wahrnahm wie das Rauschen der See.

»Was ist denn los, Bell? Was um Himmels willen ist los?«

Und wieder passierte es, genau wie bei den Feasts. Diesmal jedoch war er da, um sie zu halten, aber sie fiel so schwer, daß sie beide gegen den gedeckten Teetisch stürzten. Das letzte, was sie hörte, waren Hugos Flüche, das Splittern von Porzellan und das Tropfen von Milch und Tee auf den Teppich.

Sie war schon eine ganze Zeit wieder bei Bewußtsein, aber es schien keinen Grund zu geben, die Augen zu öffnen. Dunkel und Zurückgezogenheit waren alles, wonach sie sich sehnte. Sie war sich des lebhaften Kommens und Gehens bewußt gewesen, aber nun merkte sie, daß nur Harry noch mit ihr und Andrew im Zimmer war. Die beiden Männer stritten in beunruhigendem ärgerlichem Flüsterton.

»Mir ist völlig klar, daß ich nicht hier bin, weil Sie mich hierhaben wollen«, sagte Harry gerade. »Aber da Mr. Whittaker mich angerufen hat und Alice meine Patientin ist, lassen Sie mich wenigstens versuchen, eine Diagnose zu stellen.«

»Wenn ich mir überlege, daß Sie meine Frau beinah jeden Tag gesehen haben, seit all dies Elend angefangen hat, und bisher faseln Sie nur von irgendeinem mysteriösen Virus, dann ist ›versuchen‹ wohl das passende Wort.«

»Hören Sie, Fielding, ein Virus ist im Augenblick das letzte, woran ich denke, sondern etwas ganz anderes . . .«

»Ach, hören Sie doch auf!«

»Bevor ich ganz sicher sein kann, muß ich sie gründlich untersuchen und ihr einige Fragen stellen. Wenn also Sie oder Miss Madsen mir helfen würden, sie nach oben zu bringen . . .«

Sie fühlte seine Hand unter ihrem Arm. Dann wurde sie von Andrew heftig beiseite geschoben. Harry blieb dennoch ruhig.

»Kommen Sie schon, Alice hat mir gegenüber keine Hemmungen. Ich glaube, Sie vergessen, daß wir alte Freunde sind.«

»Dieses Patient-Freund-Gefasel kann ich langsam nicht mehr ertragen. Ich habe immer den Eindruck gehabt, je weniger eine sogenannte Freundschaft zwischen einem Arzt und seinen Patientinnen besteht, desto besser.«

Totenstille folgte. Als Harry schließlich sprach, war seine Stimme so leise, daß sie sich anstrengen mußte, ihn zu verstehen.

»Wenn irgend jemand außer Alices Mann das gesagt hätte, würde ich ihn wegen Verleumdung belangen.« Sie hörte, wie er tief Luft holte. »Lassen wir um Himmels willen Persönliches aus dem Spiel. Es ist unbedingt erforderlich, daß Alice einen Arzt konsultiert. Es sollten Tests gemacht werden, sie sollte Diät halten.« Er trat schwerfällig zurück, und sie hörte seinen Absatz in dem zerbrochenen Porzellan knirschen. »Was hat sie um Gottes willen gegessen? Hat sie zu Mittag etwas zu sich genommen?« Seine Stimme hob sich, und plötzlich wußte sie, was er versuchte klarzumachen und warum seine Stimme diesen kühlen, entsetzten Unterton hatte. »Fielding, können Sie sich denn nicht denken, was mit ihr los ist, oder sind Sie ein solcher Eskapist, daß Sie sich dem nicht stellen wollen?«

»Ich bin zufälligerweise Laie«, sagte Andrew, »und kein Hintertreppenmedizinmann aus der Provinz. Und jetzt gehen Sie, bitte.«

Sie öffnete die Augen und stöhnte leicht. Harry stand da und schaute auf sie herunter.

»Alice«, sagte er, fast ohne die Lippen zu bewegen.

»Ich verstehe«, erwiderte sie. »Ich hätte es schon eher

merken müssen. Mach dir keine Sorgen, ich werde jetzt aufpassen.«

»Ich muß gehen.« Sein Gesicht sah gequält aus, die blauen Augen starrten angstvoll auf sie herab. »Versprich mir, daß du jemanden hinzuziehst, eine zweite Meinung hörst.«

»Natürlich werde ich das.«

»Gehen Sie!« sagte Andrew.

Er ging, ohne sich umzudrehen. Sie sah, daß er aufrecht ging und nicht gebeugt wie sonst. Als die Tür sich hinter ihm geschlossen hatte, legte sie sich zurück. Tränen strömten über ihr Gesicht.

Jetzt, wo die größte Wut verraucht war, stand er neben ihr, beinah demütig, jämmerlich, die Augen niedergeschlagen. Offenbar erwartete er Vorwürfe, aber ihr fiel nichts ein außer der schrecklichen Bedeutung von Harrys Worten. *Was um Himmels willen hat sie denn gegessen? Es müssen Tests gemacht werden. Fielding, können Sie sich denn nicht denken, was mit ihr los ist?* Harry war Arzt, und Harry hatte es gesehen, hatte aus den Symptomen erraten, was mit ihr los war.

Es hätte eigentlich als Überraschung kommen müssen, das tat es aber nicht. Im Unterbewußtsein hatte sie es die ganze Zeit vermutet, und das war der Grund ihrer Angst gewesen, des Grauens, das jedesmal zusammen mit der Übelkeit in ihr hochstieg. Diese Anfälle von Übelkeit waren jedesmal dann aufgetreten, wenn sie auf ihrer Suche nach Nesta eine neue Stufe erreicht hatte, oder besser, kurz bevor diese Stufe erreicht war. Wer immer Nesta getötet hatte, war auch voller Angst, so verängstigt, daß er bereit war, sie krank zu machen, ja sogar umzubringen in seiner verzweifelten Anstrengung, zu verhindern, daß die Wahrheit ans Licht kam.

Harry hätte ihr geholfen, aber Harry war fortgeschickt worden. Doch auch wenn er geblieben wäre, er hätte nichts tun können. Ganz klar hatte sie das Bild vor Augen, wie sie alle dasaßen, bevor sie den Tee getrunken hatte: Hugo und ihr Onkel beobachtend, wartend, die Zeit mit Reden ausfüllend. Der Tee war eingegossen, bevor sie ins Zimmer kam.

Einer von ihnen hätte... Oh, es war entsetzlich! Aber wie konnte sie Harry erlauben, Tests zu machen, herauszufinden, was immer es war? – Strychnin, Arsen? – Und dann ihren Onkel oder ihren Bruder beschuldigen? Es konnte nicht wahr sein. Doch Andrew hatte erzählt, Justin Whittaker habe Nesta Geld gegeben. Eine Vergütung vielleicht? Wofür? Oder Erpressung? Hugo hatte sein eigenes kleines Abenteuer mit Nesta zugegeben. Vielleicht war es kein kleines, sondern ein leidenschaftliches Verhältnis, das er unter allen Umständen vor Jackie geheimhalten wollte?

»Bell, wir werden einen anderen Arzt für dich holen«, sagte Andrew schließlich. »Jemanden, der Ahnung hat, einen Spezialisten.«

»Ich weiß nicht recht, ich habe solche Angst, Andrew.«

Es mußte nicht unbedingt einer dieser beiden sein, auch andere Männer hatten etwas mit Nesta zu tun gehabt. War nicht beinah etwas Drohendes in der Art und Weise gewesen, in der Mr. Feast ihr den Joghurt aufgedrängt hatte? Er wußte, daß keiner sonst im Hause ihn aß. Sie durfte aber nicht aufhören, sich die Konsequenzen klarzumachen, Polizei im Haus, endlose Fragen, eine Verhandlung, bei der sie aussagen mußte, während doch ihr eigenes Leben in Gefahr war.

Vielleicht war es zu spät. Vielleicht hatte das Gift sie schon so im Griff, daß es kein Entrinnen mehr gab außer in den Tod. Der plötzliche Schmerz, der ihre Brust umklammerte, sich in fließenden Verästelungen qualvoll ausbreitete, schien eine Antwort darauf zu sein. Sie stöhnte auf, der Tod schien sie anzugrinsen.

»Falls ich sterben sollte, Andrew . . .« Sie schüttelte den Kopf bei seinem Protest. »Nein, mein Liebster, hör zu. Wenn ich sterbe, dann gehört dir alles, das Haus und all die Anteile an der Firma. Und alles, was auf der Bank ist. Ich habe bei unserer Heirat ein Testament gemacht und dir alles vererbt.«

»Sterben?« sagte er. »Man stirbt nicht so einfach, mein Schatz, nur weil man eine Lebensmittelvergiftung hat. Du bist so müde und überdreht, daß du nicht weißt, was du sagst.«

Wenn sie doch nur aufstehen und sie alle zurückholen, ihnen zurufen könnte, daß sie auf dem falschen Weg waren, sich irrten, wenn sie glaubten, sie wolle Nesta noch immer finden. Sie wollte nur Frieden, die Rückkehr in die Normalität der letzten Woche, einen Körper, der nicht länger gegen etwas ankämpfen mußte, das zu stark für ihn war.

»Laß mich nicht allein«, bat sie. »Bleib bei mir.«

»Natürlich bleibe ich bei dir. Versuch jetzt, ein bißchen zu schlafen.«

Dann tat er etwas sehr Merkwürdiges. Er fuhr ihr mit den Fingerspitzen über die Augenlider, und sie schloß sie gehorsam. Erst später, kurz bevor sie in einen erschöpften, betäubten Schlaf hinüberglitt, verband ihr Hirn diese Geste mit der des Liderzuschließens bei Toten.

11

Morgen wurde der Spezialist erwartet. Sie lag jetzt seit drei Tagen im Bett, und ihr schien es, als sei kaum eine Stunde vergangen, in der sie das kommende Gespräch nicht in Gedanken durchgegangen war. Und doch hatte sie sich noch nicht entschließen können, was sie ihm nun wirklich sagen wollte. Ihre Verbindung mit einem Verbrechen, selbst wenn sie das Opfer war, schien sie irgendwie zu erniedrigen, sie mit dem Schmutz der Unterwelt zu besudeln, und sie sah den Abscheu auf dem Gesicht des berühmten Mannes förmlich vor sich, wenn die Wahrheit ihm langsam dämmerte.

Die Luft im Schlafzimmer war frisch – sie hielt trotz des Sturms Tag und Nacht das Fenster offen –, doch erschien es ihr, als sei der Raum mit besonderen Viren angefüllt. Gift lag in der Luft, in den Gedanken des Täters, in ihrem Körper. Sie hatte Andrew durch ihre Weigerung erschreckt, etwas zu essen, was nicht von ihm oder Pernille zubereitet war, und noch mehr, weil sie nicht sagen wollte warum.

»Ich möchte sie alle nicht sehen, und ich möchte auch nicht, daß sie mir irgendwas bringen«, war alles, was sie sagte.

»Aber Jackie könntest du doch zu dir lassen, Schatz. Sie hat dir eine Götterspeise gemacht und einen wunderschönen Strauß mitgebracht.«

Da fuhr sie aus ihren Kissen hoch, und er wich vor diesem Ausbruch unverständlichen Entsetzens zurück. Jackie war verletzt und empört wieder gegangen und hatte ihren Chrysanthemenstrauß mit den Blüten, die aussahen wie gelockte, goldfarbene Perücken, dagelassen. Alice liebte Blumen und hatte Pernille gebeten, sie in eine Ecke des Schlafzimmers zu stellen, von wo der Duft nicht bis zu ihr drang, wo sie aber durchaus und höchst beunruhigend in Sichtweite waren. Der Strauß erinnerte sie an die riesigen, fedrigen Blumen, die Nesta in ihre Beerdigungskränze für den Winter band. Sie sah Nesta vor sich, in ihrem Arbeitsraum sitzend, die Chrysanthemen um sich herum ausgebreitet, dazu ihr eigener goldfarbener Kopf wie die Vergrößerung einer der riesigen Blüten.

Alice saß in ihrem Bett, las ununterbrochen, nahm vielleicht eines von zehn Wörtern auf, drehte aber die Seiten um, hielt sich damit aufrecht. Trotzdem konnte sie ihren Blick nicht davon abhalten, daß er zwanghaft immer wieder zu der Vase in der Ecke wanderte. Dann schien ihr ganzer Körper zu einem Block aus Angst zu erstarren, während sie unbeweglich und angstvoll auf die zwölf goldenen Blüten sah, die der Luftzug vom Fenster bog und zauste.

»Wann kommt er?« fragte sie Andrew immer wieder, denn sie sehnte die Ankunft der Kapazität herbei und hatte gleichzeitig Angst davor.

»Sir Omicron Pie?« Andrew nannte ihn immer so, täuschte vor, er habe den richtigen Namen vergessen, und taufte ihn nach einem berühmten Arzt in einem seiner Lieblingsromane. »Morgen um drei. Man kann ihn nicht einfach rufen wie irgendeinen Wald- und Wiesendoktor.« Dabei verzog sich sein Mund geringschätzig. »Wie fühlst du dich heute morgen?«

»Ich weiß nicht recht«, erwiderte sie. »Ich wünschte, ich wüßte es.«

Die physische Übelkeit hatte sich auf subtile Weise verändert. Sie ähnelte jetzt eher einer Dyspepsie, wie sie als Begleiterscheinung von Angstneurosen auftritt. Vieles konnte sie heraufbeschwören: der Klang der Stimme ihres Onkels unten in der Halle, wenn er seine Fragen nach ihrem Befinden herausbellte, der Schimmer der goldfarbenen Blüten im Zwielicht, ihre eigenen Gedanken, die immer wieder zu der Toten zurückkehrten. Aber manchmal kam sie auch ohne Anlaß, meist abends oder im Augenblick des Erwachens, und dann so vehement und beharrlich, daß Alice wußte, der Grund konnte nicht seelische Aufregung sein.

»Pernille«, sagte sie, als das dänische Mädchen mit ihrem Lunch hereinkam, »würdest du die Blumen mit hinausnehmen?«

Mit einer nur sehr verschwommenen Vorstellung, worum es eigentlich ging, klappte sie den Deckel des zweiten

Bandes ihrer Romanfolge zu. Pernille legte ihr das Tablett auf die Knie, und sie bemerkte den hübschen, blauen Mantel, der zweifellos ihr bester war, die weißen Handschuhe, die schwarzen, glänzenden Pumps. Einen Augenblick rief der Anblick dieser spitzzulaufenden Schuhe ihr Nesta ins Gedächtnis, und sie sank schwer in die Kissen zurück, hatte das Gefühl ihrer Anwesenheit und hörte eine Stimme traurige, doch dringliche Worte flüstern, zu weit entfernt, um verständlich zu sein. Dann riß sie sich zusammen und fragte in einem Ton, der unaufrichtig fröhlich klang:

»Gehst du aus?«

»Es ist mein freier Nachmittag, Mrs. Fielding.« Pernille hob die Vase hoch und hielt sie vor sich.

»Hast du etwas Schönes vor?« Ein Funke Neid sprang in ihr hoch. Das Mädchen sah so frei, so glücklich, so strahlend aus in ihrer gesunden, animalischen Frische.

»Ich glaube schon. Mein Bruder kommt heute für seinen Urlaub her, und ich fahre zum Flughafen, ihn abholen.« Über den nickenden Blütenköpfen strahlten ihre Augen. »Ich freue mich so sehr darauf, ihn zu sehen.«

»Ja, das glaube ich. Laß dir Zeit, du brauchst nicht früh zurückzusein.«

»Wenn man bedenkt, daß ich ihn ein ganzes Jahr nicht gesehen habe.« Sie zögerte, dann brach es aus ihr heraus. »Knud kann bei einem Freund wohnen, den er von der Universität kennt und ...«

»Ja?«

»Mr. Fielding meint, vielleicht brauchte ich vor morgen gar nicht zurückkommen, aber Sie sind krank, und ich dachte ...«

»Aber natürlich brauchst du nicht zurückzukommen!« Eine wunderbare neue Idee begann Gestalt anzunehmen. »Paß mal auf, warum nimmst du nicht einfach zwei oder drei Tage frei? Mr. Fielding wird sich um mich kümmern.«

»Er kommt um fünf, und für den Tee und das Abendessen habe ich alles vorbereitet.«

»Du bist ein Engel!« Was konnte sie nur für das Mädchen tun aus lauter Dankbarkeit, daß sie Andrew und ihr ein paar Tage Alleinsein verschaffte? »Gib mir mal meine Tasche, ja?« Die Geldscheine rutschten flach und knisternd aus dem Gummiband wie Buchseiten. Pernilles Gesicht glühte, und ihre Finger zerknitterten das grüne Papier. Sie muß zu überwältigt sein, um sich zu bedanken, dachte Alice, während sie Pernille in einem Wirbel aus Blau und Gold entschwinden sah.

Erst als sie weg war, fiel Alice ein, worum sie sie noch hatte bitten wollen. »Geh mal nach unten und sieh, ob du dort ein Buch von Mr. Fielding mit dem Titel ›*Phineas Finn*‹ finden kannst.« Zu spät, nun mußte sie selbst gehen.

Pernilles Zimmertür stand weit offen, drinnen sah es ordentlich aus bis auf einige Anzeichen hastigen Packens in letzter Minute. Ein zerknäultes Kopftuch lag auf dem Nachttisch. Daneben, was sie zuvor schon gesehen, was ihr Verstand aber nicht als bemerkenswert eingeordnet hatte: eine kleine, braune Glasflasche. Genauso ein Fläschchen hatte Nesta am Abend vor ihrem Tod in der Hand gehabt. Das heißt noch gar nichts, sagte sie sich, während die Flasche übermächtige Dimensionen annahm, das Zimmer auszufüllen schien, bis sie glühte wie ein riesiger, bernsteinfarbener Turm. Pernille war heimwehkrank ... Abrupt wandte sie dem Zimmer den Rücken und schloß die Tür hinter sich.

Obwohl erst früher Nachmittag war, lag die Halle schon im Halbdunkel. Die alten Schiebefenster rüttelten in ihren Rahmen, und die Türen klapperten. Alice fror nicht direkt, doch das Seufzen und Klagen des Windes ließ sie frösteln. Die Küche sah vollkommen sauber und leer aus. Natürlich war sie auch früher schon oft allein hier gewesen, sagte sie sich mit einem beruhigenden Lachen, wenn keiner sonst im Haus war. Ihr Lachen hallte, und sie fragte sich, warum sie allein für sich überhaupt ein Geräusch gemacht hatte.

Pernille hatte die Hintertür nicht abgeschlossen. Alice drehte den Schlüssel herum. Sie wollte allein sein, oder? Das hätte ihr noch gefehlt, ein Besucher von draußen, ein bösartiger Eindringling, der ihr eine, speziell für die kranke Alice zubereitete Speise mitbrachte.

Und jetzt das Buch. Sie ging leise ins Wohnzimmer und zu den Regalen an der Kaminwand hinüber. Andrew besaß den gesamten Trollope, und die Bände standen gewöhnlich im dritten Fach von oben. Ja, da waren die theologischen Schriften – aus Andrews Erzählungen kannte sie die Titel auswendig –, aber da, wo die politischen Schriften hätten stehen sollen, war eine lange Lücke, nur ein Streifen polierten Holzes, dahinter die Tapete. Die meisten Bände lagen in ihrem Schlafzimmer, aber wo waren die beiden Bände von ›*Phineas Finn*‹?

Andrew war, was seine Bücher anging, ein fanatischer Ordnungsliebhaber. Es war sehr unwahrscheinlich, daß er diese beiden kostbaren Bände zwischen moderne Romane und Gedichtbände auf anderen Regalbrettern gestopft hatte. Trotzdem sah sie nach, flüsterte dabei die Titel vor sich hin, während ihre Hände die Buchrücken entlangglitten. Doch sie fand sie nicht. Eigentlich hatte sie das schon die ganze Zeit über gewußt. Das Design der Umschläge, hellbraunblau, stach zu sehr heraus, als daß man es, selbst bei einem flüchtigen Blick, hätte übersehen können.

Er würde sicher nicht wollen, daß sie die Erstausgabe nahm. Sie ging hinüber zu dem antiken Bücherschrank, den sie ihm dafür geschenkt hatte. In langweiligem Grün, attraktiv höchstens für einen Bibliophilen, standen sie hinter den Glastüren. Der Schlüssel steckte, doch es war abgeschlossen. Sie schienen zu sagen: ›Rühr uns nicht an!‹

Vielleicht lagen die fehlenden Bände im Eßzimmer oder in dem kleinen, düsteren Frühstücksraum, den sie selten benutzten, weil durch die Büsche draußen zu wenig Licht hereinkam. Manchmal saß Andrew allein dort drin und las, er las immer. Als sie zur Tür kam, ließ ein Geräusch hinter ihr sie erstarren. Es war eine Art surrendes Knistern, dumpf, aber ziemlich klar.

Sie war doch aber allein im Haus. Sie *mußte* allein sein. Ihre Nerven, durch die Entdeckung der Medizinflasche, der unverschlossenen Tür, der Lücke im Bücherregal schon ziemlich angespannt, schienen jetzt zu prickeln und zu zucken, als seien lange Fühler ausgestreckt worden, die sich in ihrer Haut festhakten.

Das sirrende Geräusch hielt an, schnitt in ihr Gehör so durchdringend wie ein Kreischen. Sie stieß die Küchentür auf und hielt den Atem an. Dann stieß sie die Luft in einem Seufzer aus und schüttelte ungeduldig den Kopf.

»Du dummes Weib!« sagte sie laut, denn es war nur der Kühlschrank, dessen Pumpe geräuschvoll arbeitete. Das mußte wohl auch das Geräusch gewesen sein, das sie neulich nacht gehört hatte, dachte sie, und verachtete sich selbst. Wie konnte sie nur ein Geräusch, das ihr so vertraut war, für das Klappern einer Schreibmaschine halten?

Der Frühstücksraum war leer, keine Schränke, kein Schreibtisch, keine Truhe, wo man ein Buch aufheben könnte. Sie kam ins Eßzimmer. Dämmriges Winterlicht floß durch die hohen Fenster. Sie empfand eine plötzliche Ruhe, ein neues Wohlgefühl. Schließlich war es doch nur ein ganz gewöhnlicher Novembertag, und hier war sie, allein in ihrem eigenen Haus. Es war nur natürlich, daß sie ängstlich und nervös reagierte, jeder Frau wäre das unter diesen Umständen so gegangen.

Die Bücher waren nirgends zu sehen. Einzige Erklärung: Andrew hatte sie, so unverständlich das auch scheinen mochte, mit in die Firma genommen. Sie zog die Türen des Sideboards auf, sah aber nur Silber in samtüberzogenen Besteckfächern eingeordnet, Tischtücher, ihre beiden Serviettenringe, jeder mit dem Monogramm A. Dann mußte sie eben mit einer Zeitung oder einer Zeitschrift vorliebnehmen. Auf einem Bänkchen lag ein Packen. Ungeduldig fing sie an, die obersten herunterzunehmen, dabei rutschten zwei schwere Bände auf den Fußboden, und mit ihnen flatterten etliche Bogen Maschinen- und Kohlepapier zu Boden.

Braune und blaue Umschläge, eine kleine Federzeichnung bärtiger Männer, die um einen Klubtisch saßen ... ›Phineas Finn‹, Band I und II. Warum um Himmels willen hatte ihr sorgfältiger, peinlich genauer Andrew sie hier versteckt? Aber natürlich war es absurd, anzunehmen, daß er das wirklich getan hatte. Er hatte sie wohl auf dem Tisch liegenlassen, um sie ihr zu bringen, und hatte es dann vergessen. Und Pernille, in ihrer Hast, fortzukommen, hatte sie zusammen mit dem Papier beiseite gelegt.

Sie klemmte sie unter den Arm und ging zum Fenster hinüber. Vair Place schien sie düster anzublicken, starr und uneinnehmbar zwischen den windgepeitschten Zweigen. Während sie auf die Backsteinmauern hinüberschaute, die weiße Stirnseite, gegen die das Buschwerk vergeblich schlug, fragte sie sich erneut, ob es möglich war, daß ihr Onkel ihr so etwas Entsetzliches antun konnte. Ihr Onkel oder ihr Bruder? Morgen, wenn der Facharzt kam, war es zu spät, die Polizeimaschinerie anzuhalten. Sie würden Rede und Antwort stehen müssen, wie jeder Mann, der Nesta gekannt hatte.

Jeder? Plötzlich kam erneut dies unbehagliche Gefühl hoch, das mit Hugo oder Justin Whittaker nichts zu tun hatte. Dann wieder durchströmte sie der Gedanke, der ihr beim Gespräch mit Pernille gekommen war, wie heilender

Balsam und blockierte alle dunklen Gedankengänge ihres Bewußtseins.

Warum sollten sie und Andrew nicht fortgehen? Es hielt sie nichts hier in Salstead, ja, sie hatten sogar allen Grund, einen Ort hinter sich zu lassen, der für sie beide hassenswert geworden war ...

Gedankenverloren stieg sie die Treppe hinauf, schlug die Decke zurück und schlüpfte wieder ins Bett. Es war lächerlich, so viel Zeit damit zu verbringen, ein Buch zu suchen und dann zu müde zu sein, es zu lesen. Sie würde ein bißchen schlafen, um erfrischt aufzuwachen, wenn Andrew nach Hause kam.

»Nehmen Sie Milch, Miss Whittaker?«

Sie lachte, sorglos und außer sich vor Glück, daß sie mit ihm allein war. Rückblickend erschien es ihr, als habe diese ganze schreckliche Geschichte zur Teestunde begonnen, und jetzt – beim Tee – würde sie enden.

»Andrew, sollten wir das hier alles nicht hinter uns lassen und weggehen? Für immer, meine ich. Was meinst du? Wir könnten morgen fahren. Ich habe mir alles überlegt.«

»Sir Omicron Pie kommt morgen.«

»Das könnten wir doch verschieben, oder? Ich weiß, daß es mir wieder gutgehen wird, wenn ich nur hier wegkomme.«

»Aber, Bell, was wird aus Pernille?«

»Oh, ich gebe ihr das Gehalt für sechs Monate oder so was. Sie möchte sowieso nichts lieber als nach Hause. Sie hat fürchterliches Heimweh. Schatz, wir könnten einfach einpacken und – und in ein Hotel irgendwo gehen ...«

Er sah sie nicht an, sondern blickte auf den seidenen Bettüberwurf hinunter, den dicken, weichen Teppich, das muschelzarte Geschirr auf dem Tablett. Auf seinem Gesicht lag so ein merkwürdiger Ausdruck, daß sie einen Moment lang nicht sagen konnte, ob es Entzücken oder Bestürzung war. Er hatte die Hände so fest zusammengepreßt, daß sich weiße Flecken zeigten, wo der Druck seiner Finger das Blut verdrängte.

»Andrew...?«

»Als wir verlobt waren«, sagte er langsam, »kam ich am Wochenende nach Salstead.« Er räusperte sich und fügte vorsichtig hinzu: »Bei meinem zweiten Besuch wollte ich dir sagen, daß ich dich mit fortnehmen muß, Bell, daß ich hier nicht arbeiten kann. Aber gleich nach meiner Ankunft brachtest du mich zu diesem Haus. Du hast mir alles gezeigt, mir voller Stolz erzählt, es solle uns gehören. Du wirktest wie ein kleines Mädchen, das sein Puppenhaus vorführt, und ich brachte es einfach nicht übers Herz, all die Dinge zu sagen, die ich hatte sagen wollen. Wir aßen bei deinem Onkel zu Mittag, und er wirkte nicht im mindesten wie ein kleiner Junge. Ich kenne kleine Jungen, Bell, sie waren ein ziemlich wichtiger Bestandteil meines Lebens...« Sie wollte etwas sagen, aber er hielt sie mit einem Kopfschütteln ab. »Er bot mir ein Glas Sherry an. Lieber Gott, einen knochentrockenen, und ich mag nun mal süßen Sherry. Aber das konnte er nicht wissen, weil er sich nicht mal die Mühe gemacht hatte zu fragen. Dann sagte er zu mir – oder besser, er bellte mich an: ›Wir werden irgendein Plätzchen in der Firma für dich finden müssen, schätze ich. Ich wette, du hast nicht mehr als fünfundzwanzig die Woche da in Dotheboys Hall, oder wie sich das nennt, stimmt's?‹ Und kurz darauf fand ich mich an diesem riesigen Eßtisch wieder, wo Kathleen mir über die linke Schulter Spargel vorlegte.«

»Oh, Andrew, ich habe nie gewußt – ich ahnte ja nicht, daß es so schlimm war!«

»Ich habe mich oft gefragt, wie es wohl sein mag, als

Bürgerlicher mit einer Prinzessin verheiratet zu sein. Oh, ich muß zugeben, es ist ganz angenehm, zu den oberen Zehntausend zu gehören, aber es kratzt schon an meinem männlichen Selbstverständnis, wenn der Vorarbeiter im Werk versehentlich Mr. Whittaker zu mir sagt.«

»Warum hast du das ausgehalten? Warum hast du nicht mit mir darüber gesprochen?«

Er nahm ihre Hände und sagte beinah schroff: »Weißt du das denn nicht?«

Sie nickte, zu beschämt, um zu antworten.

»Meinst du das wirklich, was du eben sagtest, daß wir fortgehen und nie wiederkommen sollten?«

»Natürlich, ich möchte es gern.«

Sie hob ihr Gesicht in Erwartung eines Kusses. Statt dessen tätschelte er abwesend ihre Hand, erhob sich und blieb neben ihr stehen. Er schien betäubt wie ein Mann, der die erste Ankündigung einer unglaublichen Freude weder fassen noch ihr ins Auge blicken kann.

Er müsse den Wagen in die Garage fahren, hatte er gesagt. Dann wollte er nachsehen, was Pernille ihnen zum Abendessen vorbereitet hatte, und ihr auf einem Tablett etwas heraufbringen. Oder vielleicht fühlte sie sich ja wohl genug, um herunterzukommen? Er könnte ein Streichholz unter die Holzpyramide halten, die Pernille im Kamin aufgeschichtet hatte.

Als er gegangen war, fiel ihr ein, daß sie den Tee, den er ihr eingegossen hatte, nicht angerührt hatte. Er war beinah kalt und sah abgestanden aus. Aber sie trank ihn. Sie hörte, wie er das Garagentor hochschob und den Wagen anließ. Was hatte Mrs. Johnson immer zu ihr gesagt, als sie noch ein kleines Mädchen war? ›Wenn der Tee komisch schmeckt, mein Schatz, dann weiß ich, daß ich ein bißchen neben mir bin.‹ Sie stellte die Tasse ab und holte sich den ersten Band von ›Phineas Finn‹ vom Fußboden neben dem Bett.

Das Haus erschien ihr plötzlich sehr still und bedrückend ruhig. Ein Geräusch, das seit einer Woche Teil ihres Lebens gewesen war, hatte aufgehört. Dann wußte sie, was es war. Während sie schlief, hatte sich der Wind gelegt.

Das Unwohlsein kehrte für ein paar Sekunden zurück, und sie hielt das Buch ungeöffnet in den Händen. Der Umschlag war etwas eingerissen. Andrew konnte ihr Tesafilm bringen, wenn er heraufkam, und sie würde es für ihn kleben.

Wenn sie wirklich morgen wegfahren wollten, mußte sie sich bemühen, nicht teilnahmslos herumzuliegen. Es freute ihn sicher, wenn er sie lesen sah. Er merkte dann, daß sie anfing, sich wieder zu entspannen, Anteil zu nehmen auch an Dingen, die nicht ihre Gesundheit betrafen.

Hatten viktorianische Frauen tatsächlich Männer in Norfolk-Jacketts mit großen, buschigen blonden Bärten anziehend gefunden? Sie lächelte über die zarten Zeichnungen von Huskinson und betrachtete sie eine Weile. Hier ein liebreizendes Mädchen im Reitrock vor einem gotischen Herrenhaus, dort die fast schmerzhaft realistische Darstellung eines Jagdunfalls. Die Bilder waren amüsant, doch der Text schien schrecklich politisch. Wie sollte sie jemals dies ganze Zeug über geheime Wahlen und den Irischen Reform-Antrag durchackern? Nebenbei waren es wenige Illustrationen, dafür um so mehr Text, beinah 360 Seiten in diesem ersten Band. Sie seufzte. Wie die andere Alice wollte sie lieber Bilder und Unterhaltung.

Sie kuschelte sich in ihrem warmen Bett zurecht und schlug das Inhaltsverzeichnis auf. Die Charaktere und Ortsnamen waren ihr alle neu. *Phineas Finn takes his seat* las sie zerstreut, *Lord Brentfords Dinner, The New Government, Autumnal Prospects*. Die Augen fielen ihr zu ...

Dann fuhr sie mit einem leisen Aufschrei hoch. Sie war plötzlich hellwach, rieb sich erst die Augen und hielt das Buch dann dicht davor.

Nein, das konnte nicht wahr sein! Es mußte eine Halluzination sein, eine Täuschung. Sie kniff die Augen zusammen und öffnete sie wieder, voller Angst vor der Dunkelheit und dem Dröhnen in ihrem Kopf – und starrte und starrte. Die Zahlen und Buchstaben auf der Seite verschwammen zu einer einzigen, grauen Soße, bis auf zwei kursivgedruckte Worte: *Saulsby Wood.*

12

Zusammen mit dem Dröhnen in ihren Ohren wurde sie von einer schrecklichen, überwältigenden Hitzewelle erfaßt, einer Lohe wie aus einem offenen Schmelzofen. Dann brach ihr der Schweiß aus allen Poren, als wolle eine einengende äußere Haut sich von ihr ablösen.

Saulsby.

Sie schaute noch einmal auf die Seite, und die Schrift tanzte vor ihren Augen. Es hatte keinen Sinn, so beschwörend darauf zu starren. Glaubte sie denn, dadurch oder durch pure Willenskraft ein Wunder wirken, den Namen ändern zu können?

Saulsby. Sie schloß die Augen und klappte das Buch zu. Ihr ganzer Körper war schweißgebadet, und ihre Finger hinterließen feuchte Spuren auf dem Schutzumschlag.

Die Häusernamen in der Chelmsford Road waren Wirklichkeit gewesen, aber Saulsby war kein real existierendes Haus. Ein Autor hatte ihn für ein Landhaus erfunden. ›*Phineas Finn*‹ war nicht gerade eine gängige Lektüre, eher obskur, weitgehend unbekannt. Nur ein Literaturkenner, ein Bücherwurm las so etwas. Aber in solchen Kategorien durfte sie nicht denken, das brachte sie an den Rand des Wahnsinns ... Sie grub die Fäuste in die Augenhöhlen.

Andere in Salstead konnten den Roman nicht gelesen haben, außer – ja, sie mußte es sagen – außer Andrew. Ihr wurde entsetzlich schlecht. Versuch, Distanz zu wahren, sagte sie sich. Aber wer konnte so gut wie er gewußt haben, daß sie eine Suchanzeige nach Nesta aufgeben wollte? Er hatte es zuerst erfahren, hatte alles mitbekommen, weil er direkt am Ort des Geschehens, hier im Haus, war.

Du hast keinerlei Beweise, dachte sie. Es geht um deinen Mann, den du liebst. Als sie nach ihrem ersten Besuch in Orphingham zurückkam, hatte er am Fenster gesessen und in ebendiesem Buch gelesen. Hatte er ihr nicht noch den Umschlag gezeigt und bemerkt, daß er eingerissen sei? Alles hatte zur Teestunde begonnen, und zur Teestunde würde es enden ... Er hatte sich nach dem Namen des Hauses erkundigt, und sie hatte ihm geantwortet.

›Saulsby. In meinem Adreßbuch habe ich's notiert. Ich hole es.‹

›Steh nicht auf jetzt. Ich weiß, daß du solche Fehler nicht machst.‹

Zehn Minuten vorher hatte er es gelesen, vielleicht gerade diesen Namen.

Aber wie hatte er es getan, und was hatte er getan? In all ihren Theorien über Nestas Verschwinden war sie bis jetzt nie in der Lage gewesen, dem Liebhaber namens Mr. Drage ein überzeugendes Gesicht zu geben. Idiotisch, an Onkel Justin oder Hugo oder an Mr. Feast zu denken. Wie hätte einer von ihnen an all den Wochenenden nach London fahren können? Andrew hatte es gekonnt. Vor ihrer Heirat, als über hundert Meilen zwischen ihnen lagen, waren manchmal Wochen vergangen, bevor sie sich sahen.

Andrew. Schock hatte bisher den Schmerz verdrängt. Jetzt kam er wie ein Stich mitten ins Herz.

Ihre Seele war verwundet, litt unsägliche Qualen, doch ihr Verstand war plötzlich klar und analytisch. Es war ganz einfach für ihn gewesen, eine Kleinigkeit für einen intelligenten Mann. Pernille hatte Beruhigungstabletten – das nämlich enthielt die kleine braune Flasche. Eine weiße Tablette sah aus wie die andere. Als die beiden zusammen zu Pernille hinaufgingen und Nesta um ein Aspirin bat, was hätte da einfacher sein können, als ihr zwei von denen aus der Flasche zu geben – oder drei? Und Andrew wußte, daß sie Käse essen würde. Nur vierzehn Todesfälle von eineinhalb Millionen Menschen hatte der junge Constable gesagt. Aber auch, daß diese spezielle Kombination den Blutdruck erhöht. Angenommen, Nesta litt sowieso schon unter hohem Blutdruck? Voller Bitterkeit dachte sie an die vielen Gelegenheiten, bei denen Nesta Andrew diese Tatsache hatte mitteilen können. Oh, Andrew, Andrew ... Sie schob sich eine Ecke des Bettuchs in den Mund, um nicht laut loszuweinen.

Er hatte es für sie getan, um zu verhindern, daß seine Untreue ans Licht kam. Hatte Nesta vielleicht an jenem Abend gedroht, Alice alles zu erzählen? Hatte er deshalb Nesta umgebracht. Konnte sie mit diesem Wissen weiter mit ihm leben?

Er mußte sie mehr lieben als Nesta. Was er für Nesta empfunden hatte, war gar keine Liebe. Oder angenommen, es war doch Liebe gewesen und die Verlockungen von Geld und gesellschaftlicher Position waren stärker? Er hatte vorhin darüber gesprochen, daß er sich wie ein Prinzgemahl vorkam, darüber, daß er es genoß, zu den Privilegierten zu gehören; aber vielleicht hatte er sie nur geheiratet, um das zu erreichen. Und um diesen Status nicht wieder zu verlieren, tat er alles – hatte er alles getan. Wenn er mich um meines Geldes willen liebt, dann ist es, weil ich mein Geld *bin*, dachte sie verzweifelt. Ich *bin*, was mein Geld aus mir gemacht hat. Ein Mädchen konnte sich in einen Mann verlieben, weil er wohlhabend, einflußreich und selbstbewußt war. Sicherlich war das im umgekehrten Fall ebenso.

Sie würde ihn niemals wissen lassen, daß sie es wußte. Jeden Tag würde sie daran denken, jede Stunde. Aber nicht für immer. Die Zeit würde es auslöschen. Nach Jahren war sie wahrscheinlich in der Lage, es einige Tage hintereinander zu vergessen. Ihre größte Aufgabe würde sein, sich jetzt, heute abend, zusammenzureißen, während er bei ihr saß und sie aßen.

Essen . . . Der Gedanke löste eine neue Hitzewelle, einen neuen Schweißausbruch aus. Der Schauder, der sie schüttelte, ließ das Bett erzittern und die Teetasse klirren. Er hatte ihr den Tee gebracht und sich dabei lächelnd über sie gebeugt. Ein Mann konnte wahrscheinlich mit einem Lächeln morden. Er hatte es getan, weil er sie liebte. Sie riß die Bettdecke von ihrem Körper und sprang bebend aus dem Bett. Wieso hatte sie den schwachen Punkt in der ganzen Argumentation nicht gesehen? Wer immer Nesta getötet hatte, hatte ja versucht, auch sie zu töten. Nestas Mörder hatte versucht, die Frau, die ihn suchte, umzubringen oder zumindest außer Gefecht zu setzen.

Schokolade, Joghurt, Eiercreme . . . Was war sie doch für ein Trottel gewesen! Niemand außerhalb dieses Hauses würde es wagen, Lebensmittel zu vergiften, die einer im Hause essen könnte. Aber Andrew hatte ihr eigenhändig Speisen und Getränke gebracht und dabei gewußt, daß niemand außer ihr sie anrühren würde.

Sie stolperte gegen die Tür, drückte mit kalten, klammen Fingern dagegen. Der Vorgeschmack von Erbrechen war auf ihrer Zunge, und während ein bohrender Schmerzstachel sie vornüber warf, fiel ihr der faulige Geschmack des Tees ein. Angenommen, sie starb heute nacht? Harry war nach einem offensichtlich inszenierten Streit weggeschickt worden. Und sie in ihrer Naivität hatte Andrew selbst gebeten, den Besuch des Spezialisten abzusagen.

Pernille war ausgegangen. Nicht sie, sondern Andrew hatte ihr erlaubt, die Nacht über fortzubleiben. Großzügig hatte er sie weggeschickt, um mit seiner Frau allein zu sein.

Ich muß auch weg, sagte sie laut. Ich muß hier raus! Mit quälender Langsamkeit verging die Übelkeit. Sie schien sich aus Mund und Kehle zurückzuziehen und dafür als eine Art Lähmung in ihren Gliedern festzusetzen. Sie stolperte zum Fenster und riß die Vorhänge zurück. Ein Lichtschein aus dem Wohnraum zeigte ihr die Auffahrt im feinen Sprühregen. Lorbeerbüsche und Stechpalmen standen nach einer Woche der Stürme wieder ganz ruhig, reckten ihre starren Zweige unbewegt in die Luft. Gott sei Dank, Onkel Justin war nebenan.

Ungeschickt und mühsam begann sie sich anzuziehen, ihre Hände zitterten. Keine Zeit, das Haar einzuflechten. Sie drehte es zu einem Knoten, den sie auf dem Kopf feststeckte, fand Haarnadeln und versenkte sie auf gut Glück in der Frisur. Nun der Mantel. Es war sicher kalt draußen. Sie nahm den Pelz vom Haken und steckte ihre Hände wärmehungrig in die Taschen. Etwas Kühles, Knisterndes berührte ihre rechte Handfläche – Nestas Briefumschlag, der Ersttagsstempel. Die Berührung erinnerte sie an die Demütigung. Den Umschlag hatte sie auf dem Polizeirevier in die Tasche gesteckt.

Wenn er sie auf der Treppe sah, würde er versuchen, sie aufzuhalten.

›Was machst du denn, Bell?‹

Nie mehr würde jemand sie so nennen. Ab jetzt würde sie diesen Kosenamen immer mit Untreue, mit einem heimtückischen Giftmörder in Verbindung bringen. Sie griff sich an den Magen, und ein leiser Schmerzensschrei entfuhr ihr.

Aber es hatte keinen Sinn, jetzt daran zu denken. Dafür hatte sie den ganzen Rest ihres Lebens Zeit. Jetzt mußte sie hier raus. Vorsichtig öffnete sie die Tür. Das Haus war voll erleuchtet. Nun die Treppe hinunter, so rasch, als ihre schwachen Beine sie tragen wollten. Die Eingangstür, konnte sie es bis dahin schaffen, ohne daß er sie hörte?

Im Eßzimmer brannte Licht, und sie dachte sofort an die Terrassentüren, die nach Vair Place hinausgingen. Aus der Küche drang entferntes Tellergeklapper. Sie ging ins Zimmer und zog die Vorhänge beiseite.

Der Raum hatte sich seit dem Nachmittag irgendwie verändert. Sie wußte nicht, was es war, aber etwas schien umgeräumt, und als sie sich zum Tisch wandte, sah sie es. Sie zuckte zusammen und blieb stehen. Auf dem Tisch stand eine Schreibmaschine:

Vielleicht ein halbes Dutzend Blätter waren in die Maschine eingespannt. Voller Furcht ging sie darauf zu, als sei diese Maschine etwas Lebendiges, das dem Eigentümer durch eine Methode übernatürlicher Fotografie offenbaren konnte, was sie tat. Ihr Atem ließ die Blätter flattern. Wo hatte sie dies perfekte, druckähnliche Schriftbild nur schon gesehen? Sorgsam, als sei sie wirklich ein Experte, der Beweise sammelt, zog sie den Briefumschlag aus ihrer Tasche.

Die Buchstaben, die Abstände, die kleinen Serifen waren völlig identisch.

Der Schock war wie eine Verbrennung zweiten Grades, milde im Vergleich mit der Verbrennung, die ihre Seele beim Anblick der Worte in dem Buch erlitten hatte. Dies hier bestätigte lediglich, was schon fast Gewißheit war.

Hatte er noch gehofft oder angenommen, sie mit anderen Mitteln als Gift beruhigen zu können? Sie stand schwankend da und fühlte sich ausgehöhlt und krank vor Entsetzen.

Sogar als sie seine Schritte hinter sich hörte, fuhr sie nicht zusammen.

»Bell, Liebling!«

»Ich wollte herunterkommen«, sagte sie, und jedes Wort bedeutete eine Anstrengung. Es war, als spräche sie in einer Fremdsprache. »Um dich zu überraschen.« Aber warum lachte sie plötzlich, ein fröhliches, trillerndes Lachen, das munter hervorgluckerte? »Ja, ich wollte dich überraschen, Andrew.«

Es mußte der hohe, angestrengte Ton in ihrer Stimme sein, der ihn stutzen und sie anstarren ließ. Oder war es vielleicht die Tatsache, daß sie die Schreibmaschine gesehen hatte? Die Bewegung, mit der er die Bogen herauszog, war rasch und verstohlen.

Ihr dummes Gelächter blubberte ungehindert weiter hervor. Sie konnte gar nicht mehr aufhören, obgleich das Gefühl in ihr von einer tiefen Trauer herrührte.

»Hör auf, Bell«, sagte er in scharfem Ton. »Komm und setz dich hin.« Sie spannte alle Muskeln an, um nicht vor ihm zurückzuzucken. Dann fing sie wieder an zu lachen, aber die Gluckser erstarben plötzlich, als seine ausgestreckten Hände sich auf ihre Schultern legten, so schrecklich dicht an ihrem Hals, und sie zum Sessel zogen. »Ich helfe dir.«

Sie fühlte sich zu willensschwach, um das große Erschauern zu unterdrücken. Sie zitterte, und der Mantel glitt von ihren Schultern.

Er bückte sich und nahm ihn über den Arm. »Den brauchst du hier drin ja nicht.« Etwas von ihrer Angst hatte sich ohne Worte auf ihn übertragen. Erst sah sie Befürchtungen in seinen Augen, doch er erholte sich rasch. Seine Stimme klang samten. »Du hast doch sicher nicht daran gedacht, noch heute abend zu fahren?«

»Nein, o nein, nein, nein . . .«

Als seine Hand – eine trockene, ruhige Hand – ihre Stirn berührte, darauf ruhte, biß sie die Zähne zusammen und spannte alle Muskeln an. Einen Moment länger, und sie hätte laut gekreischt.

»Wir werden hier drin essen«, sagte er. »Und dann werde ich dich nicht mehr aus den Augen lassen.« Ihre Zähne schlugen aufeinander. »Was ist los mit dir?« Ernst und jetzt ohne Lächeln war er beiseite getreten, doch er beobachtete sie unablässig.

»Mir ist so kalt.«

»Ich hole dir eine Decke für die Knie«, sagte er.

Bis zum Garderobenschrank waren es ungefähr zehn Meter. Sobald er aus dem Zimmer war, schleppte sie sich von ihrem Sessel zur Terrassentür. Ihre Knöchel schlugen gegen die Glasscheibe, als sie den Riegel beiseite schob. In dem indirekten schrägfallenden Licht der Tischlampe kam sein Schatten ihm zuvor und kündigte ihn an. Gleich darauf saß sie aufrecht und steif in ihrem Sessel, die Hände um die Armlehnen gekrampft. Er breitete die Decke über ihre Knie.

»Du bleibst hier«, meinte er, nicht länger sanft. »Du rührst dich nicht von der Stelle, hörst du?« Sie nickte voller Entsetzen. Ihr Kopf bewegte sich auf und ab, schnell zuerst, dann immer langsamer werdend, wie der Kopf einer Puppe, die man aufgezogen hat, und deren Mechanik nun langsam abläuft. »Je rascher wir das alles geklärt haben, desto besser«, meinte er.

Nur einmal zuvor hatte sie Haß in seinem Blick gesehen, das war an dem Tag gewesen, als er Harry weggeschickt hatte. Nachdenklich und bedächtig sagte er nun: »Ich werde das Feuer anzünden.« Er strich ein Streichholz an, und Papier und Späne fingen augenblicklich Feuer.

Alles, was er macht, ging es ihr durch den Kopf, macht er gut. Kalte, gelbe Flammen züngelten hoch und füllten die Ecken des Raumes mit flackerndem Licht.

»Es kann ein bißchen dauern«, sagte er.

Gleich darauf hörte sie ihn in der Halle den Hörer aufnehmen und die Wählscheibe drehen. Er gab der Tür einen Stoß, und sie fiel zu, aber nicht, bevor sie nicht seine ersten Worte mitbekommen hatte. »Ist dort Welbeck...?« Er telefonierte mit dem Facharzt, dem Spezialisten, um ihm zu sagen, daß er nicht kommen sollte.

Es würde bitterkalt sein draußen im Garten. Sie wickelte sich in die Decke und schlich zum Fenster. Das Umdrehen des Schlüssels machte kein Geräusch. Ein trockenes Schluchzen stieg ihr in die Kehle, doch sie war zu verängstigt, um zu weinen. Lautlos gab die Tür nach, und kalte, feuchte Luft strömte auf sie ein.

13

Die immergrünen Büsche im Vorgarten mit ihren dunklen, reptilähnlichen Blättern glänzten vor Nässe. Sie bahnte sich einen Weg hindurch, hielt die Hände vors Gesicht, um sich an den Stechpalmen nicht zu zerkratzen. Als sie am Gewächshaus vorbeikam, sah sie in dem Lichtschein ihres eigenen Hauses etwas Gelbes auf dem Komposthaufen liegen. Jackies Chrysanthemen. Pernille hatte sie wohl, bevor sie ging, da hingeworfen. Einen Moment lang blieb sie stehen, gelähmt und atemlos, und starrte voll fasziniertem Horrors darauf. Jede der goldfarbenen Blüten beschwor Nesta herauf, tot, weggeworfen, weil der Nutzen vorbei war, weil sie im Weg waren.

In Vair Place war nur ein Fenster erleuchtet, das in der Halle. Sie konnte sich nicht erinnern, je geläutet zu haben. Sie hatte immer den Weg durch eine der Hintertüren genommen, um ins Haus zu kommen. Durch die Glasscheiben sah sie ein Stück roten Teppichs, poliertes Eichenholz und helles Porzellan. Während sie stand und wartete, kam der Wunsch nach diesem unkontrollierten Gekichere wieder über sie, das Bedürfnis, irre zu lachen über die Farben und die Umrisse der Büsche, die ihre gefleckten Blattfinger in ihr Gesicht reckten.

Die Tür wurde von Mrs. Johnson aufgemacht. Alice war jetzt wie betäubt und fühlte überhaupt nichts, nur fand sie es idiotisch, daß Mrs. Johnson im Haus Wintermantel und Filzhut trug.

»Wo ist mein Onkel?«

»Was ist denn los, Madam?«

Es war erstaunlich einfach zu lächeln, die einzige Schwierigkeit bestand darin, nicht in Mrs. Johnsons Gesicht in Lachen auszubrechen.

»Wo ist mein Onkel?«

»Mr. Whittaker ist zum Abendessen bei Mr. und Mrs. Hugo, sie haben heute Hochzeitstag.« Die Worte verursachten einen plötzlichen scharfen Schock, so heilsam wie der bewußte Schlag ins Gesicht. Andere Leute machten andere Dinge, Dinge, die mit ihr nichts zu tun hatten; das Leben ging weiter. Ein Hochzeitstag – wie komisch, etwas, das sie niemals haben würde! Sie klammerte sich ans Geländer, ihr war nicht mehr nach Lachen.

Mrs. Johnsons Blick glitt über die buntkarierte Decke, in die sie sich gehüllt hatte.

»Wie kommt es, daß Sie ohne Mantel aus dem Haus gehen, Madam?«

»Ich warte auf meinen Onkel. Wie spät ist es?«

»Kurz nach sieben.« Unwillig wurde die Tür ein Stückchen weiter geöffnet. »Was das Warten angeht, Madam, ich und Kathleen waren gerade auf dem Weg nach Pollington, um meinen Neffen Norman zu besuchen. Aber wenn Sie hier warten wollen, dann sage ich unsere Verabredung natürlich ab . . .«

Die schweren Füße in den dicken Stiefeln mit Velourslederumschlag schurrten ein paar Zentimeter rückwärts.

»Nein, nein, ich will Sie nicht um Ihr Vergnügen bringen . . .«

»Das hat nichts mit Vergnügen zu tun, Madam«, meinte Mrs. Johnson einschränkend. »Nur, Norman war doch all die Monate bettlägrig, und Mr. Whittaker hat ihm so geholfen, da dachte ich, das ist das mindeste, was ich tun kann. Die Dawsons haben die Arbeit weiß Gott nicht erfunden, und Norman schon gar nicht, aber wenn dann einer wirklich ernsthaft krank ist . . .«

»Es macht nichts!« Sie hielt inne, setzte die Namen zusammen, N. D., Norman Dawson. Onkel Justin hatte dem kranken Neffen seiner Haushälterin eine Unterstützung bezahlt. Ein Mosaiksteinchen fiel an seinen Platz und ein weiteres Fragezeichen war gelöscht.

»Natürlich müssen Sie hingehen. Ich kann allein warten.«

»So, und gerade in diesem Moment hat Kathleen die Heizung abgestellt, weil morgen früh der Wartungsdienst kommt. In einer halben Stunde sind die Heizkörper eiskalt.«

»Das macht doch nichts, das macht doch nichts!« rief Alice. Sie konnte ja zu Hugo gehen, es war nicht weit, weniger als eine Viertelmeile. Sie drehte sich um, schüttelte schwach den Kopf, erschöpft von der Anstrengung des Redens. Die Tür wurde gerade lange genug aufgehalten, um ihren Weg zwischen den Lorbeerbüschen hindurch auszuleuchten. Sie begann, die Straße entlangzulaufen, stolpernd und an Zäunen Halt suchend.

Er würde es nicht wagen, hinter ihr herzukommen. Oder doch? Wenn nur ihre Beine nicht so schwach wären, der Gehweg trocken anstatt glitschig vor Schlamm und Nässe.

Dein Mann versucht, dich umzubringen. Er hat eine Frau getötet, weil du zu viel darüber weißt und weil er dein Geld will, versucht er, auch dich zu töten. Das waren nur Worte, Worte, an die sie sich aus irgendeinem Buch erinnerte, das sie mal gelesen hatte. Die Fakten waren da, klar in ihrem Kopf, doch das Ausmaß des Schreckens wirkte wie ein Betäubungsmittel, das alle Emotionen ausschaltete. Dein Mann versucht, dich umzubringen. Ihr Mund verzog sich zu einem dümmlichen Lächeln.

Hugos Bungalow war der erste einer Reihe großzügiger, moderner Häuser, die auf einem Anwesen hinter den Ulmen gebaut worden waren, da, wo früher eine Landstraße entlangführte. Hinter einem Netz aus ineinander verwobenen Ästen schimmerte Licht. Sie würde ihnen die Feier verderben, in eine Gruppe glücklicher Menschen platzen, gerade wenn sie ihre Gläser zu einem ersten Toast erhoben. Sie konnte es nicht ändern.

Sie war gerade im Begriff, das Gartentor zu öffnen, als aus der dunklen Höhlung zwischen den überhängenden Zweigen die Scheinwerfer eines Autos auftauchten. Es hörte sich an wie ein Zug, der aus dem Tunnel kommt, und sie preßte sich flach und mit angehaltenem Atem gegen die Hecke.

Aber es war nur ein Kleinlaster mit einem Retriever auf dem Rücksitz, der gelassen aus dem Fenster schaute. Tropfen fielen auf ihr emporgewandtes Gesicht, und eine Kaskade aus Schlamm spritzte gegen ihre Beine. So ungefähr mußte sich ein Hase vorkommen. Der Instinkt machte ihm angst, doch er wußte nicht, wovor, und dann rannte er eben – mit hysterischem Hasengelächter...

Der Weg bis zum Haus war lang, ein Fußweg aus unregelmäßigen Platten, die etwas über der nassen Rasenfläche standen. Die letzte Etappe, das gab ihr einen Energieschub. Schließlich warf sie sich in den Eingang und hämmerte gegen die Tür.

Jackie kam. Gott sei Dank, Jackie würde sie als erste sehen! Mit den Anzeichen einer menschlichen Gestalt da drinnen, der Gewißheit nach menschlichem Kontakt, kehrte mit durchdringender Gewalt das Entsetzliche der Realität zurück. Andrew hatte Nesta umgebracht, Andrew versucht, dich umzubringen... Jackie würde sie ein Weilchen vor den Männern verstecken, sie mit in ihr Schlafzimmer nehmen und sie wärmen, bis die schlimmste Panik vorbei war. Was nach der Panik kam, daran wagte sie nicht zu denken.

Die Tür wurde aufgerissen.

»Oh, Jackie, ich dachte, ich würde nie mehr...«

Sie rang nach Luft. Auf der Schwelle stand, Christopher auf dem Arm, Daphne Feast.

Glückwunschkarten zum Hochzeitstag lehnten an den Vasen auf dem Kaminsims. Eine große, mit einem etwas deftigeren Gruß als die anderen, steckte am Rahmen des schiefen grünen Gemäldes. Aus dem Spiegel blickte ihr unter einer karierten Decke eine Bäuerin, eine Landstreicherin mit fleckigem Gesicht entgegen. Christopher hatte angefangen zu weinen.

»Sie sind ins *Boadicea* gegangen«, sagte Daphne. »Wußten Sie das nicht? Ich meine, ist ja eigentlich vernünftig, daß man an seinem Hochzeitstag nicht in der Küche herumstehen will.«

Das Gesicht im Spiegel bewegte die Lippen und fragte: »Was machen Sie hier?«

»Na, Babysitten. Und ich kann Ihnen sagen, besonders witzig ist das nicht. Der verflixte Kerl kreischt, was das Zeug hält, seit sie weg sind.« Sie hielt Alice das Kind hin und musterte sie eingehend. »Hier nehmen Sie ihn mal ein bißchen. Falls es Sie nicht zu sehr anstrengt natürlich.«

Gut, daß der Stuhl zufällig da stand. Alice ließ sich hineinfallen, ohne hinzusehen. Sie drückte das Kind fest an sich, tröstete sich mit ihm. Durch das neue Gesicht abgelenkt, hörte er auf zu weinen. Sie drückte ihm einen Kamm aus ihrem Haar in die Hand. Er befingerte seine eigenen, feuchten Wangen und berührte dann die ihren, an denen Tränen der Erschöpfung entlangliefen, dabei lachte er, als habe er eine tolle Entdeckung gemacht.

»Gibt es irgendwas zu trinken?« Ihre Stimme klang rauh, als würde sie die Nacht in verräucherten Bars verbringen.

»Ich weiß nicht, es ist nicht mein Haus.«

»Im Sideboard müßte eigentlich Brandy stehen.«

Mit großen Augen schob Daphne die Türen zur Seite und gab Alice die Flasche und ein Glas. Sie setzte Christopher auf den Boden, wo er die langen Mohair-Fransen des Kaminvorlegers zu kämmen begann. Alice goß sich einen Brandy ein und trank. Der Trost und die neue Wärme, die sie danach durchfluteten, überwältigten sie.

»Ich schätze, Sie sollten Mr. Fielding anrufen, damit er herkommt und Sie holt.«

»Das werde ich«, log Alice.

Glücklicherweise stand das Telefon in der Halle. Sie schloß die Tür zwischen sich und Daphne. Es war beinah ein Jahr her, daß sie diese Nummer zuletzt gewählt hatte, aber sie wußte sie auswendig. Sie holte tief Luft und wartete, bis er abnahm.

Vielleicht war doch etwas dran an Jackies Ratschlag. Wenn sie ihr Haar schon vor Jahren so frisiert hätte, sich mehr mit ihrem Aussehen befaßt hätte, wäre das alles vielleicht niemals passiert.

Auf Jackies Frisiertisch gab es eine Ansammlung von Dingen, deren Erwerb Alice nie in den Sinn gekommen war.

Eifrig bürstete sie ihr Haar, zögerte jedoch, es einzuflechten. Statt dessen drehte sie den Strang auf dem Kopf zu einem lockeren Knoten und trat einen Schritt zurück, um sich das Ergebnis anzusehen. Eine eigenartige Erregung hatte von ihr Besitz ergriffen. Ihr stockte der Atem. Dann verzog sie possenhaft, nachäffend die Lippen zu einem winzigen, verkniffenen Lächeln. Das also war die Erklärung!

Mit dem Gefühl, einem heimlichen Laster zu frönen, begann sie, ihr Gesicht zu schminken. Blaßschimmerndes Pink für die Lippen, Blau auf die Augenlider. Als I-Tüpfelchen zog sie einen dunklen Strich über ihre eigenen, hellen Augenbrauen. Die Verwandlung war beinah perfekt.

Nur mit einer Decke um die Schultern konnte sie nicht wieder auf die Straße gehen. Jackies Schrank hing voller Mäntel. Auf Zehenspitzen schlich sie hin, nahm einen schwarzen Bouclémantel vom Bügel und zog ihn über, ohne dabei in den Spiegel zu schauen.

Die Bühne war gerichtet, der Vorhang bereit, sich zu heben. Sie öffnete die Augen und drehte sich um. Ja, es war genau, wie sie erwartet hatte. Nesta Drage kam auf sie zu.

Schwer ließ sich Alice aufs Bett fallen, Schock verdrängte die Euphorie. Hatten alle außer ihr es gesehen? Hatte Jackie deshalb gesagt: Du solltest dein Haar tragen wie Nesta, weil sie mit ein paar Tricks, mit einer kleinen Veränderung durch Make-up aussah wie Nesta? Ihre Stirn war höher, ihre Augen größer als die der Floristin, doch sie hatten die gleiche Figur, den gleichen Knospenmund. Trotz der Krankheit war ihr Gesicht etwas voller geworden, was die Ähnlichkeit noch vergrößerte.

Justin Whittaker mußte es gesehen haben. Seine Zuneigung zu Nesta war die eines Onkels gewesen, der in ihr die hübsche, weibliche Frau sah, die seine Nichte nie sein würde. Andrew hatte es gesehen. Er hatte sie geheiratet, weil sie ihn an Nesta erinnerte. Kalter Schmerz stach auf sie ein, und das Gesicht im Spiegel reagierte mit Nestas Ausdruck von Melancholie.

Daphnes Stimme riß sie aus ihrem Alptraum.

»Alles in Ordnung, Mrs. Fielding?«

Sie antwortete in dem ihr eigenen kultiviert-bestimmten Tonfall.

»Ich habe mir einen von Mrs. Whittakers Mänteln ausgeliehen. Sie wird sicher nichts dagegen haben.« Sie knipste das Licht aus und trat in die Halle.

»Wollen Sie nicht auf Mr. Fielding warten?«

»Ich denke, wir werden uns unterwegs treffen.«

»Gut sehen Sie aus. Wirklich, ganz up to date, wenn Sie wissen, was ich meine.« Falls Daphne die unheimliche Ähnlichkeit auffiel, so sagte sie jedenfalls nichts darüber. Auf ihrem Gesicht lag ein nachdenklicher, wehmütiger Ausdruck; denn was auch immer hier vorging, sie hatte ihre kleine Rolle dabei gespielt, und gleich würde sie ausgeschlossen sein. »Total verängstigt haben Sie ausgesehen, als Sie reinkamen. Da draußen hat wohl jemand rumgespukt, nicht? Ich hab so bei mir gedacht, sie hat sich vor einem Mann erschreckt. War's ein Mann, Mrs. Fielding?«

»Ja, es war ein Mann«, erwiderte Alice.

Am Telefon vorhin hatte sie Harry nichts weiter erklärt. Unter dem angenehm betäubenden Einfluß des Brandys war es ihr vorgekommen, als würde sich alles beruhigen und klären, wenn sie erst mal bei ihm war. Er hatte sie immer geliebt und hatte, da er ihren Ehemann aus der Sicht eines Außenstehenden sah, das Unvermeidliche kommen sehen und auf seine Chance gewartet. Er würde sie irgendwohin bringen und eines Tages, wenn alles vorüber war ...

Sie ging die Station Road entlang, unter der Brücke durch, am Werk vorbei. Sie hatte keine Angst mehr. Gleich würde sein Wagen auftauchen, neben ihr am Randstein halten. ›Wenn dich irgendwas bedrückt, Alice – was auch immer es sei –, wirst du zu mir kommen, nicht?‹ Aber er war ihr Arzt, wie auch ihr Freund, sie durfte ihn nicht gefährden. Im Moment konnte sie höchstens einen aufmerksamen und teilnahmsvollen Zuhörer erwarten, einen Freund, wo alle anderen Freunde versagt hatten.

Meist geschehen die Dinge nicht, wann und wie wir sie erwarten. Aber in dem Augenblick, als sie sich sagte: jetzt kommt er, bog der Wagen von der High Street ab und hielt neben ihr. Ihr Herz hüpfte beinah ein bißchen wie beim ersten Verliebtsein. Dies perfekte Timing trug mehr als alles andere dazu bei, ihre Zweifel zu zerstreuen. Wie hatte sie ihn nur jemals unbeholfen und linkisch finden können?

Noch bevor sie ihn richtig ansehen konnte, war sie neben ihm im Auto. Dann, als sie schließlich zu ihm aufblickte, versetzte ihr seine ausgezehrte Müdigkeit einen Stich körperlichen Unbehagens, und sie sah Andrews Schönheit vor sich – Andrew ... Würde sie ihn je wiedersehen? In ferner Zukunft vielleicht, wenn sie so wie jetzt mit Harry zusammensaß, als Fremden von weitem in einer Menschenmenge ...

»Ich bin froh, daß du mich angerufen hast«, sagte Harry. »Ich habe es mir beinah gedacht. Wir hatten ein Gespräch begonnen, im Gemeindesaal, nicht wahr? Vielleicht sollten wir es jetzt fortsetzen.« Er schien plötzlich zu merken, daß es Nacht war, daß es geregnet hatte und daß sie zu Fuß gekommen war. »Was denkt sich Andrew, dich einfach so ...?«

»Ich habe ihn verlassen«, sagte sie tonlos.

Sie wußte, daß ihn das nicht überraschte. Er hatte es von Anfang an erwartet. Schweigend lenkte er den Wagen in die High Street. Die orangefarbenen Lichter des Zubringers und der Umgehungsstraße erhellten den Himmel mit mattem Schein. Als stünde irgendwo am Horizont eine Stadt in Flammen.

»Harry, ich kann jetzt nicht darüber sprechen. Bis eben dachte ich noch, ich könnte es, aber es ist alles zu frisch, zu nah. Wenn du einfach mit mir reden würdest, bei mir bleiben, bis Hugo zurückkommt . . . Ich will dir nicht zur Last fallen, Harry. Vielleicht wäre es besser, wenn ich in ein Hotel gehe. Ich weiß einfach nicht mehr weiter.«

Sie fuhren am *Boadicea* vorbei. Da drin ist Hugo, dachte sie, Hugo und mein Onkel. Wenn sie es Harry nicht sagen konnte, wie sollte sie es den beiden dann je sagen können?

»Ich wünschte, du kämest mit«, flüsterte Harry. Sie fing an zu weinen. »Du wirst dich besser fühlen, wenn du mir alles erzählst.« Er reichte ihr den Arm, half ihr aus dem Wagen und über den Gehweg zur Tür mit dem Messingschild. Im Wartezimmer waren die Stühle ordentlich gegen die Wand gestellt, und die Zeitschriften lagen säuberlich übereinandergestapelt. Er machte sich nicht die Mühe, das Licht anzuschalten oder die Tür abzuschließen. »Du kannst dich hier hinlegen, und ich gebe dir ein leichtes Beruhigungsmittel.«

Als sie vor ihm ins Sprechzimmer ging, sah sie in der regenbespritzten Fensterscheibe ihr Spiegelbild. Beim Anblick der schwarz-goldenen, verschwommenen Umrisse bedeckte sie die Augen mit den Händen und ließ sich dann in einen Stuhl sinken. Schweigend ging er zu seinem Medizinschrank hinüber und brachte ihr zwei Tabletten. Der Becher, den er ihr gleich darauf hinhielt, war halb mit Wasser gefüllt. Er hatte Licht gemacht, und die Helligkeit tat in den Augen weh.

»Möchtest du mir jetzt nicht alles erzählen, Alice?« fragte er sanft.

Sie schluckte die Tabletten und holte tief Luft. »Ich wünschte, ich hätte dich neulich im Gemeindehaus ausreden lassen«, sagte sie. »Du wolltest es mir sagen, nicht?« Wenn sie ihn nur hätte weiterreden lassen und nicht aufgesprungen und weggelaufen wäre; sie hätte alles erfahren, bevor sie Pläne für sich und Andrew machte. Pläne, die so wunderbar gewesen waren und jetzt so lächerlich erschienen. »Zu dem Zeitpunkt hätte ich es wahrscheinlich besser ertragen können.«

Er war verwirrt. »Ich verstehe dich nicht ganz, Alice.«

»Erinnerst du dich nicht? Du sagtest, ich dürfe Andrew und Nesta nicht in Verbindung bringen.«

»Du hast ihn doch nicht *deshalb* verlassen?« Er lachte ein kurzes, trockenes Lachen. Erstaunt sah sie ihn an.

»Deshalb und wegen anderer Dinge.«

Er setzte sich neben sie, und Bestürzung malte sich auf seinen Zügen. »Alice, ich weiß zwar nicht, was diese anderen Dinge sind – ich will auch nicht danach fragen –, aber ich wollte dir nicht irgendwelches Gerede über deinen Mann zutragen.«

»Was dann?«

Stirnrunzelnd meinte er: »Ich dachte nur, daß es wohl an der Zeit sei, dir ein paar Dinge über Nesta Drage zu erzählen. Oh, Gott, ich habe so lange ausgehalten, aber als du anfingst, über sie zu sprechen, da – da nahm ich allen Mut zusammen für – für ein Geständnis, Alice.«

»Über sie sprechen? Aber alle wußten, daß ich vor lauter Sorge um sie völlig außer mir war.«

Die geschockte Ungläubigkeit auf seinem Gesicht schien echt. »Aber warum hast du mir das nicht gesagt?«

Die Erkenntnis kam ihr wie ein Eiswasserguß. Er hatte recht, sie hatte nie mit ihm darüber gesprochen. Von allen

Menschen, die sie hätte um Rat fragen können, hatte sie ihn als einzigen ausgenommen, weil sie Angst hatte – er hatte ihr angst gemacht mit seinen jähen Warnungen, mit ihm als Arzt über eine seiner Patientinnen zu sprechen!

»Aber, Harry...« stammelte sie, »Nesta war nicht krank, warum sollte ich dich fragen?«

Wieder so ein bitteres, trockenes Lachen. »Nicht krank! Hast du angenommen, daß es normal ist, wenn eine Frau fett wird, ihr Haar verliert und unter derartigen Depressionen leidet?«

»Nein, aber – Harry, all das ist mir nicht so wichtig – ich bitte dich nur, mir zu sagen, was Andrew mit der ganzen Sache zu tun hat.«

Sie war viel ruhiger inzwischen. Die Tabletten wirkten rasch. Sie beugte sich zu ihm hinüber, hielt sich dabei am Tisch fest.

Ganz plötzlich verhielt er sich wie einer, der am Ende seiner Welt angelangt ist, alles sagen kann, alles zugeben kann, weil nichts mehr eine Rolle spielt. »Es gab nur zwei Männer in Nestas Leben«, flüsterte er. »Feast – und ich glaube nicht, daß er je länger als fünf Minuten mit ihr allein war – und einen anderen.«

»Andrew?« entfuhr es Alice.

»Alice, ich habe dir doch gesagt, du sollst die beiden nicht in Verbindung bringen. Ich meinte das ganz ernst. Andrew, Hugo, dein Onkel, sie waren lediglich Stützen für ihre Egopflege. Glaub mir, man braucht das, wenn man als junge, hübsche Frau plötzlich aus heiterem Himmel von einer hassenswerten, entstellenden Krankheit befallen wird. Man braucht ständig Bestätigung – es gehört zu den Symptomen. Man möchte immer wieder hören, daß man noch liebens- und begehrenswert ist.«

»Aber was für eine Krankheit?« rief sie. »Was für eine Krankheit war das, was hatte sie denn?«

»Man wird alles tun, es zu verbergen«, entgegnete er langsam. »Aber ich glaube, Feast ahnte es. Es könnte sogar die Anziehungskraft dieser beiden äußerlich so gegensätzlichen Menschen erklären. Dem einen fehlte, was für den anderen eine Bürde war. Ich glaube nicht, daß du den Namen je gehört hast...«

Das schwierige Wort, das Jackie erwähnt hatte, fiel ihr wieder ein, und zögernd sprach sie die Silben aus.

»Myxoedem?«

»Kluges Mädchen.« Der Anflug eines Lächelns glitt über sein Gesicht.

»Aber woher weißt du das alles, von Feast, meinem Onkel, Andrew und Hugo?«

»Ich habe mir vorgenommen, dir – wenn schon, dann alles – zu sagen, Alice. Der andere Mann, das war ich.«

Automatisch tastete ihre Hand nach dem Telefon. Ihr einziger Gedanke war: Es ist alles gut. Ich muß Andrew anrufen. Doch er hielt ihre Hand fest. Sie war schwach, und seine Stärke schien plötzlich groß.

»Laß mich zu Ende erzählen. Verlaß mich nicht wieder, Alice. Sie erinnerte mich ein bißchen an dich, weißt du. Da war etwas – etwas Undefinierbares –, als sähe ich dich in einem Zerrspiegel. Dich konnte ich nicht haben, aber irgendwie mußte ich weiterleben, nicht?«

»Ich will Andrew, ich muß zu Andrew!«

Ärger erfaßte ihn, schüttelte ihn. Er ergriff ihre Handgelenke. »Kannst du ihn nicht mal für einen Augenblick vergessen? Schuldest du mir nicht wenigstens eine letzte halbe Stunde deiner Zeit?«

»Also gut, aber...«

»Wir fuhren immer zu einer Absteige, die sie kannte, ein heruntergekommenes Hotel in Paddington. Ich schockiere dich wohl, Alice.« Sie schüttelte matt den Kopf. »Es mußte so sein, heimlich, schäbig, versteckt, denn ich war ihr Arzt. Nicht sehr hübsch, stimmt's? Oh, ich brauchte sie schon lange nicht mehr, aber sie mich. Sie sagte immer, sie wisse nicht, was sie tun würde, wenn ich sie verlassen sollte, daß sie keine Verantwortung für das übernehme, was sie dann erzählen könnte. Ich wußte, daß sie Myxoedem hatte – wie konnte ich es ignorieren als Arzt und – und so vertraut mit ihr? Ich wußte, daß sie ohne entsprechende Behandlung irgendwann schwachsinnig werden würde, hilflos, aufgedunsen, nicht mehr in der Lage, für sich selbst zu sorgen. Aber sie war so eitel, und es beeindruckte sie nicht im mindesten, wenn ich ihr sagte, daß diese Eitelkeit auch zu den Symptomen gehörte. Sie meinte nur immer: »›Laß mich. Irgendwann geht's mir wieder besser. Du drangsalierst mich nur, weil du mich loswerden willst.‹«

Loswerden. Das Wort biß sich in Alices Gehirn fest. Plötzlich wollte sie ihm am liebsten das Wort abschneiden, hinauslaufen in die saubere, kalte Nachtluft.

»Bitte, steh nicht auf«, sagte er. Sie haßte den fast schon hysterischen Unterton in seiner Stimme; Schweißtropfen traten auf ihre Oberlippe. »Ich will dir etwas sagen.« Er hielt inne und sprach dann hastig weiter. »Sie meinte, sie könne nicht mehr arbeiten, könne das Tempo nicht mehr aushalten. Mit dem, was sie für den Laden bekam, wollte sie in diesem Hotel in Paddington eine Weile bleiben und überlegen. Ich könne ja kommen und sie dort besuchen, sagte sie mir. Einerseits war das für mich eine Erleichterung, aber andererseits war es auch schlimmer als zuvor. Mein Gott, ich stand Todesängste aus! Mir war ja klar, daß sie früher oder später einen anderen Arzt brauchte – das war so sicher wie das Amen in der Kirche – und dann? Was würde sie ihm über mich erzählen?«

»Ich will es nicht hören! Ich will es nicht wissen!«

»Alice, setz dich, bitte!«

»Ich weiß, was du mir sagen willst, daß du ihr ein Medikament gegeben hast und sie dann Käse gegessen hat und . . .«

»Aber so war es nicht«, erwiderte er, und in seiner Stimme lag Verwunderung. »Das hätte Nesta nichts ausgemacht. Es hätte höchstens ihren Blutdruck etwas erhöht, aber Menschen mit Myxoedem haben *niedrigen* Blutdruck. Oh, Alice, arme Alice – war es das, was du geglaubt hast?«

»Was war es dann?«

»Ich hatte einen Schlüssel für den Laden«, sagte er. »Ich wollte Nesta am Abend vor ihrer Abreise dort treffen. Wenn sie sich von allen verabschiedet hatte, dann wollte ich noch einmal versuchen, sie zu einer Behandlung zu überreden.« Er zögerte. »Schau, Alice, ich habe versucht, sie dazu zu bewegen, Thyroid zu nehmen, das ist ein Schilddrüsenpräparat. Menschen mit Nestas Krankheit fehlt ein von der Schilddrüse produziertes Hormon. Ich gab ihr Tabletten, die Thyroid enthalten, und sagte ihr, es sei ein Aufputschmittel, aber sie nahm sie nicht. Zu dem Zeitpunkt nahm sie überhaupt nichts mehr, was ich ihr verschrieb.«

Was er da aufbaute, nahm zusehends die Ausmaße eines Alptraumhauses an. Ein Haus mit vielen Zimmern, durch die man immer weiter hochstieg, bis man schließlich ganz oben auf dem Dachboden das Geheimnis fand. Sie wollte weg aus diesem Haus, wollte schreiend die Treppen hinunterrennen, die zu erklimmen er sie unbarmherzig zwang.

»Harry, bitte . . .«

»Ich kam nicht vor halb neun hin. Ich rief, aber sie antwortete nicht. Darauf ging ich nach oben und fand sie auf dem Bett liegend. Das Bettzeug war schon eingepackt, und sie lag auf der blanken Matratze.« Wieder eine Pause, als habe er Angst, weiterzureden. Alice entfuhr ein kurzer, undeutlicher Laut. »Sie war . . . sie war bewußtlos. Ich wußte nicht, was geschehen war, was sie eingenommen hatte . . . Mein Gott, ich wünschte, ich könnte dir verständlich machen, was in diesem Moment in mir vorging. Sicherheit, Freiheit . . . Ein winziger Stoß über den Rand – nicht mal das – einfach nichts tun, sie sterben lassen. Niemand würde es je erfahren. Ja, warum sollte überhaupt jemand sie sehen? Draußen lagen Hunderte von Quadratmetern Erde aufgewühlt. Ich schaute sie an, wie sie da lag, ihr falsches Haar hing strähnig herab – und dann sah ich aus dem Fenster auf das vorbereitete Grab.«

Ein Schrei blanken Entsetzens brach aus Alices Kehle.

»Was willst du damit sagen?« Und dann fiel ihr Blick auf das leere Wasserglas auf dem Schreibtisch. »Nein, Harry, nein!«

All die vielen Stufen des Alptraumhauses hatte er sie hinaufgetrieben. Die Türen zu den Zimmern waren eine nach der anderen aufgestoßen worden, und sie hatte gesehen, was in den Räumen war: Die Dinge wurden immer häßlicher und immer abscheuerregender, je weiter sie kamen. Nun hatten sie das oberste Stockwerk erreicht, und es blieb nur noch eine Tür.

Türen – in den letzten Wochen hatte es überall Türen gegeben; sie öffneten sich voller Hoffnung, zeigten Ausblicke auf schwarze Kleidungsstücke und helles Haar und schlossen sich hinter Verzweiflung. Dies war die letzte Tür, und gleich würde auch sie sich öffnen.

Sie rückte von ihm ab; fast hätte sie geschrien. Er kam auf sie zu, murmelte etwas, wirkte sehr groß und massig gegen das Fensterviereck. Hinter der Tür hörte sie Schritte, entfernt erst, dann deutlicher. Sie *durfte* sich nicht öffnen. Sie mußte fort, zurück zu Andrew!

War es die wirkliche Tür oder die aus ihrer Vorstellung? Ein leises Klicken, als die Klinke niedergedrückt wurde. Eine alte Tür mit schwarzem Beschlag und geschwungener

Eisenklinke, die sanft abwärts gebogen war und Alice wie eine Schlange vorkam, die über das Holz kroch.

Unwillkürlich hob sie die Hände, um ihre Augen zu bedecken. Aber die wollten sich nicht schließen, wurden statt dessen immer größer, starrten wie gebannt. Zentimeter für Zentimeter schob sich die Tür auf, stoppte, bewegte sich wieder.

Ein Luftzug wehte durch den Spalt herein und mit ihm eine Strähne honigfarbenen Haars und ein schwarzer, spitzer Schuh, der über die Schwelle trat.

Ihr ganzer Körper war zu Eis erstarrt. Irgendwo in ihr war der Schrei, gefangen in der Tiefe ihrer ausgedörrten, zugeschnürten Kehle. Schock preßte ihr die Finger gegen die Stirn, aber trotzdem sah sie den blonden Knoten und das schwarz-weiß-karierte Kostüm. Zwischen behandschuhten Fingern glänzten die Initialen auf dem Kosmetikköfferchen.

»Na, das ist ja eine Überraschung! Hallo, Alice. Lange nicht gesehen.«

14

Sie hing vornübergebeugt auf dem Stuhl, den Kopf auf den Knien, doch sie wußte, daß sie nicht ohnmächtig gewesen war. Der Rand des Glases, das Harry ihr an die Lippen hielt, klapperte gegen ihre Zähne, und Wasser tropfte auf Jackies Mantel.

Es war ganz still im Zimmer. Schwer fühlte sie ihren eigenen Herzschlag. Dann wurde das Schweigen durch Harrys schleppende Schritte gebrochen, als er zum Waschbekken hinüberging, durch den Wasserstrahl, mit dem er das Glas ausspülte, durch sein nervöses Hüsteln.

Alice hob den Kopf, und ihre Blicke trafen sich. Eine

Jersey-Kuh, eine Porzellanpuppe, eine weiße Nacktschnekke von einer Frau – all diese Beschreibungen fielen ihr jetzt ein, doch keine paßte auf das Mädchen, das da auf der Schreibtischkante saß, sie ansah und lange, schlanke Beine baumeln ließ. Nesta war schön. Ihr Haar umrahmte das Gesicht in einer goldfarbenen Wolke, flammte gegen die alten Wände und den grünen Flanell. Ihre Haut hatte doch nie diese durchscheinende Konsistenz gehabt? Alice hatte sie immer als merkwürdig dick und stark geschminkt in Erinnerung. Nesta war nicht länger fett, sondern schlank. Das Kostüm saß nicht mehr wie eine zweite Haut, sondern paßgerecht.

Sprachlos betrachteten sie einander. Nestas Schweigen, ihre halbgeöffneten Lippen, so als wolle sie sprechen, könne aber nicht, verstärkte noch den Eindruck, alles sei nur eine Vision. Es war Harry, der sie in die Realität zurückholte und damit den langen Traum zerstörte. Als er sah, daß Alice sich langsam erholte, ging er zu Nesta und flüsterte leise und ärgerlich auf sie ein.

»Es ist unglaublich, sich so anzuschleichen. Was machst du überhaupt hier? Du solltest doch erst nächste Woche entlassen werden.«

Nesta blinzelte. Und als sie erst einmal angefangen hatte zu reden, stürzten die Worte nur so aus ihr heraus. »Ich fühlte mich pudelwohl. Die hatten mich satt, und so gaben sie mir die Entlassungspapiere. Ich dachte, ich muß mich doch zumindest mal bei meinem aufopfernden Medizinmann melden.« Alice konnte es kaum glauben. Es war Nesta; jedes Wort, jede Redewendung war Nesta. Allerdings jene Nesta, wie sie damals nach Salstead gekommen war. Sie hörte das alberne Gekicher, sah die Finger in den langen schwarzen Handschuhen auf die Schreibtischplatte trommeln.

»Aber ich hab erst bei den Feasts reingeschaut, um mich

ein bißchen flottzumachen. Keine Minute länger als nötig wollte ich in diesem scheußlichen roten Regenmantel herumlaufen, den du mir gekauft hast, Harry.« Sie wandte sich Alice zu, lächelte ein verschwörerisches Ganz-unter-uns-Mädchen-Lächeln und fügte hinzu: »Rot, ich bitte dich!«

Ohne recht zu wissen, wieso, vor Erleichterung vielleicht, oder als Geste des Verzeihens, streckte Alice die Hand aus. Die kleine Hand drückte ihre. Nesta senkte den Kopf und schnüffelte an der roten Rose in ihrem Knopfloch.

»Ich schätze, ich schulde dir eine Erklärung, Alice.« Dabei sah sie so zerknirscht aus, daß Alice heftig den Kopf schüttelte. »Doch, doch, ich war scheußlich zu dir, und irgendwie habe ich das dumpfe Gefühl, daß ich dich ein bißchen aus dem Gleichgewicht gebracht habe.«

»Das«, mischte sich Harry ein, »ist ja wohl die Untertreibung des Jahres.«

»Aber wo warst du denn bloß?« Alice merkte, wie sie rot wurde. »Ich dachte, du seiest tot.«

»Ich war nahe dran. In den letzten Wochen in Salstead war ich so krank, daß ich beinah ausgerastet bin.« Sie zögerte, fuhr sich nervös an die Haare und redete dann, mit einem Blick auf Harry, rasch weiter. »Da war was nicht in Ordnung mit . . . oh, meinem Stoffwechsel oder so. Nichts, was man hätte sehen können. Hauptsächlich seelisch.«

»Dummes Zeug!« fuhr Harry dazwischen.

Sie warf ihm einen ungehaltenen Blick zu. »Ich war jedenfalls ganz schön neben mir an dem Freitag.« Ihr allzu breites Lächeln lenkte den Blick auf die dünn gestrichelten Augenbrauen. »Und ich kann dir sagen, die Grahams alle so fröhlich und aufgekratzt im *Boadicea* zu sehen, hob nicht gerade meine Stimmung, und dann Hugo und Jackie mit ihren Kindern . . . Als ich zu deinem Onkel kam, war ich ziemlich down. Na, ich ging in die Küche, um Mrs. Johnson auf Wiedersehen zu sagen . . .«

»Und diese dumme Person erzählt ihr, sie habe genau das Richtige für überspannte Nerven, und gibt ihr ein Fläschchen mit drei Tofranil-Tabletten«, brummte Harry. »So was macht sie immer wieder, einfach Medikamente, die ich ihr verschrieben habe, jedem x-Beliebigen weiterzugeben.«

»Neulich hat sie versucht, mir welche aufzudrängen«, bestätigte Alice.

»Es war verdammt leichtsinnig von Nesta, die Dinger zu nehmen.«

»Als ich mich von Pernille verabschiedet hatte«, erzählte Nesta weiter, »ging ich bei euch ins Bad und schluckte alle drei mit Wasser aus deinem Zahnbecher.«

»Tofranil senkt den Blutdruck, das Schlimmste für jemanden mit Myxoedem.«

Nesta zuckte bei dem Wort zusammen, und Alice drückte ihre Hand.

»Tofranil hat noch andere Nebenwirkungen«, sagte Harry brutal. »Zittern, Tachykardie, Appetitlosigkeit.«

»Jedenfalls fühlte ich mich hundeelend, als ich nach Hause kam, und dachte, ich lege mich ein bißchen hin. Dabei muß ich das Bewußtsein verloren haben, denn ich war schon beinah hinüber, als Harry mich fand. Wahrscheinlich sollte ich ihm dankbar sein, und das bin ich auch. In Pollington hatten sie kein Bett frei, also schaffte er mich ins Orphinghamer Krankenhaus.«

»*Orphingham?* Willst du damit sagen, du warst die ganze Zeit über dort?« Es war unglaublich und doch wahrscheinlicher als all ihre bisherigen Vermutungen. Während sie zur Polizei gegangen war und zur Post, während sie ein Gespenst im Blumenladen und eines auf der Straße verfolgte, hatte die wirkliche Nesta keine hundert Meter weiter im Krankenhaus gelegen.

»Zwei- oder dreimal die Woche kam Harry, um mich zu

besuchen. Er wollte nicht, daß irgendwer in Salstead etwas erfuhr, und ich war ganz seiner Meinung. Dann sagte er mir, ich müsse dir ein Lebenszeichen geben. Du wärest drauf und dran, eine Suchanzeige in die Zeitung zu setzen, erzählte er, und ich müsse dich wissen lassen, wo ich bin. Die Schwestern könnten die Anzeige lesen oder auch einer der Mitpatienten. Nun, natürlich wollte ich dir schreiben, aber – ich weiß nicht recht – Alice, ich war ein bißchen unausgeglichen, und ich dachte, es würde dich nur aufregen, mich zu sehen, wo ich so gar nicht in Form war...«

»Alles Unsinn und du weißt es«, meinte Harry unwirsch. »Der Gedanke, du könntest sie so sehen, war ihr furchtbar, Alice. Sie hatten ihr das Haarteil weggenommen, das sie immer trägt, und sie durfte sich nicht schminken. Sie ließen es nicht zu, daß sie die Symptome verschleierte. Sie wollte einfach nicht, daß du oder Andrew sie als das aufgedunsene, wabbelige Wrack sehen solltet, das sie durch ihre eigene Eitelkeit geworden war.«

»Hör auf«, sagte Alice. Sie stand auf und legte einen Arm beschützend um Nesta. »Sei nicht so grausam!«

»An die Schwestern habe ich mich ja gewöhnt«, flüsterte Nesta. »Aber es war schlimm genug, wie sie mich ständig piesackten. Alle außer einer. Mit der habe ich oftmals rumgealbert.« Sie seufzte und hob den Kopf. »Das war ein nettes Mädchen. Harry war nicht sehr mitfühlend, er konnte nur nörgeln, meckern und auf mir rumhacken, die ganze Zeit über, wenn er zu Besuch kam. Sobald es mir etwas besser ging, brachte er mir eine ganze Ladung langweiliger Romane zu lesen, und dann sagte er, ich solle eine Therapie machen, einen vernünftigen Beruf lernen für die Zeit hinterher. Meine nette Krankenschwester hat mir immer alle Frauenzeitschriften geholt.«

»Fazit ist, Alice«, warf Harry ungeduldig ein, »daß ich ihr meine Schreibmaschine lieh.« Nesta warf ihm einen grollenden Blick zu. »Dieses Blumenverkaufen war doch sowieso für die Katz.«

»Ich schäme mich ganz furchtbar, Alice. Ich weiß nicht, wie ich dir das erklären soll. Weißt du, ich wollte einerseits nicht, daß du dir Sorgen um mich machst, aber gleichzeitig solltest du mich so nicht sehen. Tja, und dadurch ist dann alles so gekommen. Diese Krankenschwester, von der ich sprach – Schwester Currie –, sagte mal, es sei doch merkwürdig, daß ich überhaupt keine Post bekäme. Vielleicht wisse ja nur niemand, wo ich sei. Warum also sollte sie nicht so ein Nachsendeantragsformular von der Post für mich holen, damit man mir die Sachen aus Salstead ins Krankenhaus nachschicken könne. Sie meinte, sie fände den Gedanken furchtbar, daß jemand überhaupt keine Post bekäme. Es erinnere sie an einen alten Mann in einem Haus in der Chelmsford Road, in Sewerby, zwei Häuser neben ihrer Mutter. Der bekäme nie Post, erzählte sie, und als er mal seine Rente holte, hätte er diesen Werbespruch im Postamt hängen sehen: *Irgendwo wartet irgend jemand auf einen Brief von dir*. Das habe ihm fast das Herz gebrochen. Dann lachte sie und meinte, es sei sowieso mehr oder weniger Zufall, ob irgendwer in der Chelmsford Road seine Post bekäme oder nicht, da der neue Briefträger ein Halbidiot sei.«

»Oh, Nesta!« rief Alice und fing schwach an zu lachen.

»Du kennst mich, Alice. Ich habe schon immer ein Faible für Puzzles, Kreuzworträtsel und alle möglichen Denkspiele gehabt.«

»Weiter«, drängte Harry.

»*Okay*. Aber ich erzähle es auf meine Weise, wenn es dich nicht stört. Ich füllte also das Formular aus, Alice, und ich schrieb Sewerby als letzte Anschrift hinein.«

Alice sah sie an, unterbrach sie aber nicht. »Ich wollte schon alles ins Krankenhaus nachschicken lassen – wollte ich wirklich –, aber dann dachte ich, wenn Schwester Currie mir die Post bringt und sieht diese Sewerby-Anschrift, gleich zwei Häuser neben ihrer Mutter, Alice, was wird sie dann von mir denken? Also setzte ich das *Endymion Hotel* ein. Verstehst du, ich wußte, dort würde alles sicher liegen, bis ich rauskam und vorbeigehen konnte, um es abzuholen. Die sagten immer zu mir, in ein oder zwei Wochen sind Sie draußen, Mrs. Drage. Wie sollte ich ahnen, daß du wieder schreiben und dich so aufregen würdest.«

»Nun, du hast sicher dein Bestes getan, mich davon abzuhalten«, sagte Alice. »Deine Briefe waren nicht besonders ermutigend.«

»Das war keine Absicht, Schätzchen. Ich konnte einfach mit dieser Maschine nicht klarkommen. Ein paar Zeilen, mehr schaffte ich einfach nicht darauf. Aber, Alice, gib bitte nicht Harry die Schuld. Ich habe ihm nichts davon gesagt.«

»Ich verstehe nicht, wie du annehmen konntest, daß deine Rechnung aufgeht, Nesta. Ich meine, der Briefträger hätte ja alles durchschauen können. Es hätte sein können, daß ich den Ring nicht geschickt hätte . . .«

»Da kam Harry wieder ins Spiel. Er hatte dich zwar nicht gesprochen, aber er hatte Wind davon bekommen – die gute alte Buschtrommel, du weißt schon –«

Harry unterbrach sie wütend. »Laß es mich erzählen, ja? Ich traf deine Schwägerin, Alice. Sie sagte, du hättest an Nesta geschrieben. Ich wußte nichts Genaues, aber das wollte ich auch gar nicht. Ich beließ es dabei. Verstehst du?«

Alice verstand. Er hatte zuviel Angst gehabt, war zu besorgt, was dabei herauskommen würde, um weitere Fragen zu stellen.

»Nesta sagte mir, sie käme mit dem Maschineschreiben nicht weiter, also holte ich meine Maschine wieder ab. Andrew hatte mir gesagt, er brauche eine, und ich lieh sie ihm. An dem Tag, als du in Orphingham warst, habe ich sie hingebracht. Weiß Gott, ich kann ihn nicht ausstehen – warum soll ich das leugnen? –, aber der Gedanke, daß er noch mehr von deinem Geld ausgeben wollte, war mir auch unerträglich. Das Auto, die Uhr, die du ihm geschenkt hast – ich wollte nicht zusehen, wie er weitere hundert Pfund für ein neues, teures Spielzeug verschleuderte!«

Sie merkte, wie sie blaß wurde vor Zorn, aber sie biß die Zähne zusammen. Als sie sprach, vibrierte die Wut in ihren sanften Worten. »Du verstehst nicht, Harry, du verstehst überhaupt nichts . . .«

»Tut mir leid, ich hätte das nicht sagen sollen. Vergiß es. Andrew erzählte mir jedenfalls, du seiest nach Orphingham gefahren, um Nesta zu suchen. Er sagte, sie wohne dort – in einem Privathaus, meine ich. Guter Gott, ich wußte nicht, was los war. Ich hatte ihm ein Buch zurückgebracht, das ich mir ausgeliehen hatte – Nesta hatte es gelesen –, und ich legte es einfach auf den Tisch, murmelte etwas von Praxis und machte, daß ich wegkam. Dann, am nächsten Tag, sah ich dich beim Brot-und-Käse-Lunch. Du sagtest mir, du habest Nesta gesucht und fingst an, Daphne Feast auszufragen. Da wollte ich dir erzählen, wo Nesta wirklich war, Alice, aber all die Leute – diese dumme Person, die mit mir über ihre Diät reden wollte . . . Deshalb habe ich dir gesagt, du solltest unbedingt zu mir kommen, wenn dich etwas bedrückt. Es war ein Appell an dich, mich allein aufzusuchen, aber du kamst nicht und . . .«

»Und dann hab ich's ihm gesagt«, platzte Nesta dazwischen. »Hab ihm alles verklickert sozusagen.« Sie kicherte. »Offenes Bekenntnis ist gut für die Seele, heißt es. Meine Güte, ich dachte, er würde mich schlagen, so wild wurde er. Als ich ihm sagte, meine gesamte Post ginge ins *Endymion*, bekam er fast einen Anfall.«

»Ich fuhr hin und holte die Briefe«, murmelte Harry. »Danach konnte ich es dir nicht mehr erzählen, Alice. Du hättest es Andrew weitergesagt, und er hätte mich Ruck-Zuck vor die Ärztekammer gebracht. Ich sah es direkt vor mir: Mr. Drage, alias Dr. Blunden, verbringt Wochenenden mit einer Patientin in einem Hotel – und in was für einem Hotel!«

Nesta schaute sittsam auf ihre schwarzen Handschuhe. »Armer Harry, er wäre glatt von der Ärzteliste gestrichen worden«, meinte sie. »Kannst du ihn dir vorstellen, Alice, völlig heruntergekommen und mit irgendwelchen Heilmitteltelchen von Tür zu Tür ziehend? Das ist nämlich, was mit Ärzten passiert, die vom Pfad der Tugend abweichen. Ich hab's im Fernsehen gesehen.«

»Ach, halt den Mund!« brummte Harry. Er wandte sich an Alice. »Als ich erst mal die Briefe hatte, dachte ich, der Sturm würde sich nun langsam legen. Aber als du dann anfingst, Nesta mit Andrew in Verbindung zu bringen, wußte ich, daß ich irgendwann alles ins Lot bringen mußte.«

»Du brauchst nichts mehr zu sagen«, meinte Alice. »Ich sehe jetzt alles klar – bis auf eines. Wenn du Sewerby als deine Anschrift angeben wolltest, warum hast du's dann nicht getan?«

»Aber das habe ich doch. Natürlich habe ich das.«

Ihre Verwunderung war nur momentan. »Hat dir ›Phineas Finn‹ gefallen, Nesta?« fragte sie trocken.

»Hat mir *was* gefallen?«

»Ein viktorianischer Roman mit blau-braunem Umschlag.«

»Ach, du meinst das Buch von Andrew? Also, ich muß dir sagen, Alice, es gibt Grenzen. Wahrscheinlich hat Harry angenommen, ich würde mich bilden. Ich habe es durchgeblättert und mir die Bilder angesehen. Glaub mir, das hat mir gereicht.«

»Genug, um einen Denkfehler zu machen und Saulsby zu schreiben, wo du Sewerby meintest.« Sie erinnerte sich an die Worte des jungen Constable und fugte leise hinzu: »Ein Fehler, der einem leicht passieren kann.«

Nesta schlug sich die Hand vor den Mund. Schließlich sagte sie: »Kein Wunder, daß ich meine Kreuzworträtsel nie herausbekomme.«

»Ich fahre dich jetzt nach Hause, Alice«, sagte Harry erschöpft. Er griff in seine Tasche und hielt Nesta etwas hin. In seiner Hand blitzte und blinkte es, als die Brillantsplitter das Licht reflektierten. »Ach, übrigens, das hier habe ich schon seit einer Woche. Ich vergaß, es dir zu geben.«

Langsam streifte Nesta den schwarzen Handschuh von ihrer Linken. Dann winkte sie mit dem Ringfinger. »Ich glaube, ich brauche ihn nicht mehr.« Der schwarze Diamant war riesig und sah teuer aus. »Mein Verlobter – oh, ihr wißt das ja noch gar nicht, oder? –, er ist ein ziemlich bedeutender Mann. Er brach sich das Bein, als sein Jaguar in einen Laster fuhr an dem Tag, als die Umgehungsstraße eröffnet wurde.« Sie lachte, während die beiden sie anstarrten. Alice fiel der Krankenwagen ein, den sie an jenem Tag bei den Feasts gehört hatte, und sie fragte sich voller Staunen – mitten in dem anderen, größeren Staunen –, ob dieser Unfallwagen vielleicht so etwas wie neues Leben für Nesta bedeutet hatte? Es war der Tag gewesen, an dem sie Nesta für tot gehalten hatte ... »Natürlich lag er privat in Orphingham«, fuhr Nesta fort. »Aber die haben da einen sehr hübschen Aufenthaltsraum für Patienten der ersten und der zweiten Klasse gemeinsam.« Sie kicherte über ihren Scherz. »Ich kenne ihn erst eine Woche. So was nennt man wohl eine wilde Romanze. Sieh mich nicht so an, Harry, ich werde ihm nichts von dir erzählen.« Sie zog sich ihren Handschuh wieder an und preßte beide Zeigefinger in einer merkwürdigen kleinen Geste der Hoffnung gegen die übermalte, kahle Stelle über ihren Augen. »Ich habe jetzt auch etwas zu verlieren.«

»Ich kann überhaupt nicht mehr verstehen, weshalb ich so sicher war, daß sie tot ist.«

»Vielleicht hast du es dir gewünscht«, meinte Harry ruhig.

»Ich soll mir Nesta tot gewünscht haben? Aber das ist doch Unsinn, das ist ja entsetzlich! Tage und Wochen habe ich damit verbracht, sie zu suchen. Ich war vor lauter Sorge völlig außer mir. Ich habe eine Menge Geld ausgegeben bei dem Versuch, sie zu finden.«

»Warum hast du heute abend versucht, dich wie sie zurechtzumachen?«

»Ich . . .« Warum hatte sie es getan? Sie nahm ein Taschentuch und rieb auf ihren blauen Augenlidern herum.

Ungeduldig meinte er: »Ihr ähnelt euch nicht wirklich, weißt du. Was du im Spiegel siehst, ist nicht das wahre Bild. Es ist wie seitenverkehrt, nicht das, was die anderen sehen, Alice. Ich glaube, du hast manchmal in den Spiegel geschaut und sie dann wie ein zweites Ich empfunden.« Sie starrte ihn von der Seite an, während er den Wagen in die Station Road lenkte und anhielt. Dann wandte er sich ihr zu. »Weißt du, Nesta war erfolgreich, wo du versagt hattest, Alice. Du warst eine unverheiratete Frau von siebenunddreißig Jahren, reich, aber ohne Lebensinhalt. Nesta hatte jung geheiratet, verdiente sich ihren eigenen Lebensunterhalt, zog Männer an. Erst als sie krank wurde, hast du sie wirklich akzeptiert.«

»Sie tat mir leid.«

»Vielleicht. Zu dem Zeitpunkt tatest du dir selbst nicht mehr leid, weil du bald heiraten wolltest. Dann zog Nesta fort und verschwand. Da hattet ihr sozusagen die Plätze getauscht, aber so ganz wolltest du diese andere Hälfte nicht verlieren, die nun einsam war, wie du es vorher gewesen warst. Geld sollte sie zurückbringen, so wie Geld dir immer alles ermöglicht hatte.«

»Nein!« schrie sie auf. »Nein, Harry, das stimmt nicht.«
»Warum soll man das nicht ganz objektiv betrachten? Wir handeln doch alle so. Du fingst an, Dinge über sie herauszufinden, die Art und Weise, wie sie Andrew umworben hatte zum Beispiel. Vielleicht hatte sie es mit anderen ebenso gemacht.« Alice schlug die Hände vors Gesicht. »Du wolltest dieses andere Bild töten mit allem, was es beinhaltete, besonders Andrews Untreue.« Und einer spontanen Eingebung folgend fügte er hinzu: »Beerdige das alles tief in dir, und mach Platz für einen neuen Weg. Vielleicht hättest du sie umgebracht. Wie sonst kamst du auf die wahnwitzige Idee mit dem Käse? Oder wenn nicht du, dann vielleicht Andrew. Andrew hätte die Junge, die Hübsche, die Begehrenswerte getötet.«

»Wie du mich hassen mußt, Harry«, sagte sie.

»Haß, wie Nesta sagen würde, ist eine Form von Liebe.«

»Nicht deine Art von Haß, Harry. Was auch immer Nesta mir vielleicht über dich erzählt hätte, es war jedenfalls genug, dich zu allem fähig zu machen.« Sie schluchzte auf und zerrte am Türgriff. »Weißt du, ich könnte dir verzeihen, wenn du nur versucht hättest, mich krank zu machen, aber . . . Warum hast du mich vergiftet? Warum?«

Sie atmete tief, jeder Atemzug endete in einem Schluchzen. Sie hatte keine Ahnung, was er wohl tun würde, aber diese überwältigende Angst, die sie in Vair erfahren hatte und nachher in seiner Praxis – eine sehr reale Angst – auch wenn sie nun wußte, daß sie unnötig gewesen war –, hatte sie irgendwie abgestumpft.

Er berührte leicht ihren Arm, bevor sie ausstieg. »Du bist nicht krank, Alice«, flüsterte er heiser, »und kein Mensch versucht, dich zu vergiften. Du bekommst ein Kind.«

Sie sagte nichts, aber sie stieg aus. Die Luft war kühl und frisch. Sie lehnte sich gegen die Tür und fing an zu weinen.

Er stieg ebenfalls aus und stellte sich neben sie.

»Erst wußte ich es nicht«, sagte er, »aber ich ahnte es an dem Tag, als du beim Brot-und-Käse-Lunch so überreizt reagiertest. Als du dann ohnmächtig wurdest und ich nach Vair kam, wollte ich dich untersuchen, um ganz sicher zu sein, aber Andrew ließ mich ja nicht.« Er seufzte tief. »Irgendwo war ich ganz froh darüber. Weißt du, wenn man jemanden liebt und dieser jemand heiratet einen anderen, dann kann man sich nur vor dem Wahnsinnigwerden bewahren, indem man sich selbst etwas vormacht. Man kann den Tatsachen nicht ins Gesicht sehen, und so sagt man sich, es war nur wegen der Gesellschaft, um der Einsamkeit zu entfliehen – wie heißt es in unserem Gebetbuch? – *die gegenseitige Gesellschaft, die einer vom anderen erwarten kann.* Im Herzen weiß man, daß es nicht so ist, daß es eine wirkliche Ehe in jeder Beziehung ist, aber man betrügt sich selbst, gewöhnt sich daran und erreicht schließlich so eine Art stillschweigendes Einvernehmen mit sich.«

Er schaute sie an, als hätte er gern ihre Hand genommen. Aber sie stand wie betäubt, schwankte ein bißchen und ließ sich den Wind übers Gesicht streichen.

»Und dann passiert etwas, wie es dir geschehen ist. Ich konnte mir nicht länger etwas vormachen. Ich fühlte mich ungefähr zehnmal so schlimm wie an dem Tag, als du mir von deiner Verlobung mit ihm erzähltest. Es war, als hätte ich erst jetzt richtig begriffen, daß du verheiratet bist. Aber ich wollte nicht derjenige sein, der es dir sagte. Das konnte der Spezialist tun.« Er lachte trocken auf. »Als ob ein Spezialist nötig gewesen wäre! Jede frischgebackene Hebamme konnte es sehen – die Art, wie du gehst, wie dein Gesicht voller geworden ist und du zehn Jahre jünger aussiehst, die Übelkeit. Wieso hattest du wohl all diese phantastischen Ideen über Nesta? Ist dir nie der Gedanke gekommen – oder kommt er dir jetzt –, daß das nur die Phantastereien einer durch die Schwangerschaft überspannten Einbildungskraft waren?«

Sie war immer noch sprachlos. Ein leichter Regen hatte eingesetzt, nur wenig mehr als ein starker Dunst. Man konnte die schwere Luft kaum einatmen, und ihr Gesicht war ganz feucht davon.

»Soll doch ein anderer es ihnen sagen, dachte ich. Ich wußte dein Glück – und seines – wären mir unerträglich.« Seine Stimme brach, und er räusperte sich. »Es zu sehen«, fuhr er dann fort, »und zu wissen, daß es nicht das Geringste mit mir zu tun hat.«

»Ich bin glücklich«, sagte sie.

Sie zog den schwarzen Mantel enger um sich und preßte die Hände auf den Bauch. Glück wuchs in ihr hoch, schien aufzublühen, sich zu einer riesigen Blüte zu entfalten.

»Gehen wir«, sagte er.

»Nein.«

Er schloß die Augen, und sie schaute in ein ausdrucksloses und leeres Gesicht.

»Ich werde Andrew anrufen und ihn bitten, mich hier abzuholen.«

»Andrew!« meinte er mit bitterem Unterton. »Immer Andrew. Merkwürdig, Alice, ich hatte immer noch Hoffnung. Ich dachte, es wäre nur eine Frage der Zeit. Er würde dich verlassen und dann – dann würdest du zu mir kommen.«

»Andrew wird mich niemals verlassen«, sagte sie fest.

Mit raschen Schritten ging sie davon und schaute sich nicht einmal um. Das Telefonhäuschen an der Ecke zur High Street war leer. Eine Gruppe Jugendlicher hing vor dem *Boadicea* herum, und obwohl ihr Haar in Auflösung begriffen und von Jackies Lippenrot nicht mehr viel übrig war, pfiff einer von ihnen hinter ihr her. Sie schlüpfte in die

Zelle und schloß die Tür. Dabei merkte sie, wie ihr Gesicht diesen Ausdruck scheinheiliger Bescheidenheit im Bewußtsein der eigenen Attraktivität annahm, den sie so oft auf den Gesichtern anderer Frauen gesehen, doch nie selbst empfunden hatte.

Erst als sie den Hörer abnahm und die Wählscheibe berührte, fiel ihr ein, daß sie kein Geld bei sich hatte. *Sie hatte kein Geld.* Seit Jahren war sie es gewohnt, sich ihren Weg in alles und aus allem heraus mit Geld zu erkaufen; nie war sie ohne das glänzende blaue Buch und das Bündel Scheine. Aber in diesem Moment, als sie etwas tun wollte, das selbst die Ärmsten sich leisten konnten, hatte sie kein Geld, nicht einmal ein paar Münzen.

Es spielte keine Rolle, sie konnte zu Fuß gehen. Unabhängigkeit war ein Elexier, belebend und freudespendend, und es hing zusammen mit einer neuen Abhängigkeit – von Andrew.

Die Scheinwerfer eines Wagens erfaßten sie, als sie aus dem Telefonhäuschen trat. Einen Augenblick dachte sie, es sei Harry, der zurückgekommen war, und sie war zwischen Mitleid und Unwillen hin und her gerissen. Geblendet blinzelte sie und ging vorwärts ins Licht. Dieser Wagen war klein und rot und fröhlich.

»Andrew«, sagte sie ruhig, als sei dies ein lange verabredetes Treffen.

»Bell, Liebste!« Er sprang aus dem Wagen und nahm sie in die Arme. Wieder hatten die Jugendlichen Gelegenheit, pfeifend Beifall zu bekunden. Andrew schien sie nicht zu bemerken. »Ich habe dich überall gesucht. Ich dachte, du seist mir weggelaufen. Ich war sogar im *Boadicea*, um zu sehen, ob du bei Onkel Justin bist. Wo warst du?«

»Ich habe Gespenster gesehen«, sagte sie. Ich erzähle es dir später, hatte sie hinzufügen wollen. Die Worte erstarben ihr auf den Lippen, und statt dessen lächelte sie. Es ihm erzählen, ihm sagen, daß sie ihren eigenen Mann des Mordes verdächtigt hatte, des Ehebruchs, des schändlichen Verrats? Keine Ehe, besonders keine so junge wie die ihre, konnte das verkraften. Vertrauen und Verläßlichkeit, dachte sie, Zeit und Geduld. Die Zeit würde die restlichen Mysterien klären.

Plötzlich erschöpft, den letzten Funken Energie aufgebraucht, stieg sie in den Wagen. Sie bewegte sich vorsichtig, ihres Körpers voll bewußt, und sehnte sich nach dem ersten Anzeichen des neuen Lebens in ihr. Aber wenn sie zu Hause waren, würde er sie wieder fragen, wo sie gewesen war, und sie mußte es ihm sagen. Da fiel ihr die Antwort ein. Zu wem geht eine Frau, wenn sie glaubt, schwanger zu sein, wenn nicht zu ihrem Arzt? Andrew ohne ein Wort zu verlassen, im Regen die High Street entlangzulaufen, all das war durchaus vereinbar mit ihren Hoffnungen und Ängsten.

Im Moment sagte sie gar nichts. Er schaute sie zärtlich an. »Ich habe eben jemanden gesehen, den wir mal kannten.« Zögernd und sorgfältig wählte er seine Worte. »Sie war vor dem Haus der Feasts, stieg gerade in einen riesigen Jaguar mit eingedrücktem Kotflügel.«

»Ich weiß.«

»Du hast sie auch gesehen? Ich habe nicht mit ihr gesprochen«, sagte er, »ich war auf der Suche nach dir.«

Epilog

Alice legte das Baby behutsam in den Wagen. Er schlief schon, ein friedliches Kind mit dem olivefarbenen Teint und dem dunklen Haar seines Vaters. Sie rollte den Kinderwagen in den Schatten der winzigen Veranda. Andrew sah ihn gern dort, wenn er vom Unterricht nach Hause kam.

Jetzt hatte sie zwei volle Stunden vor sich, in denen sie das Buch lesen konnte. Es war heute mit der zweiten Post vom Verlag gekommen, und zum hunderstenmal las sie den Titel: ›*Trollope and The House of Commons*‹ von Andrew Fielding. Manche Leute sagen, daß eine schöpferische Arbeit mit der Geburt eines Kindes vergleichbar sei, und ihres war eine gleichzeitige Schwangerschaft gewesen.

Im zweiten Kapitel fiel ihr Blick auf den Namen Saulsby. Sie lächelte voller Scham, und eine andere Reaktion fiel ihr ein. Sie war ihrem Vorsatz treu geblieben, ihm nie zu sagen, welchen Verdacht sie gehegt hatte, aber einige Fragen hatten doch gestellt werden müssen.

»Warum hast du den Namen nicht wiedererkannt, als ich dich gefragt habe? Du erinnerst dich doch, ich war gerade aus Orphingham zurückgekommen, und du hattest mir Tee gemacht.«

Er hatte sie ausgelacht, und sie dabei fest im Arm gehalten, um den Spott zu mildern. »Wie klingt denn Saulsby, wenn man es mit einem Mund voller Marzipankuchen ausspricht?«

»Ich verstehe, oh, Andrew, du dachtest, ich hätte Salisbury gesagt.«

»Und das gibt es ja wohl in jeder englischen Stadt.«

Immer noch lächelnd, blätterte sie weiter, verwundert, daß ein Wort mit sieben Buchstaben – einst Anlaß für so viel Seelenqual – jetzt nur noch ein winziges Puzzleteil war im allgemeinen Bild der Zufriedenheit.